革命路上

翻译现代性、阅读运动与主体性重建，1949—1979

杨 露／著

中央编译出版社

图书在版编目（CIP）数据

革命路上：翻译现代性、阅读运动与主体性重建，1949—1979／杨露著．
—北京：中央编译出版社，2015.10
ISBN 978-7-5117-2794-7

Ⅰ．①革…
Ⅱ．①杨…
Ⅲ．①文学翻译－研究
Ⅳ．①I046

中国版本图书馆 CIP 数据核字（2015）第 238677 号

革命路上：翻译现代性、阅读运动与主体性重建，1949—1979

出 版 人：刘明清
出版统筹：贾宇琰
责任编辑：廖晓莹
责任印制：尹 珺
出版发行：中央编译出版社
地　　址：北京西城区车公庄大街乙 5 号鸿儒大厦 B 座（100044）
电　　话：（010）52612345（总编室）　　（010）52612345（编辑室）
　　　　　（010）52612316（发行部）　　（010）52612317（网络销售）
　　　　　（010）52612346（馆配部）　　（010）55626985（读者服务部）
传　　真：（010）66515838
经　　销：全国新华书店
印　　刷：北京紫瑞利印刷有限公司
开　　本：787 毫米×1092 毫米　1/16
字　　数：400 千字
印　　张：22
版　　次：2015 年 10 月第 1 版第 1 次印刷
定　　价：78.00 元

网　　址：www.cctphome.com　　邮　　箱：cctp@cctphome.com
新浪微博：@中央编译出版社　　微　　信：中央编译出版社（ID: cctphome）
淘宝店铺：中央编译出版社直销店(http://shop108367160.taobao.com)　（010）52612349

本社常年法律顾问：北京嘉润律师事务所律师　李敬伟　问小牛
凡有印装质量问题，本社负责调换，电话：（010）55626985

目录

绪论 ··· 1
  （一）问题与材料 ··· 1
  （二）基本概念与研究命题 ·· 5
  （三）方法论的更新 ··· 24
  （四）结构与分章 ··· 43

第一部分　西方现代性的自反：从《在路上》到《等待戈多》的"不安的自由" ·· 59

一　《在路上》：奔跑的普鲁斯特 ······························ 63
  （一）文献回顾 ··· 64
  （二）自发性写作 ··· 68
  （三）自反性的个体 ··· 78

二　《麦田里的守望者》：彷徨的反英雄 ······················ 90
  （一）文献回顾 ··· 92
  （二）"少年史卡兹"风格 ·· 96
  （三）反英雄的个性危机 ······································· 100

三　《等待戈多》：一出悲喜剧背后的现代性 ················ 115
  （一）文献回顾 ·· 116
  （二）"怎么说？" ·· 120

（三）等待什么？ ……………………………………… 124
　第一部分小结 …………………………………………… 130

第二部分　翻译现代性：跨境的翻译 ……………… 137
　四　翻译的政治：翻译的体制化 ……………………… 141
　　　（一）文献回顾 …………………………………… 143
　　　（二）1949—1979：意识形态的体制化 ………… 148
　　　（三）1949—1979：诗学理念的体制化 ………… 153
　　　（四）1949—1979：赞助人的体制化 …………… 155
　　　（五）1949—1979：体制化文艺批评的"强势误读" … 159
　　　（六）结语：毛泽东时代的翻译体制化 ………… 163
　五　1949—1979：译者的特殊性 …………………… 171
　　　（一）黄雨石 ……………………………………… 174
　　　（二）"译成之文适如其所译"：黄雨石的实践翻译观 … 175
　　　（三）施咸荣 ……………………………………… 182
　　　（四）"通俗文学"的沉浮：施咸荣的翻译为读者的
　　　　　翻译观 ………………………………………… 185
　　　（五）结语：译者的主体间性 …………………… 190
　六　翻译体制化的烙印：《在路上》的第一个中译本 … 194
　　　（一）石荣本《在路上》的语词选择 …………… 198
　　　（二）石荣本《在路上》的情节删减 …………… 201
　　　（三）翻译《在路上》的自反性的个体 ………… 205
　　　（四）翻译《在路上》的自发性写作风格 ……… 209
　　　（五）结语：翻译中的自我审查 ………………… 212
　七　译者的特殊翻译策略：《麦田里的守望者》的
　　　第一个中译本 …………………………………… 216
　　　（一）翻译《麦田里的守望者》的语词选择 …… 221
　　　（二）翻译《麦田里的守望者》的情节删减 …… 225

目 录

  （三）捕手还是守望者？翻译《麦田里的守望者》的

    人物 …………………………………………………… 227

  （四）少年史卡兹：翻译《麦田里的守望者》的风格 …… 230

  （五）结语：特殊的翻译策略 ………………………………… 234

八 现代性困境叙说的本土化：《等待戈多》的

  第一个中译本 ……………………………………………………… 238

  （一）镜中的读者 ……………………………………………… 240

  （二）翻译英文本还是法文本？ ……………………………… 244

  （三）翻译悲喜剧之"喜" …………………………………… 245

  （四）翻译悲喜剧之"悲" …………………………………… 247

  （五）结语：全球化的文本与在地的翻译 ………………… 250

第二部分小结 …………………………………………………………… 251

第三部分 反思与自反：阅读中的反叛一代 …………………… 257

九 地下阅读运动：主体的压抑与"自我投射"的

  阅读 ………………………………………………………………… 266

  （一）文献回顾 ………………………………………………… 266

  （二）个人私密空间的压缩 …………………………………… 272

  （三）地下阅读运动 …………………………………………… 277

  （四）地下阅读运动中的《在路上》、《麦田里的守望者》和

    《等待戈多》 …………………………………………… 282

十 "告别革命"的书写：从翻译语体到个人化的

  写作试验 ………………………………………………………… 291

  （一）文献回顾 ………………………………………………… 294

  （二）翻译语体：以艺术试验"对抗话语" ……………… 297

  （三）个人化写作：新的写作试验 ………………………… 305

第三部分小结 …………………………………………………………… 313

结论：互动——告别革命的全球化时代 …………………… 319
　（一）禁书：打开一扇窗 …………………………………… 320
　（二）革命的遗产 …………………………………………… 323
　（三）像一个悖论：全球化时代的"主体性"焦虑 ……… 328

附录：1949—1979 年作为内部书出版的外国文学作品列表 ………… 337

绪　论

> "翻译或许是一个不可能性、一次背叛、一场欺骗、一个发明、一道希望的谎言——但在过程中，它使读者成为一个更有智慧、更好的听众：比较不确定、更为敏锐、更幸福（seliglicher）。"
>
> ——阿尔维托·曼古埃尔（Alberto Manguel）①

（一）问题与材料

　　1970年代不仅孕育着中国政治上的转折，也隐示着文化上的重大变迁。正是一批在五六十年代翻译的书，经过历次政治运动在1970年代逐渐散落民间，对人们的思想造成了巨大的冲击。翻译和阅读西方现代派作品极大地影响了中国当代文学的面貌以及当今中国对主体性的理解，但是研究这一现象的学术性论著较少，能够论及二者间的有机联系及互动的就更少。本书旨在全面地解读1949—1979年中国翻译、阅读西方现代派文学的现象，并将重点放在译者和读者的能动性，以及他们共同建构的主体性话语的多样叙说。本书试图回答的核心问题包括：中国

---

① ［加拿大］阿尔维托·曼古埃尔：《阅读史》，吴昌杰译，北京：商务印书馆，2002年，第340页。

革命路上
翻译现代性、阅读运动与主体性重建，1949—1979

究竟出于何种"实际的目的或者需要"① 翻译、出版这些显然与当时意识形态对立的文本？体制内的译者通过翻译这些文本在思想史上留下了怎样的印记？这些译本又是如何进入阅读的仪式，在下乡知青中引起强烈的反响？这些问题的提出，首先是因为某些译作曾影响了一代人的"心路历程"，不仅在各种回忆录中被不断提及，也在思想史上留下了不可磨灭的印记。更为关键的是，源文本中的"话语"如何被翻译，在翻译的过程中有怎样的语体转换，以及在这一过程中意义阐释权的转换，涉及中国1970年代开始对现代性的重新认识和围绕新的现代性理念而起的主体性重建。

本书研究的主要对象是《在路上》、《麦田里的守望者》、《等待戈多》这三部西方现代派的里程碑之作在中国的翻译和阅读。本书之所以选择这三部作品对其进行文本分析，并研究其在中国的翻译和阅读，首先是因为这三部作品在关于"文革"时期的阅读的回忆中被频繁提及，并非是预想中设定的读者群的选择令这一现象变得有趣。其次是由于这三部在阅读中最受欢迎的西方现代派文学作品是由同一译者译出。这似非一个偶然事件，而是与译者的主体性有关。第三，借助对这三部作品从原著到翻译再到对中国的影响的"跨境"考察，可以从一个不同的角度开启对中国政治上的转折和文化上的重大变迁的历史思考与讨论。

通过考察这三部西方现代派代表性文本的翻译和阅读，本书将试图说明：第一，西方现代派文学中凸显的个体化和自反现代性的种种问题呼唤着翻译和阅读，这些为了批判而翻译过来的西方现代派作品是毛泽东时代后期的地下阅读中主体性重建的重要来源；第二，中国1950年代至1970年代的翻译逐步被纳入体制，具有主体间性的译者通过翻译现代性的文本为中国的年轻人带来了一场头脑的风暴；第三，1960年代末至1970年代末的知识青年在这些译作中开始了"自我投射"的阅读，

---

① [美]刘禾：《跨语际实践：文学，民族文化与被译介的现代性，中国，1900—1937》，宋伟杰等译，北京：生活·读书·新知三联书店，2008年，第3页。刘禾认为，这种"实际的目的或者需要"实际上维系着一整套的方法论，因此显得尤为重要。

绪 论

1980年代所谓的"新启蒙"、"告别革命"、与中国社会的个人化（individualization）进程实肇于此。

本书的第一部分，逐一对《在路上》、《麦田里的守望者》和《等待戈多》的源语文本进行文本分析，找出那些在中国的"自我启蒙"、"告别革命"与"社会的个人化"中成为助力的、或被忽视的"话语构成"因素。换句话说，这一部分力图揭示原著中反思社会个人化和自反现代性的因素，而这与续后的翻译和阅读研究都有关系，将会成为笔者解读这三部作品的翻译和阅读的基础。无论是以1949—1979年中国的翻译史或是以阅读史进行考量，这三部作品的地位都离不开它自身提供的呼唤翻译的因素，所以只有在建立了对原著的分析之后，我们才能去触碰一些对于整个毛泽东时代和后毛泽东时代的中国都至关重要的问题，比如：这些西方现代派的文本如何描述后现代主体性的困境，从而吸引了当时高度体制化的中国对其进行翻译和阅读？在"翻译"和"阅读"之间的"他者"形象是统一的，还是存在裂痕？在阅读之中，又是如何点燃了星星之火，引发思想史上的变革？

本书的第二部分论述这三部作品在毛泽东时代的翻译。1949—1979年有一批西方现代文学被翻译过来作为批判的对象。这些作为被批判的对象翻译过来的西方现代派的作品主要包括：塞林格的《麦田里的守望者》、凯鲁亚克的《在路上》、海勒的《第二十二条军规》、卡夫卡的《审判》、萨特的《厌恶及其他》、加缪的《局外人》、艾吕雅的诗歌、杜拉斯的《琴声如诉》、马雅可夫斯基的未来主义诗歌、尤内斯库的《椅子》、贝克特的《等待戈多》等。当时中国之所以会翻译这些西方现代派的作品，中苏关系的变化是其重要的导火索。第四、五章说明，"内部书"尤其是西方现代派文学作品的翻译出版，和中苏论战及交恶有很大关系。在文学系统内部，当时中国文艺界与苏联文艺界对西方文学的态度有着十分重要的差别。这一差别在于，苏联文艺界对西方文学抱持着美好的想象，认为文学应该"找到共同的语言"、"达成协议"，而这一态度在当时中国的文艺界看来是"反

革命路上
翻译现代性、阅读运动与主体性重建，1949—1979

革命"的。① 所以出版针对苏联的"内部书"——反对苏联修正主义的意识形态——被视为防止社会主义内部变质的重要一环。② 这批翻译、出版于1950年代末至1970年代末的"内部书"③，主要供一定层级的文艺界领导和党的干部进行阅读和批判。更进一步说，翻译、出版西方现代派作品与中国1949—1979年期间翻译体制化这一持续过程的目标是一致的，即实质上要使中国的知识精英和领导阶层在意识形态上完全摒弃西方式的现代化，使翻译成为维护当时中国对现代性理想叙说的合法性的战场。④

这三部作品在非西方、特别是在中国受到出人意料的欢迎，并造成意想不到的影响。这是本书第三部分的主旨。"文革"时期在青年人中进行的地下阅读运动，是这三部翻译过来的西方现代派代表作获得广泛阅读的重要契机。地下阅读的对象，有一些是曾经公开发行但后来不符合意识形态教育的书刊，包括：西方哲学社科类的通史、通编、中国的

---

① 师红游：《揭穿肖洛霍夫的反革命真面目》，人民日报，1967年10月22日，第5版。
② 参见戴维德·梅尔斯（David A. Mayers）的《劈开磐石：对抗中苏同盟的美国策略》Cracking the Monolith: US Policy Against the Sino-Soviet Alliance, 1949—1955（Baton Rouge: Louisiana State University Press, 1986），陈兼（Chen Jian, 1952— ）的《毛泽东的中国和冷战》Mao's China and the Cold War（Chapel Hill: The University of North Carolina Press, 2001）等著作。1953年斯大林去世之后，中苏关系逐渐出现裂痕。1956年，在苏共二十大上，赫鲁晓夫对斯大林的批判等引起中方强烈反应，1958年中苏正式反目。顾问石仲泉、主编杨先材：《共和国重大事件纪实》上卷，北京：中共中央党校出版社，1998年，第688页。由于国家利益冲突、对共产主义意识形态认识不同发生了一系列论战，最终形成中苏交恶的局面。
③ 1978年后，内部书几乎从人们视野中消失，不过仍然有少量书籍以内部书形式出版，如：《托洛茨基回忆录》（1991年出版）、《同莫洛托夫的140次谈话》（1992年出版）、《古拉格群岛》（俄国索尔仁尼琴著，1996年出版）等。2004年人民出版社还以东方出版社的名义出版了"内部书——现代稀见史料书系"，包括王明的《中共50年》、陈公博的《苦笑录》、《中国记事》（李德）、盛岳的《莫斯科中山大学和中国革命》等。虽然该书系的发行对象、范围以及发行者的资格都有严格的要求，但是重点是打击盗版，既未做任何修改和删节，而且普通读者亦可买到，与1950年代至1970年代的"内部书"有明显的不同。
④ 一定意义上，毛式急进现代主义的梦想是重新将中国视为"世界中心"。

绪 论

古典小说、诗文，也有一大批苏俄和西方的"经典"文学作品。① 但是，更受欢迎的则是非公开发行的"内部书"。对此，李零回忆道："过去，西方的东西有条线，19世纪以后是列入内部读物，前面要加批判性的说明，我们要看的就是这种。"② "内部书"由于涉及当时颇为"异端"的思想，如西方的政治和经济体制、人学、存在主义、反思理性和非理性生活方式等，对于青年来说最感刺激，也最受欢迎。其中，在地下阅读中被反复提及的西方现代派文学作品，最常出现的三部作品就是本书的研究对象——美国作家凯鲁亚克的《在路上》，美国作家塞林格的《麦田里的守望者》和爱尔兰作家贝克特的《等待戈多》。③ 这三部作品都是经同一译者施咸荣（1927—1993），《在路上》主要为黄雨石（1919—2008）与施咸荣合译，由英文译出，分别于1962年、1963年和1965年内部发行。它们通过内部发行的形式问世，经过偷书、抢书、换书、抄书、说书等过程超出了其设定的阅读范围，又通过读书会、通讯会、沙龙、或者个人间的互通有无改变了个人阅读的格局，进而影响了中国1970年代以来在文学和思想领域对主体性的重新认识。

（二）基本概念与研究命题

通过翻译和阅读这一角度，本书将会探讨1970年代文学和文化上

---

① 属于这一种情况的书籍可以分为三类。一类是哲学社科，被提及较多的有：《现代英美资产阶级文艺理论文选》、《西方美学史》。一类是中国历史和古典文学，被提及较多的有：《中国通史简编》、《三国演义》、《水浒传》、《三言二拍》，以及《古文观止》、《唐宋名家词选》、《白香词谱》、《唐诗三百首》、《全唐诗》等。还有一类是西方浪漫主义和现实主义文学，被提及较多的有：《普希金诗选》，屠格涅夫的《罗亭》，肖洛霍夫的《静静的顿河》，托尔斯泰的《战争与和平》、《安娜·卡列尼娜》、《复活》等，勃朗特姐妹的书，白朗宁夫人的《十四行诗集》，大仲马的《基督山恩仇记》，司汤达的《红与黑》，雨果的《九三年》、《悲惨世界》，巴尔扎克的《欧也妮·葛朗台》，茨威格的《一个女人一生中的24小时》等。
② 李零：《七十年代：我心中的碎片》，北岛、李零主编：《七十年代》，北京：生活·读书·新知三联书店，2009年，第249页。
③ 根据：(1) 萧萧列出的40本左右对这一代人的思想历程发生过重大影响的"内部读物"；(2) 宋永毅在 *A Glance at the Underground Reading Movement during the Cultural Revolution* 中列出的8本"黄皮书"、10本"灰皮书"；(3) 凤凰网国家阅读史专题的实时统计，以及作者本人根据各种回忆录、访谈进行交叉比对而得出。

的重大变迁,即对主体性的认识由"集体"转向"个人"的这一变迁,是如何发生在"文革"这一从1960年代末持续到1970年代末的历史事件的阴影之下。这一变迁在当代中国文学新的地貌的形成过程中扮演了重要角色,也与今日有关"现代性"的中国模式(China model)的讨论密切相关。

《在路上》、《麦田里的守望者》、《等待戈多》呈现了西方对"现代性"的反思。通过翻译和阅读这些西方"现代性"的反思之作,"主体性"之思重新升腾,并在中国思想史上留下了深刻烙印。之所以说是"重新升腾",是因为五四时期的中国思想界就曾运用"人道主义"树起反对封建伦理纲常的启蒙旗帜,而1970年代末开始的有关"主体性"的思考不过是带领中国思想界重返启蒙立场。但是从五四"人道主义"的启蒙立场到1970年代末至1980年代末的"新启蒙"立场,并不只是一场回归。五四"人道主义"斗争的主要对象是作为中国文化传统一个重要组成部分的儒家伦理纲常,对于一切"现代"的东西他们都欢呼雀跃。而1970年代末至1980年代末的"新启蒙"①立场反思的主要对象却是1949—1979年中国的社会主义革命实践(尤其是"文化大革命"),是对1954年以来就力图走上"现代化"②的中国道路的反思。继而,对"新启蒙"立场的反思又引发了1990年代开始的"反思现代性"思潮——在怎样评价1949—1979年中国的社会主义革命实践上的分歧导致了有关"现代性"的中国模式的论争。尽管在1949—1979年中国的社会主义革命实践是"封建的"、"专制的"还是具有"现代性"的问题上,"新启蒙"的立场为"反思现代性"思潮所诟病,但是"新启蒙"这一思潮本身就有"现代性"的特征。这使得"现代性"成为后毛泽东时代中国人文—社会科学领域的最为频繁出现的关键词。

---

① 汪晖:《当代中国的思想状况与现代性问题》,《去政治化的政治:短20世纪的终结与90年代》,北京:生活·读书·新知三联书店,2008年,第58—97页。"新启蒙主义"并不是一个统一且严密的思想体系,而是具有"态度的同一性"。
② 1954年9月第一届人大一次会议上,周恩来在《政府工作报告》中提出建设"现代化工业"、"现代化农业"、"现代化的交通运输业"和"现代化的国防"是革命的目的。

绪 论

因而,当我们审视1949—1979年中国翻译、阅读西方现代派作品的历程,并试图回答那些被林培瑞(Perry Link,1944—)称为中国"抵御外来污染的盾牌"① 的内部发行方式对读者究竟造成了怎样的影响的时候,我们有必要对1949—1979年中国翻译和阅读西方现代派文学这一现象背后的"现代性"概念进行整理和评估。

1. 现代与现代性的语源

为何可以从翻译和阅读西方现代派文学来探讨"现代性"的问题?这有必要从"现代"、"现代性"、"现代化"和"现代主义"的关系说起。在此,有三个关键的概念值得注意,分别是:现代性(modernity)、现代化(modernization)、现代主义(modernism)。围绕着"现代"(modern)一词生成的这三个概念由于不同学科领域对其的多样叙说使它们显得有点像一团乱麻。一定意义上来说,现代性(modernity)、现代化(modernization)、现代主义(modernism)这三个概念并非一个统一的知识体系,但却同根同源,血肉相连,都起源于西方。正如伊夫·瓦岱(Yves Vade,1933—)所说:这些概念正像其"所表示的既复杂又矛盾的现实一样,一直不明不白"。② 例如,身为文学家的波德莱尔(Charles Pierre Baudelaire,1821—1867),身为哲学家的福柯(Michel Foucault,1926—1984),身为哲学家和社会学家的哈贝马斯(Jürgen Habermas,1929—)、吉登斯(Anthony Giddens,1938—)、德里克(Arif Dirlik,1940—)等人对这三个概念的应用大相径庭,而他们的审视角度和理论论述各有不同。对于在一定意义上扩展为一个关系整个人类命运的整体工程(project)的"现代性",本节将首先追溯现代与现代性的语源和历史演变。

就语源上来看,现代性、现代化、现代主义的同一词根"现代"

---

① Perry Link, *The Use of Literature: Life in the Socialist Chinese Literary System* (Princeton: Princeton University Press, 2000), p. 184.
② [法] 伊夫·瓦岱(Yves Vade):《文学与现代性》,田庆生译,北京:北京大学出版社,2001年,第2页。

(modern)，它指代的历史时期一直在变化。根据接受美学的创始人之一、研究中世纪至现代法国文学的著名学者尧斯（Hans Robert Jauss, 1921—1997）的考证，"modern"一词来自拉丁文"modernus"。这个词出现于公元5世纪，曾是基督教用语，意思是"当时、现时的"（the present）。① 尧斯揭示了虽然在一般认识中作为现代性、现代化、现代主义诸概念基础的"现代"与欧洲告别神权的世俗化联系在一起，但从语源来说，"现代"一词最初指的却是皈依基督教的"现代"社会，用以区别属于异教的古罗马社会。② 现代一词与中世纪构成一种对比的观念直到文艺复兴时期才逐渐成形。卡林内斯库（Matei Calinescu, 1934—2009）指出，在中世纪的世界剧场（theatrum mundi）的理想中，中世纪是暗夜，但现代并不是白昼，而是以一种黑暗即将过去的姿态出现，只有古典的古代才是真正的光明。③

清楚了"现代"一词，那么，究竟什么是"现代性"？"现代性"一词来源于拉丁文 modernitas，11世纪时既已出现。"现代性"一词最初是一个单纯的标示历史时间的概念。后来则用以表示"作为现代的一种品质或情境"，例如在《牛津英语词典》中"modernity"一词就被解释为"the quality or condition of being modern"。"现代性"在启蒙哲学家蒙田、培根、笛卡尔的著作中虽然得到一定的肯定，但是主要是针对中世纪的欧洲社会，并不具有普世意义。④ 对此，哈贝马斯说："由启蒙哲学家们在18世纪精心阐述的现代性规划，是一种遵循其内在逻辑坚持发展客观的科学、普遍的道德和法律与自主的艺术的努力。同时，这个规划旨在把每个领域的认知潜能解放出来，是指从令人费解的宗教形式中

---

① 另据社会学家克里尚·库马尔的说法，"modernus"起源于拉丁语 modo，也就是说在公元4世纪出现。谢立中：《"现代性"及其相关概念词义辨析》，北京大学学报，2001（5），第25—32页。
② 河清：《现代与后现代——西方艺术文化小史》，香港：三联书店，1994年，第17页。
③ Matei Calinescu, *Five Faces of Modernity* (Durham: Duke University Press, 1987), pp. 19—20. 中国的保守主义者们也有类似的十分有意思的趋势。他们对上古时代的好感延伸到对整个古代的留恋。
④ 陈嘉明：《现代性与后现代性十五讲》，北京：人民出版社，2001，第1页。

绪 论

摆脱出来。"①

"现代性"的概念在19世纪至20世纪产生了多学科、多领域的对话，逐渐成为普世价值之一种。在德里克为"现代性"下的定义中，"现代性"具有社会和文化双方面的意义。他认为，现代性是一种态度，起源于16世纪至17世纪的欧洲。并且现代性将现在与过去区别开来，庆祝这种区别。②"现代性"是一种"态度"，这一理解来自福柯。在福柯对"现代性"的讨论中，"态度"指的是"与当代现实相联系的模式，一种由特定人民所作的志愿的选择……一种思想和感觉的方式，也就是一种行为和举止的方式，在一个相同的时刻，这种方式标志着一种归属的关系并把它表述为一种任务。无疑，它有点像希腊人所称的社会的精神气质"。③

对于吉登斯来说，将"现代性"视为一种态度并且总是正面的态度，过于简单了。作为当代最有影响力的现代性理论家之一的吉登斯，主要"从制度层面上来理解现代性"。④ 他对现代性的定义前半部分与德里克相似：现代性"涉及了约莫自17世纪以来，出现在欧洲的一种社会生活或社会组织的方式，随后其影响或多或少地遍及全世界"。不过他又说，"如是的界定将现代性关联到一个时期和一个地理上的出发点；但是现代性的主要特征却仍然未被触及地堆放在黑箱之中"。⑤ 在《现代性与自我认同》一书中，吉登斯提出"现代性"是一种"后封建的欧洲

---

① [德]于尔根·哈贝马斯：《现代性对后现代性》，周宪译，北京：中国人民大学出版社，2006年，第143，147页。
② Arif Dirlik, *Global Modernity: Modernity in the Age of Global Capitalism* (Boulder: Paradigm Publishers, 2007), p. 164.
③ [法]福柯：《何为启蒙》，汪晖：《文化与公共性》，北京：生活·读书·新知三联书店，1998年，第430页。
④ Anthony Giddens, *The Consequences of Modernity* (Stanford, Calif.: Stanford University Press, 1990)。[英]安东尼·吉登斯：《现代性与自我认同》，赵旭东译，北京：生活·读书·新知三联书店，1998年，第1页。
⑤ Anthony Giddens, *Konsequenzen der Moderne* (Frankfurt am Main Frankfurt am Main: Suhrkamp, 1997), p. 9.

所建立而在 20 世纪日益成为具有世界历史性影响的行为制度和模式"。①吉登斯特别强调"现代性"作为一种制度的转变,与传统的"断裂",他将其称之为一种"后传统的秩序"。②"断裂"是现代性的基本特征,但这一"断裂"也带来诸多现代的困境。因此,"现代性"仍然是一个问题,并且在直面这个问题的过程中吉登斯展开了他对现代性的理解与批判。

总之,从现代和现代性的语源可以看出,"现代"的唯一一个一直的对手是"传统",而非某一个特定的历史时期。更进一步说,以"现代"为语源的"现代性"也代表了与"传统"的某种关系。在与"传统"的关系中,"现代性"显现自身。

2. 现代性、现代化、现代主义与中国,1949—1979

对于 1949—1979 年中国阅读和翻译西方现代派文学的现象的研究来说,首先,有必要将现代性与美学更为紧密地联系在一起。哈贝马斯相当直接地提出:"现代性的哲学话语在许多地方都涉及现代性的美学话语,或者说,两者在许多方面是联系在一起的。"③ 只不过,新保守主义者有意将现代性限制在技术和经济层面,而不愿开启其在道德和艺术上的潜能,"相较而言,新保守主义者所需要的是这样一种现代性,它已经被缩小到受到限制的技术和经济层面,而且随后枕卧于残存的传统之上,与此同时,普遍道德的潜能和自律的艺术被贬值"。④

其次,对于现代性的讨论,并非大的、抽象的理论,而是切实与"人"相关的问题。虽然如同大卫·哈维所说,"现代性"是一个关乎全

---

① Anthony Giddens, *The Consequences of Modernity* (Stanford, Calif.: Stanford University Press, 1990). [英] 安东尼·吉登斯:《现代性与自我认同》,赵旭东译,北京:生活·读书·新知三联书店,1998 年,第 16 页。
② [英] 安东尼·吉登斯:《现代性的后果》,田禾译,南京:译林出版社,2000 年,第 3 页。
③ Jurgen Habermas, Frederick Lawrence trans., *The Philosophical Discourse of Modernity* (Cambridge, Mass: The MIT Press, 1987). [德] 于尔根·哈贝马斯:《现代性的哲学话语》,曹卫东译,南京:译林出版社,2005 年,第 1 页。
④ [德] 于尔根·哈贝马斯:《现代性的地线——哈贝马斯访谈录》,李安东、段怀清译,上海:上海人民出版社,1997 年,第 123 页。

绪 论

人类的普遍命题,即"发展客观的科学,普遍的道德和法律,追随其内在的逻辑的自主性的艺术"①的努力。但是"人是目的"(human being as an end in itself)②。我们应致力于寻找相应的范畴作为分析的出发点,从而反思地对待我们对于现代性的解释和立场以及有关现代自我(modern self)的知识体系。

作为与"传统"的某种关系,现代化和现代主义从不同的层面上展开对现代性的叙述。可以说,"现代化"是实现现代性的一个持续的、多路径的更新工程,一个总体的历史进程。③ 而现代主义是对现代性的某种反应。④

"现代化"作为实现现代性的过程,它既是政治的、经济的,也是美学的。虽然在一般观念中,现代化通常与政治、经济相关,但是这一概念实际上与美学的关联却是最为深远。雷蒙德·威廉姆斯(Raymond Williams, 1921—1988)告诉我们,"现代化"概念出现在18世纪。这一概念最初就是美学的,用来指涉建筑、语言和服饰时尚的新潮流。⑤ 波德莱尔对"现代化"和"现代性"的描述最为清楚地展现了二者的关系。1863年,波德莱尔在《费加罗报》上发表了题为《现代生活的画

---

① David Harvey, *The Condition of Postmodernity* (Cambridge, MA: Basil Blackwell, Inc, 1990), p. 12.
② 对康德的这一广为人知也有诸多批评的哲学理念,参见 Thomas E. Hill 的解读,他的重新解读回应了对这一理念的诸多批评,同时他也承认"it also reflects an extreme moral stand that few of us, I suspect, could accept without modification"。Thomas E. Hill, "Humanity as an End in Itself", *Ethics* (The University of Chicago Press), Vol. 91, No. 1. (Oct., 1980), pp. 84—99。
③ Jurgen Habermas, Frederick Lawrence trans., *The Philosophical Discourse of Modernity* (Cambridge, Mass: The MIT Press, 1987), p. 5.
④ Perry Anderson, "Modernity and Revolution", *New Left Review*, No. 144, 1984。重印于 Cary Nelson and Lawrence Grossberg ed., *Marxism and the Interpretation of Culture* (Urbana: University of Illinois Press, c1988), pp. 318—321。佩里·安德森(Perry Anderson)将现代性视为现代化的条件(condition),将现代主义视为对现代性的反应(response),而将现代化视为某种过程(process)。
⑤ Walpole (1748), "the rest of the house is all modernized". Fielding (1752), "I have taken the liberty to modernize the language". See Raymond Williams, *Keywords: A Vocabulary of Culture and Society* (New York: Oxford University Press, 1985), p. 208.

家》的系列文章,其中第四篇以"现代化"("modernite")为题。在这篇文章中,他为现代性给出了一个简明扼要的定义:"现代性就是过渡、短暂、偶然,它是艺术的一半,另一半则是永恒与不变。"① 这个定义建立在比较的美学观念之上,但是与古典的"永恒与不变"对立的现代性,并非是贬义的。现代化的书写代表着一种新的美学倾向,既包含了现时的本质,又可传之将来。用波德莱尔的话来说,就是"从流行的东西中提取出它可能包含着的在历史中富有诗意的东西,从过渡中抽出永恒"。② 可见,波德莱尔的美学现代性,是一种肯定性的现代性态度。

在《现代性——一个未圆满的方案》中,哈贝马斯也谈到现代化。他认为发生在社会、经济领域的现代化通过资本主义的生产模式通往现代性,而文化的现代化创造了分化的文化价值领域,不同的通往现代性的路径。为此他说:"社会现代化是经济和社会以资本主义生产方式现代化,而文化现代化意味着文化价值的不同域——科学、道德和艺术各自宣称着不同的合法性:真理、正义和真实,并体现不同的理性:认知(工具理性 instrumental rationality),道德(实践理性 practical rationality)和审美(表意理性 expressive rational)。"③

无论是波德莱尔的美学现代性,还是哈贝马斯的发生在价值领域(value domains)内的现代性,其切入角度都非社会现实。这也许是在波德莱尔、哈贝马斯那里现代性是一个理论,而在吉登斯那里现代性是一个问题的原因。对于吉登斯来说,他对每一个现代性问题的诠释都有一个对于社会现实的观照作为支撑。与社会实践结合来讨论现代性,很难说就意味着吉登斯比前人都高明,只能说他作为一个社会学家的关注点和理论进路的不同。不过,他对于西方社会现实的观照,即现代化的巨

---

① 原文为法语。[法]波德莱尔:《现代生活的画家》,郭宏安译,杭州:浙江文艺出版社,2007年,第31页。
② [法]波德莱尔:《现代生活的画家》,郭宏安译,杭州:浙江文艺出版社,2007年,第31页。
③ Jurgen Habermas, "Modernity: An Incomplete Project", 重印于 Hal Foster, *Postmodern Culture* (London: Pluto Press, 1985), pp. 3—15。

绪 论

大破坏力和社会的个人化趋势，对于毛泽东时代的中国来说，却着实并不陌生。可以成为反思中国现代性的一个新的思想资源。这在正文还将有详细的说明。

在对"现代化"展开的层次进行一番梳理之后，再回顾一下"现代主义"对"现代性"的反应。"现代主义"出现在 17 世纪。斯威夫特为了描述被现代主义者"糟践了的"英语，最早使用了"现代主义"一词。① 尽管"现代主义"在不同的应用者那里有着各自不同的特征，但是大部分批评家都同意，现代主义涉及一种有意甚至彻底的决裂，这种决裂针对的是西方文化和西方艺术的"传统"。

顺着现代主义的发展，我们可以看到两种对"现代性"的不同反应。一种是正面的反应，如德里克所言，热烈庆祝、呼唤现代的到来。另一种反应则是负面的，他们批判那些试图"解决问题"的制度变为"产生问题的制度"。②

对"现代性"的正面的反应，最为极端地体现这一派思想的是未来主义。作为现代主义的一场"艺术—政治"的运动，发端于欧洲的未来主义以极度反传统的姿态宣告"未来主义的诞生"。他们主张"摧毁一切博物馆、图书馆和科学院"③，讴歌"战争——清洁世界的唯一手段"，赞美"军国主义、爱国主义、无政府主义者的破坏行为"，号召"……举起镢头、斧子、铁锤，毫不手软地捣毁那些受人尊敬的城堡吧！"④ 未来主义虽然在中国文艺界反响平平，但是中国的现代派大力颂扬具有"现代感觉"的大都市，那疯狂的节奏、能量、速度、技术、机器、音响等机械文明，也是对现代欢呼雀跃。⑤ 至于未来主义那种认为

---

① Matei Calinescu, *Five Faces of Modernity* (Durham: Duke University Press, 1987), pp. 23—69.
② Ulrich Beck, Mark Ritter trans., *The Reinvention of Politics: Rethinking Modernity in the Global Social Order* (Cambridge, UK: Polity Press; Cambridge, Mass.: Blackwell, c1997), p. 51.
③ [意大利] 马利涅蒂 (Marinetti):《未来主义宣言》，吴正仪译，张秉真、黄晋凯主编：《未来主义·超现实主义》，北京：中国人民大学出版社，1994 年，第 6 页。
④ 同上。
⑤ 例如 1930 年代上半期的《现代》杂志的一批具有现代派特色的作品。

革命路上

翻译现代性、阅读运动与主体性重建，1949—1979

"离开斗争，就不存在美"的鼓吹战斗美学理念在中国的现代文学及革命现代京剧中令人似曾相识。

第二种是负面的反应，建立在对当代现实的痛苦反思之上，多数以"先锋"（avant-garde）的姿态出现。因为与欢庆现代的第一类反应区别很大，也有人认为"先锋派"已经超出"现代主义"，是"后现代主义"（postmodernism）的。① 我认为就文学而言，"现代主义"和"后现代主义"主要是风格的区分，而非对"现代性"反应的不同。在我看来，就文学而言，先锋现代主义文学的名称更为准确，而现代主义中的先锋派依然属于现代主义范畴。② 在20世纪美国著名批评家艾布拉姆斯（M. H. Abrams）那里，先锋现象是现代主义的重要特征之一，他说：

> 现代主义的一个突出特点是先锋性……也就是说，一小群、自觉地承担，用庞德的话说，"日日新"（make it new）的艺术家和作家。由于打破了习俗和规矩，他们不断创造着更新的艺术形式和风格，并引入迄今被忽视、有时被禁止的题材。③

---

① Barry Lewis, *Postmodernism and Literature*: *The Routledge Companion to Postmodernism* (NY: Routledge, 2002).

② 对"现代性"和"后现代"的在中国的问题讨论比较深刻的是陈晓明，他在不止一篇论文中反复提出"后现代变成一个现代性的话题，并不是理论和思想的倒退，只是理论不能在原有的框架里花样翻新，而要引入新的资源。"针对中国文学的现代性，他认为"当代文学曾经在先锋派的实验形式触及到后现代性，但随着先锋派经验的常规化和普遍化，后现代在中国当代文学中并没有扎下根来。……在文学上，人们感到疑惑不解的是，随着跨国资本与高新技术的强劲输入，通讯与互联网的快速发展，以及传媒的迅猛扩张，商业主义消费也日益成为人们生活的主导想象，应该说中国城市已经向后现代社会转型。但文学方面却并未表现出更为普遍的和更为深化的后现代趋向，先锋派的实验也为更为常规的传统文学所取代，小说变得更为保守更适合读者的口味。"陈晓明：《中国当下的现代性学术语境》，载《中华读书报》，2009年4月9日。另见陈晓明的单篇论文及专著。陈晓明：《现代性：后现代的残羹还是补药？》，载《社会科学》，2004年第1期，第106—114页；第2期，第107—111页。陈晓明：《现代性的幻象——当代理论与文学的隐蔽转向》，福州：福建教育出版社，2008年。

③ Meyer Howard Abrams, *A Glossary of Literary Terms* (New York: Holt, Rinehart, and Winston, c1957, 1988), pp. 108—109.

绪 论

"先锋"的现代主义比从现代化(包括抽象的价值领域和具体的社会现实)入手的现代性讨论更早关注到,现代性其实仍然是一个问题。而这一类先锋的现代主义文学是我关注的焦点。

首先,《在路上》、《麦田里的守望者》和《等待戈多》具有现代主义文学的风格特点,因而可以归入现代主义文学。现代主义文学(modernism literature),又称现代派文学(modernist literature)是现代主义理念的重要组成部分之一。英国批评家布莱德贝里(Malcolm Bradbury,1932—2000)和麦法兰(James Mcfarlane,1920—1999)有关现代派文学的名称和性质的文章特别常被引用。他们认为现代派文学有五个关键的倾向:从再现的现实主义(representational realism)转向抽象的、自成一体(autotelic)的艺术形式;高度的审美的自我意识(aesthetic self-consciousness);激进的创新、碎裂和震撼的审美(an aesthetic of radical innovation, fragmentation, and shock);打破熟悉的、正式的和语言惯例(conventions);对悖论的应用(the use of paradox)。[①] 可见,布莱德贝里和麦法兰认为判断一部作品是否属于现代派文学的主要依据是其风格特征。本书第一部分的讨论将揭示《在路上》、《麦田里的守望者》和《等待戈多》的风格属于现代派文学。

其次,《在路上》、《麦田里的守望者》和《等待戈多》的现代性的反思体现了先锋性。它们将目光投向现代的自我(the modern self),从一个个的个体(individual)的痛苦挣扎反思现代性,包括:现代社会的秩序对个体的压抑;找不到意义和归属,分崩离析的生活;具有普遍意义的统一的现代"主体"的死亡等等。借用陈晓明评述福柯对现代艺术在现代性历史语境中的特殊作用的话来说,就是从这三部西方现代派作品中可以领略到"处在现代性之中的审美,或者说现代性艺术,可能创建一种更为内在现代性,真正具有主体自由的那种品质"。[②] 本书第二部

[①] Malcolm Bradbury & James Mcfarlane ed., *Modernism*: *1890—1930* (Harmondsworth: Penguin, 1976), pp. 19—53.
[②] 陈晓明:《现代性:后现代的残羹还是补药?》,《社会科学》,2004年第1期,第113页。

分将会讨论1949—1979年中国体制化的翻译下译者如何处理这三部作品中的现代性的反思。

通过对这三部作品进行"自我投射"的阅读，当时的青年人发现了社会现实与他们接受的意识形态教育之间的矛盾。他们在地下阅读运动中开始更多关注自我（self），关注内心世界（inner world）。对现代化造成的人的困境的反思或许是《在路上》、《麦田里的守望者》和《等待戈多》这类西方现代派作品让当时的青年人如痴如醉的重要原因。翻译和阅读西方现代派作品让庆祝还是反思现代化的选择摆在作为"革命接班人"的青年们面前，而这两种趋势都是对"现代性"的应激性思考。本书第三部分将试图论证阅读西方的现代派作品影响了地下阅读运动中的中国青年的反思，并再次宣扬个体的主体性。并由个体的主体性开始，实施中国的文化—心理的主体性重构和工艺—社会的主体性重构的大工程。①

3. 中国的"主体性"之思与现代性

是否有必要在现代性和与之相关的现代化及现代主义的理论背景中理解中国1970年代"主体性"之思的重新升腾？这需要对现代性一词在中国的历史和中国对现代性理论的反思进行一番梳理。在20世纪初，现代性这个词在最早出现在中国的时候，是对小说和诗歌中相对于"传统"的新的美学性质的评判。值得一提的是，现代性一词最早出现在翻译中。1918年1月15日出版的《新青年》第4卷第1号上，登载了周作人翻译的W. B. Trites的《陀思妥夫斯奇之小说》，文中出现了"现代性"一词："陀氏著作，近来忽然复活。其复活的缘故，就因为有非常明显的现代性（现代性是艺术最好的试验物，因真理永远现在故）。"②1948年11月出版的《文学杂志》第3卷第6期另一篇译文中，再次使用"现代性"一词。其原文题目为"What Is Modern in Modern Poetry"，

---

① 李泽厚：《关于主体性的补充说明》，《哲学美学文选》，长沙：湖南人民出版社，1985年，第164—165页。
② 该文译自《北美评论》第717号。

绪 论

而袁可嘉的译文题目为《释现代诗中底现代性》。①

但是现代性的理论进入学术讨论比较晚近,直到 1990 年代才真正渐渐引起中国学者的兴趣。② 对"现代性"的关注与中国自 1970 年代末以来最重要的两个社会思潮——"新启蒙"和"反思现代性"有直接的关系。1980 年代中国人文—社会科学领域最鲜明的旗帜之一,是"新启蒙主义"思潮及其美学表述。如陶东风所言,"深受现代化意识形态影响的 1980 年代中国知识界认为:世界上只有一种现代性,即西方资本主义现代性,它具有普遍性,中国传统文化是现代化的主要障碍,因而中国现代化的前提性条件就是反传统"。"前苏联模式的社会主义以及改革前中国的社会主义,在理论与实践上都是现代性的反面(等于前现代或专制主义)……这个思维定势在文学与社会文化研究中的直接结果,就是把改革前中国的'社会主义'排除在现代性视野之外。"③

这样一种对于"传统"的见解,在 1990 年代受到来自各个方面的质疑。从而在 1990 年代开始形成了"反思现代性"的新思潮。据陶东风教授总结,"反思现代性"的新思潮的理论资源主要有三。第一种资源来自"中国化"的后殖民和后现代理论。④ 如果说五四和"新启蒙主义"的中国知识分子理解的现代化,是"以西方现代文化(尤其是科学与民主)为武器批判中国传统文化,并在此基础上建立新的民族国家与民族认同",那么由中国化的后殖民和后现代理论资源出发的思想家对中国晚清以降的现代化道路的认识恰好相反。在这一类的反思中,中国 1990 年代之前的现代化道路被认为"不仅不是新的民族身份生成的过程,相反是一个民族身份彻底丧失(他者化)的过程,因而启蒙话语

---

① 该文译自 Stepher Spender, "What Is Modern In Modern Poetry"。
② 参见李怡对有关"现代"和"现代性"的学术文章的分类数据统计。李怡:《中国文学的现代性:批判的批判》,台北:秀威资讯,2010 年,第 2 页。
③ 陶东风:《从呼唤现代化到反思现代性》,《二十一世纪》,香港中文大学中国文化研究所,2008 年 11 月号,总第 80 期,第 15 页。
④ 同上,第 16—17 页。

(自由主义或资本主义现代性)带有殖民主义的深刻烙印"。① 而跨越1980年代这个过渡的"新时期",中国进入了"后新时期"(后现代),是对西方现代性"发展观"的"超越和重造"。② 但是在这一类反思文章中提供的证据(例如市场化、世俗化)却恰恰没有显示出对西方现代性的任何"超越"之处。

第二种反思的理论资源来自"世界体系"理论。以这一资源对现代性进行反思的学者与五四和"新启蒙主义"学者的主要分歧在于,是在中国的传统内部还是在中国与西方发达资本主义国家间的关系中找寻中国所谓"落后"的原因。德里克认为,"不应忽视来自外部的力量塑造'中国'方式"。③ 汪晖也提出:"在跨国资本主义的时代……对中国问题的诊断必须同时也是对日益全球化的资本主义及其问题的诊断,而不能一如既往地援引西方作为中国社会政治和文化批判的资源。"④ 这一类反思的观点,更确切地说,是认为五四以来的启蒙主义思想对于中国传统文化的批判根本就存在一个前提性的错误,即中国的落后根源不在传统文化,而在于世界市场的不平等,因而有必要重新评估1949年后社会主义新中国所追求的独立自主、自立更生的发展方针。但是陶东风质疑:第三世界的"落后"是否仅仅由不平等的世界市场造成? 而就此回避对自身政治、文化弱点的批判是否"变相地为自己开脱"? 对此,学界尚有争议⑤。

---

① 张法、张颐武、王一川:《从"现代性"到"中华性"——新知识型的探寻》,《文艺争鸣》,1994年第2期,第10—20页。张颐武:《"现代性"的终结——一个无法回避的课题》,《战略与管理》,1994年第3期,第104—109页。
② 同上。
③ 例如John Darwin 的 After Tamerlane 对伊斯兰的讨论。John Darwin, *After Tamerlane*: *The Rise and Fall of Global Empires*, *1400—2000* (London: Penguin Books, 2008)。[美] 德里克:《以欧亚视角重新审视现代性》下,胡大平译,《江苏社会科学》,2011年6期,第81页。
④ 汪晖:《当代中国的思想状况与现代性问题》。该文重印过多次,例如《死火重温》(北京:人民文学出版社2000年版)和《去政治化的政治:短20世纪的终结与90年代》(北京:生活·读书·新知三联书店2008年版),本书引用一律来自2008年的最新版本。
⑤ [美] 塞缪尔·亨廷顿(Samuel P. Huntington)等:《现代化:理论与历史经验的再探讨》,张景明译,上海:上海译文出版社,1993年,第139页。

绪 论

第三种反思的理论资源十分驳杂,包括新马克思主义和批判法学等。[①] 在这一类进行现代性反思而不使用前两类理论资源的文章中,西方资本主义现代性和社会主义现代性成为天平的两端,进行着衡量和比较。"新启蒙主义"的观点把社会主义(尤其是毛中国的社会主义实践)视为现代性的对立面。也就是说,只存在一种现代性,即资本主义现代性。与之不同,第三种反思认为社会主义不是什么现代性的反面,而是"另一种现代性方案",以批判资本主义现代性为其特征[②]。这个对于评价中国的社会主义实践和毛式话语提供了新的视野,同时也"挑战对于中国社会主义文学及其他理论思潮的主流诠释"。但是遗憾的是,这一反思本应是多角度、多层次的,却往往被简单化了。用陶东风的话说,就是"常常仅仅因为社会主义现代性对于资本主义现代性的所谓"批判意义"或"抗衡意义",而将之全盘肯定,却忽视了社会主义现代性在许多方面与资本主义现代性的同源同根关系,也没有深入地反思社会主义现代性实践在前苏联与中国所造成的教训(这个教训至少比资本主义现代性在西方的"教训"更加触目惊心)"。[③]

笔者并不能完全赞同以上勾勒的中国1970年代末以来的思想领域的图景。至少由1949—1979年中国对西方现代派作品的翻译和阅读看去,"世界上只有一种现代性,即西方资本主义现代性"绝非这一现象带来的影响的全部。但是对于反思现代性应是多角度、多层次的观点我十分赞同。尤其是对于1949—1979年中国的社会主义实践,既不应该因其有抗衡意义就全盘肯定,也不应该因其有极为惨痛的教训就直接弃如敝屣。

[①] 许纪霖、刘擎、罗岗等:《寻求"第三条道路"——关于"自由主义"与"新左翼"的对话》,《上海文学》,1999年第3期,第68—79页。刘小枫:《现代性社会理论绪论:现代性与现代中国》,香港:牛津大学出版社,1996年。韩毓海:《在"自由主义"姿态的背后》,《天涯》,1998年第5期,第12—18页。
[②] 汪晖:《去政治化的政治:短20世纪的终结与90年代》,北京:生活·读书·新知三联书店,2008年版。
[③] 陶东风:《从呼唤现代化到反思现代性》,《二十一世纪》,香港中文大学中国文化研究所,2008年11月号,总第80期,第20页。

革命路上
翻译现代性、阅读运动与主体性重建，1949—1979

首先，中国的社会主义现代性在很大程度上与资本主义现代性同源同根。中国的现代性问题是随着有关"现代化"的讨论产生的。1980年代以来，学界对明清中国（late imperial China, 1368—1911）逐渐有了新的理解。相比过去对郑和下西洋、厂卫制度和"停滞论"的讨论，学者们开始更加关注这一时期的"资本主义萌芽"和作为"近代初期"的性质。这些学者的贡献一是提出以中国为中心的中国研究范式。如柯文（Paul A. Cohen）所说，即"从中国而不是从西方着手来研究中国历史，并尽量采取内部的（即中国的）而不是外部的（即西方的）准绳来决定中国历史中哪些现象具有历史重要性"。① 二是从细节上分析中国的现代性始于何时。② 在检视细节的过程中，关注政治、经济、社会的学者和关注文学的学者意见有所分歧：前者往往认为明清中国即使有资本主义萌芽，但没有走上现代化之路。③ 而后者则认为晚清就已经有了丰富的现代性，只是被压抑了。④ 不管怎样，资本主义萌芽被认为与中国的现代化有关。而在有关中国的现代性讨论的另一个热点时期社会主义

---

① Paul A. Cohen, *Discovering History in China: American Historical Writing on the Recent Chinese Past* (New York: Columbia University Press, 1984).［美］柯文：《在中国发现历史：中国中心观在美国的兴起》，林同奇译，北京：中华书局，1989年，2002年重印，第201页。

② 例如印刷出版业的发展，以及礼教与情欲的变化。［日］山根幸夫：《八十年来日本的明史研究》，台湾大学历史系编：《民国以来国史研究的回顾与展望研讨会论文集》中册，台北：台湾大学出版组，1992年，第641—652页。黄宗智：《中国研究的规范认识危机——社会经济史中的悖论现象》，《中国研究的规范认识危机：论社会经济史中的悖论现象》，香港：牛津大学出版社，1994年，第1—37页。［美］费维恺（Albert Feuerwerker）：《清代经济史与世界经济史》，《明清档案与历史研究：中国第一历史档案馆六十周年纪念论文集》上册，北京：中华书局，1988年，第390—407页。林仁川：《明末清初私人海上贸易》，上海：华东师范大学出版社，1987年。

③ Yen-ping Hao, *The Comprador in Nineteenth Century China: Bridge between East and West* (Cambridge, Mass.: Harvard University Press, 1970).［美］郝延平：《十九世纪中国的买办：东西方之间的桥梁》，李荣昌、沈祖炜译，上海：上海社会科学院出版社，1988年。Philip C. C. Huang, *Peasant Economy and Social Change in North China* (Stanford: Stanford University Press, 1985).［美］黄宗智：《华北小农经济与社会变迁》，香港：牛津大学出版社，1994年。

④ David Der-wei Wang, *Fin-de-siècle Splendor: Repressed Modernities of Late Qing Fiction, 1849—1911* (Stanford, Calif.: Stanford University Press, 1997).［美］王德威：《被压抑的现代性：晚清小说新论（1849—1911）》，宋伟杰译，台北：麦田出版，2003年。

绪 论

新中国(包括毛泽东时代的革命实践和新时期的改革开放实践),是否形成了具有特殊性的"中国模式"的现代性是学者争论的焦点。德里克认为中国早些时候在社会主义的旗帜下形成对资本主义全球化的一种抵抗,但是在毛之后这些冲突是建立在一个"全球化"的资本主义的政治经济的基础之上。① 而就中国共产党文献的表述看来,1954年以来中国就一直走在现代化的道路上。②

其次,中国的社会主义现代性在很大程度上与资本主义现代性一样带来了很多"教训"。"现代性"虽然被奥克塔维欧·帕慈称为"西方独具的概念"③,但鲍曼(Zygmunt Bauman, 1925—)、吉登斯(Anthony Giddens, 1938—)和贝克(Ulrich Beck, 1944—)从西方社会现实观察到的很多问题,也同样在中国的社会主义现代性(包括毛泽东时代的革命实践和新时期的改革开放实践)中出现。④ 一是吉登斯提出的"去传统"(detraditionalization)或者贝克提出的"剥离"(disembedment)。越来越多的个体从外部社会制约因素,包括诸如家庭、亲属、社区和社会阶级中剥离出来。在特定的时空条件下,这种社会中的变革,或者说"本体论上的安全感"的断裂,造成了现代自我(self)的个体主体性的迷失。⑤

---

① "…when struggles took the form of struggles between the globalization of capitalism and resistance to it, most importantly in the guise of socialism, …these clashes are now being played out on the grounds of a globalized capitalist political economy." Arif Dirlik, *Global Modernity: Modernity in the Age of Global Capitalism* (Boulder: Paradigm Publishers, 2007), p.4.

② 继1954年周恩来的报告之后,1957年,在《关于正确处理人民内部矛盾的问题》中,毛泽东重提建设现代的社会主义国家。1964年12月2日,在第三届全国人大一次会议上,周恩来宣布四个现代化的奋斗目标。1980年邓小平在《目前的形势和任务》的报告中提出加紧建设四个现代化。1987年,赵紫阳正式提出"有中国特色的社会主义道路"的说法。赵紫阳:《沿着有中国特色的社会主义道路前进》,1987年中国共产党第十三次全国代表大会报告。

③ Octavio Paz, Rachel Philips trans., *Children of the Mire* (Cambridge, Mass.: Harvard Unviersity Press, 1974), p.23.

④ Yunxiang Yan, *The Individualization of Chinese Society* (Oxford; New York: Berg Publishers, 2009), pp.273—276。

⑤ Anthony Giddens, *Modernity and self-Identity: Self and Society in Late Modern Age* (Stanford, Calif.: Stanford University Press, 1991).

革命路上
翻译现代性、阅读运动与主体性重建，1949—1979

二是鲍曼提出的"强制性和义务性的自决（self-determination）"。这意味着，现代社会结构迫使人们变得积极主动，自决的个体必须为他们自己的问题负全部责任，并发展出自反的自我。由于挣脱传统的家庭等因素的趋向使得人们不再向传统寻求支撑，人们对现代社会机构的依赖反而增强了。自我在摆脱传统桎梏的同时又被强力纳入新的社会机制。第三个则是贝克提出的"整合的个体生命经验"。具体而言，就是由于现代社会的机制，对选择、自由或个性的提倡不一定导向独一无二的自我。① 这也和理斯曼（David Riesman，1909—2002）等早先对现代社会缺乏真正的自我空间因而使得个体更加孤独的观察颇有共通之处。② 革命、进步、解放、发展和危机等关键词使得现代性不再能从别的时代获取标准，而只能自己为自己制定规范。③

通过试图找回1949—1979年的社会主义实践和新时期的社会主义改革之间的那些失落的珠线，笔者想暗示的是，中国的社会主义现代性与资本主义现代性的差异可能在某种程度上被夸大了。在翻译和阅读西方现代派作品的例子中，《在路上》、《麦田里的守望者》和《等待戈多》对西方现代性的反思在当时的青年人那里一样得到共鸣。④ 这三部作品不可避免地带有当时意识形态和美学的烙印，但是同时也带有译者的主体性。而通过阅读，青年人开始主体性的重建，直接塑造了1970年代末到1980年代末的文学实践。正如汪晖所指出的："主体性概念在抽象

---

① Ulrich Beck and Elisabeth Beck-Gernsheim, *Individualization: Institutionalized Individualism and its Social and Political Consequences* (London: Sage, 2002), p. 151。另见 Ulrich Beck, *Risk Society: Towards a New Modernity*, translated by Mark Ritter (London: Sage, 1992)。
② David Riesman, Reuel Denney and Nathan Glazer, *The Lonely Crowd: A Study of the Changing American Character* (New Haven: Yale University Press, 1950, 1967)。[美] 理斯曼等：《孤独的人群：美国人性格变动之研究》，刘翔平译，沈阳：辽宁人民出版社，1989年。
③ Jurgen Habermas, Frederick Lawrence trans., *The Philosophical Discourse of Modernity* (Cambridge, Mass: The MIT Press, 1987), p. 5.
④ Weaver认为塞林格的作品在美国之外主要在印度、日本、德国和苏俄受欢迎，不过就本文中《麦田里的守望者》（塞林格的代表作）的例子来看，塞林格的作品在中国同样受到关注。Brett E. Weaver, *An Annotated Bibliography (1982—2002) of J. D. Salinger* (Lewiston, N. Y.: E. Mellen Press, c2002), p. 3.

绪 论

的陈述中表达的是对政治自由和征服自然的意愿,在 1978 年以来的主导性思想框架之中,这一概念致力于对集权主义的历史实践(总体性的经济、政治和意识形态模式)的批判,并为朝向全球资本主义的意识形态提供了某种哲学基础"。① 现代自我的"主体性"也正是查尔斯·泰勒(Charles Taylor, 1931—)重新认识现代性的一个起点。②

认清这一问题对于日趋个体化的中国社会和个体显然有着重要意义。阎云翔通过研究表明 1970 年代末的体制化变革引发了中国社会的个体化并受到全球化的影响。比如:"松绑"去集体化,改变了集体经济的面貌;村干部不再是唯一掌握资源的人,使得农村权力关系变得复杂,至少涉及干部、家庭、宗族等多方;另一方面,城市生活方式对农村青年的感召使流动人口增加,打破了户籍制度,也出现了第三者和婚姻中嫁妆处理的问题;1990 年代消费主义的兴起掀起消费者权益运动,而在全球化的影响下,麦当劳代表的快餐式生活方式渗透入普通中国人生活等等。③ 中国的社会和个体都日益直面现代性和作为现代性后果之一的全球化的问题,对现代性的反思更显得尤为重要。④ 从"文革"中后期开始,地下阅读中的青年开始反思中国向何处去,我向何处去。一批青年作家开始书写现代自我,重构主体性,而以牟宗三(1909—1995)、李泽厚(1930—)为代表的中国主体性哲学、刘再复(1941—)的文学主体性思想则致

---

① 汪晖:《"科学主义"与社会理论的几个问题》,《天涯》,1998 年 6 期。
② Charles Taylor, *Sources of the Self: The Making of the Modern Identity* (Cambridge, Melborne: Cambridge University Press, 1989).
③ Yunxiang Yan, *The Individualization of Chinese Society* (Oxford; New York: Berg Publishers, 2009)。但是这本专著的主要关注点是农村,而非城市,因此似乎难以回答在中国的城市或城市青年中这一趋势是否更早出现这样的问题。此外,在关系与人情这些中国个人关系中的特殊特征之外,对自我的认识是否在更深层次上起了变化,是阎未及讨论的。
④ 对此,有两本书值得参考。Anthony Giddens, *The Consequences of Modernity* (Stanford, Calif.: Stanford University Press, 1990)。[英]安东尼·吉登斯:《现代性的后果》,田禾译,南京:译林出版社,2000 年。Steven Best, Douglas Kellner, *Postmodern Theory: Critical Interrogations* (Basingstoke: Macmillan, 1991)。[美]斯蒂文·贝斯特(1955—)、道格拉斯·凯尔纳(1943—):《后现代理论:批判性的质疑》,张志斌译,北京:中央编译出版社,1999 年)。

力于为现代主体提供更贴近人之身心的道德源泉。① 本书部分的目标也在于让我们不至遗忘他们的反思和努力，忽视他们已取得的成果。

(三) 方法论的更新

在第一节一开始，笔者已简单地勾勒了1949—1979年翻译和阅读西方现代派作品这一现象的历史图景。虽然笔者努力描绘这一特殊历史现象的实质意义，但我发现需要质疑的不仅是对现代性与中国的关系非此即彼的、或超历史的简单化判断，还有二元对立的传统思维模式。从康德（Kant）、黑格尔（Hegel）、卢梭（Rousseau）到索绪尔（Saussure）、胡塞尔（Husserl）、海德格尔（Heidegger），他们都是预先设定某点，并以此为立论基础，将它称为"纯粹、先验、固定、真实"，思想家们进而将其发展为一种"逻各斯"（Logos），认为其是事物的本质或者本来的秩序。德里达注意到，这种逻各斯中心主义不仅设置了各种二元对立的藩篱（如主体与客体、本质与现象、真理与谬误、能指与所指），而且"为它们设立了等级，从而使对立双方不再是一种对立的平衡关系，而是一种从属关系，第一项总是处于统治和优先地位"。② 对于翻译和阅读的研究来说，这在很长时间以来造成一种困境，就是研究者总是努力想抓住所谓作者的"真义"，并因此批判译者的"错误"或者读者的"误读"。但是，作者和译者、作者和读者、译者和读者之间其实本不应人为地设置对立的藩篱，甚至非要为它们划分等级。可以说，写作、翻译、阅读是一个复杂的思维转换的过程，但就意义生产来说，又是一个统一的过程。赋予意义的权杖应分与作者、读者，以及文学批评中迟来的译者。现代理论的发展为打破这一方法论的困境提供了出路。

---

① 牟宗三：《中国哲学的特质》，台北：台湾学生书局，1974年。该书最早于1963年在香港出版，其后于1974年、1982年在台湾出版，1997年在上海古籍出版社出版。李泽厚：《批判哲学的批评：康德述评》，北京：人民出版社，1979年1版，1984年。刘再复：《论文学的主体性》，《文学评论》，1985年第6期，第11—26页。刘再复：《论文学的主体性（续）》，《文学评论》，1986年第1期，第3—20页。

② Kathleen Davis, *Deconstruction and Translation* (Shanghai: Shanghai Foreign Language, 2004), preface.

绪 论

1. 作者之死之后？方法论的新问题

作为后现代的文本，《在路上》、《麦田里的守望者》和《等待戈多》的作者自己从绝对权威的位置上抽身退步。例如，《在路上》自发性的写作风格打破了情节的确定性，《麦田里的守望者》的叙述方式不免让我们时时对其叙述者霍尔顿讲的故事的可信度产生怀疑，而《等待戈多》究竟等待什么可以做多样的理解。这一变革是现代的作家一直试图在作者和文本关系中进行的。巴特认为某些现代作家——首先是马拉美（Mallarme）、他之后的瓦莱里（Valery）、普鲁斯特（Proust），以及那些超现实主义作家——一直在努力实现文本相对于作者的解放。从马拉美开始，作家们开始试图证明文学的来源不再是浪漫主义所认为的崇高的灵感、想象力或者说"缪斯"，而存在于语言本身。然而，他们的英勇努力被证明不过是一系列悲剧英雄式的失败。这些尝试，最终不过是说明了"作者的摇摆不定"。[1]

就理论而言，作者的问题在欧美新批评和俄国形式主义中也有触及。不过形式主义的基本主张只是简单地将作者从文本中移出，以便进行字句的精读或者强调文学的文学性（the literariness of literature）。[2] 早期的反作者运动基本就是以这种对传记式实证主义（biographical positivism）的反动出现的。[3]

真正对"作者"发起挑战并成功动摇了"作者"的地位的是结构主义/后结构主义的三位著名学者——专注于文学和文化分析的罗兰·巴特（Roland Barthes, 1915—1980），在结构主义启发下提出知识社会学新方法的米歇尔·福柯（Michel Foucault, 1926—1984），以及进入了后

---

[1] Adrian Wilson, "Foucault on the 'Question of the Author': A Critical Exegesis Author (s)", *The Modern Language Review*, Vol. 99 No. 2 (Apr., 2004), p. 340.

[2] Sean Burke, *The Death and Return of the Author: Criticism and Subjectivity in Barthes, Foucault and Derrida* (Edinburgh: Edinburgh University Press, 1992; repr. 1998), p. 14.

[3] 法国结构主义传统的源头可以追溯到马克思（Karl Marx, 1818—1883）、西格蒙德·佛洛伊德（Sigmund Freud, 1856—1939）和索绪尔（Ferdinand de Saussure, 1857—1913）。而与结构主义的路径和理论大相径庭的则包括，列斐伏尔的人文马克思主义观（Henri Lefebvre, 1901—1991），吕格尔（Paul Ricoeur, 1913—2005）为代表的现象学和宗教研究，杜兰（Alain Touraine, 1925— ）的行动社会学等等。

结构主义/解构主义的德里达（Jacques Derrida, 1930—2004）。①

关于"作者"问题的第一个突破来自巴特。他写于1967年而发表于1968年的文章《作者之死》（"La mort de l'auteur"），是一个典型而精辟的"作者之死"的宣言。巴特在援引了巴尔扎克的《萨拉辛》（*Sarrasine*）里的一个句子之后，开始问：

> 那么说这话是谁？是故事的主人公？作为个人的巴尔扎克？作为作者的巴尔扎克？是普遍的智慧？还是浪漫主义心理学？我们永远不会知道，写作（ecriture）有很好的理由破坏掉所有的个人声音，掩藏起所有的源头。②

正如这一连串的尼采（Nietzschean）式的提问清楚表明的那样，巴特论点的核心是替换作者这个形象（或更确切地说，大写的"作者"）而取而代之以"写作"（ecriture）。③ 这一"写作"的概念，近似于语言

---

① 20世纪文学批评中被反复提及的几个关键词"作者"（the Author）、"读者"（the Reader）、"文本"（text）和"话语"（discourse）都与结构主义密切相关。随着存在主义的没落，结构主义星空璀璨：包括被称为"结构主义之父"的杰出人类学家克劳德·李维史陀（Claude Lévi-Strauss, 1908—2009），提出建构论（constructivism）的让·皮亚杰（Jane Piaget, 1896—1980），马克思主义哲学家阿尔都塞（Louis Althusser, 1918—1990），将结构主义纳入佛洛伊德精神分析的雅克·拉康（Jacques Lacan, 1901—1981）、罗兰·巴特（Roland Barthes, 1915—1980）、米歇尔·傅柯（Michel Foucault, 1926—1984），以及进入了后结构主义/解构主义的吉尔·德勒兹（Gilles Deleuze, 1925—1995）、德里达（Jacques Derrida, 1930—2004）等。

② Roland Barthes, 'La mort de l'auteur'（1968）, repr. in his *Le Bruissement de la langue*（Paris: Seuil, 1984）, p.61; English translation adapted from that of Stephen Heath, "The Death of the Author", in Roland Barthes, *Image-Music-Text*, essays selected and translated by Stephen Heath（London: Fontana, 1977）, p.142.

③ Ecriture这个词有双重指涉：首先它可以是写作行为，其次它可以指写作本身作为一个整体所具有的原初性质（和形而上的性质）。Anne Banfield, "Ecriture, Narration and the Grammar of French", in Jeremy Hawthorn（ed.）, *Narrative from Malory to Motion Pictures*（London: Arnold, 1985）, p.13. 这个词也是德里达没有主体的书写哲学的最佳写照。它的基础是有关符号的理论，把写作设定为在场与缺席之间的游戏，因为"符号再现了缺席状态下的在场"。Jacques Derrida, *De la grammatologie*（Paris: Editions de Minuit, 1967）. Jacques Derrida, David B. Allison（trans.）, NewtonGarver（pref.）, *Speech and Phenomena, and Other Essays on Husserl's Theory of Signs*（Evanston: Northwestern University Press, 1973）, p.138.

本体论的观念①,具体而言就是语言拥有自身的存在,而且词(语言符号)之"在"只有在物"不在场"的情况下才可以想象,"不在场"(空白、死亡、沉默等)是每个意义的前提。也即巴特所说的:

> ……从语言学上说,作者只是写作这行为,就像"我"不是别的,仅是说起"我"而已。语言只知道"主体",而不知"个人"为何物;这个主体,在确定它的说明之外是空洞的,但它却足以使语言结而不散,也就是说,足以耗尽语言。②

巴特引入语言本体论的目的其实是为了努力排除作者在意义诠释中的中心地位。语言是自明的,它解说着作品的内容和内涵,写作应该重新归位于内在的语言逻辑,而作者不应该继续被视为写作的掌控者。作者不再是掌握意义的"主体",不再对文本起决定作用,而文学批评的任务也不再是追寻作者的"创作意图",乃至认为作品的所有秘密都隐藏在作者的生平背景之中。作者,这个中世纪"人"的"发现"的产物,随着现代性的推进,变得没那么重要。写作在现代性中显露自身真相——"作者死亡,写作开始"③——写作本身并不是简单的解构意义和寻求答案的活动,而是不断的附加意义和重构的过程,我们往往并非简单的解释文本的'真实',而是受到文际互指(前人研究)的影响以及自身知识背景的局限。相应的,虽然巴特没有更为仔细地区分"作者—书"和"抄写员—文本"这两对关系,但是,巴特的理论从根本上拯救了读者的形象,使读者能够越过作者而直接诠释"文本"。批评家与作者的合谋,将会由现代的"巫师/抄写员",或者说新的读者的主权所

---

① 语言本体论发端于 1940 年代中期,由海德格尔的存在哲学为基础发展起来,典型的代表是莫里斯·布朗肖(Maurice Blanchot,1907—2003)。
② [法] 罗兰·巴特:《作者之死》,林泰译,赵毅衡编选:《符号学文学论文集》,天津:百花文艺出版社,2004 年,第 509 页。
③ 同上,第 507 页。

革命路上
翻译现代性、阅读运动与主体性重建，1949—1979

取代。所以巴特的结论是，"读者的诞生必须以作者的死亡为代价"。①

贝克特的《等待戈多》被认为对法国思想史发展有重要意义，福柯就曾明确表示自己1953年在法国看的《等待戈多》是"a key turning point in his own intellectual development"。② 就在巴特论文发表的次年，福柯也进入到了关于"作者"的讨论之中。虽然福柯似乎刻意地回避了巴特的名字，但是巴特的论文应该是福柯发表他的演讲的动因之一。在他1969年2月作的题为"什么是作者？"（"Qu'est-ce qu'un auteur？"）的演讲中，福柯主要讨论了作者的名字、占用的关系、归属的关系和作者的位置等问题。③ 福柯的这篇演讲的框架建立在那些对他的《词与物：人文科学考古学》（*Les Mots et les Choses: Une Archéologie des Sciences Humaines*）的批评的回应上面——他承认自己某些部分的讨论可能不深入、不全面或者是具有误导性。④ 在他的《词与物》中，他试图绕过"什么是作者"的问题，而直接跳跃到"话语层面"，因而被攻击为极为随意

---

① ［法］罗兰·巴特：《作者之死》，林泰译，赵毅衡编选：《符号学文学论文集》，天津：百花文艺出版社，2004年，第512页。
② Leslie Hill, "Poststructuralist readings of Beckett," Lois Oppenheim ed., *Palgrave Advances in Samuel Beckett Studies*, New York & London, Macmillan & St Martin's Press, 2004. p.76.
③ 该演讲是福柯于1969年2月22日在法国哲学协会（Société Francaise de philosophie）所做的演讲，由瓦尔（Jean Wahl）教授主持，最初发表于 Bulletin de la Société française de philosophie, 第63卷第3期（1969，第73—104页。后来该演讲在1977年被翻译成英文，译者为加拿大的 Donald F. Bouchard 和 Sherry Simon，林泰根据此一英译完成中译。［法］米歇尔·福柯：《什么是作者》，林泰译，赵毅衡编选：《符号学文学论文集》，天津：百花文艺出版社，2004年，第513—524页。本文另参考了李康、张旭据法文补全的演讲后的问答讨论的译本。该演讲另有一英译，译者为美国的 J. V. 哈拉里教授（Josué V. Harari），收录在王岳川、尚水主编的《后现代主义文化与美学》一书中。米佳燕翻译的《什么是作者？》是根据哈拉里的译本翻译的。这两个英译版本有较大差异，以致中文译本也有大段不同。张琦在充分比较两个译本之后，认为哈拉里教授的译本是由于他所属的新批评派先入为主的理论概念使得其翻译发生了扭曲。张琦：《从〈什么是作者？〉的两个译本谈开去》，载《当代外国文学》，2000年第1期，第87页。因此本文采用 Donald F. Bouchard 和 Sherry Simon的英译，林泰的中译，及北京大学李康、张旭的补正。
④ Michel Foucault, *Les Mots et les choses: une archeologie des sciences humaines* (Paris: Gallimard, 1966)。［法］米歇尔·福柯：《词与物：人文科学考古学》，莫伟民译，上海：上海三联书店，2001年。这篇演讲就是对批评家对他的这本《词与物》的批评的直接回应。对福柯著作的批评，参见 Habermas 和 Edward Said。

绪 论

地使用作者的名字，粗暴地废止了"一本书，一个作品，或者一个作者"的传统研究路径的方法，几乎没有实际材料的支撑，而将知识打成了碎片。① 福柯在为自己的辩护中将作者的问题向前推进了一步②：他认为作者的名字不仅仅是一个语类成分（主语、补语），更重要的是作为一种分类手段。进而言之，作者是话语的一种功能。用以刻画出一个社会里某些话语的存在、流通和运作的特征。"作者"标明的是一种所属关系、并不是稳定不变的、也不是自动形成的。作者作为话语的一种的功能关系到"限制、规定和表达话语领域的法律和制度方面的系统"，所以它不会以"完全相同的运作方式，体现在各种话语、所有时间以及任一给定的文化中"。③

德里达与巴特、福柯不同，他没有直接讨论过作者的问题，而是通过诸多的关于没有主体的"书写"（L'ecriture）哲学的论述传达了他的反作者观念。德里达认为，"文本之外无一物"，主张阐释不是非此即彼，而具有多样性和开放性。他坚决反对伽达默尔（Gadamer）的解释学理论（Hermeneutics），认为通过作品去复原作者原意既无必要，亦无可能。因为作品生成的意义总是多于作者的意图，真理般永恒的"原意"是不存在的。这与他的反对逻各斯中心主义和言语中心主义的整个思想体系是一致的。在德里达看来，书写留下的其实是最终会被抹去的

---

① G. S. Rousseau, "Whose Enlightenment? Not Man's: The Case of Michel Foucault", *Eighteenth-Century Studies*, Vol. 6, No. 2 (Winter, 1972—1973), pp. 238—256。福柯自己承认他对布丰等的描述欠妥，把像布丰和林奈放在一起，或者是把居维叶的时代放在达尔文的后面之类。

② "As a privileged moment of individualization in the history of ideas, knowledge, and literature, or in the history of philosophy and science, the question of the author demands a more direct response." Michel Foucault, A. M. Sheridan Smith (trans.), *The Archaeology of Knowledge* (London: Tavistock Publications, 1972), p. 115.

③ 在本次演讲的答疑部分，福柯努力撇清与结构主义者的关系，并指出自己小心地回避了"结构"这个词。他也指出本篇演讲并非是分析主体得以可能的条件，如果必须的话，他会分析在怎样的条件下个体具备了主体的功能。更准确地说，是在什么领域之中，以什么手段（如话语、欲望、经济过程等），主体成为主体。他认为没有绝对的主体。随后拉康帮他继续说明了结构主义和主体的问题。拉康认为是否是结构主义，这并不只是一个否定主体的问题，而涉及主体的依赖关系。

痕迹。实际上，如戈德曼所说，这是整个实践的属性："实践动摇了几百年甚至几千年归根到底要坍塌的一座圣殿的建构；一个路程开辟了，而实践修正了它的轨迹。"但是德里达没有试图说明这些痕迹是谁留下的，没有解释谁来书写的问题，于是将作者放在了一个注定的缺席位置上。[①] 这意味着德里达虽然意图宣告作者的"死亡"，但是通过将作者放在一个先验的缺席位置，反而造成了"作者"的永生。

通过对"作者之死"的论述，巴特、福柯、德里达不仅将批评的任务带离了"确立作者与其作品之间的纽带"，或是通过作者的作品重构作者的思想和体验这些传统的作者—作品的路径，也带离了对于作品的结构分析，甚至挑战了"写作"（écriture）这个观念本身。作者之死不是作者的不存在，而是文本不再背负神圣、崇高，不再是以父神之名、以道德的名义进行的书写，而走上了反崇高的道路——文本变成了无名、无主的，并且向着多样的阐释彻底敞开。

文本变成了无名、无主的，意味着意义生产过程的解放。本文讨论的三本现代派作品的作者放弃了在作品中作价值判断，放弃了全能视角，或者直接放弃了对文本进行释义的权利。凯鲁亚克的《在路上》中有狄恩代表的永远在路上的叛逆者，也有姑妈代表的回到家庭的传统世界观，但他没有对这两个世界做任何的价值判断。塞林格的《麦田里的守望者》一开始就直白地表明拒绝读者做任何历史地或实证地阅读。而贝克特也一直拒绝解释《等待戈多》中的"戈多"到底指代什么。

意义生产过程的解放使得作者的书写完成不等同于意义生产的完结，这意味着我们的方法论必须由作者延伸出去。但是解构至此，作者是否还值得研究？我认为，作者仍然应该有其一席之地。对话语的考察

[①] 戈德曼的发言的中译据［法］米歇尔·福柯（Michel Foucault）著，李康、张旭译，《什么是作者？》演讲后的问答讨论部分。其他关于德里达对作者问题的贡献的讨论参见 Sean Burke, *The Death and Return of the Author: Criticism and Subjectivity in Barthes, Foucault and Derrida* (Edinburgh: Edinburgh University Press, 1992; repr. 1998)。

绪　论

有必要建立这样一个信念，即一个话语既是文化的，也是历史的现象。①作者仍然是意义生产过程中具有能动性（agency）的参与者之一，因此在解读原文的结构、修辞和语言中，作者仍然为我们提供一个并非绝对但是仍然重要的诠释来源。在本书中，这既包括其承载的"自反现代性"，也包括其风格上的审美价值。

2. 布鲁姆与读者接受理论：通向跨学科方法

解构主义将文本从作者那里解放出来，这一方面促使了1990年代学者们的研究沿着巴特、福柯和德里达的方向突破原著和原作者的一元分析，而另一方面，促使他们寻求理论的平衡点，不是急切地宣布作者的死亡，而是在尊重作者的同时把更多的因素，比如读者考虑进来。②对于1949—1979年翻译和阅读西方现代派作品这一现象，此处的问题在于：谁为中国语境中的"现代性"提供意义来源，或者说谁掌握中国语境中的"现代性"话语权？《在路上》、《麦田里的守望者》和《等待戈多》在地下阅读运动中引起的反响，反映了以这三部作品为代表的翻译过来的现代主义作品由被批判的对象成为了青年们进行个人的主体性反思的契机。这一转变提醒我们，参与意义生产的不仅仅是作者、译者，读者的阅读（包括阅读的时代背景）也是很重要的一环。因此，有必要寻找适合分析这一转变的读者理论。

解构主义在某种程度上走得太远，以至于走向虚无之境（nihilism），因此引起诸多批评。"作者"虽然在1960年代末已被宣布死亡，不过在

---

① Mary Ann Gillies & Aurelea Mahood, *Modernist Literature: An Introduction* (Montreal; Ithaca, NY: McGill-Queen's University Press, 2007), p. 17.

② Peter Lamarque, "The Death of the Author: An Analytical Autopsy", *British Journal of Aesthetics*, 30 (1990), pp. 319—331. Donald Keefer, "Reports of the Death of the Author", *Philosophy and Literature*, 19 (1995), pp. 78—84. 另可参见：Josué V. Harari (ed.), *Textual Strategies: Perspectives in Post-Structuralist Criticism* (Ithaca, N. Y.: Cornell University Press, 1979); John Caughie (ed.), *Theories of Authorship: A Reader* (London; New York: Routledge, 1981); Sean Burke (ed.), *Authorship: from Plato to the Postmodern: A Reader* (Edinburgh: Edinburgh University Press, 1995). Sean Burke, *The Death and Return of the Author: Criticism and Subjectivity in Barthes, Foucault and Derrida* (Edinburgh: Edinburgh University Press, 1992; repr. 1998).

革命路上
翻译现代性、阅读运动与主体性重建，1949—1979

1990年代，"作者"又回到了文学批评界的视野中①。人们重新审视那些现在已被经典化的论述中罗兰·巴特和福柯最初宣告的——或者看似宣告的——作者的死亡，不断发掘出巴特和福柯提出"作者之死"的哲学史上的渊源和线索，从而调整并丰富了作者作为意义承载体的理论论述。之前未得到应有的密切关注的福柯的《什么是作者？》，在1990年代得到了细致地考察。尤其是出版于1992年的肖恩·博克（Sean Burke）的《作者之死与复生》（*The Death and Return of the Author*）彻底打破了"作者之死"之后尴尬的静寂。他重新细致地批评了巴特、福柯和德里达的反"作者"观点。通过对他们的理论著作的逻辑论证的考察，博克既揭示了他们论点的长处也指出了其中的种种问题。这本专著和1990年代的其他讨论"作者"问题的论文一起，试图说明：作者已不是唯一可靠的意义来源，但是结构主义以及解构主义的理论家对于作者隐身之后谁在创造意义的问题实在语焉不详。

在接受理论（reception theory）对读者和文本关系的解读中，有三种基本思路。第一种思路是读者内在于文本的思路，即阅读是对作者意识和经验的复活，读者只是让作者意图得以实现的非实在的中介。代表理论有沃克·吉布森（Walker Gibson）的"冒牌读者"（mock readers）概念②，法泰尔（Michael Riffaterre）对"超级读者"（superreader）和一般的读者的区分，热拉尔·普兰斯（Gerald Prince）的"理想的读者"和"零度叙述接受者"（the zero-degree narratee）理论③，以及普莱（Georges Poulet）对作品通过读者的阅读进入读者的意识从而获得生命的论述等。

第二种思路是读者与文本互动的思路，即读者和文本都有能动性。

---

① Margit Sutrop, "The Death of the Literary Work", *Philosophy and Literature*, 18 (1994), pp. 38—49.
② [美] 沃克·吉布森：《作者、说话者、读者和冒牌读者》，何百华译，中国艺术研究院编：《读者反应批评》，北京：文化艺术出版社，1985年，第50页。
③ [法] 热拉尔·普兰斯：《试论对叙述接收者的研究》，袁宪军译，中国艺术研究院编：《读者反应批评》，北京：文化艺术出版社，1985年，第61页。

代表理论有伊塞尔（Wolfgang Iser）的"文本召唤结构"（die appellstruktuv der texte）、"隐在读者"（implied reader）概念和"效果—反应理论"（Wirkungstheoris）等。① 其中，伊塞尔认为作品不等同于文本，文本和读者其实是作品的两极，读者的阅读是作品生成的场所，作品是文本和读者交流互动的产物。概言之，意义是文本能动地作用于读者而产生的"效果"和读者对文本作用的能动"反应"的总和。② 这一思路已经预示着突破学科界限的需要。

第三种思路是读者生产文本的思路，即作者的写作只是写作的开始，读者将写作和生产继续下去。代表理论有费什（Stanley Fish，1936— ）对文本的"信息"（information）和"意义"（meaning）的区分。他不强调读者通过阅读获得的文本自身的"信息"，而强调文本引发的阅读事件，也就是说文本在读者的具体阅读中引起的反应。③ 与之类似，罗兰·巴特对"能引人阅读之文"（texte lisible）和"能引人写作之文"（texte scriptible）作了区分。巴特更重视"能引人写作之文"，因为在他看来，"能引人写作之文"是现代之文，也是理想之文，在《S/Z》一书中他亲身实践了这一理论。他将巴尔扎克的《萨拉辛》打散成561个阅读单位，用五种符码加以解读，包括：阐释符码—真相的声音、意素符码—个人的声音、象征符码—象征的声音、布局符码—经验的声音、文化符码—科学的声音。④ 读者成为文化空间的"通道"，延续了写作（écriture）。⑤

第三种思路的思考模式预示了读者重构话语的可能。这一思路对于理解整个1949—1979年中国对西方文学的文学批评范式和1960年代末

---

① [德]沃尔夫冈·伊塞尔：《阅读活动：审美反应理论》，金元浦，周宁译，北京：中国社会科学出版社，1991年。
② 同上，第9、21、24页。
③ [美]斯坦利·费什：《读者中的文学：感受文体学》，文楚安译。[美]斯坦利·费什（Stanley Fish）：《读者反应批评：理论与实践》，文楚安译，北京：中国社会科学出版社，1998年，第136页。
④ [法]罗兰·巴特：《S/Z》，屠友祥译，上海：上海人民出版社，2000年，第84页。
⑤ 同上，第52—53页。

至1970年代末中国的地下阅读运动大有助益。巴特证明读者不仅能和文本进行交流，并且能够生产出构成其他文本的新的表述与规则。而费什将文本引发的阅读事件置于通过阅读获得的文本自身的信息之上。这使我关注发生于1960年代末至1970年代末的地下阅读运动，它的发生、发展过程以及在文学、思想领域引起的反应。这一事件虽然是历史的，但是也与文学息息相关，并对1970年代末开始氤氲的新的社会思潮产生重要影响。

第三种思路的另一位代表理论家哈罗德·布鲁姆（Harold Bloom, 1930— ）的"误读"理论对于本书理解中国翻译和阅读西方现代派作品提供了一个有用的跨学科的理论模型。布鲁姆通过《影响的焦虑》（*The Anxiety of Influence: A Theory of Poetry*）和《误读图示》（*A Map of Misreading*）两本专著构建起这一理论模型。一方面，建立在尼采的"权利意志"和弗洛伊德的"家庭罗曼史"的理论脉络之上，布鲁姆将诗人和前辈之间的关系比喻成为一场无休止的艰苦斗争。布鲁姆认为强的误读是寻求对抗，而弱的误读是寻求确认。① 强势的误读会产生一种撞击的火花和意象的流动，鼓励思想的创新和文学的新生。文学和阅读史中强悍的误读是布鲁姆所赞赏的。在他看来，在具有主体性的个人关怀的阅读中，思想上的创新和文学的新生才能实现。另一方面，在前文所述对作者之死的意义生产的解放基础之上，布鲁姆打破了文本封闭的自足性。他从作者之死出发重新审视了诗歌的互文性。②

然而，如果说布鲁姆研究的目的是要通过对诗歌传统的再整理，肯定强势的误读带来的思想创新和文学新生，那么他并没有完成这一远航。他从弥尔顿出发，自美国的现代主义诗歌折返。师从美国新保守主义思想最重要的渊源之一的政治哲学家列奥·斯特劳斯（Leo Strauss, 1899—1973），斯特劳斯对通过批判现代性回归古典（对斯特劳斯来说是

---

① Harold Bloom, *The Anxiety of Influence: A Theory of Poetry* (New York: Oxford University Press, 1973), p. 5.
② Harold Bloom, *A Map of Misreading* (New York: Oxford University Press, 1975), p. 3.

绪 论

柏拉图、亚里士多德和西塞罗的时代）的强调深刻地影响了布鲁姆。这位忠诚的学生在现代的文本上的目光短暂停留的最终意图是返回原典。这从在《影响的焦虑》和《误读图示》之后他的又一力作《西方正典》(*The Western Canon: The Books and School of the Ages*) 可以看出。[①]

布鲁姆的"误读"理论模型的局限性很明显。它没有为跨境的阅读和创新提供任何解释，或者干脆就模糊跨境的问题。比如在《误读图示》中，布鲁姆先分析弥尔顿，然后分析华兹华斯等弥尔顿之后的英国诗人们，此后的其余部分先分析爱默生，然后分析后起的美国诗人们。这一研究路径很容易造成种种误解：难道美国诗人们就没有对弥尔顿等英国诗人进行过"误读"？同时代的诗人间没有交互的影响？在《西方正典》中，布鲁姆对这一研究路径进行了修正。在以莎士比亚作为西方正典的中心并与莎士比亚的对比阅读中，布鲁姆考察了从但丁、塞万提斯到卡夫卡、博尔赫斯、贝克特等20多位经典作家的作品。这一次，布鲁姆分析的对象直接跨越了时代、国家、民族、语言的界限，却又似乎把这一分析路径视为理所当然的，不需加以说明。

作为文学批评家的布鲁姆对于现代性的反思的这一条道路，提供了一种跨学科的方法论。但是如上所述，他的方法论框架首先存在这样一个悖论：肯定强势的误读带来的思想创新，但又认为现代性的一切努力都是为了折返古典。此外，他的方法论框架也存在一个具体研究路径的困境。在偏向于从作者的自我意识和文本审美价值自身出发的分析中，政治、经济、出版、语言等方面的因素被无视了。以至于在从作者跳转到读者的过程中，布鲁姆的文学地图的图示并不清楚，尤其是在跨境的文学/文化交流的时候。

建立在对结构主义/解构主义作者之死和接受理论的再思考的基础上，本文的观点是，在研究跨境的文学/文化交流的时候，读者的阅读

[①] Harold Bloom, *The Western Canon: The Books and School of the Ages* (New York: Harcourt Brace, 1994).

应该被纳入意义生产的过程。所以在对毛中国翻译和阅读西方现代派的研究中,本文将当时中国文艺批评界的强势误读作为一个重要背景,而将知识青年的地下阅读作为一个重要的环节。

3. 翻译与现代性:从"跨语际"到"跨境"

《在路上》、《麦田里的守望者》和《等待戈多》在遥远的东方受到欢迎,可能是作者不曾想到的。作为社会主义新中国的红旗下成长起来的青年一代,可能也不曾想到这些来自异国他乡的作品可以触动自己的内心。翻译为这样的文学的跨境交流搭起了一座桥。伴随着对现代主义文学而来的,是其中对于现代性的反思。在过去的几个世纪中,现代性理论不仅形成了对西方历史发展到资本主义社会的最基本的诠释和批判,而且启发和激励了其他地域对自身模式(政治的、经济的、文化的)反思。现代的文学不仅把现代性当做一个主题,卡勒认为它同时也通过其对言语和行为的表述影响读者。① 对于中国来说,很少有一个理论命题像现代性这样影响深远。现代性决不仅仅是"西方内部的"范畴,恰恰相反,"现代性"观念,以及伴随现代性而来的"集体"、"个体"以及"革命"等等源出西方的语词在中国近现代的历史语境里扮演了十分重要角色。而这些角色都涉及翻译带来的一幅具体而微的图像。因此,翻译现代性对于中国来说是一个十分重要的问题。就此而言,中国的现代性问题的确"不能仅仅在中国的单一语境中研究,也不能以西方文化为规范进行排他性的分析"。② 但是,在无处不在的权力的斗争中,我们应如何在避免泛政治化的同时,在作者、译者、读者之间,构建一个更为平衡的秩序以回应翻译现代性的问题?

---

① "Literature has not only made identity a theme; it has played a significant role in the construction of the identity of readers." Culler, Jonathan D., *Literary Theory: A Very Short Introduction* (Oxford; New York: Oxford University Press, c1997), p. 112. 有关"表述"以及作为自我指涉的写作,还可参见 Jean-Marie Benoist, "The End of Structuralism", *Twentieth Century Studies*, 3 (1970), p. 39; 以及 Roland Barthes, *Critique et vérité* (Paris: Collection Tel Quel, 1966)。

② 汪晖:《韦伯与中国的现代性问题》,《汪晖自选集》,桂林:广西师范大学出版社,1997年,第34页。

绪 论

哲学领域对作者之死的论述，激发翻译研究学者对传统的语言学派的论述的重大突破。文本从作者那里赎回自身，对翻译研究来说，意味着翻译不仅是寻求语言结构和语言形式的对应，也可以参与到文本意义的生产中来。在全球化时代，如果仍然把作者和源语文本视为唯一的意义源泉，那么会极大地掩盖译者和译者的翻译、读者和读者的阅读的价值。① 翻译学在20世纪最重要的研究范式转变是出现在1980年代的"文化转向"，主要包括由操纵学派发展而来的描述性翻译理论，由目的学派发展而来的功能途径、译者行动模式（translatorial action），以及新的解构主义翻译视角。② 其中，本书第二部分将会对描述性翻译理论作具体的应用，因此此处不再赘述，而重点分析在研究毛中国翻译和阅读西方现代派作品的问题上，本书为何弃功能理论，选择新的解构主义的翻译视角。

在翻译研究的文化转向中，功能学派不以一词论成败的翻译批评突破了"等值"观念，为翻译批评带来革命性影响。对此贡献最大的是费美尔（Hans J. Vermeer, 1930—2010）。在与其弟子合写的论文中，他们提出了一套切实可行的翻译批评的程序、方法："1. 确认译文功能；2. 确认译文语内连贯；3. 确认译出语文本功能；4. 确认译出语文本语内连贯；5. 确认译文与译出语文本语际连贯"。③ 对语内连贯和语际连贯的强调是费美尔一个相当有建设性的意见，而对文本功能的强调为

---

① 这也适用于文学以外的翻译。参见霍恩比（Mary Snell-Hornby, 1940— ）对翻译研究自九十年代以来的两个主要转向——实证转向（the empirical turn）和全球化转向（the globalization turn）——的讨论。他总结的全球化对翻译活动和翻译研究的影响包括：随着多媒体、互联网的普及，翻译文本和文本类型的概念发生变化，对口语和语法错误的容忍度提升，以及目的语文化重要性的提升等。Mary Snell-Hornby, *The Turns of Translation Studies: New Paradigms or Shifting Viewpoints?* (Amsterdam/Philadelphia: John Benjamins Publishing Company, 2006), pp. 123—129。

② Mary Snell-Hornby, *The Turns of Translation Studies: New Paradigms or Shifting Viewpoints?* (Amsterdam/Philadelphia: John Benjamins Publishing Company, 2006), pp. 47—68。

③ Margret Ammann, Margret, "Anmerkungen zu einer Theorie der Übersetzungskritik und ihrer praktischen Anwendung", Textcontext (Heidelberg), 1990, 5, S, pp. 209—250。王建斌：《泰山北斗一代通儒——缅怀德国功能派翻译理论创始人汉斯·费梅尔教授》，载《中国翻译》，2010年第3期，第82页。

革命路上
翻译现代性、阅读运动与主体性重建，1949—1979

翻译批评指出了新的方向。但是这一理论框架中的译文（本文用译入语文本）和译出语文本（本文用源语文本）之间语际的关系更多的是一种"是什么"而非"为什么"的描述性分析。

功能学派的另一位代表人物曼塔瑞（Justa Holz-Mänttäri）的翻译行为理论（translational action）则将翻译的发起者（initiator）、委托人（commissioner）、原文生产者（ST producer）、译文生产者（TT producer）、译文使用者（TT user）和译文接受者（TT receiver）这些全部都考虑进来。在翻译和阅读《在路上》、《麦田里的守望者》和《等待戈多》的例子中，翻译的发起者、委托人的确起到很重要的作用，这也是本文将1949—1979年翻译的体制化单列为第四章的原因。但是在曼塔瑞看来，译者是与各方合作的专家，保证译本"符合相关各方提前约定的产品规格"①，她的研究途径建立在这样一种职业的语境中。这也许适用于会议口译研究、法庭口译研究、法律翻译、广告翻译等领域，但是文学/文化翻译不然。文学写作最本质的是其审美价值而非一种能够提前规定规格的产品。因此，当译者力图保存和传递源语文本审美价值、风格（而大部分译者，至少本书中三部西方现代派作品的译者都是这样做的），就与"目的决定手段"形成冲突。

功能学派的突破和缺憾使人们不仅意识到语言层面的分析对翻译而言并非全部，也意识到如果翻译中也存在为自身的立场而构建的封闭的结构，那么必须从内部颠覆它，才可以成为向我们、也向其他文本无限开放的东西。

得益于结构主义/解构主义并用以解读中国的翻译现象的代表著作来自刘禾。她用结构主义和后殖民主义的理论将翻译视为一种语言（知识）与话语（权力）之间的复杂勾连，即"跨语际实践"。刘禾在详尽

---

① Justa Holz-Manttari, *Translatorisches Handeln: Theorie und Methode* (Helsinki: Suomalainen Tiedeakatemia, 1984) (Annales Academiae Scientiarum Fennicae, 226). 英文参见 Kristin Bührig, Juliane House, and Jan D. ten Thije (eds.), *Translational Action and Intercultural Communication* (Manchester, UK; Kinderhook, NY: St. Jerome Pub., 2009).

地分析了跨文化研究中是否真正存在等价的翻译等问题之后,提出"问题的关键不在于不同文化之间的翻译是否可能(人们以各种方式从事这项工作),也不在于'他者'是否可以被了解,甚至不在于某一晦涩的'文本'是否可以被翻译",而是在于民族志的学者们要"用谁的术语,为了那一种语言的使用者,而且以什么样的知识权威或者思想权威的名义"从事翻译活动。[①] 刘禾的反思将跨语际的实践行为带离了技术意义上的翻译,取而代之的是追问这种行为的目的:谁是我们对话的对象或者我们代言的对象(who are we speaking to or for)?如果我们沿着布鲁姆的"误读理论"延伸一点,那么它将与刘禾的"跨语际实践"理论殊途同归:解读是否错误(misreading or misprision)和翻译是否可能(translatability)并不重要,重要的是其过程和后果。

正如刘禾的提问表明得那样,翻译并不是中立的、非政治性的、远离意识形态斗争的行为。她的"跨语际实践"的研究范式,为从话语的翻译切入,处理思想史和文学史的文本和事件提供了方法论上的重要突破。"跨语际实践"的研究范式为研究跨文化交流的历史和现象提供了一种研究路径,即考察来自客方语言的新的词语意义、话语表述方式如何与主方语言接触、冲突,并获得合法性(validity)。

然而"跨语际实践"的研究范式需要作一点澄清。首先,刘禾将传统翻译学中的源语(source language)和目的语(target language)概念,置换为客方语言(guest language)和主方语言(host language),这一术语更替的提议来自后殖民主义理论的启发。如果后来的学者不分语境地使用这一对建立在对后殖民主义理论的细致批评之上的术语,容易导致在一定程度夸大不同文化、语言间的对立。其次,刘禾对"发生地"的重视不够,因此她对来自她称之为"客方语言"的概念的说明总是不能

[①] [美]刘禾(Linda Liu):《跨语际实践:文学,民族文化与被译介的现代性,中国,1900—1937》(*Translingual Practice: Literature, National Culture, and Translated Modernity-China, 1900—1937*),宋伟杰等译,北京:生活·读书·新知三联书店,2008年,第3页。

为人满意。①

通过打破欧洲,或欧/美作为现代以及历史的"最终参照"的联系,德里克对"现代性"问题进行了重新定义和再思考。支撑德里克的"全球的世界体系"这一新术语的是他的"跨境"("translocal")的方法论视角。在《全球现代性》一书结尾,德里克将"跨境"作为一个关键词进行了解释。他说:

> Localities, however we may define them, have been in interaction with one another as long as the history of human kind, producing larger formations of one kind or another, including the nation-state in the modern period. Nation-formation, on the other hand, may be viewed as an erasure of the local and an effort to contain translocal activities, directing them to a political center. Translocal is much broader in its historical compass than the transnational and offers a flexible concept in the analysis of social and political formations while also underlining the importance of place in human activity.②

"跨境"的研究方法好处,正如德里克所说,在于为分析社会的、政治的构成提供了一个灵活的概念,同时强调了人类活动中发生地的重要性。每一个地域"producing larger formations of one kind or another",包括语言这一具体的形式,也包括现代的民族、国家、社会等等具体的环境因素。"如果我们要克服那些如我们所知的现代的最终危机,那么以不同方式来思考现代性是至关重要。"③

"跨境"是现代性的产物,也为翻译现代性的语际关系提供了一个

---

① 例如刘禾对一些日语词的解释不太具有说服力。
② Arif Dirlik, *Global Modernity*: *Modernity in the Age of Global Capitalism* (Boulder: Paradigm Publishers, 2007), pp. 166—167.
③ [美]阿里夫·德里克(Arif Dirlik):《以欧亚视角重新审视现代性》(下),胡大平译,载《江苏社会科学》,2011年6期,第77—83页。

绪 论

新的视角。通过将翻译视为一种"跨境"的话语的传递，本书提出一种对东西方之间的文学和社会影响模式的重新思考的可能途径。这意味着一方面需要理解作者、译者参与意义生产的具体语境，包括作者和译者的背景、文本的审美价值以及二者之间的关系。另一方面，也需要理解读者（译者是特殊的读者）和体制（国家行为）的关系，即翻译的社会语境。

将翻译视为"跨境"的话语传递，有必要事先澄清几点：一是，要定义翻译中的话语的概念，使之适用于翻译实践。福柯认为话语不仅仅是所说（gesagte）和所写（geschriebene）的集合，而且是特定文化的思维、言说条件下的陈述（aussage）之和。翻译中的话语可以被概括为有关某个主题的语言陈述之和①（本书将以诗意的适当性、特殊话语标记和语义无差异性考察现代派小说的话语在翻译中的去留）。二是，话语标明的是知识的形态和建构。话语并不描摹或再现文化现象，而是引发和建构了它们。因而在翻译中考察话语的流通，重要的就不仅仅是考察话语本身，也需要考察话语依据的规则、依存的条件（在本书中即是对翻译发生的社会条件的考察和对原作在原语社会的考察）。三是，话语分析会消解那些惯用的解释范畴，其中，作者是首当其冲的。作者的名字作为标签和分类的手段而存在，译者的名字也是。甚至，译者比作者更明显地表现出话语功能体的特征——那些意义的流动、流通与运作（在本书中将会用以说明著作权为何不是译者面临的主要问题②，至少在 1950 年代至 1970 年代的中国，译者在意义生产的过程中受到多得多的局限）。

在将翻译视为"跨境"的话语的传递并作为方法论的时候，有必要谨慎使用的是"归化"和"异化"这一对术语。当士莱马赫（Friedrich

---

① Foucault, Michel, *The Order of Things: An Archaeology of the Human Sciences* (New York: Vintage Books, 1973), p. 74.
② 韦努蒂从法律和伦理的角度指出解构主义否定作者的创造性和著作权的同时，也否定了译者作为一种特殊的跨话语的作者的创造性和著作权。他认为这种"译者的隐形"是不合理的。所以，他在承认作者的原创性和著作权的同时，也呼吁译者的原创性和著作权得到应有的承认，实际上提升了译者和译作的文化地位。

革命路上
翻译现代性、阅读运动与主体性重建，1949—1979

Daniel Ernst Schleiermacher, 1768—1834）在 1813 年提出"译者要么尽可能地不打扰原文作者，让读者向原文作者靠拢；要么尽可能地不打扰读者，让原文作者向译文读者靠拢"的时候①，他之所以倾向"异化"的翻译策略，只是因为让读者靠近作者的语境，读者就能获得德语读者在阅读原文作品时同样的印象。但当韦努蒂把"归化"和"异化"的翻译策略放在后殖民的框架下来检视的时候，"异化"的翻译策略就成为了一种抵抗（resistance），显示了译者的存在，可以限制英语世界"暴力"的文化价值观②；而"归化"的翻译策略则似乎有点不光彩的妥协意味，将译者和读者群贴上了疑似以自我为中心的"帝国主义者"或"种族主义者"的标签。③ 韦努蒂（Lawrence Venuti）意欲借此提醒我们那些在目的语文化中通的、顺的翻译其实反映了一种文化上的、过于以自我为中心的帝国主义和种族主义价值观。④ 因而，本书在将翻译视为一种话语的传递的同时，仍然使用源语（source language）和目的语（target language）的概念，并且将"归化"和"异化"的翻译策略——或者翻译策略的另一对术语"直译"与"意译"——视为作者/译者功能体的一种运作。

从作者之死，到作为话语传递的翻译，再到关注阅读事件的读者理论，这些打破了二元对立的传统思维模式的现代理论为本书整体研究毛

---

① 原文为"The translator can either leave the writer in peace as much as possible and bring the reader to him [the writer], or he can leave the reader in peace as much as possible and bring the writer to him [the reader]"。转引自 Wolfram Wilss, *The Science of Translation: Problems and Methods* (Amsterdam, The Netherlands and Philadelphia, USA: John Benjamins Pub Co., 1982), p. 33。
② Lawrence Venuti, *The Translator's Invisibility: A History of Translation* (London; New York: Routledge, 1995), p. 20。
③ 道格拉斯·罗宾逊严厉批判韦努蒂的异化翻译论是典型的"精英主义理论"（the theory of elitism），(Robison 1997: 99)。同时可以参见韦努蒂对士莱马赫的文化政治理论中的意识形态架构的自相矛盾的讨论。[美] 劳伦斯·韦努蒂（Lawrence Venuti）：《译者的隐形——翻译史论》，张景华、白立平、蒋骁华译，北京：外语教学与研究出版社，2009 年，第 122—123 页。
④ Lawrence Venuti, *The Translator's Invisibility: A History of Translation* (London; New York: Routledge, 1995, 2008)。

绪　论

泽东时代翻译和阅读西方现代派文学建立了一个稳健的文本和事件分析基础。

本书的立足点是文本分析（text analysis）。但是分析的对象并不仅限于文本，也包括了历史的（historical context）、传记的（biographic context），以及与主题有关的重要作家的访谈及回忆录。因而，如何对这样大量的材料进行有效的分类和比较一度是困扰笔者的难题之一。很少学者在研究翻译的时候能够超越对目的语文本的分析，而本书在方法论上的创新之处在于将三个原本各自独立领域视为一个持续的意义赋予的过程。具体而言，这三个领域，一是，源语文本和它们在锻造西方式的主体性的过程中扮演的角色，这通常是英语语言文学学科处理的对象。二是，在1949—1979年的时代背景下那些翻译西方现代派文学作品的译者的传记资料、翻译思想、作品的翻译过程等，这通常是翻译研究处理的对象。三是，1960年代末至1970年代末的中国地下阅读运动，这通常是思想史处理的对象。通过将三个原本各自独立领域视为一个持续的意义赋予的过程，本书得以将十分庞杂的材料按照作者和他们的写作、译者和他们的翻译、读者和他们的阅读分门别类地进行比较地分析。

但更有意义的是，将三个原本各自独立领域视为一个持续的意义赋予的过程，有利于搭建起一个审视它们之间互动关系的方法论框架。在某种意义上来说，这也是一种"跨境"。这一方法论框架的第一个方面是文本的互动（intertextuality），即西方现代派文学作品的风格和意象与1970年代中国的年轻作者们的创作的关系。第二个方面是历史的互动，即中国的革命的终结和翻译的体制化的历史进程的关系。最后，通过地下阅读运动中《在路上》、《麦田里的守望者》、《等待戈多》这三部西方现代派代表作品的个案研究，我们也可以看到翻译和阅读的互动。这一方法论框架便于较为全面地分析现代性的视域下"主体性"（subjectivity）的重新建构问题，使得本书的研究变为可能。

（四）结构与分章

本书按照理论与个案分析相结合的原则，"借助文本，钩沉思想；

革命路上
翻译现代性、阅读运动与主体性重建，1949—1979

借助个案，呈现进程"①，除绪论和结论外共分三大部分十个章节。这三大部分的论述是根据原作—译作—文化语境中译作的影响的顺序——展开的。

要在上述的理论和方法论框架中把握毛泽东时代翻译和阅读西方现代派文学在1970年代开始的主体性重构中的角色的本质，以及各个意义承载体如何"接力地"完成话语的传递和重构，这将带来一些更为具体的问题，包括：什么历史境遇和背景吸引中国官方翻译机构来翻译西方现代派文学作品？在当时中国的高度体制化并且服务于政治的诗学理念影响下，译者怎样处理西方现代派文学？知识青年的地下阅读运动，又是如何点燃了星星之火，引发思想史上的变革？前两个问题将引导我对1949—1979年中国翻译体制化的讨论；后两个问题则涵盖了我对1949—1979年中国阅读西方现代派文学作品的新的分析模式和分析重点。

通过对翻译和阅读《在路上》、《麦田里的守望者》和《等待戈多》这三部西方现代派作品的全过程进行审视，我将1960年代末到1970年代末的地下阅读运动中悄然萌生并深刻影响了当代中国的思想、文化、文学、艺术的种种新的期待和复杂互动视为一个围绕西方的现代性理念而起的个体主体性重建的过程。本书首先论证这三部作品都是西方反思现代性之作。其次，翻译的政治使体制内的译者对这三部作品的翻译较好地保存了它们对现代性的反思。最后，在阅读中的反叛一代那里，这种对现代性的反思最终为那些受到压抑的个体的主体性重生提供精神来源。

继绪论之后，第一部分"西方现代性的自反：从《在路上》到《等待戈多》的'不安的自由'"，包括第一至第三章，通过文本细读的方式，对原著呼唤翻译的原因和它们呈现出的现代的"主体性"理念进行了具体的分析。其中，第一章分析《在路上》风格上的自发性写作特色和内容中的自反性的个体。第二章分析《麦田里的守望者》的"少年史

---
① 陈平原：《触摸历史与进入五四》，北京：北京大学出版社，2005年，第5页。

绪 论

卡兹"(Teenage Skaz)① 的语言风格和异化(alienation)的主题。第三章分析《等待戈多》作为一出现代的悲喜剧,它在主体性问题上的形式突破和哲学根基中的现代性。在自由的表象下,人们面对情感上的需要、尊重的需要和自我实现的需要都彻底迷失了,人们孤独,不安,不稳定,也不确定。这种"不安的自由",作为一种对现代性的反思和反抗,预示着更大的风暴的到来。

第二部分"翻译与现代性:跨境的翻译",包括第四至第八章。借用布鲁姆的"误读"的读者理论以及多元和解构主义的翻译理论,我力图对生产三本译作的历史语境、译者背景和翻译理念,以及三本译作的话语转换进行条分缕析的说明。一改 20 世纪上半期中国新文学对西方现代派文学的漠然态度,1950 年代至 1970 年代的中国文艺批评界对西方现代派文学是完全敌视的态度。因而在某种程度上,体制化的翻译通过固定的视角对西方现代派作品进行了一种集体的"误读"。第四章分析 1949—1979 年翻译的历史语境,包括赞助人的体制化、文学批评的体制化、意识形态的体制化、诗学理念的体制化和出版流通的体制化。第五章分析 1949—1979 年译者的特殊主体性以及《在路上》、《麦田里的守望者》和《等待戈多》两位主要译者的翻译理念。第六章分析《在路上》的第一个中译本中的翻译体制化的烙印。第七章分析《麦田里的守望者》的第一个中译本中体现的体制内译者的翻译策略。第八章分析《等待戈多》的第一个中译本中翻译的在地化。通过译本的比较可以看出,除开政治意识影响和部分被时代淘汰的语词外,毛泽东时代的译者的翻译水平是很高的,较之当下的新译本毫不逊色,甚至更加通俗易读。

第三部分"反思与自反:阅读中的反叛一代",包括第九章和第十章。这一部分通过对地下阅读运动的整体和局部勾勒,以及对文学的新动向的描述,提出地下阅读青年一代由"被主宰的主体"开始试图摆脱"革命"价值体系的桎梏,而新时期的全球化程度的不断加深,主体意识

---

① David Lodge, *The Art of Fiction* (London: Secker & Warburg, 1992).

也面临新的挑战。1949—1979 年的翻译的意义并不仅止于翻译史本身。它或许可以带我们走进一段尘封的心灵史，思想史上一场无声的革命。

参考文献：

（一）中文文献

北岛、李陀主编：《七十年代》，生活·读书·新知三联书店 2009 年版。

曹治雄：《当代中国的出版事业》（下），当代中国出版社 1993 年版。

陈思和主编：《中国当代文学史教程》，复旦大学出版社 2002 年版。

陈平原：《触摸历史与进入五四》，北京大学出版社 2005 年版。

陈建华：《"革命"的现代性：中国革命话语考论》，上海古籍出版社 2000 年版。

陈晋旭：《后现代主义对主体性的"破"与"立"》，载《社科纵横》，2012 年 6 月，第 167 页，转第 176 页。

陈晓明：《现代性：后现代的残羹还是补药?》，载《社会科学》，2004 年第 1 期，第 106—114 页；第 2 期，第 107—111 页。

陈玉刚编：《中国翻译文学史稿》，中国对外翻译出版公司 1989 年版。

陈嘉明：《现代性与后现代性》，人民出版社 2001 年版。

陈福康：《中国译学理论史稿》，上海外语教育出版社 2000 年版。

陈晓明：《现代性的幻象——当代理论与文学的隐蔽转向》，福建教育出版社 2008 年版。

方长安：《论外国文学译介在十七年语境中的嬗变》，载《文学评论》，2002 年第 6 期，第 78—84 页。

方长安：《建国后 17 年译介外国文学的现代性特征》，载《学术研究》，2003 年第 1 期，第 109—113 页。

方长安：《1949—1966 中国对外文学关系特征》，载《中山大学学报》，2005 年第 5 期，第 12—17 页。

葛桂录：《中英文学关系编年史》，三联书店 2004 年版。

古春陵：《70 年代的诗歌火种》，载《南风窗》，2006 年 8 月上，第 30—33 页。

郭晶：《现当代主体性哲学的合理形态》，载《社会科学辑刊》，2012 年第 3 期，

绪 论

第33—35页。

郭延礼:《中国近代翻译文学概论》,湖北教育出版社1998年版。

河清:《现代与后现代——西方艺术文化小史》,三联书店1994年版。

胡红侠、张清主编:《1978—2008 私人阅读史》,深圳报业集团出版社2009年版。

黄宗智:《中国研究的规范认识危机:论社会经济史中的悖论现象》,牛津大学出版社1994年版。

黄学胜:《主体性哲学的困境与出路》,载《哈尔滨市委党校学报》,2012年第1期,第12—16页。

黄楠森:《评李泽厚同志的主体性实践哲学》,载《文艺理论与批评》,1992年第1期,第5—13页。

韩毓海:《在"自由主义"姿态的背后》,载《天涯》,1998年第5期,第12—18页。

孔慧怡:《重写翻译史》,载《二十一世纪》网络版,2007年7月,总第4期。

劳思光:《新编中国哲学史》,三民书局2000年版。

靳彪、赵秀明:《"文革"十年间的中国翻译界》,载《天津外国语学院学报》,2000年第1期,第4—6页。

李零:《七十年代:我心中的碎片》,见北岛、李零主编:《七十年代》,三联书店2009年版,第235—256页。

李怡:《中国文学的现代性:批判的批判》,秀威资讯2010年版。

李泽厚:《批判哲学的批评:康德述评》,人民出版社1984年版。

李泽厚:《哲学美学文选》,湖南人民出版社1985年版。

李今:《三四十年代苏俄汉译文学论》,人民文学出版社2006年版。

李为善等:《主体性和哲学基本问题》,中央文献出版社2002年版。

黎难秋:《中国科学文献翻译史稿》,中国科学技术大学出版社1993年版。

刘志荣:《潜在写作 1949—1976》,复旦大学出版社2007年版。

刘小枫:《现代性社会理论绪论:现代性与现代中国》,牛津大学出版社1996年版。

刘宇兰:《主体性及其批判——兼论阿尔都塞哲学》,载《哲学论丛·理论月刊》,2012年第3期,第51—54页。

刘再复：《论文学的主体性》，载《文学评论》，1985年第6期，第11—26页；

刘再复：《论文学的主体性（续）》，载《文学评论》，1986年第1期，第3—20页。

卢玉玲：《文学翻译与世界文学地图的重塑——"十七年"英美文学翻译研究》，复旦大学比较文学与世界文学博士论文，2007年。

林仁川：《明末清初私人海上贸易》，华东师范大学出版社1987年版。

马祖毅：《中国翻译简史："五四"运动以前部分》，中国对外翻译出版公司1998年版。

马祖毅、任荣珍：《汉籍外译史》，湖北教育出版社1997年版。

马祖毅：《中国翻译史》，湖北教育出版社2000年版。

马士奎：《"文革"期间的外国文学翻译》，载《中国翻译》，2003年第3期，第65—69页。

孟昭毅、李载道：《中国翻译文学史》，北京大学出版社2005年版。

苗伟：《论人的文化主体性》，载《云南社会科学》，2012年第4期，第55—60页。

牟宗三：《中国哲学的特质》，台湾学生书局1974年版。

秦林芳：《政治化创作思维的延展与双重主体性的失落——论丁玲的〈欧行散记〉》，载《南京师范大学文学院学报》，2012年第2期，第100—105页。

尚琳萌：《李泽厚与刘再复主体性思想之讨论》，载《文学界》，2012年第6期，第265—266页。

孙思定：《翻译工作的新方向一代发刊词》，载《翻译月刊》，1949年第1期，第3页。

孙致礼：《1949—1966：我国英美文学翻译概论》，译林出版社1996年版。

沈志远：《发刊词》，载《翻译通报》，1950年第1期，第2—3页。

施蛰存：《翻译文学的输入——〈翻译文学集·导言〉》，见《中国近代文学的历史轨迹》，上海书店1999年版，第286—313页。

师红游：《揭穿肖洛霍夫的反革命真面目》，载《人民日报》，1967年10月22日，第5版。

谭国根：《主体建构政治与现代中国文学》，牛津大学出版社2000年版。

谭正璧：《中国文学进化史》，光明书局1929年版。

绪 论

陶东风：《从呼唤现代化到反思现代性》，载《二十一世纪》，2008年11月总第80期，第15—22页。

谈火生：《林中空地：翻译中生成的现代性》，载《二十一世纪》网络版，2002年11月，总第8期。

唐晓渡，《"我一直在写作中寻找方向"：北岛访谈录》，载《山花》，2009年第2期，第99—103页。

王永昌：《走向人的世界》，中国工人出版社1991年版。

王宏志编：《翻译与创作——中国近代翻译小说论》，北京大学出版社2000年版。

王克非：《翻译文化史论》，上海外语教育出版社1997年版。

王建开：《五四以来我国英美文学作品译介史：1919—1949》，上海外语教育出版社2003年版。

汪晖：《当代中国的思想状况与现代性问题》，见《去政治化的政治：短20世纪的终结与90年代》，三联书店2008年版，第58—97页。

王德威：《翻译"现代性"》，见王宏志编：《翻译与创作：中国近代翻译小说论》，北京大学出版社，2000年，第276—304页。

王敏：《"影响的焦虑"背后的权力意志——布鲁姆误读理论的主体性特征》，载《华南师范大学学报》，2011年第5期，第28—32页。

王友贵：《中国翻译的赞助问题》，载《中国翻译》，2006年第3期，第15—20页。

王建斌：《泰山北斗 一代通儒——缅怀德国功能派翻译理论创始人汉斯·费梅尔教授》，载《中国翻译》，2010年第3期，第80—83页。

卫茂平：《德语文学汉译史考辨—晚清和民国时期》，上海外语教育出版社2004年版。

伍蠡甫主编：《现代西方文论选》，上海译文出版社1983年版。

谢天振、查明建：《中国现代翻译文学史1898—1949》，上海外语教育出版社2004年版。

谢天振：《译者的诞生与原作者的"死亡"》，载《中国比较文学》，2002年第4期，第24—42页。

谢立中：《"现代性"及其相关概念词义辨析》，载《北京大学学报》，2001年第5期，第25—32页。

肖瑛：《从"理性VS非（反）理性"到"反思VS自反"——社会理论中现代性诊断范式的流变》，载《社会》，2005年第2期，第1—24页。

肖瑛：《反思与自反——社会学中的"反身性"研究》，中国社会科学院社会学研究所博士论文，2004年。

许纪霖、刘擎、罗岗、薛毅：《寻求"第三条道路"——关于"自由主义"与"新左翼"的对话》，载《上海文学》，1999年第3期，第68—79页。

杨先材主编：《共和国重大事件纪实》，中共中央党校出版社1998年版。

于德英：《用另一只眼睛看多元系统论——多元系统论的形式主义分析》，《中国翻译》，2004年第5期，第10—14页。

臧仲伦：《中国翻译史话》，山东教育出版社1991年版。

张法、张颐武、王一川：《从"现代性"到"中华性"——新知识型的探寻》，载《文艺争鸣》，1994年第2期，第10—20页。

张颐武：《"现代性"的终结——一个无法回避的课题》，载《战略与管理》，1994年第3期，第104—109页。

张琦：《从〈什么是作者？〉的两个译本谈开去》，载《当代外国文学》，2000年第1期，第81—88页。

张中良：《五四时期的翻译文学》，（台湾）秀威资讯2005年版。

邹振环：《影响中国近代社会的一百种译作》，中国对外翻译出版公司1996年版。

邹振环：《20世纪上海翻译出版与文化变迁》，广西教育出版社2000年版。

赵稀方：《20世纪中国翻译文学史·新时期卷》，百花文艺出版社2009年版。

庄锡昌：《多维视野中的文化理论》，浙江人民出版社1987年版。

仲彬：《现代西方主体性思潮及其对我国的影响》，载《河海大学学报（哲学社会科学版）》，2011年第4期，第22—27页。

［英］安东尼·吉登斯：《社会的构成：结构化理论大纲》，李康、李猛译，三联书店1998年版。

［英］安东尼·吉登斯：《现代性与自我认同：现代晚期的自我与社会》，赵旭东、文方译，三联书店1998年版。

［英］安东尼·吉登斯：《现代性的后果》，田禾译，译林出版社2000年版。

绪 论

［美］阿里夫·德里克：《全球化、现代性与中国》，载《读书》，2007年第7期，第3—12页。

［美］阿里夫·德里克：《以欧亚视角重新审视现代性》（下），胡大平译，载《江苏社会科学》，2011年6期，第77—83页。

［美］费维恺：《清代经济史与世界经济史》，见《明清档案与历史研究：中国第一历史档案馆六十周年纪念论文集》（上），中华书局1988年版，第390—407页。

［美］M. H.艾布拉姆斯：《镜与灯：浪漫主义文论及批评传统》，郦稚牛、张照进、童庆生译，王宁校，北京大学出版社1989年版。

［美］哈罗德·布鲁姆：《比较文学影响论—误读图示》，朱立元、陈克明译，骆驼出版社1992年版。

［美］哈罗德·布鲁姆：《影响的焦虑：一种诗歌理论》，徐文博译，江苏教育出版社2006年版。

［美］罗伯·丹屯：《猫大屠杀：法国文化史钩沉》，吕健忠译，联经出版社2005年版。

［美］斯坦利·费什：《读者反应批评：理论与实践》，文楚安译，中国社会科学出版社1998年。

［美］塞缪尔·亨廷顿：《现代化：理论与历史经验的再探讨》，张景明译，上海译文出版社1993年版。

［美］刘禾：《跨语际实践：文学，民族文化与被译介的现代性，中国，1900—1937》，宋伟杰等译，三联书店2008年版。

［美］大卫·理斯曼等：《孤独的人群：美国人性格变动之研究》，刘翔平译，辽宁人民出版社1989年版。

［美］劳伦斯·韦努蒂：《译者的隐形——翻译史论》，张景华、白立平、蒋骁华译，外语教学与研究出版社2009年。

［美］王爱和著：《中国古代宇宙观与政治文化》，金蕾译，徐峰校，上海古籍出版社2011年版。

［法］罗兰·巴尔特：《作者之死》，林泰译，见赵毅衡编选：《符号学文学论文集》，百花文艺出版社2004年版，第505—512页。

［法］波德莱尔：《现代生活的画家》，郭宏安译，浙江文艺出版社2007年版。

革命路上
翻译现代性、阅读运动与主体性重建，1949—1979

［法］罗兰·巴特：《S/Z》，屠友祥译，上海人民出版社2000年版。

［法］米歇尔·福柯：《词与物：人文科学考古学》，莫伟民译，上海三联书店2001年版。

［法］伊夫·瓦岱：《文学与现代性》，田庆生译，北京大学出版社2001年版。

［德］乌尔里希·贝克、［英］安东尼·吉登斯、［英］斯科特·拉什：《自反性现代化：现代社会秩序中的政治、传统与美学》，赵文书译，商务印书馆2001年版。

［德］于尔根·哈贝马斯：《后形而上学思想》，曹卫东、付德根译，译林出版社2001年版。

［德］于尔根·哈贝马斯：《现代性对后现代性》，周宪译，中国人民大学出版社2006年版。

［德］沃尔夫冈·伊塞尔：《阅读活动：审美反应理论》，金元浦，周宁译，中国社会科学出版社1991年版。

［德］康德：《纯粹理性批判》，蓝公武译，商务印书馆1995年版。

［德］格奥尔格·西美尔：《哲学的主要问题》，钱敏汝译，上海译文出版社2006年版。

［德］罗尔大·魏格豪斯：《法兰克福学派：历史、理论及政治影响》，孟登迎等译，上海人民出版社2010年版。

［德］瓦特尔·本雅明：《译作者的任务——波德莱尔〈巴黎风光〉引论》，张旭东译，见汉娜·阿伦特编：《启迪：本雅明文选》，牛津大学出版社1998年版，第63—76页。

［日］樽本照雄：《清末民初的翻译小说》，见王宏志编：《翻译与创作——中国近代翻译小说论》，北京大学出版社2000年版，第151—171页。

［日］山根幸夫：《八十年来日本的明史研究》，见台湾大学历史系编：《民国以来国史研究的回顾与展望研讨会论文集》（中），台湾大学出版组1992年版，第641—652页。

［丹麦］丹·扎哈维：《主体性和自身性：对第一人称视角的探究》，蔡文菁译，上海译文出版社2008年版。

［意大利］马利涅蒂：《未来主义宣言》，吴正仪译，见张秉真、黄晋凯主编：《未来主义·超现实主义》，中国人民大学出版社1994年版，第3—9页。

［以色列］伊塔马·埃文-佐哈尔：《多元系统论》，张南峰译，载《中国翻

译》，2002年第4期，第19—25页。

[加拿大]阿尔维托·曼古埃尔：《阅读史》，吴昌杰译，商务印书馆2002年版。

（二）外文文献

Abrams, M. H. (Meyer Howard 1912—), *A Glossary of Literary Terms*, New York: Holt, Rinehart, and Winston, 1988.

Anderson, Perry, "Modernity and Revolution", in Cary Nelson, Lawrence Grossberg ed., *Marxism and the Interpretation of Culture*, Urbana: University of Illinois Press, 1988, pp. 317—333.

Banfield, Anne, "Ecriture, Narration and the Grammar of French", in Jeremy Hawthorn (ed.), *Narrative from Malory to Motion Pictures*, London: Arnold, 1985, pp. 1—22.

Barthes, Roland, "The Death of the Author", in Stephen Heath (selected and trans.), *Image-Music-Text*, London: Fontana, 1977, pp. 142—48.

Bassnett, Susan, *Comparative Literature: A critical Introduction*, Oxford UK & Cambridge USA: Blackwell, 1993.

Bassnett, Susan & Lefevere, Andre (ed.), *Constructing Cultures: Essays on Literary Translation*, Clevedon, England: Multilingual Matters, 1998.

Bauer, Wolfgang, *Western Literature and Translation Work in Communist China*, Frankfurt am Main: Metzner, 1964.

Beck, Ulrich, Mark Ritter trans., *The Reinvention of Politics: Rethinking Modernity in the Global Social Order*, Cambridge, UK: Polity Press; Cambridge, Mass.: Blackwell, 1997.

Beck, Ulrich, Mark Ritter trans., *Risk Society: Towards a New Modernity*, London: Sage, 1992.

Beck, Ulrich, Giddens, Anthony and Lash, Scott, *Reflexive Modernization: Politics, Tradition, and Aesthetics in the Modern Social Order*, Cambridge: Polity Press, 1994.

Beck, Ulrich and Beck-Gernsheim, Elisabeth, *Individualization: Institutionalized Individualism and its Social and Political Consequences*, London: Sage, 2002.

Benoist, Jean-Marie, "The End of Structuralism", *Twentieth Century Studies*, 3 (1970), pp. 31—54.

Berman, Marshall, *All That Is Solid Melts into Air: the Experience of Modernity*, New

York: Penguin, 1998.

Best, Steven, & Kellner, Douglas, *Postmodern Theory: Critical Interrogations*, Basingstoke: Macmillan, 1991.

Burkitt, Ian, "The Shifting Concept of the Self", *History of the Human Sciences*, vol. 7 No. 2 (1994), pp. 7—28.

Bührig, Kristin, House, Juliane, & Thije, Jan D. ten (eds.), *Translational Action and Intercultural Communication*, Manchester, UK; Kinderhook, NY: St. Jerome Pub., 2009.

Bloom, Harold, *The Western Canon: The Books and School of the Ages*, New York: Harcourt Brace, 1994.

Bloom, Harold, *The Anxiety of Influence: a Theory of Poetry*, New York: Oxford University Press, 1973.

Bloom, Harold, *A Map of Misreading*, New York: Oxford University Press, 1975.

Bradbury, Malcolm & Mcfarlane, James ed., *Modernism: 1890—1930*, Harmondsworth: Penguin, 1976.

Burke, Sean, *The Death and Return of the Author: Criticism and Subjectivity in Barthes, Foucault and Derrida*, Edinburgh: Edinburgh University Press, 1992; repr. 1998.

Burke, Sean, (ed.), *Authorship: from Plato to the Postmodern: A Reader*, Edinburgh: Edinburgh University Press, 1995.

Calinescu, Matei, *Five Faces of Modernity*, Durham: Duke University Press, 1987.

Caughie, John, (ed.), *Theories of Authorship: A Reader*, London; New York: Routledge, 1981.

Chang Nam Fung, "Towards A Macro-Polysystem Hypothesis", *Perspectives: Studies in Translatology* vol. 8. No. 2 (2000), pp. 109—123.

Chen, Jian, *Mao's China and the Cold War*, Chapel Hill: The University of North Carolina Press, 2001.

Claeys, Gregory, "'Individualism,' 'Socialism,' and 'Social Science': Further Notes on a Process of Conceptual Formation, 1800—1850", *Journal of the History of Ideas*, Vol. 47 No. 1 (1986), pp. 81—93.

Cohen, Paul A., *Discovering History in China: American Historical Writing on the*

绪 论

Recent Chinese Past, New York: Columbia University Press, 1984.

Culler, Jonathan D. , *Literary Theory: A Very Short Introduction*, Oxford; New York: Oxford University Press, 1997.

Davis, Kathleen, *Deconstruction and Translation*, Shanghai: Shanghai Foreign Language Education Press, 2004.

Darwin, John, *After Tamerlane: The Rise and Fall of Global Empires, 1400—2000*, London: Penguin Books, 2008.

Dirlik, Arif, *Global Modernity: Modernity in the Age of Global Capitalism*, Boulder: Paradigm Publishers, 2007.

Derrida, Jacques, David B. Allison (trans.), NewtonGarver (pref.), *Speech and Phenomena, and Other Essays on Husserl's Theory of Signs*, Evanston: Northwestern University Press, 1973.

Foucault, Michel, A. M. Sheridan Smith (trans.), *The Archaeology of Knowledge*, London: Tavistock Publications, 1972.

Foucault, Michel, *The order of Things: An Archaeology of the Human Sciences*, New York: Vintage Books, 1973.

Giddens, Anthony, *Modernity and self-Identity: Self and Society in Late Modern Age*, Stanford, Calif. : Stanford University Press, 1991.

Giddens, Anthony, *The Constitution of Society: Outline of the Theory of Structuration*, Berkeley: University of California Press, 1984.

Giddens, Anthony, *Beyond Left and Right: The Future of Radical Politics*, Cambridge, UK: Polity Press, 1994.

Giddens, Anthony, *The Consequences of Modernity*, Stanford, Calif. : Stanford University Press, 1990.

Gillies, Mary Ann & Mahood, Aurelea, *Modernist Literature: An Introduction*, Montreal; Ithaca, NY: McGill-Queen's University Press, 2007.

Habermas, Jurgen, Frederick Lawrence trans. , *The Philosophical Discourse of Modernity*, Cambridge, Mass: The MIT Press, 1987.

Habermas, Jurgen, "Modernity: An Incomplete Project", reprinted in Hal Foster, *Postmodern Culture*, London: Pluto Press, 1985, pp. 3—15.

革命路上
翻译现代性、阅读运动与主体性重建，1949—1979

Hao, Yen-p'ing, *The Comprador in Nineteenth Century China: Bridge between East and West*, Cambridge, Mass: Harvard University Press, 1970.

Harvey, David, *The Condition of Postmodernity*, Cambridge, MA: Basil Blackwell, Inc, 1990.

Harari, Josué V. , (ed.), *Textual Strategies: Perspectives in Post-Structuralist Criticism*, Ithaca, N. Y. : Cornell University Press, 1979.

Hermans, Theo, (ed.), *The Manipulation of Literature: Studies in Literary Translation*, London: Croom Helm, 1985.

Hill, Thomas E. , "Humanity as an End in Itself", *Ethics*, Vol. 91, No. 1. (Oct. , 1980), pp. 84—99.

Holz-Manttari, Justa, *Translatorisches Handeln: Theorie und Methode*, Helsinki: Suomalainen Tiedeakatemia, 1984.

Hsia, C. T. , "Yen Fu and Liang Ch'i-ch'ao as Advocates of New Fiction", in Adele Austin Rickett (ed.), *Chinese Approaches to Literature from Confucius to Liang Ch'i-chao*, Princeton, NJ: Princeton University Press, 1978, pp. 224—255.

Huang, Philip C. C. , *Peasant Economy and Social Change in North China*, Stanford: Stanford University Press, 1985.

Isaacs, Harold R. , "Review of Benjamin I. Schwartz 'Chinese Communism and the Rise of Mao'", *The Journal of Asian Studies*, 11, Aug. 1952, pp. 484—485.

Kant, Immanuel, *Critique of Pure Reason*, translated, edited, and with an introduction by Marcus Weigelt, London; New York: Penguin, 2007.

Keefer, Donald, "Reports of the Death of the Author", *Philosophy and Literature*, 19 (1995), pp. 78—84.

Lamarque, Peter, "The Death of the Author: An Analytical Autopsy", *British Journal of Aesthetics*, 30 (1990), pp. 319—331.

Lefevere, Andre, "Chinese and Western Thinking on Translation", in Susan Bassnett, Edwin Gentzler (ed.), *Constructing Cultures: Essays on Literary Translation*, Clevedon: Multilingual Matters, 1998, pp. 12—24.

Lefevere, André, *Translation, Rewriting and the Manipulation of Literary Fame*, London & New York: Routledge, 1992.

绪 论

Lee, Ou-fan, *The Romantic Generation of Modern Chinese Writers*, Cambridge, MA: Havard University Press, 1973.

Link, Perry, *The Use of Literature: Life in the Socialist Chinese Literary System*, Princeton: Princeton University Press, 2000.

Lodge, David, *The Art of Fiction*, London: Secker & Warburg, 1992.

Lorscher, Wolfgang, "Form-and Sense-Oriented Approaches to Translation Revisited", *Translation Quarterly*, No. 51 (2009), pp. 1—28.

Maccall, William, *The Elements of Individualism: A Series of Lectures*, London: Richard Kinder, 1847.

MacFarquhar, Roderick & Schoenhals, Michael, *Mao's Last Revolution*, Cambridge, Mass. ; London: Belknap Press of Harvard University Press, 2006.

Manguel, Alberto, *A History of Reading*, London: Harper Collins, 1996.

Mayers, David A., *Cracking the Monolith: US Policy against the Sino-Soviet Alliance*, 1949—1955, Baton Rouge: Louisiana State University Press, 1986.

Mészáros, István, *Marx's Theory of Alienation*, London: Merlin Press, 1970.

Nelson, Cary and Grossberg, Lawrence ed., *Marxism and the Interpretation of Culture*, Urbana: University of Illinois Press, 1988.

Ollman, Bertell, *Alienation: Marx's Conception of Man in Capitalist Society*, Cambridge: Cambridge University Press, 1976.

Paz, Octavio, Rachel Philips trans., *Children of the Mire*, Cambridge, Mass.: Harvard Unviersity Press, 1974.

Ranke, Leopold von, Georg G. Iggers (ed.), *The Theory and Practice of History*, London; New York: Routledge, 2011.

Riesman, David, Denney, Reuel and Glazer, Nathan, *The Lonely Crowd: A Study of the Changing American Character*, New Haven: Yale University Press, 1967.

Rousseau, G. S, "Whose Enlightenment? Not Man's: The Case of Michel Foucault", *Eighteenth-Century Studies*, Vol. 6, No. 2 (Winter, 1972—1973), pp. 238—256.

Schwartz, Benjamin, *In Search of Wealth and Power: Yen Fu and the West*, Cambridge, MA: Havard University Press, 1964.

Simmel, Georg, *The Problems of the Philosophy of History: an Epistemological Essay*, translated and edited with an introduction by Guy Oakes, New York: Free Press, 1977.

Song, Xingwu, "Modernization and the Individualization of Youth in Post-Mao China", unpublished PhD dissertation, York University, 2003.

Sutrop, Margit, "The Death of the Literary Work", *Philosophy and Literature*, 18 (1994), pp. 38—49.

Taylor, Charles, *Sources of the Self: the Making of the Modern Identity*, Cambridge, Melborne: Cambridge University Press, 1989.

Thurley, Geoffrey, *Counter-modernism in Current Critical Theory*, London: Macmillan, 1983.

Venuti, Lawrence, *The Translator's Invisibility: A History of Translation*, London; New York: Routledge, 2008.

Wang, Ban, *The Sublime Figure of History: Aesthetics and Politics in Twentieth-century China*, Stanford, Calif. : Stanford University Press, 1997.

Wang, David Der-wei, *Fin-de-siècle Splendor: Repressed Modernities of Late Qing Fiction*, 1849—1911, Stanford, Calif. : Stanford University Press, 1997.

Wart, Koenraad W, "'Individualism' in the Mid-Nineteenth Century (1826—1860)", *Journal of the History of Ideas*, Vol. 23 No. 1 (1962), pp. 77—90.

Williams, Raymond, *Keywords: A Vocabulary of Culture and Society*, New York: Oxford University Press, 1985.

Wilson, Adrian, "Foucault on the 'Question of the Author': A Critical Exegesis Author (s)", *The Modern Language Review*, Vol. 99 No. 2 (Apr. , 2004), pp. 339—363.

Wilss, Wolfram, *The Science of Translation: Problems and Methods*, Amsterdam, The Netherlands and Philadelphia, USA: John Benjamins Pub Co. , 1982.

Yan, Yunxiang, *Private Life under Socialism: Love, Intimacy, and Family Change in a Chinese Village*, 1949—1999, Stanford, Calif. : Stanford University Press, 2003.

Yan, Yunxiang, *The Individualization of Chinese Society*, Oxford; New York: Berg Publishers, 2009.

Zahavi, Dan, *Subjectivity and Selfhood: Investigating the First-Person Perspective*, Cambridge, Mass. : MIT Press, 2005.

第一部分　西方现代性的自反：
从《在路上》到《等待戈多》的"不安的自由"

> "现代性的历史就是社会存在与其文化之间紧张的历史。现代存在迫使它的文化站在自己的对立面。这种不和谐恰恰正是现代性所需要的和谐。"①
>
> ——齐格蒙特·鲍曼（Zymunt Bauman，1925— ）

《在路上》、《麦田里的守望者》和《等待戈多》在出版史和翻译史中都曾引发轰动。作为"垮掉的一代"的代表作，杰克·凯鲁亚克的《在路上》仅在美国就售出了350万册，并且每年还以11万册到13万册的数字持续增长。② 它先后被翻译成40种文字，版本有150种之多。③《麦田里的守望者》的发行量同样惊人，到1961年为止，这部小说仅在美国就售出了150万册。④ 据1990年代的统计数据，《麦田里的守望者》在全球的总销量超过6500万册，并被翻译成大约30种语言

---

① Zymunt Bauman, *Modernity and Ambivalence* (Cambridge: Polity, 1991), p. 10.
② 文楚安：《克鲁亚克〈在路上〉手稿：知向谁边？》，《中华读书报》，2001年4月18日。
③ 张国庆：《从文化角度读杰克·凯鲁亚克的小说〈在路上〉》，武汉大学讲座，2006年11月30日。
④ JackSalzman, *New Essayson Catcher in the Rye* (Cambridge: Cambridge University Press, 1991), p. 1.

(包括中文、西班牙语、德语、日语等)。① 至于《等待戈多》,它先后被翻译成 50 多种语言,成为"描写现代人类莫大的精神空虚与痛苦的代表之作"。②

《在路上》、《麦田里的守望者》和《等待戈多》引起轰动的原因很大程度上是因为它们对现代性困境的叙说的"离经叛道"。《在路上》由于满篇充斥着性、毒品,以及爵士乐这种当时还未被广泛接受的新的音乐形式,所以从出版之日起就引发了热烈的讨论。文学批评家、教育工作者对这部作品不无困惑、反感,甚至鄙视。③《麦田里的守望者》一书涉及青少年性行为、"对宗教的亵渎"、"对家庭伦理和传统道德的不敬"。抽烟、喝酒又常常撒谎的主人公霍尔顿被休斯(Riley Hughes)认为是一个糟糕的榜样,被朗斯特雷思(T. Morris Longstreth)认为是"荒谬的、亵渎的"。④ 虽然不曾被禁止出售,这本书一度被众多的美国图书馆和学校列入禁书的名单。⑤ 至于《等待戈多》,被认为是西方戏剧史上

---

① 销售数目据 Magill, Frank N. "J. D. Salinger", in Frank Magill (ed.), *Magill's Survey of American Literature* (New York: Marshall Cavendish Corporation, 1991), p. 1803。30 种不同语言是 1997 年的统计数字,Stephen J. Whitfield, "Cherished and Cursed: Toward a Social History of The Catcher in the Rye", *New England Quarterly*, 1997, vol. 70, no. 4, p. 568。对这本书对世界文学的影响的总结,可以参见 Peter G. Beidler, *A Reader's Companion to J. D. Salinger's The Catcher in the Rye* (Seattle, WA: Coffeetown Press, 2008), p. 32。

② 摘自《萨缪尔·贝克特的悲观作品》,2007 年 5 月 29 日 (Paru le: 29 mai 2007),法国大使馆网页,2012 年 2 月 21 日,http://www.ambafrance-cn.org/%E8%90%A8%E7%BC%AA%E5%B0%94—%E8%B4%9D%E5%85%8B%E7%89%B9%E7%9A%84%E6%82%B2%E8%A7%82%E4%BD%9C%E5%93%81.html。

③ Kenneth Rexroth, "The Voice of the Beat Generation Has Some Square Delusions", *San Francisco Chronicle* ("This World" section), February 16, 1958, p. 3。当时不能理解凯鲁亚克的作品的人甚至轻蔑地称他为"a slob running a temperature",见 Ann Douglas, "On the Road Again", *New York Times Book Review*, 9 April 1995, p. 21。

④ Carol and Richard Ohmann, "Reviewers, Critics, and *the Catcher in the Rye*", *Critical Inquiry* vol. 3, no. 1 (Autumn 1976), pp. 34—36。

⑤ Jack Salzman, *New Essays on Catcher in the Rye* (Cambridge: Cambridge University Press, 1991), p. 15。

第一部分
西方现代性的自反：从《在路上》到《等待戈多》的"不安的自由"

最具争议的作品①，有些人从中读出上帝，有些人读出马克思，有些人读出萨特，有些人认为它是在仪式化中传递人的基本的焦虑，有些人则不客气地批评它不过是知识分子为了掩饰自己的困惑而故弄玄虚。②

但是《在路上》、《麦田里的守望者》和《等待戈多》的叙说与其说是对西方社会现实的反映，不如说是一种文学上的反叛。正是它们反叛性的思考和表现形式引起了文学批评家、教育工作者，乃至整个社会激烈的争论和特别的关注。

本部分将考察风格和内容两方面，通过文本细读的方法分析这三部反叛性作品对现代性困境的叙说中"令人不安的自由"。第一章"奔跑的普鲁斯特"探讨凯鲁亚克的《在路上》风格上的自发性特色和内容中的自反性的个体。第二章"彷徨的反英雄"讨论《麦田里的守望者》的"少年史卡兹"（Teenage Skaz）③ 语言风格和异化（alienation）的主题。第三章"一出悲喜剧背后的现代性"再次审视《等待戈多》中对冷漠的世界和缺少目的及意义的人生的描述，提出荒诞既是《等待戈多》的风格，也是它的内容，揭示了知识主体的逐渐死亡。这些主题和写作风格在1949—1979年中国的社会主义现实主义加革命浪漫主义的作品中是不会出现的。

"个人化"和"自反现代性"是本部分最重要的两个概念。"个人化"和"自反现代性"探索的是：当现代化注意到其所带来的巨大破坏力，而反省自己（即以现代性的立场反省现代性）时，会发生什么情况。

---

① William Hutchings 认为 "no modern play in the western dramatic tradition has provoked as much controversy or generated as much diversity of opinion as Samuel Beckett's Waiting for Godot"。William Hutchings, *Samuel Beckett's Waiting for Godot: A Reference Guide* (Westport, CT: Praeger, 2005).

② 关于《等待戈多》早期在批评界引起的争论的回顾可以参见 Lawrence Graver and Raymond Federman (ed.), *Samuel Beckett: The Critical Heritage* (London and New York: Routledge Kegan & Paul, 1999), p. 9.

③ 大卫·洛吉（David Lodge, 1935— ）用 "Teenage Skaz" 来概括 Catcher in the Rye 的语言风格。[英]大卫·洛吉（David Lodge）：《小说的五十堂课》，李维拉译，台北：木马文化，2006年，第31—35页。

革命路上
翻译现代性、阅读运动与主体性重建，1949—1979

个人与社会的关系在涂尔干（Émile Durkheim, 1858—1917）和韦伯（Max Weber, 1864—1920）的经典理论中占据了中心位置，而关于个人与自我的理论也不胜枚举。现代社会的个人化，却是一个比较新的、与全球化进程息息相关的概念。在贝克（Ulrich Beck, 1944— ）的"Losing the Traditional: Individualization and 'Precarious Freedoms'"一文中，他提醒人们注意现代生活方式中的"个人化"（individualization）。贝克认为现代社会号称走向民主，赋予个人自主"选择"的权利，同时却没有给人提供基本的安全感——他指出中国的发展虽然不同，不过在很多方面也是相似的。人们虑及的方方面面——无论是上帝、自然、真理、科学、技术、伦理、爱、婚姻——现代生活都正在把它们变成"不安的自由"（precarious freedoms）。① 在这种情况下，"个人化"并不意味着人们的行为不再受逻辑的约束，也不仅仅意味着一种拒绝看到现代生活表面之下种种体制的"主体性"（subjectivity）态度，相反，现代主体能够并且作出选择的空间"is anything but a non-social sphere"。② 以至于一种"流浪者的道德"（vagrant's morality）逐渐成为当今社会的特征。③ "自反性现代性"（reflexive modernity）则是由吉登斯（Anthony Giddens, 1938— ），贝克和雷思泰（Scott Lash）等学者共同提出的。"自反现代性"指的是，现代性成为需要解决的"问题"，如同"传统"曾被当做是需要解决的"问题"一样。此一转变意味着，现代化失去了原本令人膜拜的神圣性。人们不再盲目地、充满激情地去追求现代化，而是合理地去反思并质疑现代性本身为人类社会带来的各项问题。"现代性"带来的不是理性的保证，而是理性的失据，和怀疑主义的产生，所以可

---

① Ulrich Beck, "Losing the Traditional: Individualization and 'Precarious Freedoms'", in Ulrich Beck and Elisabeth Beck-Gernsheim (ed.), *Individualization: Institutionalized Individualism and its Social and Political Consequences* (London: Sage, 2002), pp. 1—2.
② Ibid., p. 2.
③ Ibid., p. 3.

第一部分

西方现代性的自反：从《在路上》到《等待戈多》的"不安的自由"

以称为"自反现代性"。①"社会的个人化"和"自反现代性"是现代化进程不可或缺的一部分，也标志着现代化的深入。个人化和自反现代性理论有关后现代身份的认同有一些十分重要的假设，例如：更具流动性、异质性和多样性的社会秩序和身份认同，具有普遍意义的统一的现代"主体"的死亡，宏大叙事的终结，知识的生产趋向当地化、日常化，知识的重要性等等。尤其是语言被认为是一种构建秩序的力量，而不仅仅是对社会秩序的反映。

在很大程度上，无论是西方式的现代化还是1949—1979年毛泽东时代的急进的现代化在个体的牺牲上是类似的，但是文学的表现却十分不同。《在路上》、《麦田里的守望者》、《等待戈多》反思"令人不安的自由"，当时的中国文学却致力于塑造勇于牺牲小我的"高、大、全"的模范形象。因而西方现代派话语对于彼时的中国，既有陌生的新鲜感，也有熟悉的刺痛感。这一点往往被仅在源语环境中讨论的学者忽视，而这也将成为本文以跨文化的视角进行讨论的前提。

一 《在路上》：奔跑的普鲁斯特

风格上的自发性写作特色和内容中的自反性的个体是凯鲁亚克《在路上》在文学的反叛上的两个重要贡献，二者唇齿相依。自发性写作风格是凯鲁亚克独创的写作风格，说明了"垮掉的一代"为什么反叛，反叛什么，而自反性的个体说明了"垮掉的一代"究竟要表达什么，追求什么。在进一步分析《在路上》中的自反性的个体之前，有必要以跨文化的视角，考虑这样几个问题：凯鲁亚克追求天马行空、无拘无束、纯净地和发自心底地、越疯狂越好的自发性风格，是否意味着风格本身也成为了自反现代性挑战的目标之一？自发性写作究竟带来了什么，使它

---

① Anthony Giddens, *Modernity and self-Identity: Self and Society in Late Modern Age* (Stanford, Calif.: Stanford University Press, 1991).

与欧洲形式区别开来？自发性写作与深刻影响了中国现当代文学发展的意识流风格有何不同？

（一）文献回顾

在本章中，《在路上》还没有经过跨语言、跨文化的传递，但是跨越时间、跨越阶级、跨越性别等的多向性的意义解读已经使《在路上》由不符合传统行为规范的"反智主义"（anti-intellectualism）变成了带有正面意义的对社会正统的反抗（resisting orthodoxy）。文学批评和研究一直没有停止对《在路上》风格和内容双方面的关注。这方面的资料证明，凯鲁亚克的自发性写作风格在与《在路上》相关的研究中受到越来越多的重视；不论学者们的观点如何千差万别，只有正视风格对《在路上》的重要影响，才能真正对《在路上》有积极的理解。

大致来说，与《在路上》相关的研究主要可以分为三类。第一，关于《在路上》和凯鲁亚克第一手资料的收集，在这方面做出杰出贡献的有：Ann Charters 精心编撰的两卷信件[1]以及两部文集[2]，密苏里评论收集的凯鲁亚克的一些信[3]，Douglas Brinkley 辑录的凯鲁亚克早年发表在杂志期刊上的资料[4]，Paul Maher Jr 从旧报纸和磁带中还原的凯鲁亚克访谈。[5] 这些第一手资料向我们生动地展示了一个作家的成长和后来成为《在路上》写作不可或缺因素的旅行、爵士乐、文学前辈的启发，以及凯鲁亚克的幽默和对文字的敏感。第二，关于凯鲁亚克的传记和时代

---

[1] Ann Charters, ed., *Kerouac: Selected Letters: Volume 1: 1940—1956* (New York: Penguin, 1996). Ann Charters, ed., *Kerouac: Selected Letters: Volume 2: 1957—1969* (New York: Penguin, 2000).

[2] Ann Charters ed., *The Portable Jack Kerouac* (New York: Viking, 1995). Ann Charters, *Beat Down to Your Soul: What Was the Beat Generation?* (New York: Penguin Books, 2001).

[3] "Living on the Fringe" (Kerouac's letters to Ed White), *The Missouri Review*, vol. 17, no. 3, 1994.

[4] Douglas Brinkley, *Windblown World: The Journals of Jack Kerouac 1947—1954* (New York: Viking, 2004).

[5] Paul Maher Jr., *Empty Phantoms: Interviews and Encounters with Jack Kerouac* (New York: Thunder's Mouth Press, 2005).

第一部分

西方现代性的自反：从《在路上》到《等待戈多》的"不安的自由"

研究亦有不少材料。比如 Gerald Nicosia，Joyce Johnson，Dennis McNally，Barry Miles，Ann Charters，Carolyn Cassady 等都写过不错的传记或回忆录。① 而被认为是塑造了今日美国的1950年代和受到"垮掉的一代"的文学影响的60年美国的情况则在 David Halberstam 和 Todd Gitlin 那里有详细的说明。② 这些传记的某些细节矫正了本章对于凯鲁亚克自发性写作和自反性的个体的见解。第三，对于《在路上》文本的分析。本章的文本分析受到 Tim Hunt 和 John Leland 的影响。③ Hunt 详细解说了《在路上》的成书过程，破除了一般对凯鲁亚克的自发性写作是野路子的看法，证明《在路上》是精心构思并经过不懈修改的。他不但颇有创见地将凯鲁亚克与赫尔曼·梅尔维尔（Herman Melville，1819—1891）和马克·吐温（Mark Twain，1835—1910）联系在一起，也对凯鲁亚克的自发性写作与爵士乐和绘画的关系进行了深入的分析。Leland 的特别之处则在于他并非研究文学的专家，而是一位记者，因而有时虽然不能提供深入的分析，但是他的观点新颖、逻辑严密而富有启发性。他认为《在路上》写的是男人间的友谊以及家庭价值观念的培养。通过聚焦萨尔的成长而非通常放在迪恩身上的分析视角，Leland 提出小说的主旨是赎罪（atonement）和寻找神启（divine revelation）而非亵渎。这提醒我将分析的重心放在萨尔身上，而我对《在路上》中萨尔的梦境（或者说寓言）是抵抗现代性对个体的吞噬的解读也部分受到 Leland "寻找神启"

---

① Gerald Nicosia, *Memory Babe: a Critical Biography of Jack Kerouac* (New York: Grove Press, 1983). Joyce Johnson, *Minor characters* (Boston: Houghton Mifflin, 1983). Dennis McNally, *Desolate Angel: Jack Kerouac, the Beat generation, and America* (New York: Random House, 1979). Barry Miles, *Jack Kerouac: King of the Beats* (New York: Metropolitan Henry Holt, 1998). Ann Charters, *Kerouac: a Biography* (San Francisco: Straight Arrow Books, 1973). Carolyn Cassady, *Off the Road: My Years with Cassady, Kerouac, and Ginsberg* (New York: William Morrow, 1990).

② David Halberstam, *The Fifties* (New York: Villard, 1993). Todd Gitlin, *The Sixties: Years of Hope, Days of Rage* (New York: Bantam Book, 1987).

③ Tim Hunt, *Kerouac's Crooked Road: The Development of a Fiction* (Hamden, CT: Archon Books, 1981). John Leland, *Why Kerouac Matters: The Lessons of On the Road* (New York: Viking, 2007).

的观点的启发。

《在路上》的轰动效应在 1960 年代的美国文学史已经被注意到,被认为是自 1949 年以来的 15 年中所有的抗议小说都无法企及的。但是基于当时对它的风格的理解,对这部作品的批评显得十分局限。在 1964 年 Walter Blair, Theodore Hornberger 和 Randall Stewart 合写的美国文学简史的 1945 年后文学潮流部分,对自由自在的"垮掉的一代"作家(the footloose "beats"),尤其是凯鲁亚克的《在路上》有这样的评价:

> No protest novel of the last fifteen years has rivaled in word-of-mouth reputation Jack Kerouac's On the Road (1957). No book better expresses the determination of the beats to establish themselves outside the frame of conventional behavior. The utter irresponsibility of the characters would be repellent were it not for their ability to enjoy the humor of the moment. Although far from carefully structured, On the Road is a funny book.①

可以看出,《在路上》描写的人物被认为是完全不符合传统行为规范的,要不是还有点幽默感,他们的"极度不负责"就只会令人感到厌恶。在该书描述同一时期的思想史动态的时候,更是认为"垮掉的一代"拒绝一切价值观,反映了美国从未出现过的"反智主义"。② 而就写作风格而言,《在路上》仅仅被认为是一本"有趣"(如果不是说它疯疯癫癫、嬉皮笑脸而有趣的话③)的书,结构不严谨,一点都没有精心构思。

---

① Walter Blair, Theodore Hornberger, Randall Stewart, *American Literature: a Brief History*, (Chicago; Atlanta; Dallas: Scott, Foresman and Co, 1964), p. 250.
② Ibid., p211.
③ 有一段时间,"垮掉的一代"的文学虽然吸引了美国全国性媒体的关注,但是常常是被拿来作为嘲弄或摈斥的对象。Richard Gray, *A Brief History of American Literature* (Malden, MA: Wiley-Blackwell, 2011), p. 285.

第一部分
西方现代性的自反：从《在路上》到《等待戈多》的"不安的自由"

而到了 2011 年的美国文学简史中，Richard Gray 认同凯鲁亚克的风格令这本书充满活力，并认为《在路上》是对正统的反抗。① Gray 用比 1960 年代大得多的篇幅追溯了凯鲁亚克的生平，并认为《在路上》是凯鲁亚克最有活力的一本书（"more energetically than any of Kerouac's other novels"）。这本书"brings American self and American space together, in a celebration of the vastness, the potential of both"②，换句话说，《在路上》不再被认为是什么美国从未出现的"反智主义"，而是写出了结合美国的个体精神和美国空间的可能。至于《在路上》的风格，Gray 评论道：

> Plenty occurs, of course, but events possess the fluidity of a stream rather than the fixity of narrative form…Style and structure similarly invite us to freewheel through the open spaces of personality and geography. ③

在他看来，凯鲁亚克采用的风格和结构可以让我们自由往来于个性和地理的开放的空间。虽然事件很多，但是它们如行云流水般，而不是依附于凝滞的叙事形式。

1964—2011 年美国文学史对《在路上》评价的明显转变，是批评家和读者不断对《在路上》进行诠释和再解读的结果，尤其是近年来批评家开始严肃地为凯鲁亚克的自发性写作风格寻找历史和文学的定位的努力的结果。Robert Hipkiss 把凯鲁亚克推至新浪漫主义的预言家的地位。④ John Tytell 认为凯鲁亚克大大超越了华兹华斯对作家的作用是在安宁中捕捉

---

① Richard Gray, *A Brief History of American Literature* (Malden, MA: Wiley-Blackwell, 2011), p. 290.
② Ibid., p. 291.
③ Ibid.
④ Robert Hipkiss, *Jack Kerouac, Prophet of the New Romanticism: A Critical Study of the Published Works of Kerouac and a Comparison of Them to Those of J. D. Salinger* (Lawrence: Regents Press of Kansas, 1976).

行动或者强烈的情感的看法,从而把浪漫主义的传统推进到理性的终点。① Regina Weinreich 则用一整本书讨论凯鲁亚克的自发性诗学主张②,并探讨其在美国文学中的地位。她认为凯鲁亚克的创新并非无源之水,而是受到托马斯·沃尔夫(Thomas Wolfe,1900—1938)和亨利·米勒(Henry Miller,1891—1980)的影响。凯鲁亚克的自发性写作在对浪漫主义的继承和反叛的脉络下,获得了应有的历史地位和文学维度。

(二)自发性写作

自发性写作(Spontaneous Prose)风格反叛的深层次的原因是现代社会个体精神的枯萎,它反叛的对象是语言和文学传统的权威与秩序,通过对传统的反叛,它带来了一种具有现代性的个性化的话语结构。

为了便于说明,首先简单地总结一下自发性写作风格的定义和特点。自发性写作在凯鲁亚克的定义中可以归纳为,跟随直觉书写跃动在心中的个人记忆的视觉化悸动。在凯鲁亚克所写的两篇关于自发性写作的文章中,他分别列出了30项自发性写作所需要的信念和技术和9项经过他进一步详细说明的精髓③,虽然没有直接给自发性写作下一个绝对的定义,但他清楚地陈述了自发性写作的精髓。在他看来,自发性写作是对"回忆"(memory)中的意念对象的"素描",是从最隐秘的个人记忆中"吹奏"出来的不可被打断的意象的流动。

自发性写作风格的特点是以自我的行为模式为中心,并且不为自己的书写设立任何边界或者底线。我们可以知道他和他的朋友们所有惊世

---

① "In his aesthetic of spontaneity, Kerouac extended the romantic tradition to its logical ends, far beyond the Wordsworthrian idea that the writer's function was to recapture an action, a strongly felt emotion, in tranquility." John Tytell, "Eulogist of Spontaneity", in *Naked Angels*: *Kerouac, Ginsberg, Burroughs* (New York: Grove Press, 1994), p. 141.

② Regina Weinreich, *Kerouac's Spontaneous Poetics*: *A Study of the Fiction* (New York: Thunder's Mouth Press, 2002).

③ Jack Kerouac, "Belief and Technique for Modern Prose", in Ann Charters (ed.), *The Portable Jack Kerouac* (New York: Viking, 1995), pp. 483—484. Jack Kerouac, "Essentials of Spontaneous Prose", in Ann Charters (ed.), *The Portable Jack Kerouac* (New York: Viking, 1995), pp. 484—485.

第一部分
西方现代性的自反：从《在路上》到《等待戈多》的"不安的自由"

骇俗的行为，甚至那些应该被称为隐私的事情，《在路上》书写的是凯鲁亚克记忆中那些极其个人的事件。安妮·沙特尔（Ann Charters）的研究破译了凯鲁亚克的书写与作者自己的生活的关系。① 她指出，"狄恩"——全名狄恩·马瑞阿迪（Dean Moriarty）——的原型是尼尔·卡萨迪（Neal Cassady，1926—1968），另一个重要角色"萨尔"——全名萨尔瓦托·帕拉代斯（Salvatore Paradise）——的原型则是凯鲁亚克。此外，"垮掉的一代"（beat generation）的一些重要人物，比如金斯堡（Allen Ginsberg，1926—1997）是"卡洛·麦克斯（Carlo Marx）"的原型，巴洛兹（William S. Burroughs，1914—1997）是"公牛老李（Old Bull Lee）"的原型，霍姆斯（John Clellon Holmes，1926—1988）是"汤姆·沙布鲁克（Tom Saybrook）"的原型，赫伯特·胡克（Herbert Huncke，1915—1996）是"伊尔马·哈赛（Elmo Hassel）"的原型，凯鲁亚克的第二任妻子琼·哈弗蒂（Joan Haverty）是"罗拉"的原型。对比凯鲁亚克本人的生平可以得知，凯鲁亚克在描写狄恩的时候借鉴了自己和尼尔·卡萨迪的生活，但是进行了改写，② 作者自己的生活，以及他的朋友的生活中那些甚至是一般被认为是隐私的事情都无处不在。

一方面，自发性写作风格挑战的是被凯鲁亚克称为不能容忍的、死板僵硬（ironbound）的英文表达形式。在应用弗洛伊德（Sigmund Freud，1856—1939）和荣格（Carl Gustav Jung，1875—1961）的现代精神探索自己思维的真正形式之后，凯鲁亚克说他不能再忍受用传统的句法来表达自己。③ 如果不是用纸笔传递出脑海最先浮出的想法和词语——那些想法和词语可能是不符合社会道德的或者是不登大雅之堂

---

① [美]凯鲁亚克：《旅途上》，梁永安译，台北：台湾商务，1999年，第27页。
② 比如凯鲁亚克自己被第二任妻子琼赶出家门的事情在小说中发生在狄恩身上，而他与第一任妻子的分手被安插在萨尔身上。狄恩的信和大部分的事迹借鉴自尼尔·卡萨迪充满回忆的长信。
③ Jack Kerouac, "The First Word: Jack Kerouac Takes a Fresh Look at Jack Kerouac", in Ann Charters (ed.), *The Portable Jack Kerouac* (New York: Viking, 1995), p. 486.

的——而是对其再进行雕琢，在凯鲁亚克看来，无异于公开撒谎。凯鲁亚克的指责虽然显得有些过于严苛，但是反映了具有现代性的精神与传统的语法、固定的表达范式之间的矛盾。

另一方面，自发性写作风格也挑战了文学家和批评家协力共同筑起的"权威"和"秩序"的铜墙铁壁（authoritarian writing and criticism then argued）。① 像诸多的浪漫的作家一样，凯鲁亚克强调天才的不受约束。在一篇讨论作家是后天培养的还是天生的文章中，他进一步说，每个人都可以写，但不是每个人都能创造新的写作形式，所以作家也分天才作家和有才能的作家。② 他传递的信息是，墨守成规的作家顶多算是有才能，而天才是不守规矩的。只有天才，才能真正引起长久的关注。就这点来说，凯鲁亚克的反叛倒不是无因之火，他本人就曾真切感受到对于一个新人的自主性和创造性来说，"权威"和"秩序"是多么令人绝望的力量。凯鲁亚克时代的批评家不能接受凯鲁亚克的风格，他们认为他胸无点墨，一副流氓口吻。凯鲁亚克只好无奈地说自己不得不低调些，减少锋芒，但是他说未来的太空时代（the space age of the future）不会容忍他这些减少了锋芒的后期之作。③ 凯鲁亚克的抱怨反映了文学传统与创新之间的矛盾，这种权威和秩序很可能会使本应多元化的文学，变为一潭死水。

以上为了挑战秩序、标新立异而反叛，只是凯鲁亚克自发性写作风格反叛性的浅层原因。凯鲁亚克的自发性写作风格的源头可以追溯至意识流、"恍惚写作"和"蒙蔽意识"。凯鲁亚克模仿过意识流的开拓者英国女作家伍尔夫（Virginia Woolf，1882—1941），也模仿过颠覆美国梦的

---

① Quote Robert Creeley. Ann Charters (ed.), *The Portable Jack Kerouac* (New York: Viking, 1995), p. 482.
② Jack Kerouac, "Are Writers Made or Born", in Ann Charters (ed.), *The Portable Jack Kerouac*, (New York: Viking, 1995), p. 489.
③ Jack Kerouac, "The First Word: Jack Kerouac Takes a Fresh Look at Jack Kerouac", in Ann Charters (ed.), *The Portable Jack Kerouac* (New York: Viking, 1995), p. 487.

第一部分

西方现代性的自反:从《在路上》到《等待戈多》的"不安的自由"

本土作家德莱塞(Theodore Dreiser,1871—1945)①,但是他对传统的形式的反叛多过继承,很快,他开始寻找自己的风格,并将自己的自发性写作风格的源泉延伸至诗人叶芝(William Butler Yeats,1865—1939)的"恍惚写作"(trance writing)和第二代精神分析学家威尔海姆·赖希(Wilhelm Reich,1897—1957)提及的"蒙蔽意识"(beclouding of consciousness)。尽管现在很少有人严肃地考虑用"恍惚写作",但是在20世纪之初,乔伊斯(James Augustine Aloysius Joyce,1882—1941)和叶芝都曾认真地从这种写作中汲取灵感。叶芝妻子的不自觉写作(automatic writing)或者说"恍惚写作"给了叶芝后期的诗歌新的起点。② 而赖希的观点则是对他的老师弗洛伊德的利比多理论的发展,认为过度压抑可能是某些疾病的根源。赖希认为在高潮中,人的意识会变得模糊,并最终从自我(ego)中释放出酒神狄奥尼索斯(Dionysns)的那一面。③ 赖希对纯粹的洞察力和自发性的观察对整个"垮掉的一代"文学家都有重要影响,凯鲁亚克也在其中。

过度压抑是"垮掉的一代"作家们对他们所处的时代最大的不满,表现为他们在价值观体系中选中了"迷醉"的酒神精神。对于风格上的酒神精神(Dionysian)的强调,使凯鲁亚克与绝大部分的文学传统都区别开来。尼采(Friedrich Wilhelm Nietzsche,1844—1900)在《悲剧的诞生》中把酒神和日神(Apollonian)比作梦境和迷醉这两种完全不同的状态。日神阿波罗(Apollo)代表的是一种节制的、充满宁静的智慧的、表现并不真实却更完善的境界的艺术,例如雕塑或史诗。而酒神狄奥尼索斯的精神意味着生命能量(life energy)、狂喜(ecstasy)和醉酒

---

① Holmes recalls that Kerouac "began prosing [On the Road] more or less in the style of [The Town and the City]" and "completed a few 'New York' scenes (some of them very fine)." Holmes to author, 19 September 1973. See Barry Gifford and Lawrence Lee, *Jack's Book*: *An Oral Biography of Jack Kerouac* (New York: St. Martin's Press, 1978), pp. 76—77.

② Alice Flaherty, *The Midnight Disease*: *the Drive to Write*, *Writer's Block*, *and the Creative Brain* (New York: Houghton Mifflin Company, 2005), p. 25.

③ Wilhelm Reich, Vincent R. Carfagno (trans.), *The Function of the Orgasm*: *Discovery of the Orgone* (New York: Farrar, Straus and Giroux, 1986).

(intoxication) 的艺术，例如音乐。酒神精神"甚至在生命最异样最艰难的问题上肯定生命，生命意志在生命最高类型的牺牲中为自身的不可穷尽而欢欣鼓舞"。① 提倡建立新的价值观体系（transvaluation）的尼采只是预言了艺术家会有日神式的梦境艺术家和酒神式的迷醉艺术家两种，但是在他进行《悲剧的诞生》的讨论时，酒神所派生的还只是无形的艺术，而凯鲁亚克将它实践在了有形的艺术——文学中。在一篇题为"想到杰克"的文章中，凯鲁亚克的朋友、诗人 Robert Creeley 直截了当地说凯鲁亚克的自发性写作就是把当下这个时刻所有领会到的复杂感觉都诚实地写出来，从没有任何一种过去的形式或者成见与之相同。② 凯鲁亚克使得"狂喜"具化在文学中。

对于凯鲁亚克的自发性写作风格来说，真正的创新就是这种以个体生命能量和狂喜进行写作的态度。虽然怎样达到这种状态是一个难题，不过它的表征算是清楚的：凯鲁亚克式的"速写"不需要"挑选"表达方式，只要顺其自然地进入到无边无际的主体意识的海洋，先让自己满意就好。③ 这与中国画"以目入心，以手出心，专写胸中灵和之气"④倒有几分类似。中国的文人画也同样崇尚"直觉"⑤，推崇"写意"。在1953 年的"自发性写作的精髓"（essentials of spontaneous prose）一文中，凯鲁亚克提出在预备、过程、方法、范畴四个方面，自发性写作都是与绘画的方法和音乐的韵律相通的。凯鲁亚克会推崇波洛克（Jackson Pollock, 1912—1956），也是因为他的画是跟着直觉走的，他在绘画的时

---

① Friedrich Nietzsche, Oscar Levy（ed.）, *The complete works of Friedrich Nietzsche: the First Complete and Authorised English Translation*（Edinburgh: T. N. Foulis, 1909—1913）. 中译转引自周国平：《尼采在世纪的转折点上》，上海：上海人民出版社，1986 年，第 60 页。
② Ann Charters（ed.）, *The Portable Jack Kerouac*（New York: Viking, 1995）, p. 482.
③ Jack Kerouac, "Essentials of Spontaneous Prose", in Ann Charters（ed.）, *The Portable Jack Kerouac*,（New York: Viking, 1995）, p. 484.
④ ［清］戴熙：《习苦斋画絮》，周积寅编：《中国历代画论》，南京：江苏美术出版社，2007 年，第 82 页。
⑤ 董伟：《画为心迹——由画为心迹的主客观性要素浅析艺术创作与内心的化一》，辽宁师范大学硕士论文，2010 年，第 19 页。

第一部分
西方现代性的自反：从《在路上》到《等待戈多》的"不安的自由"

候会疯狂地挥洒、投掷，甚至手舞足蹈。① 这种自由挥洒激情的创作方式是别人从未有过的。

以下，将凯鲁亚克的自发性写作与意识流写作进行对比，来进一步说明它的现代性。意识流风格主要的特点是从人物内心的角度来精心建构叙述，它"企图追踪人物的内心经验，呈现许多不同层次的心理活动，包括连串杂乱无章的思绪，往事或现在的交错穿梭和追忆联想。"② 意识流是自觉的、有意识的（with consciousness）。而自发性写作则是"让潜意识承认自己种种不羁的愿望"，用那些"自觉"的艺术会自我审查的"现代的"语言自由地进行书写。③ 自发性写作是直觉的、"无意识的"（without consciousness）。自发性书写在跟着直觉不断书写下去的过程中，触及了现代社会个体精神的枯萎。

首先，意识流写作的语言是高雅有礼的、精心挑选的，自发性写作的语言是口语化的、即兴的。凯鲁亚克的野心很大，他希望自发性写作有一天可以成为"美国文化的一种新形式"（a new style for american culture），并使美国文学完全从欧洲形式的影响下解放出来。④ 因而，在这场针对欧洲中心的（或者说文学传统的）写作技巧的战役中，凯鲁亚克不得不避开老老实实地好好讲故事，并且在形式上具有自己的鲜明特征，否则他将面临自己的实践都不能遵从自己的理想的尴尬境地。于是，他在形式上故意给人造成不分行、不分段，即兴的、一气呵成的书写的印象。对凯鲁亚克写作风格的一个通常的误解是凯鲁亚克只用了三个星期就写完了《在路上》，并且这个一气呵成打完的手卷就是我们今时今日读到的《在路上》的英文版本。实际上，从1948年11月9日至

---

① Jack Kerouac, "Are Writers Made or Born", in Ann Charters (ed.), *The Portable Jack Kerouac* (New York: Viking, 1995), p. 488.
② 张错：《西洋文学术语手册：文学诠释举隅》，台北：书林出版社，2005年，第278页。
③ Jack Kerouac, "Essentials of Spontaneous Prose", in Ann Charters (ed.), *The Portable Jack Kerouac* (New York: Viking, 1995), p. 485.
④ Jack Kerouac, "Aftermath: The Philosophy of the Beat Generation", in *Good Blonde and Others*, (San Francisco: Grey Fox Press, 1993), p. 47.

革命路上
翻译现代性、阅读运动与主体性重建,1949—1979

1952年的时间内,凯鲁亚克对这本书做了五次大的改动,1957年维京出版社决定出版的是其中的第四版。① 对此,凯鲁亚克曾补充道,一般情况下不要打断,不要修改(no revisions),除非有明显的逻辑错误,比如人名或者设计好的要插入的片断。② 这条补充说明,将在连贯的写作完成之后完整地插入另一个连贯写作出的情节这类情况排除在外。他更进一步说明,在写作中不应该停下来思考合适的辞藻,而是堆积、堆积直至满意为止,最后它们会与思绪合拍。③ 这说明自发性写作不挑选辞藻,保持口语特色是为了更加突出思维和写作连贯性的重要。

其次,意识流写作的源头是某种文学传统、古籍、甚至档案,自发性写作的源头是生活经验(lived experience)。④ 意识流的作品常常是博学的、建立在庞大的阅读量上。而对于凯鲁亚克来说,自发性书写的"兴趣的中心"就是自己的行为模式——不管它是好还是坏——永远诚实地、自发地、忏悔地直面它。⑤ 自发性写作的"不要害怕或耻于你自己的经历、语言和知识"的观点,与意识流风格(stream of consciousness)在强调文字与人生的契合方面是类似的:文字的意义与人生的意义是重叠的,文字的流动就是生命轨迹的流动。但是,对凯鲁亚克而言,完全没有什么可以写、什么不可以写的顾虑,直接地表现为《在路上》的文本中,凯鲁亚克没有为自己的书写设立任何边界或者底线。与意识流的作家们对传统的尊重和津津乐道不同,对"垮掉的一代"的作

---

① 参考 Tim Hunt, *Kerouac's Crooked Road: The Development of a Fiction* (Hamden, CT: Archon Books, 1981)。另外,黄雨石1962年的后记将其误记成1955年,应是指在《新世界写作》和《巴黎评论》上发表的全书的前两部。不知这一错误是否受到俄译介绍的影响。

② Jack Kerouac, "Essentials of Spontaneous Prose", in Ann Charters (ed.), *The Portable Jack Kerouac* (New York: Viking, 1995), p. 485.

③ Ibid.

④ 这两个特点的区分来自"耶鲁大学公开课:1945年后的美国小说第8集凯鲁亚克《在路上》"。Amy Hungerford 的观点,意识流写作方面的例子,亦可参考 Hungerford 在该课程内的说明。本文的重点是分析自发性写作的方面,所以该处不再提供意识流写作的具体例子的分析。

⑤ Jack Kerouac, "Essentials of Spontaneous Prose", in Ann Charters (ed.), *The Portable Jack Kerouac* (New York: Viking, 1995), p. 485.

第一部分

西方现代性的自反:从《在路上》到《等待戈多》的"不安的自由"

家来说,冒险打破"文学传统"和"社会秩序"恰恰是他们感到荣光的地方。任何形式的安全感对他们而言,"都是一个肮脏的字眼"。①《在路上》毫不节制对于性的暗示和描写,或者其他可能被人视为罪行的经历,对于凯鲁亚克来说,他似乎没有任何避忌,比如说,他大大方方地描写第四次旅行时在墨西哥妓院花天酒地的情景。凯鲁亚克也丝毫不回避狄恩·马瑞阿迪生活中的酒精过度,狂欢,疯狂的爵士乐,裸奔,偷车,不停地换女人,吸各种大麻。相反,凯鲁亚克把他放在聚光灯下,塑造成这部小说中最引人注目的角色:一个精力充沛、四肢发达、渴望探一切的底的疯子,一个像麋鹿一样矫健灵活、可以把车开得稳当又飞快的好手,一个睁大眼睛打量着这个世界、不停找乐子、伤害着别人又伤害着自己的老男孩。

然而,与意识流写作相比,自发性写作在很多方面成功地惊世骇俗,但是在内心世界的开拓上,似显乏力。在文本中,凯鲁亚克笔下的人物的内心世界显得混乱而空洞,缺少心理活动,这使得他的自发性写作风格与意识流风格开放的内心世界截然不同。在凯鲁亚克天马行空、无拘无束、发自心底的疯狂写作中,规规矩矩的生活与吸食毒品等出格行为纠集在一起,他的自发性写作令人眼花缭乱、甚至瞠目结舌呈现了涉及毒品、大麻、酗酒、乱交、性、裸奔、偷车等等挑战道德底线的社会行为。有批评家把这种矛盾的行为模式称为"虔敬的疯狂"②,但是我们无从得知那些如此复杂又混乱的行为背后的真实想法。

当然,这或许是因为现代生活使人的内心世界本身出现了问题,现代社会不能给人们提供开拓细腻、绵长的情感/情绪的足够空间。个体记忆是意识流书写的主要素材,也是凯鲁亚克自发性写作的主要素材,但是同样是处理个体记忆,意识流书写可以开放内心给人看,而凯鲁亚

---

① Quote Robert Creeley. Ann Charters (ed.), *The Portable Jack Kerouac* (New York: Viking, 1995), p. 482.
② 引自加拿大评论家波提(Maurice Poteet)。[美]凯鲁亚克:《旅途上》,梁永安译,台北:台湾商务,1999年,第23页。

克的自发性写作只能开放他们的行为给人看。比较可能的推测是，相比他们的行为，凯鲁亚克觉得内心世界没什么好说的。但这不会是为了逃避批评家和大众对他的道德评判。凯鲁亚克不会因为社会难以容忍就关闭了他们的内心世界，而文本中短暂的情感流露或许指向凯鲁亚克紧闭内心世界的更深层次的原因，即现代社会人的内心世界变得越来越逼仄，让人喘不过气来。凯鲁亚克有两次心理活动的描写值得注意，第一次是在萨尔在旧金山告别狄恩和玛丽露的时候，萨尔买了些肉和面包做了一些夹肉面包准备路上吃，而不会一起踏上这趟长途旅行的狄恩与玛丽露却跟萨尔要他的面包吃，萨尔不给，他们就一下冷场了，他们心里全都想着，大家以后谁也不会再见谁，所以谁也不在乎。这样一个简短的心理活动的描写毫不隐讳地把经济利益造成的矛盾尖锐地展现了出来，经济打败了友情，直接写出了冷血的社会现实。

此外，现代性对个体的种种规约和道德评判，也不断吞噬着个体的抒情空间。凯鲁亚克笔下第二次值得注意的心理活动是在第五次旅程中，回到纽约的萨尔与罗拉陷入热恋，写信给狄恩说准备搬去三藩。狄恩获信后只用三天就从三藩坐火车赶来。但萨尔还没存够钱所以不能成行。于是狄恩孤零零地离开了，准备回到卡米拉身边。萨尔因为要与罗拉去听艾灵顿公爵的音乐会不能送行。"在路上"的一伙人的颓废和荒唐极大地挑战了道德体系，这是新的理性社会所难以容忍的，而社会的宽容度下降了，萨尔此时决定回归传统社会，所以他选择去听音乐会，而非送别那个曾和他并肩"在路上"的人。但是萨尔明白，除非是出自真情实意，狄恩不会千里迢迢赶来，于是他坐在码头望着远方，开始怀念这片广阔土地上来来往往的、沉浸在幻梦里的人们：

>So in America when the sun goes down and I sit on the old broken-down river pier watching the long, long skies over New Jersey and sense all that raw land that rolls in one unbelievable huge bulge over to the West Coast, and all that road going, and all the people dreaming in the

第一部分

西方现代性的自反：从《在路上》到《等待戈多》的"不安的自由"

immensity of it, and in Iowa I know by now the children must be crying in the land where they let the children cry, and tonight the stars'll be out, and don't you know that God is Pooh Bear? the evening star must be drooping and shedding her sparkler dims on the prairie, which is just before the coming of complete night that blesses the earth, darkens all the rivers, cups the peaks and folds the final shore in, and nobody, nobody knows what's going to happen to anybody besides the forlorn rags of growing old, I think of Dean Moriarty, I even think of Old Dean Moriarty the father we never found, I think of Dean Moriarty.①

正是那一群努力寻找生活中的乐子（kicks），去挖（dig）生活的底的朋友给了凯鲁亚克写作的灵感与冲动。虽然如同凯鲁亚克推崇的普鲁斯特那样，构成《在路上》文本肌体的不是精心结构的情节，而是回忆的蔓延，但在凯鲁亚克的书写中，很少流露出这般普鲁斯特式的对往事、对故人的无限怀念和惆怅。产生浪漫主义的时代已经一去不复返，而经济关系对精神的压迫也比从前更为严重。在怀旧的目光里（他们怀旧的对象是人们做着梦来来往往于路上的、充满自由的浪漫气息的旧日美国），他们这批人不迷惘，也不愤怒，或者说他们根本就缺少感情的释放。

总之，凯鲁亚克的自发性写作，打破了过去对于什么样的语言、行为和情感可以进入文学的界限的成见，是崭新的、革命性的变革。在某种意义上，凯鲁亚克对传统的反叛是天才的，也是令人不安的。在追忆往事的书写中，浪漫主义的一代找到了个体的安身之所，而身处更具流动性、异质性和多样性的现代秩序下的凯鲁亚克们打算肆无忌惮地言说，却发现没有什么可以言说，所以他们始终都是"在路上"。这一风格，与《在路上》所讲述的故事就像一对完美搭档，是凯鲁亚克塑造的

---

① Jack Kerouac, *On the Road* (Cutchogue, New York: Buccaneer Books, 1985), p.310.

自反性的个体能够深入人心的重要原因之一。

(三) 自反性的个体

凯鲁亚克的反叛首先是文学的,其次也是社会的。他的自发性写作不加节制的书写方式成为对社会的挑战。例如凯鲁亚克笔下的女性,除了少数几个(萨尔的阿姨),大多数的女性形象是有时天真、有时执着,有时又有疯疯癫癫的举动。有的学者认为这些女性常常衣衫不整,行为放纵,根本不能代表美国的女性,"With all his wisdom and experience, he gives a strangely distorted picture of American women"。[1] 但是凯鲁亚克这样的反叛并非无因的反叛。凯鲁亚克认为自己他的作品是有震撼力的,虽然可能有些阴郁却是向善的。"我的书写是一种教益。"他在日志中写道,作为作者的最大的动力之一就是逐渐建立自己的主义,并且让它们为人所接受,即使读者们在一开始有可能不能了解到这一点。[2] 凯鲁亚克《在路上》中建立的"自反性的个体"是本节讨论的中心。

正是由于自发性写作风格关注自我的行为模式,并且不为自己的书写设定任何语言和伦理的界线,所以才能将自我投射进文本,塑造出"自反性"的个体。"自反性",或曰自我反身性,在"自我指涉"中,涉及了社会学的三个面向,悖论、理性的张扬和诠释学的循环,即"人的各种活动中主体与对象之间的相互诠释和建构"。[3] 自反性的个体,指的是将自我投射到文本的某个个体身上,通过这个个体挑战日常生活中自己难以挑战的事物,比如传统的秩序,而又通过这个个体的不断反思,反思自我。主体与对象之间是相互诠释,相互建构的。前文已经提及,凯鲁亚克是以自己为原型塑造了萨尔的形象[4],本节将说明这一形

---

[1] Allen, Eliot D. "That Was No Lady...That Was Jack Kerouac's Girl", in Scott Donaldson (ed.), *On the Road/ Jack Kerouac*; *Text and Criticism* (New York: Penguin Books, 1963), p. 505.
[2] John Leland, *Why Kerouac Matters: The Lessons of on the Road* (New York: Viking, 2007), p. 4.
[3] 肖瑛:《从"理性 VS 非(反)理性"到"反思 VS 自反"——社会理论中现代性诊断范式的流变》,《社会》总第 240 期,2005 年第 2 期,第 1—24 页。肖瑛:《反思与自反——社会学中的"反身性"研究》,中国社会科学院社会学研究所博士论文,2004 年。
[4] Ann Charters 的研究结论。

第一部分

西方现代性的自反：从《在路上》到《等待戈多》的"不安的自由"

象是一个自反性的个体，而我们要问的是通过这一自反性的个体，作为"垮掉的一代"文学的代表人物之一的凯鲁亚克究竟要表达什么，追求什么？

本节将检视萨尔的形象，萨尔与玛丽露的关系，以及萨尔一心向往的"异域"，说明《在路上》通过自反性的个体表达出对现代性的忧虑——现代文明演进中的"好"固然使个体感到依恋，但是现代社会生成的种种"制度"（institution）对个人行为和思考的牵绊，使得敏感的个体渴望颠覆。萨尔是一个自反性的个体，他是作者在文本中的自我投射，他渴望颠覆，又不断反思，充满了自我矛盾。从萨尔的身上，我们不难看出自反性的复杂面向。无论他追求的是性、自由还是异域，萨尔常常在传统和反叛之间感到游移和矛盾。传统的、安宁的、规规矩矩的世界和反叛的、快节奏的（beating-world）、车轮上的世界是凯鲁亚克的自发性写作中塑造的两个世界。Scott Donaldson 指出，这一区分在凯鲁亚克最早的《镇与城》中就出现了，城市总是那个神秘的、刺激的世界，而家乡是那个给他安全感的、传统的世界。《在路上》中萨尔的阿姨扮演着关心和理解的家长的角色（或曰传统的代表），萨尔最终还是回到了传统的世界中。[①]

首先，从整体上来说，自反性的个体看到了文明的阴影，因而渴望颠覆，这在萨尔身上表现得十分明显。萨尔对成为所谓"代表"、"象征"的传统的一面不感兴趣。纽约在传统的美国文化符号中代表着自由、进取的精神，自由女神像是它的象征，而在萨尔看来，纽约的生活死气沉沉，纽约的知识分子气息处处透露着令人无法忍受的虚伪。他一开始关注的纽约不是高楼林立、流动着金钱气息的曼哈顿，而是下等公寓、停车场的"狗似"的工作，吸毒后在时代广场的游荡和地下室公寓里的疯狂晚会。至于萨尔的纽约朋友们，则 "in the negative, nightmare

---

① Scott Donaldson ed. *Jack Kerouac: On the Road Text and Criticism* (New York: Penguin Books, 1979), p. xi.

革命路上
翻译现代性、阅读运动与主体性重建,1949—1979

position of putting down society and giving their tired bookish or political or psychoanalytical reasons"①,纽约之所以让他们腻烦,因为他们都在一个小圈子中感觉窒息。正如尼采指出:"我们要成为我们之为我们者,成为新人,独一无二的人,无可比拟的人,自颁法律的人,自我创造的人!"② 萨尔赞赏狄恩绝没有那种"tedious intellectualness"③,因为他的道德是从他的热情中生长出来的,他至少在保全生命的本能上战胜了现代社会与生俱来的束缚。

其次,"在路上"的生活对萨尔最大的吸引,是它帮助他们暂时摆脱了在制度的坟墓中集体式死亡的命运。现代社会逐渐建立起的制度包括婚姻制度、家庭、宗教、教育制度、医疗制度、法律制度、军队、警察、大众媒体、工商体系、语言规范等等,对个体的行为和思考的规约越来越细致、缜密、完善。表面上,现代化的社会给了人们更多选择的机会,但是实际上,个体精神无路可逃。现代社会并不需要个人思考、不需要个性,只要遵守规则就可以了。正如"垮掉的一代"的另一个代表作家 John Cellon Holmes 指出,这些年轻人表现出的令人困扰的极端的个性是为了应对"the growing collectivity of modern life, and the constant threat of collective death"。④ 在纽约的时候,萨尔讲了一个后来十分有名的故事。这个故事是萨尔的梦境,也可以看作一个寓言。他仿佛梦见一个裹着裹尸布的阿拉伯人在沙漠里追逐他,他拼命逃,不过在快到"保护城"之前还是被这个尸衣人被追上了。这个尸衣人被凯鲁亚克解释为

---

① "全都站在一种消极的、如在恶梦中的地位鄙视整个社会,并为此提出他们的,或者书呆子气的、或者政治上的、或者心理分析上的理由。"[美] 凯鲁亚克:《在路上》,施咸荣译,北京:作家出版社,1962 年,第 12 页。
② Friedrich Nietzsche, Oscar Levy (ed.), *The complete works of Friedrich Nietzsche: the First Complete and Authorised English Translation* (Edinburg: T. N. Foulis, 1909—1913). 中译转引自周国平:《尼采在世纪的转折点上》,上海:上海人民出版社,1986 年,第 121 页。
③ "令人作呕的知识分子气息。"[美] 凯鲁亚克:《在路上》,施咸荣译,北京:作家出版社,1962 年,第 13 页。
④ John Cellon Holmes, "The Philosophy of the Beat Generation", in Scott Donaldson (ed.), *On the Road: Jack Kerouac; Text and Criticism* (New York: Penguin Books, 1958), p. 379.

第一部分
西方现代性的自反：从《在路上》到《等待戈多》的"不安的自由"

"死神"，而"保护城"被解释为"天堂"。但是，这里的"尸衣人"的追赶也许不单单是字面意义上的死亡，也是对现代社会的诸多束缚使得个体的原本自由的精神无处可逃的形象比喻。尸衣人身上层层的裹尸布正是社会一层层收紧的束缚。萨尔说："The one thing that we yearn for in our living days, that makes us sigh and groan and undergo sweet nauseas of all kinds, is the remembrance of some lost bliss that was probably experienced in the womb and can only be reproduced (though we hate to admit it) in death."① 换句话说，萨尔认为这种幸福的滋味很可能只有在娘胎里尝到过，而要再一次尝到恐怕就只有在死后了。这种娘胎里感受的幸福，应该是因为彼时还没有进入到社会，没有接触到无所不在的制度的沉重束缚。如同"保护城"是一个无忧无虑、没有束缚的绝对幸福之地，萨尔向往这种个体精神绝对自由的环境。但是亦如"尸衣人"的寓言，逃离现代制度的束缚的愿望也许在死亡之前永远也实现不了。萨尔的寓言折射出凯鲁亚克对现代社会人的精神受到压抑和束缚的深切忧虑。不过，在讲述这个寓言的时候，萨尔又说，这不过是纯然的对死的渴望，而这样的渴望怎么适合年轻人呢。这样对自己讲的话又即刻的自我否定，是自反性的表现之一。

此外，借助自反性的个体凯鲁亚克讲出了沉积在心底的对现实的不满与嘲讽。在对性的追逐中，萨尔毫不留情地嘲讽了美国传统的"代表"、"象征"符号。小说中有不起眼的一幕，是在新奥尔良的铁牛李的家中，玛丽露和萨尔在廊上模仿南方的贵族：

"Why, Miss Lou, you look lovely and most fetching tonight."

"Why, thank you, Crawford, I sure do appreciate the nice things

---

① "我们在世之日所渴望的唯一东西，一件使我们为之叹息、呻吟、梦魂颠倒的东西，只不过是对某种一去不返的幸福的记忆。"[美] 凯鲁亚克：《在路上》，施咸荣译，北京：作家出版社，1962年，第106页。

you do say."①

"呃，露小姐，今天晚上你的模样儿真实可爱极了，迷人极了。"

"呃，谢谢你，克劳福德，我打心眼里爱听你这些好听的话。"②

仅从对话的语气和内容看，这模仿是惟妙惟肖的，没有什么不妥。可问题是这廊子是东倒西歪的，两个人物也和南方贵族毫不沾边：狄恩的老婆玛丽露来自西部科罗拉多州的农场，有一双蓝茵茵的带着农村气息的眼睛，萨尔·帕拉戴斯自己（克劳福德这个名字完全是玛丽露随意说出来的南方的符号而已）则是和姨妈一起住在纽约，长得像一个能随便把哪个骂人的家伙给宰了的三十岁意大利人。他们从未如此客气地对话，这番对话完全是延续了前文的调情，没有什么真情实意。整个南方在《在路上》中已经呈现出这样一种大势已去的没落感，而这样子的两个人在那里假模假式地说的那些文绉绉的贵族气息的对话因此呈现出一种荒诞感：他们只是说着一些对时代全无意义的话，而说这些话也丝毫无关情感。

自反性的个体的不断反思表现在，虽然在"在路上"的生活中，狄恩对萨尔影响巨大，但萨尔并不是完全没有自己的想法和见解。萨尔与玛丽露的关系仍然与狄恩与玛丽露的关系呈现出明显的不同，萨尔对于性的看法显然比狄恩要深刻，也更严肃。狄恩只是简单地认为"性爱是人生中唯一神圣的重要事件"③，这一看法使他单纯地追求性本身，并在几个妻子之间反复地出轨、欺骗。而萨尔对每段感情还是负责的。在旧金山一无所有的时候，他也没打算抛下玛丽露，他甚至对她怀有同情，期待她能理解自己对于性的看法。在他的故事中，苹果是爱情的象征，而大蛇"像苹果中的虫子"一样盘踞在地球中心说明"欲望"是"爱

① Kerouac, Jack, *On the Road* (Cutchogue, New York: Buccaneer Books, 1985), p. 87.
② ［美］凯鲁亚克：《在路上》，施咸荣译，北京：作家出版社，1962年，第142页。
③ 同上，第3页。

第一部分
西方现代性的自反:从《在路上》到《等待戈多》的"不安的自由"

情"的中心。他认为这条蛇就是"撒旦"。但是有个叫做萨克斯博士的圣人,在美国的某处煮一种秘密的草药可以药死这条蛇。可能最后这条蛇不过是个外壳,里面却是一群像精子一样的灰白色的鸽子,给世界带来和平的信息。① 这个故事表明萨尔与狄恩有一点是认同的,那就是"性只不过是人类生活中纯洁而古老的活动而已"。② 不同的是,他对性的看法并不如此单纯,认为性有两面性,并可能转化。性的"欲望"可能是"撒旦",但是精子般的鸽子又可能会带来和平的信息。萨尔将杀死"欲望"的萨克斯博士称为圣人,说明他希望对"欲望"这种难以控制的本能有所压制,但是同时,他又相信性这种原始的本能,可以转化为积极的力量。

自反性的个体的不断反思也表现在,萨尔对他热爱的美国的感情是十分复杂的。在以往的美国文学成为经典的精神怀乡之地的西部神话在《在路上》中遭到质疑和颠覆。作为自反性的个体,西部曾是萨尔踏上漫漫旅程的动力,但随后发现西部只有使他心灰意冷。它不是传统意义上的那个令人神往的西部,一个充满热血和梦想的地方。在旧金山那"富于浪漫气氛的狭窄街上",狄恩丝毫不顾及玛丽露和萨尔的生存问题和他们的感受,突然就向他们告别去找卡米尔。③ 后来饿昏了的萨尔在冥冥之中以为自己由生到死、由死到生过了几个世纪,以为遇到自己的鬼魂,而炸鱼摊的老板娘是自己几个世纪前的勤劳的英国的老母亲。不过,就连这母亲的形象也是无情的,她离开自己父亲嫁给了一个希腊人。她不断催促自己的亲骨血离开:"你不是个好孩子,只知道饮酒闹事……走吧!别来纠缠我了;我早已把你忘啦。"④ 这不再是那个铁牛李怀念的旧日的"美国",那个在他的回忆里"整个国家热热闹闹,像一头脱缰的马么野、那么自由"⑤ 的美国。

---

① [美]凯鲁亚克:《在路上》,施咸荣译,北京:作家出版社,1962年,第168页。
② 同上,第271页。
③ 同上,第166页。
④ 同上,第169页。
⑤ 同上,第137页。

革命路上
翻译现代性、阅读运动与主体性重建，1949—1979

　　自反性的个体的不断反思还表现在，他们对作为"异域"的中国和墨西哥很有好感，但是不无隐忧。萨尔和他的伙伴们对异域的向往，是自反性的个体对现代文明的束缚和压抑的反抗途径。为了向想象的"异域"寻求解脱，萨尔四次提到"中国"，时刻挂心"开往中国的慢船"。① 不过这里的"中国"未必是实际上要去往中国，那只是代表了遥远而未知的东方，他心目中的极乐"异域"。至于墨西哥，则是让他感到真正的自由、平等和人与人之间的温情的地方。在墨西哥，人们可以把音乐放得跟他们想要的那么响，鼓声也那么疯狂，而警察们"只是冷淡地看着，并不为难他们"。② 墨西哥人都老老实实，很善良。围着他们的车子兜售小东西的小姑娘们得到一块手表是那样"发自内心的欢喜"。③ 对萨尔来说，墨西哥是他们在路的尽头终于找到的一块"神奇的土地"。④ 萨尔的自反性，让他觉得文明是"一个可怜的、随时可以幻灭的假象"⑤。

　　无论是追寻性、西部精神还是极乐异域，萨尔都表现出自反性的个体的自我矛盾。萨尔他们之所以要不停地追寻，是因为当人们的活动一旦局限在某一个领域，"人们就等于把自己交给了一个支配者"。⑥ 在文本的最后，让萨尔决心安定下来的女孩是罗拉，一个传统的、符合经济关系的女孩。萨尔虽然表明了对墨西哥女孩黛丽的喜爱，他们甚至建立了一个临时的家，但是最终他还是抛弃了黛丽，所以他含着一点愧疚地说，"整整一生，我都怀着白人的野心，因此才在圣雅奎恩山谷把黛丽这样好的一个女人放弃了"。⑦ 而这并不是全文唯一一次萨尔表现出类似的矛盾。

---

① ［美］凯鲁亚克：《在路上》，施咸荣译，北京：作家出版社，1962年，第46页。
② 同上，第280页。
③ 同上，第296页。
④ 同上，第267页。
⑤ 同上，第297页。
⑥ 《马克思恩格斯全集》第2卷，北京：人民出版社，1972年，第614页。
⑦ ［美］凯鲁亚克：《在路上》，施咸荣译，北京：作家出版社，1962年，第179页。

第一部分

西方现代性的自反：从《在路上》到《等待戈多》的"不安的自由"

通过萨尔的形象，凯鲁亚克成功地创造了一种自反性的自我形象（self-image），这个形象是以同情眼光看事情的叙述者（narrator），并不时有理性的张扬。作为人性的两端，生物性和精神性在萨尔的身上得到统一，也造成了他更为深刻的矛盾，那就是，无论他如何调适，他都受到现代文明社会的种种规约和有着自由的个体精神的内心的双重折磨。这个以同情眼光看着事情发生的叙述者敏感地发现，任何原本是以情感推动的人的关系都被现代性推演成一种经济关系，因而不能持久。而文明社会的条条框框一直不断地扼杀行为主体的个性选择生成的可能。作为主体的他和对象之间也非单向的建构：在他选择了"在路上"生活的时刻，"在路上"的生活也就开始重塑他，他最终回到了传统的世界，却在传统的世界中怀念曾经的"在路上"。这使他的"在路上"生活有像狄恩一样的疯狂的时刻，但是也常有理性张扬的时刻。

凯鲁亚克的自发性写作发现了文明之下的深层的问题，并借助这一风格建构出自反性的个体。以自我的行为模式为兴趣中心，自发性写作深刻地反映了现代性推进之下的种种问题。这样的自反性的个体的出现几乎是历史的必然。文明的深层问题使他的一代人不再是浪漫的一代。现代制度的令人不满、苦闷、压抑，让他们寻找直接的刺激。但是他们的方式，比如吸毒、酗酒、偷车、裸奔这些负能量并不意味着他们就是罪犯。虽然因为这些负面因素的存在，小说被批评者们攻击为道德败坏，但是正如凯鲁亚克所说，"我与暴力、仇恨、残暴这之类的废话完全扯不上干系"。① 他并非要提倡价值的反转，而是要反抗道德的普遍律，反抗在一个场合就一定要做什么事情这类绝对的行为模式。通过关注自我的行为模式塑造出的萨尔的形象的意义就在于，自反性的个人是矛盾的，却也是一种新的平衡生物性和精神性的希望。他作为理性个人的一面是社会容易接受的，因而他对传统的反叛比狄恩式的反叛更能促

---

① "I have never had anything to do with violence, hatred, cruelty, and all that horrible nonsense…" Scott Donaldson (ed.), *On the Road/ Jack Kerouac*; *Text and Criticism* (New York: Viking Press & Penguin Books, 1979), p. 366.

进社会的反思,是否现代社会的种种制度过度否定了人的本能?这一文本使得中国的读者们看到蔑视体制、力图摆脱各种体制束缚的人性自由不羁的一面,以及现代性如何张扬在理性的废墟之上。

参考文献:

(一) 中文文献

陈永国编:《翻译与后现代性》,中国人民大学出版社2005年版。

董伟:《画为心迹——由画为心迹的主客观性要素浅析艺术创作与内心的化一》,辽宁师范大学硕士论文,2010年。

文楚安:《克鲁亚克〈在路上〉手稿:知向谁边?》,载《中华读书报》,2001年4月18日。

肖瑛:《反身性多元内涵的哲学发生及其内在张力》,载《中国社会科学院研究生院学报》,2004年第3期,第78—83页。

肖瑛:《从"理性VS非(反)理性"到"反思VS自反"——社会理论中现代性诊断范式的流变》,载《社会》,2005年第2期,第1—24页。

肖瑛:《反思与自反——社会学中的"反身性"研究》,中国社会科学院社会学研究所博士论文,2004年。

张错:《西洋文学术语手册:文学诠释举隅》,书林出版社2005年版。

周国平:《尼采在世纪的转折点上》,上海人民出版社1986年。

周积寅编:《中国历代画论》,江苏美术出版社2007年版。

《马克思恩格斯全集》第2卷,人民出版社,1972年版。

[英] 大卫·洛吉:《小说的五十堂课》,李维拉译,木马文化出版社2006年版。

[美] 凯鲁亚克:《旅途上》,梁永安译,台湾商务印书馆,1999年版。

[美] 凯鲁亚克:《在路上》,施咸荣译,作家出版社1962年版。

[美] 凯鲁亚克:《在路上》,王永年译,上海译文出版社,2006年版。

[美] 赫伯特·马尔库塞:《爱欲与文明:对弗洛伊德思想的哲学探讨》,黄勇、薛民译,上海译文出版社1987年版。

第一部分
西方现代性的自反：从《在路上》到《等待戈多》的"不安的自由"

（二）外文文献

Allen, Eliot D., "That Was No Lady…That Was Jack Kerouac's Girl", in Scott Donaldson (ed.), *On the Road/ Jack Kerouac*; *Text and Criticism*, New York: Penguin Books, 1963, pp. 504—509.

Bauman, Zymunt, *Modernity and Ambivalence*, Cambridge: Polity, 1991.

Beck, Ulrich, "Losing the Traditional: Individualization and 'Precarious Freedoms'", in Ulrich Beck and Elisabeth Beck-Gernsheim (ed.), *Individualization: Institutionalized Individualism and its Social and Political Consequences*, London: Sage, 2002, pp. 1—21.

Beckett, Samuel, *En attendant Godot*, Paris: Les Editions de Minuit, 1952.

Beckett, Samuel, *Waiting for Godot*, New York: Grove Press, 1954.

Beckett, Samuel, *Waiting for Godot*, London: Faber & Faber, 1956.

Beidler, Peter G., *A Reader's Companion to J. D. Salinger's The Catcher in the Rye*, Seattle, WA: Coffeetown Press, 2008.

Benjamin, Walter, Harry Zohn (trans.), "The Task of the Translator", in Hannah Arendt (ed.), *Illuminations* (London: Fontana, 1992), pp. 70—82.

Blair, Walter, & Hornberger, Theodore, & Stewart, Randall (ed.), *American Literature: A Brief History*, Chicago: Scott, Foresman and Co, 1964.

Brinkley, Douglas, *Windblown World: The Journals of Jack Kerouac 1947—1954*, New York: Viking, 2004.

Cassady, Carolyn, *Off the Road: My Years with Cassady, Kerouac, and Ginsberg*, New York: William Morrow, 1990.

Charters, Ann, *Kerouac: A Biography*, San Francisco: Straight Arrow Books, 1973.

Charters, Ann (ed.), *Kerouac: Selected Letters: Volume 1: 1940—1956*, New York: Penguin, 1996.

Charters, Ann (ed.) *Kerouac: Selected Letters: Volume 2: 1957—1969*, New York: Penguin, 2000.

Charters, Ann (ed.), *Beat Down to Your Soul: What Was the Beat Generation*, New York: Penguin, 2001.

Charters, Ann (ed.), *The Portable Jack Kerouac*, New York: Viking, 1995.

——Kerouac, Jack, "Belief and Technique for Modern Prose", pp. 483—484.

——Kerouac, Jack, "Essentials of Spontaneous Prose", pp. 484—485.

——Kerouac, Jack, "Are Writers Made or Born", pp. 488—490.

——Kerouac, Jack, "The First Word: Jack Kerouac Takes a Fresh Look at Jack Kerouac", pp. 486—488.

Donaldson, Scott (ed.), *Jack Kerouac: On the Road Text and Criticism*, New York: Penguin Books, 1979.

Douglas, Ann, "On the Road Again", *New York Times Book Review*, 9 April 1995, p. 21.

Flaherty, Alice, *The Midnight Disease: The Drive to Write, Writer's Block, and the Creative Brain*, New York: Houghton Mifflin Company, 2005.

George-Warren, Holly (ed.) *The Rolling Stone Book of the Beats*, New York: Hyperion, 2000.

Giddens, Anthony, *Modernity and Self-Identity: Self and Society in Late Modern Age*, Stanford, Calif.: Stanford University Press, 1991.

Gitlin, Todd, *The Sixties: Years of Hope, Days of Rage*, New York: Bantam Book, 1987.

Gray, Richard, *A Brief History of American Literature*, Malden: Wiley-Blackwell, 2011.

Graver, Lawrence andFederman, Raymond (ed.), *Samuel Beckett: the Critical Heritage*, London and New York: Routledge Kegan & Paul, 1997.

Halberstam, David, *The Fifties*, New York: Villard, 1993.

Hipkiss, Robert, *Jack Kerouac, Prophet of the New Romanticism: A Critical Study of the Published Works of Kerouac and a Comparison of Them to Those of J. D. Salinger, James Purdy, John Knowles, and Ken Kesey*, Lawrence: University Press of Kansas, 1976.

Holmes, JohnCellon, "The Philosophy of the Beat Generation", in Scott Donaldson (ed.), *On the Road / Jack Kerouac; Text and Criticism*, New York: Penguin Books, 1958, pp. 368—379.

Hunt, Tim, *Kerouac's Crooked Road: The Development of a Fiction*, Hamden: Archon Books, 1981.

第一部分

西方现代性的自反：从《在路上》到《等待戈多》的"不安的自由"

Hutchings, William, *Samuel Beckett's Waiting for Godot: A Reference Guide*, Westport, CT: Praeger, 2005.

Johnson, Joyce, *Minor Characters*, Boston: Houghton Mifflin, 1983.

Kerouac, Jack, *On the Road*, Cutchogue, New York: Buccaneer Books, 1985.

Kerouac, Jack, *On the Road*, New York: Viking, 1997.

Kerouac, Jack, *Good Blonde and Others*, San Francisco: Grey Fox Press, 1993.

Lee, Barry Gifford and Lawrence, *Jack's Book: An Oral Biography of Jack Kerouac*, New York: St. Martin's Press, 1978.

Leland, John, *Why Kerouac Matters: The Lessons of on the Road*, New York: Viking, 2007.

Lodge, David, *The Art of Fiction*, London: Secker & Warburg, 1992.

Maher Jr., Paul, *Empty Phantoms: Interviews and Encounters with Jack Kerouac*, New York: Thunder's Mouth Press, 2005.

Magill, Frank N. (ed.), *Magill's Survey of American Literature*, New York: Marshall Cavendish Corporation, 1991.

Maltby, Paul, *The Visionary Moment: A Postmodern Critique*, Albany: SUNY Press, 2002.

McNally, Dennis, *Desolate Angel: Jack Kerouac, the Beat Generation, and America*, New York: Random House, 1979.

Miles, Barry, *Jack Kerouac: King of the Beats*, New York: Metropolitan Henry Holt, 1998.

Nicosia, Gerald, *Memory Babe: A Critical Biography of Jack Kerouac*, New York: Grove Press, 1983.

Nietzsche, Friedrich, Levy, Oscar (ed.), *The complete works of Friedrich Nietzsche: the First Complete and Authorised English Translation*, Edinburg: T. N. Foulis, 1909—1913.

Ohmann, Carol and Ohmann, Richard, "Reviewers, Critics, and 'the Catcher in the Rye'", *Critical Inquiry* vol. 3, no. 1, Autumn 1976, pp. 15—37.

Reich, Wilhelm, Vincent R. Carfagno (trans.), *The Function of the Orgasm: Discovery of the Orgone*, New York: Farrar, Straus and Giroux, 1986.

Rexroth, Kenneth, "The Voice of the Beat Generation Has Some Square Delusions",

San Francisco Chronicle, "This World" section, February 16, 1958, p. 3.

Salzman, Jack, *New Essayson Catcher in the Rye*, Cambridge: Cambridge University Press, 1991.

Tytell, John, *Naked Angels: Kerouac, Ginsberg, Burroughs*, New York: Grove Press, 1994.

Weinreich, Regina, *Kerouac's Spontaneous Poetics: A Study of the Fiction*, New York: Thunder's Mouth Press, 2002.

Whitfield, Stephen J., "Cherished and Cursed: Toward a Social History of The Catcher in the Rye", *New England Quarterly*, vol. 70, no. 4, 1997, pp. 567—600.

Zeifman, Hersh, "The Alterable Whey of Words: The Texts of 'Waiting for Godot'", *Educational Theatre Journal*, Vol. 29, No. 1, March, 1977, pp. 77—84.

二 《麦田里的守望者》：彷徨的反英雄

从约瑟夫·海勒到冯内古特，在主张让英雄走下神坛的美国小说中，反英雄的形象并不少见，但是《麦田里的守望者》仍然有其特殊的意义。反英雄（anti-hero）其实也是英雄，与英雄相比，他们有属于反派的特点但同时具有英雄的气质或做出英雄的行为。在西方文学中，《伊里亚特》中的阿喀琉斯（Achilles）是一个反英雄的经典形象，在中国文学中，《三国演义》中的曹操是一个反英雄的经典形象。

David Simmons 提出"反英雄"的传统对于 1960 年代的美国小说是至关重要的。① 不少的批评家和当时大量的文学作品都可以印证这一观点。比如 Raymond Federman, Robert Scholes, Ronald Sukenick, Tony Tanner, Helen Weinberg 等都强调，1960 年代的美国小说都有一个共性，即表达个人与社会之间出现的断裂（disconnection）或异化，而"反英雄"成为这类作品的主角。② 但是这一传统在 20 世纪的重要影响并不仅

---

① David Simmons, *The Anti-Hero in the American Novel: From Heller to Vonnegut* (New York: Palgrave Macmillan, 2008), preface, ix.
② Ibid., p. 2.

第一部分

西方现代性的自反：从《在路上》到《等待戈多》的"不安的自由"

限于美国文学，而这一传统对于美国文学开始变得重要也许要更早。批评家 Ihab Hassan 就曾指出，在 20 世纪的英国文学和美国文学中，反英雄一直占据着中心位置，并且"has impelled the radical vision, the irony, order, and extremity of despair that have come to be associated with that century"。[①] David Simmons 本人也承认传统社会变得越来越机械化和缺少人性空间招致越来越多的批评，所以 1950 年代的一些文本已经"insinuated themselves into public discourse by questioning the invasive conditions"。[②]《麦田里的守望者》就是提出这些质疑的重要文本之一。不过，与这一文本之前和之后塑造的"反英雄"的经典人物不同的是：在《麦田里的守望者》中，反英雄的主角霍尔顿质疑一些传统价值又皈依于另一些传统价值，由于他还是非常年轻的，我们难以判断这是否会是一个悲剧，或者他是否会成长为一个真正的英雄，他没有传统反派的手段（比如暴力就不是他的长项），他也不曾被不可控制的外力卷入困境中。

"反英雄"的出现与美学观念上的现代性思潮不无关系。美学观念上的现代性意味着"对理性和发展等富有积极意义的概念之深层幻想的破灭"，在"资产阶级化"的过程中，这些富有积极意义的概念已经演变为"庸俗的功利主义"和"中产阶级的伪善"。[③] 因此，本章通过分析《麦田里的守望者》的"少年史卡兹"（Teenage Skaz）[④] 的风格特征和主人公霍尔顿的心灵危机，提出《麦田里的守望者》的风格是具有先锋性的一种"少年史卡兹"，而霍尔顿是反英雄中一个特殊的类别。通过采用先锋性的风格塑造霍尔顿这一"彷徨的反英雄"，《麦田里的守望者》在风格和人物形象上的突破成为个人主体性在美学上的强势回归的

[①] Ihab Hassan, *Rumors of Change: Essays of Five Decades* (Tuscalooca: University of Alabama Press, 1995), p. 55.
[②] David Simmons, *The Anti-Hero in the American Novel: From Heller to Vonnegut* (New York: Palgrave Macmillan, 2008), p. 15.
[③] 参见李欧梵对美学现代性和历史现代性的讨论。李欧梵：《李欧梵论中国现代文学》，上海：三联书店，2009 年，第 22—23 页。
[④] David Lodge, *The Art of Fiction* (London: Secker & Warburg, 1992).

一面旗帜。

(一) 文献回顾

在以两次世界大战为标志将20世纪美国文学划分成三个阶段的同时，布莱尔（Walter Blair）和霍恩贝格（Theodore Hornberger）认为，从1945年开始，美国作家们在某种意义上共同转向了内心世界，去评判在令人窒息的复杂的现代生活中一个诚实的人能做什么。[①] 在这一层面上来说，《麦田里的守望者》对身份认同的追寻在这一大的文学潮流之下显然并不孤独。但是学者们的研究也揭示了这个少年英雄形象和语言风格在美国文学史上的地位和意义的不断变迁。

布莱尔和霍恩贝格在总结霍尔顿在1960年代的影响时提出，虽然霍尔顿并不是第一个发现了现实和外在的差异的年轻人，比如马克·吐温笔下的哈克（Huck），但是叙事风格让他与众不同（holden is allowed by his creator to tell his story in his own terms）。他的语言风格是如此粗俗（vulgar），以至于学生认为它们是非常诚挚的，而学校董事会们害怕这本书出现在他们的教室中。[②]

格雷（Richard Gray）在2011年的美国文学史提出不同的看法，认为《麦田里的守望者》的主题是渴望成功的美国梦的落空，而小说的题目显示了他想保留那些还在成长的孩子——而不是他自己的纯真。[③] 他认为霍尔顿是一个体制外者，他不喜欢体制化的社会也不信任权威。他与哈克的区别与他们之间的联系一样重要：相比哈克，霍尔顿处于童年和成年之间，更富有，他面对的更为现代的城市环境让他更加无处可逃。[④] 霍尔顿的形象既希望展现真实的自己又害怕放下面具，或许对

[①] Walter Blair, Theodore Hornberger, Randall Stewart, *American Literature: a Brief History* (Chicago; Atlanta; Dallas: Scott, Foresman and Co, 1964), p. 216.

[②] Ibid, p. 251.

[③] Richard Gray, *A Brief History of American Literature*, Malden (MA: Wiley-Blackwell, 2011), pp. 293—294.

[④] Ibid, p. 294.

第一部分
西方现代性的自反：从《在路上》到《等待戈多》的"不安的自由"

"自我"本身并不确定。① 对于《麦田里的守望者》的风格，格雷没有说其粗俗，而是认为它是口语化并且忏悔性的（vernacular and confessional modes），吸引读者进入到那个霍尔顿试图抵抗的、感觉令他窒息的世界。对于霍尔顿的形象，格雷认为他让人们想起了在美国小说中充斥的很多其他的反叛者、梦想家、古怪的圣人和未来的拯救者。②

《麦田里的守望者》究竟是不是因为其"粗俗"的语言才吸引青少年？如果说"粗俗"是"口语化"的语言风格的重要特征，那么这种"口语化"的语言风格的意义何在？霍尔顿的形象是一个简单抱怨着一切却不曾反思自我的个体？还是他有其特别之处，对现代性下人类的复杂处境和美国文化的发展提供了特别的视角？两本不同年代的代表性文学史的评价仅仅让我们看到了 1960 年代到 21 世纪初，对《麦田里的守望者》的解读的变化，或许不足以回答这些问题。事实上，对于《麦田里的守望者》的热烈讨论自该书问世以来就未曾停息过，显示了这一文本虽然被认为仅仅是一个"minor classic of American fiction"，但是却是最受读者关注、最具声誉的美国文学之一③。

对《麦田里的守望者》的争论首先集中于这一文本与文学传统的关系。有些批评者通过否定《麦田里的守望者》与文学传统的联系进而否定《麦田里的守望者》的文学价值，但随后越来越多的对《麦田里的守望者》与相似主题、风格的文学经典的比较研究反驳了这一论断。例如，海泽曼（Arthur Heiserman）和米勒（James E. Mille）将《麦田里的守望者》放在西方文学中史诗的追寻这一悠久的传统之中。④ 与之类似，卡普兰（Charles Kaplan）通过对比霍尔顿和马克·吐温笔下的哈克，说

---

① Richard Gray, *A Brief History of American Literature*, Malden（MA：Wiley-Blackwell, 2011），p. 294.
② Ibid., p. 294.
③ Robert Bennett, "An Overview of The Catcher in the Rye", in *Exploring Novels*（Florence, KY：Gale Group, 1998）.
④ Arthur Heiserman, James E. Mille, "J. D. Salinger: Some Crazy Cliff," in William F. Belcher and James W. Lee（ed.）, *J. D. Salinger and the Critics*, Belmont（Calif.：Wadsworth, 1964, c1962）, pp. 14—17.

革命路上
翻译现代性、阅读运动与主体性重建，1949—1979

明这两个文本都是用诙谐而日常的语言（colloquial everyday language）叙说了个人的奥德赛之旅。① 霍威尔（John M. Howell）将《麦田里的守望者》与艾略特关联起来。② 傅思德（Lilian Furst）将《麦田里的守望者》与陀思妥耶夫斯基（Fyodor Dostoyevsky，1821—1881）的作品相提并论，③ 温伯格（Helen Weinberg）则把它与卡夫卡（Franz Kafka，1883—1924）的作品进行了比较。④ 对于塞林格自己来说，除了风格有明显相似性的作家和作品以外，他还把自己的写作更为宽泛地与诸多经典文学家联系起来，包括：卡夫卡、福楼拜（Gustave Flaubert，1821—1880）、托尔斯泰（Lev Nikolayevich Tolstoy，1828—1910）、契诃夫（Anton Chekhov，1860—1904）、陀思妥耶夫斯基，普鲁斯特（Marcel Proust，1871—1922）、奥凯西（Seán O'Casey，1880—1964）、里尔克（Rainer Maria Rilke，1875—1926）、洛尔迦（Federico Garcia Lorca，1889—1936）、济慈（John Keats，1795—1821）、兰波（Jean Nicolas Arthur Rimbaud，1854—1891）、彭斯（Robert Burns，1759—1796）、艾米莉·勃朗特（Emily Brontë，1818—1848）、简·奥斯汀（Jane Austen，1775—1817）、亨利·詹姆斯（Henry James，1843—1916）、布莱克（William Blake，1757—1827）、柯勒律治（Samuel Taylor Coleridge，1772—1834）⑤、薛伍德·安德森（Sherwood Anderson，1876—1941）、林·拉德纳（Ring Lardner，1885—1933）和菲茨杰拉德（Francis Scott Key Fitzgerald，1896—1940）。⑥

---

① Charles Kaplan, "Holden and Huck: The Odysseys of Youth", *College English*, 1956, Vol. No. 2, pp. 76—80.
② John M. Howell, "Salinger in the Waste Land", *Modern Fiction Studies*, 1966, vol. 7, no. 3, pp. 367—379.
③ Lilian R. Furst, "Dostoyevsky's Notes from the Underground and Salinger's The Catcher in the Rye", *Canadian Review of Comparative Literature*, 1978, vol. 5, pp. 72—85.
④ Helen Weinberg, *The New Novel in America: the Kafkan Mode in Contemporary Fiction* (Ithaca: Cornell University Press, 1974).
⑤ Al Silverman (ed.), *The Book of the Month: Sixty Years of Books in American Life* (Boston: Little, Brown, 1986), pp. 129—130.
⑥ Ian Hamilton, *In Search of J. D. Salinger* (New York: Random House, 1988), p. 53.

第一部分
西方现代性的自反：从《在路上》到《等待戈多》的"不安的自由"

与传统小说重视情节的发展不同，《麦田里的守望者》重视人物的发展，这使得霍尔顿的形象成为批评家讨论的另一个热点。鲍姆巴赫（Jonathan Baumbach）认为霍尔顿为了琴而与比自己强壮得多的室友打架，与妓女并非为了性的对话，为他的小妹而变得柔软的心表明他渴望拯救纯真。尽管他有着粗俗的语言和不合乎传统道德的行为，但是他敏感、单纯、孩子的一面让他的影响复杂而持久。① 与这类消解了霍尔顿的不成熟的愤世嫉俗的形象的完全正面的解读相比，艾德伍兹（Duane Edwards）认为霍尔顿是个更加复杂的形象。艾德伍兹提出，霍尔顿是具有讽刺性的，他在谴责社会的同时，自身也是充满矛盾的。艾德伍兹提示读者，这样一个说他"不想和任何人讲任何话"的人讲述的故事，或许故事本身就是不可完全信任的。读者因而应该像侦探一样时常在字里行间搜寻自己的证据，对哪些部分真正是霍尔顿的看法，哪些部分是他的掩饰，做出自己的判断。② 其他比较重要的对霍尔顿形象的分析包括很多学者用精神分析的方式解读霍尔顿弟弟艾里死亡这一童年阴影对他的影响，霍尔顿与女人的关系，霍尔顿是否有压抑的乱伦的欲望等，本章还将在精神分析方面继续进行讨论，提出霍尔顿是一个徘徊的反英雄，有着自身的矛盾，但是他的精神危机是与现代文明对个性的压抑有关的，因而本处不再详细说明。除了精神分析的方式以外，以社会经济学理论进行分析也是解读霍尔顿形象的一个重要方面。Carol 和 Richard Ohmann 以马克思理论对霍尔顿所出的社会和经济关系作了精彩的分析，通过说明冷战是小说的历史背景，提出并非是霍尔顿的伦理道德出了问题，而是资本主义经济体制制造了像霍尔顿这样的性格。他们指出霍尔顿所批判的人都是腐朽的资本主义经济体制的代表。③

---

① Jonathan Baumbach, "The Saint as a Young Man: A Reappraisal of The Catcher in the Rye", *Modern Language Quarterly*, 1964, vol. 25, no. 4, pp. 461—472.
② Duane Edwards, "Holden Caulfield: Don't Ever Tell Anybody Anything", *ELH*, 1977, vol. 44, no. 3, pp. 554—565.
③ Carol and Richard Ohmann, "Reviewers, Critics, and *The Catcher in the Rye*," *Critical Inquiry*, 1977, vol. 3. no. 1, pp. 15—37.

在《麦田里的守望者》的风格研究方面,支持霍尔顿形象的学者向我们指出了霍尔顿的语言的创造力。A. Robert Lee 指出霍尔顿在每个场景下不断变换着身份,并且都有模有样。① David Lodge 以"少年史卡兹"概括霍尔顿的语言特色②,包括"大量的重复"、"俚语的使用"、"夸饰法"和"文法错误",使其不像书写而像说话,并且是青少年说话的叙事法。③ 这些学者的研究都认可的一点是,《麦田里的守望者》的创造性的语言使得它的魅力长久不衰。

以上学者从文学传统、精神分析、社会政治经济学、风格研究等方面进行的讨论推动并启发着对《麦田里的守望者》的研究的深入。本章认同塞林格是在某种传统中写作的观点,不过认为塞林格在传承了经典作家的衣钵的同时又有自己的独特性。本章接下来将以先锋的"少年史卡兹"和特殊的"反英雄"为核心,讨论塞林格如何在在书写个体经验的过程中解构了传统中内心强大的英雄,使得《麦田里的守望者》成为西方社会个人化的趋势的见证。

(二)"少年史卡兹"风格

在传统观念中,死亡、爱情、性、烟、酒、毒品等被视为青少年成长讨论的禁区,而随着现代性的推演,单纯的禁止和控制不能阻挡这些潜伏的问题影响青少年的思维、行为和语言模式,并逐渐成为全球性的问题。《麦田里的守望者》直视了这些发生在青少年内心世界中的危机。塞林格对现代社会对纯真的个性的扼杀的个体体验给了他创作的源泉,而他书写的个体体验是未被社会整合的。塞林格对个体经验的书写既符合"少年史卡兹"的风格特色,即"一种带有口语特质,而非一般书写

---

① A. Robert Lee, "'Flunking Everything Else Except English Anyway': Holden Caulfield, Author", in Joel Salzberg (ed.), *Critical Essays on Salinger's The Catcher in the Rye* (Boston: G. K. Hall & Co., 1990), pp. 185—197.

② David Lodge, *The Art of Fiction* (London: Secker & Warburg, 1992).

③ 具体例子可以参见 [美] 大卫·洛吉 (David Lodge, 1935—):《小说的五十堂课》,李维拉译,台北新店市:木马文化,2006 年,第 34—35 页。

第一部分

西方现代性的自反:从《在路上》到《等待戈多》的"不安的自由"

文字的第一人称叙事法",① 同时又有其先锋性。

塞林格之所以采用"少年史卡兹"的风格,因为它是属于少年的,能够最好地传递出少年的纯真和个性,而这是他最为珍视的。采用"一种带有口语特质,而非一般书写文字的第一人称叙事法",这一风格的形成并非一蹴而就。塞林格曾反反复复地修改《麦田里的守望者》的内容——在1951年《麦田里的守望者》出版之前,《冲出麦迪逊的轻度反叛》和《我疯了》这两个短篇小说都可以看做是它的草创期。塞林格对这一少年形象的珍视,可以从年已90岁的塞林格和一位瑞典的年轻作者的官司看出。② 这位瑞典的作者大无畏地为"麦田"写了一个大结局版的续书《60年后:穿越麦田》(*60 Years Later: Coming Through the Rye*):书中的霍尔顿是个七十几岁的老人家,而菲苾则是一位风烛残年、由于吸毒过量而痴呆的老太太。塞林格先生的出版经济人在他的证词中说,塞林格先生"坚决认为他的小说及其小说中的人物应该原封不动地保持他们由他创作出来的原貌"。这个案子最终以塞林格胜诉结局,而霍尔顿至少可以像塞林格希望的那样,在美国继续保持他青春年少的模样。

《麦田里的守望者》的"少年史卡兹"的先锋性首先在于大胆运用了反传统的口语化表达。一个典型的霍尔顿·考菲尔德描述世界的话语方式一定包括以下一些关键词:假模假式(phony)、要命(it killed me)、他妈的(goddam)、倒霉的(crummy)之类,这些俚语不断地反复出现。有研究者曾指出霍尔顿的这些口头禅不过是没有所指的纯粹能指,认为它"揭示了1960年代中产阶级学生大量脏话下的政治寂静主义品格,是社会批评能量从现实领域移向象征领域后的无害姿态"。③ 但

---

① [美]大卫·洛吉(David Lodge, 1935—),《小说的五十堂课》,李维拉译,台北新店市:木马文化,2006年,第33页。
② Colin Moynihan, "Holden Caulfield Hangs on to His Youth", *New York Times*, June 17, 2009.
③ 程巍:《霍尔顿与脏话的政治学》,《外国文学评论》,2002年第3期,第46页。另见罗世平:《〈麦田里的守望者〉中的反正统文化语言》,《外国文学评论》,1994年第1期,第50—56页。

革命路上
翻译现代性、阅读运动与主体性重建，1949—1979

是这一论断似乎下得过于草率，至少就年代来说，这本书出版于 1950 年代初，描写的是"二战"后东部中上层社会青少年的生活，而非 1960 年代。因而，小说更为明确的是通过直接使用这些俚语准确地反映小说出版的那个时代纽约青少年的口头语。① 塞林格没有采用常用的以较为书面的词语取代俚语的方式，因而走在了时代的前面。

《麦田里的守望者》的"少年史卡兹"的先锋性也在于其与现代心理学领域形成交错。《麦田里的守望者》是依照霍尔顿的心理动态进行，不像传统叙事结构那样逻辑分明、条理清楚、有着精心设计的叙事框架，而是不时会出现场景的突变、情节的转换，或者情绪的跳跃。例如霍尔顿在谈话的过程中，会突然想到中央公园的野鸭子过冬的问题，或是在同别人讲话的时候走神，摆弄他的猎人帽。以猎人帽为例，霍尔顿用自己喜欢的方式戴这顶帽子，因为这样使他与众不同，也反映出他的心理变化。在共 24 次的出场中，戴上、脱下、鸭舌朝前、朝后，每一次霍尔顿无意识地摆弄他的猎人帽都有不同的心理动因。霍尔顿第一次带上这顶红色猎人帽，是在听完斯宾塞老先生的训诫回到自己房里之后。他把鸭舌转到脑后，虽然承认"very corny"，但是他喜欢，因为"I looked good in it that way"。② 霍尔顿不喜欢阿克莱，于是他把帽檐拉低盖住眼睛，这样他就"couldn't see a goddam thing"了。③ 他的反抗是温和的、非暴力的，通过运用非常有个性标志的物件（红色猎人帽）和行为（转动鸭舌）实现情绪等的转换，显示他的个性。

霍尔顿称自己为"我"，称读者为"你"，于是阅读很大程度上变得像聆听一样自然，读者很容易感受霍尔顿的幽默和痛苦。例如，通过主

---

① Donald P Costello, "The Language of 'The Catcher in the Rye'", *American Speech*, 1959, Vol. 34, No. 3, pp. 172—182. Costello said, "Most critics who glared at *The Catcher in the Rye* at the time of its publication thought that its language was a true and authentic rendering of teenage colloquial speech."

② J. D. Salinger, *The Catcher in the Rye* (New York; Boston; London: Little, Brown and Company, 1991), p. 18.

③ Ibid, p. 21.

第一部分

西方现代性的自反：从《在路上》到《等待戈多》的"不安的自由"

观的视角展现的斯特拉德莱塔对霍尔顿精神上的嘲讽和不断的欺凌，会在同样遭受霸凌（bully）的青少年那里引起共鸣。在《麦田里的守望者》中，读者不难接受到这样的讯息：斯特拉德莱塔欺负霍尔顿并不是一次、两次了，而这种欺负不仅是行动上的（让霍尔顿帮他写作文），也是精神上的（常常用开玩笑的方式嘲笑霍尔顿跟自己不是一个等级的）。所以，当斯特拉德莱塔再次让他帮自己写作文，又开了一个关于女孩子的玩笑之后，霍尔顿"landed on him like a goddam panther"。① 在佛罗伊德看来，玩笑大部分都具有利比多的、焦虑的，或者攻击性的内容，② 两个人议论女孩子看起来是轻松和戏谑的口吻，实际上，霍尔顿试图通过这样的玩笑极力展现自己也是成熟的，是跟斯特拉德莱塔一样的。所以，当斯特拉德莱塔不无轻视地说他曾经的女友对霍尔顿来说"年纪太大"的时候，这对霍尔顿形成了心理的刺激，使他不能忍受，并反抗斯特拉德莱塔。在《麦田里的守望者》中，塞林格很好地把握了青少年的心理，往往就是通过这样的十分简短的片断，展现了现代青少年的心理世界。

《麦田里的守望者》的先锋的史卡兹风格的意义何在？我认为在主观视角的跳跃和粗俗的口语化表达的背后隐藏着塞林格对现代社会带给人的内心世界的危机的观察和思考。结构主义/后结构主义认为，世界的意义产生于话语/言说，社会的价值体系在某种意义上来说来自于欲望的言说，而人的主体性也是靠语言维系的。用大卫·洛吉的话来说，"用夸张的语言表达感觉强度"，正是年轻人的语言特色。③ 霍尔顿说自己有着与年龄不相符合的孩子气，部分就是因为自己有"a lousy vocabu-

---

① J. D. Salinger, *The Catcher in the Rye* (New York; Boston; London: Little, Brown and Company, 1991), p. 30.
② [英] 特里·伊格尔顿：《20世纪西方文学理论》，伍晓明译，北京：北京大学出版社，2009年，第156页。
③ [美] 大卫·洛吉 (David Lodge)：《小说的五十堂课》，李维拉译，台北新店市：木马文化，2006年，第34页。

lary"。① 霍尔顿要维护的尊严是在现代社会对人的种种规范和束缚（例如成功的标准）面前如此脆弱和不堪一击，他也不懂得成人用以掩盖内心的手段，所以他只好说说粗俗的话，借助语言来获得认可，比如当霍尔顿借助语言让自己至少看上去有那么一点像个成人——像成人那样过得什么都无所谓似的；或者获得力量，比如当霍尔顿被开除后悄悄回家，他的妹妹菲苾说"Daddy's going to kill you"，霍尔顿说他要我的命就让他要好了，"I don't give a damn"。② 由于内心世界与现实生活的抵触，霍尔顿只好不断通过跳转来调适，甚至大多数时间都懒得说话。尽管觉得很多言语都是假模假式的，但是他心里明白，"if you want to stay alive, you have to say that stuff, though"。③

塞林格巧妙地结合了1950年代纽约青少年的口语，创造出霍尔顿强烈的个人特质，使得他的语言有革新性的意义——一种对于现实世界的真诚的失望和无所谓的态度。而当粗口（比如 turd, goddam, bastard, sonuvabitch, chrissake）和较为粗俗的口语化表达方式（比如 not to know one's ass from one's elbow）成为霍尔顿的话语标记，也的确令到保守的那部分读者十分恼火。由此，可知这不仅仅不是"社会批评能量从现实领域移向象征领域后的无害姿态"④，相反，它极其深刻地触及到了现代社会的种种机制给个体造成的深层的内心危机。

（三）反英雄的个性危机

现代性累积的心灵创伤问题不容小觑，而出版于1951年的《麦田里的守望者》多多少少提前揭示了美国东部资产阶级生活的严重危机。⑤

---

① J. D. Salinger, *The Catcher in the Rye* (New York; Boston; London: Little, Brown and Company, 1991), p. 9.
② Ibid., p. 173.
③ Ibid., p. 87.
④ 冯象庆:《特殊话语标记和语义无差异性——论加缪〈局外人〉与塞林格〈麦田里的守望者〉的叙事意义》,《外国文学研究》, 2003 年第 3 期, 第 120 页.
⑤ Carol and Richard Ohmann, "Reviewers, Critics, and *The Catcher in the Rye*," *Critical Inquiry* 3 (Autumn 1976), pp. 34—36.

第一部分
西方现代性的自反：从《在路上》到《等待戈多》的"不安的自由"

在霍尔顿·考菲尔德的例子中，他一方面谴责自己身处的资产阶级中上层社会的假模假式，另一方面也深入地卷入到这种假模假式中。霍尔顿认为有尊严地活着是重要的事情，他批判"大人们"或者活得如鱼得水的同龄人们对金钱、地位等的执着，表现得敏感而脆弱，但在同时他的抗拒又是不彻底的，不时会表现出他的阶级的身份认同和优越感。

通过少年史卡兹的风格，塞林格在一个青少年的成长故事的背后，实际上提出了这样一个深刻的问题，即个性是否意味着个人的异化或疏离？在试图对这个问题作任何的判断之前，我们首先要问：是不是霍尔顿对这个世界的疏离使他有那么多"不受欢迎的个性"？霍尔顿到底生了什么病？他是否真的像施咸荣说的那样进了精神病院？[①]《麦田里的守望者》是否隐含着对"罪恶"的资本主义的深刻批评？

本节要说明的是霍尔顿的确有对这个世界疏离的表现，具体表现为身体的抗拒（physical）、精神的抗拒（spiritual）、心理的抗拒（psychological）、神智的抗拒（mental）[②]，但是他的疏离不是宗教的反叛、政治的反叛，或者社会的反叛。由于作者将故事的背景设置于纽约及纽约周边的贵族学校，所以霍尔顿要疏离的世界的现实背景是美国东部的中上层社会，或者说资本主义社会一个特定阶层生活的缩影。因为面对的困境不是简单的正义或爱情的呼唤，而是非常特殊的现代精神的困境，所以霍尔顿的追寻方式不体现在肌肉和暴力，而体现在精神境界，这让他的追寻看上去有点接近东方式的追寻[③]，不过归根结底还是一种西方

---

① [美] J. D. 塞林格：《麦田里的守望者》，施咸荣译，南京：译林出版社，1998年。封底："精神上无法调和的极度矛盾最终令他彻底崩溃，躺倒在精神病院里"。

② [英] 特里·伊格尔顿著：《精神分析》，伍晓明译，《20世纪西方文学理论》，北京：北京大学出版社，2009年，第132—168页。

③ 参见 Gerald Rosen, *Zen in the Art of J. D. Salinger* (Berkeley, CA: Creative Arts Book Co., 1977)。罗森（Gerald Rosen）颇有创意地提出霍尔顿的出走接近于佛陀出家的故事。他认为，霍尔顿作为一个成长于优越环境的年轻人，通过斯宾塞先生，他感受到病、老之苦，而他的弟弟艾里同同学詹姆士·凯瑟尔的死亡给了他很大的触动，于是他终于做出了一个离开被悉心呵护的世界的决定，他路上的旅程正是为了在纯真世界之外的领土寻找新的意义。

式的对现代性的心灵危机的反思。

霍尔顿对他所在的世界的身体的抗拒表现为,他渴望装聋作哑,离群索居地生活。16 岁的他热切地想去西部①,在加油站找一份工作,装作又聋又哑,这样就不用跟人讲废话,要说话就要写下来给他,这样没过多久,大家就会觉得他不过是"a poor deaf-mute bastard and they'd leave me alone",他就再也不用跟人费力攀谈了。他想用自己的钱造一所小木屋,"I'd build it right near the woods, but not right in them, because I'd want it to be sunny as hell all the time",②然后娶一个美丽的聋哑的姑娘,需要交流的时候他们就写字,生了小孩就把他们藏起来。③ 这与在东部他的现实生活形成了鲜明的对比:他很瘦弱,动不动就被说是孩子,每次打架都失败;他不得不像表演一般模仿"某种极端虚伪的成年人社交行为模式"④;他的家在文本中呈现为极暗淡的色调,当他偷偷溜回家的时候,"it was dark as hell in the foyer",而他睡着了的父母也是隐身于阴影之中,在整个文本中只有对他们的描述但没有直接现身⑤;他的女朋友在他看来是美丽的却也是假模假式的,没有真正的个性。所有这些都指向,霍尔顿痛恨的是东部中上层社会的苍白无力的、假模假式的、阴暗的城市空间的生活方式,而渴望用体力的、简单淳朴的、撒满阳光的乡村生活,这并不是东方的。

霍尔顿对他所在的世界的精神抗拒表现为,他认为其他人都是"假模假式"的、虚伪的。如果说鲁迅的《狂人日记》中的狂人最后满纸只看出了两个字"吃人",那么霍尔顿在这世界看到的越来越只剩下"假模假式":潘西中学的招生广告十分装腔作势,校长只与衣冠楚楚的家

---

① J. D. Salinger, *The Catcher in the Rye* (New York; Boston; London: Little, Brown and Company, 1991), p. 198.
② Ibid., p. 199.
③ Ibid., pp. 198—199.
④ [美] 大卫·洛吉 (David Lodge):《小说的五十堂课》,李维拉译,台北新店市:木马文化,2006 年,第 33 页。
⑤ J. D. Salinger, *The Catcher in the Rye* (New York; Boston; London: Little, Brown and Company, 1991), pp. 158, 162.

第一部分

西方现代性的自反:从《在路上》到《等待戈多》的"不安的自由"

长寒暄,同学间缺少真实情感的交流,老师只会不问缘由地给不及格并且也不会用教育心理学的方式循循善诱。霍尔顿处于性的朦胧成熟期,试图寻找能够解答精神与肉体关系的导师,或至少有人诚恳地教导他。可是他遇到的情形是:徒有其表的室友以随随便便的态度对待自己唯一喜欢过的女孩子琴;女朋友萨丽是个美丽但常常装模作样的女孩子,从来没有试图与他认真对话过,或试图理解他说的话;他招妓只是想在彼此尊重的情况下聊聊天,却受到鄙视并被敲诈了一笔钱;至于已经上大学的学长路斯听到他的问题简直是惊慌失措,因为他只是喜欢逗别人说出自己的秘密,却从不谈自己的私人生活。霍尔顿的言行表明,他与一般人不一样。对于美国东部模式化的中上层社会生活,他的看法是:"…all you do is study so that you can learn enough to be smart enough to be able to buy a goddam Cadillac some day, and you have to keep making believe you give a damn if the football team loses, and all you do is talk about girls and liquor and sex all day, and everybody sticks together in these dirty little goddam cliques"。[①] 在他看来,这种现代的生活造就的全是伪君子。

霍尔顿对他所在的世界的心理的抗拒表现为,他在潜意识或无意识中表现出来的对童年的留恋。这一点可以通过《麦田里的守望者》中两个具体的意象来进行说明。第一个意象是象棋里的追逐。前文已经分析过霍尔顿是多么厌倦与人攀谈,但是当霍尔顿知道他的室友老特拉德莱塔约会的女孩子是琴·迦拉格的时候,他在文本中唯一一次破例,主动与塔拉德莱塔说了很多很多的话。他十分兴奋、念念不忘而手足无措地讲了很多琴的事,其中一个细节是说琴下棋的时候总是把她的王留在后排,不去动它。[②] 这里的下象棋应该隐喻着性的追逐和诱惑。这一隐喻并不是塞林格的发明。米德尔顿

[①] J. D. Salinger, *The Catcher in the Rye* (New York; Boston; London: Little, Brown and Company, 1991), p. 133.

[②] Ibid, pp. 31—33.

革命路上
翻译现代性、阅读运动与主体性重建，1949—1979

（Thomas Middleton，1580—1627）的两部戏剧《对弈》(*A Game at Chess*) 和《女人当心女人》(*Women Beware Women*)① 中都以象棋来隐喻性的关系的升温。琴总是将王留在后排，这是她与众不同的个性，令霍尔顿印象深刻。似乎塞林格想通过她的这一举动表明她的纯真。如果这一细节的含义不够清晰的话，那么后文一再提到这一下象棋的细节则确认了这一点。等特拉德莱塔准备好出去约会了，霍尔顿忽然精神紧张起来，也没心情回答斯特拉德莱塔对写作文的要求的话，而是反复地说关于象棋的事情："She wouldn't move any of her kings. What she'd do, when she'd get a king, she wouldn't move it. She'd just leave it in the back row. She'd get them all lined up in the back row. Then she'd never use them. She just liked the way they looked when they were all in the back row"。② 这里虽然有6句话，但是都说的同一个意思，即下棋时琴会把王留在后排，可见这个性令霍尔顿印象多么深刻。因此他觉得琴的约会令他都快疯了。对霍尔顿来说，这不仅是单纯的性的保守，也是童年的凭记，所以弥足珍贵。

第二个更为直接地反映了他在无意识中对童年的留恋和逡巡的是作为他的安全区域的中央公园。白彼得（Peter Beidler）曾勾勒出霍尔顿的纽约地图（见下页图），十分形象地说明了霍尔顿眼中的纽约与旅客眼中的纽约或者一个30岁的纽约人、80岁的纽约人是千差万别的。③

---

① Thomas Middleton, edited with an introduction and notes by Richard Dutton, *A chaste maid in Cheapside*; *Women beware women*; *The changeling*; *A game at chess* (Oxford; New York: Oxford University Press, 1999).
② J. D. Salinger, *The Catcher in the Rye* (New York; Boston; London: Little, Brown and Company, 1991), p. 32.
③ Peter Beidler, *A Reader's Companion to J. D. Salinger's The Catcher in the Rye* (Seattle, WA: Coffeetown Press, 2008).

第一部分

西方现代性的自反：从《在路上》到《等待戈多》的"不安的自由"

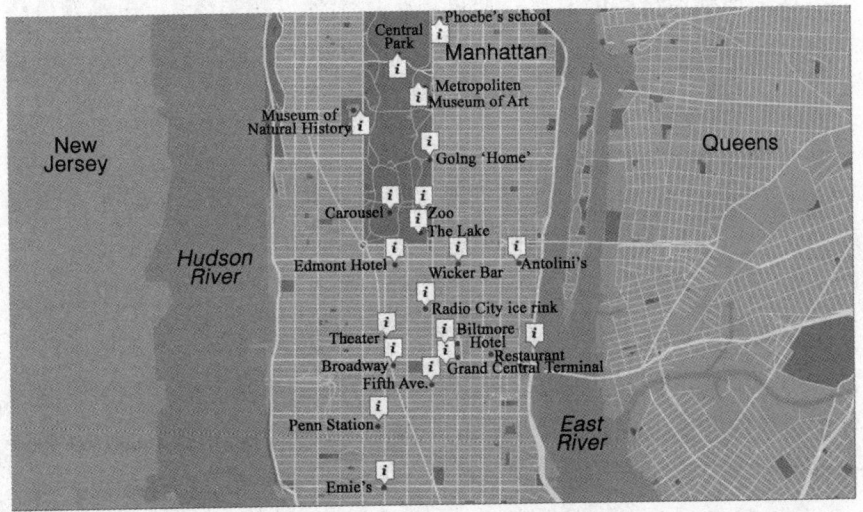

地图引自：Beidler, Peter G. *A Reader's Companion to J. D. Salinger's The Catcher in the Rye*, Seattle, WA: Coffeetown Press, 2008。

对于霍尔顿来说，中央车站、Ernie's 酒吧、百老汇、剧院、溜冰场等是他陌生的、或者不得已才去的，他所感兴趣的、美好的世界都围绕着中央公园，在这方面我们可以找到很多的例子。比如 Ernie's 酒吧是和哥哥 D. B. 一心赚钱不再当一个作家的失望的感觉联系在一起的。他去百老汇是想为妹妹买一张很难得的唱片，而他已经好多年没去过了。剧院和溜冰场都是因为萨丽想去，而他其实并不想去。他把行李寄放在中央火车站，而试图在长椅上睡觉让他感到疲惫不堪，十分泄气等等。只有中央公园的附近是他的安全区，也是最接近自然，最让他感觉亲近的地方，"I've lived in New York all my life, and I know Central Park like the back of my hand"。[①] 他小时候一直在中央公园溜冰，骑自行车。他在意那些鸭子去了那里很大原因是因为那些野鸭是中央公园南头浅水湖附近的鸭子。在霍尔顿那里，它们是与童年的无拘无束联系在一起的，而他担心野鸭/童年的一去不复返。甚至在他喝得烂醉的

---

① J. D. Salinger, *The Catcher in the Rye* (New York; Boston; London: Little, Brown and Company, 1991), p. 154.

革命路上
翻译现代性、阅读运动与主体性重建，1949—1979

晚上他不知道去哪儿的时候，他也信步往中央公园走去。① 霍尔顿虽然没有直接表明这种区分，但是霍尔顿的经历和行为都表明，在他的潜意识中，中央公园是一个独立的世界，他在其中感到安心、宁静和归属感。

霍尔顿对他所在的世界的神志上的抗拒集中表现在他的"麦田想象"。"麦田"的意象在他精神上饱受煎熬的时刻突然击穿他的心灵。一个小孩子紧靠着界沿石走——像很多孩子那样——并且随意地唱着"你要是在麦田里捉到了我"。听到儿歌，他心情舒畅不少，因为这或许是惟一不带金钱色彩，单纯地表现出孩子的个性的事情。后来他偷偷溜回家的时候跟菲苾说起这首"If a body catch a body comin' through the rye"的歌。菲苾纠正他说，那是罗伯特·彭斯（Robert Burns，1759—1796）的一首诗，"If a body meet a body coming through the rye"。② 不过霍尔顿的误记并不影响他对麦田的想象。在霍尔顿的这一麦田想象中，他是唯一的大人，而那儿有几千、几万的孩子，当孩子们不知道那儿有悬崖就跑过来的时候，他就捉住他们。这是一个与现实世界脱离的世界，一个从他的内心出发的一个没有太多系统性制造来的幻想。在这一压缩了千言万语的场景中，他不曾用逻辑的思维去考虑，这些小孩住在哪里，吃什么，穿什么，而狂奔又是为什么，这只是"本我"（id）不甘心日益模式化、非要"成人化"不可的人生，而翻涌出来的感性的而非理性的愿望。

阶级问题的确存在于这一文本中，但是也许理解为塞林格对东部中上层阶级生活方式的不满更为确切，霍尔顿并没有对宗教、政治、社会反叛的意思。虽然他常常开口就说"goddam"，虽然他嘲笑同学妈妈假模假式的慈善，但是当他遇到真正修女募捐的时候还是捐出了自己身上

---

① J. D. Salinger, *The Catcher in the Rye* (New York; Boston; London: Little, Brown and Company, 1991), p. 153.
② Ibid., p. 173.

第一部分

西方现代性的自反：从《在路上》到《等待戈多》的"不安的自由"

所剩不多的钱。① 他不愿意谈论天主教，因为自己父亲曾经是天主教徒，后来结婚就离开了，虽然他觉得一次本来愉快的对话被转弯抹角问他是不是天主教徒的话题破坏了，但是"I'm not saying I blame Catholics. I don't. I'd be the same way, probably, if I was a Catholic"。② 对于金钱的看法，他虽然认为该死的金钱"always ends up making you blue as hell"③，但是他恐怕也并没有像某些西方批评家在运用马克思主义进行批判的时候指出的那样真正要对社会进行深刻批判。阶级对一个16岁少年造成了影响——他已经能很清楚地一眼看出来阶级带来的差别，并且第一个反应就先作出这样的判断，说明社会物质化到了怎样的程度——但是这个少年是不是因此就成了一个"敏感的社会批评家"还是值得质疑的。④ 霍尔顿自身也是深入地被卷入这种阶级差异的身份认同中。比如毛里斯敲诈霍尔顿时说上等人是不想让父母知道妓女的事情，霍尔顿为了维护上等人的身份也只好接受了敲诈。他讨厌别人用不值钱的手提箱，甚至只要瞧着不值钱的手提箱，都会讨厌拿手提箱的人。另一个明显的例证是，比如他看到走在自己前面的刚从教堂出来的一家人，第一个反应就是他们看去好像很穷，因为一般穷人想要打扮得漂亮才带那种银灰色的帽子。⑤ 如同它的写作风格表明的，《麦田里的守望者》更关注个人，他在这里痛恨的，也不过是阶级的阴影投射到个人身上对人性的破坏。至少在他的书写中，作为无产阶级的开电梯的毛里斯也一样是负面的。也许我们只能说在这个社会体系中的人的尊严都被这种生活模式给毁了，那些所谓的压迫者和被压迫者都不例外。

正如伊格尔顿所说，20世纪的政治及意识形态的动荡不仅仅是一个

---

① J. D. Salinger, *The Catcher in the Rye* (New York; Boston; London: Little, Brown and Company, 1991), pp. 109—110.
② Ibid., p. 113.
③ Ibid.
④ 参见Ohmanns他们运用马克思观点做出的批评，"Reviewers, Critics, and *The Catcher in the Rye*", *Critical Inquiry*, 1977, Vol. 3, No. 1, pp. 15—37。
⑤ J. D. Salinger, *The Catcher in the Rye* (New York; Boston; London: Little, Brown and Company, 1991), p. 115.

革命路上

翻译现代性、阅读运动与主体性重建，1949—1979

"种种战争、种种经济衰退和种种革命"的问题，它也是"为那些卷入其中者以种种最直接的个人方式体验到的"。① 这在《麦田里的守望者》这里直接的表现为个性的濒危。霍尔顿最直接的个人体验就是诚实地坚持自己的内心想法是如此艰难。这曲折地通过他对中央公园湖里的野鸭子如何过冬这个问题的关心表现出来。文本中一共有四次提到纽约中央公园里的野鸭子。第一次的意象出现在他离开潘西前到历史老师斯宾塞先生家里告辞的时候。霍尔顿显然偏科很严重，他只喜欢英文课，其他科目都不及格。但他不愿意伤老斯宾塞先生的心，所以他甚至写了一封信安慰他。但是斯宾塞先生不在意霍尔顿有没有什么特长，也不打算引导他对历史产生兴趣。相反，他只是对着霍尔顿的卷子冷嘲热讽。于是霍尔顿一边敷衍了事，一边想起了中央公园的鸭子飞去哪里的问题。② 此后，他又反复地问别人鸭子去了哪里。③ 当小说第四次出现"鸭子"意象时，他喝得很醉，仍然去寻找那些野鸭子，但是在一部分冻了一部分没冻的湖上他一只鸭子也没看见。④ 对于在这薄薄的一本小说中反复出现的这一意象，实在不能不引起人们的注意。大部分人们理所当然地认为鸭子们在冬天都飞到南边去了，而一般的孩子十几岁时候已经在自然课上被教导过鸟类冬季会飞到温暖的南部去过冬，因此推出霍尔顿像他自己说的那样，某些表现就像 12 岁的孩子，问出一个 16 岁少年不该问的傻问题。为此，中央公园保护区的历史学家米勒女士（Ms. Miller）不得不站出来说，她感到十分"困惑"，因为那些鸭子实际上"哪儿也没去"——她亲眼看到它们就坐在冰封的湖面上并且拍下过照片。⑤ 如果不是被常识先入为主的话，所谓常识性的问题未始不可能有非常规的

---

① ［英］特里·伊格尔顿著：《精神分析》，《20世纪西方文学理论》，伍晓明译，北京：北京大学出版社，2009年，第132页。
② J. D. Salinger, *The Catcher in the Rye* (New York; Boston; London: Little, Brown and Company, 1991), p. 13.
③ Ibid., p. 60.
④ Ibid., p. 154.
⑤ James Barron, "Taking a Walk Through J. D. Salinger's New York", http://cityroom.blogs.nytimes.com/2010/01/28/taking-a-walk-through-jd-salingers-new-york/

第一部分
西方现代性的自反：从《在路上》到《等待戈多》的"不安的自由"

答案——这是米勒女士告诉我们的，也是人类历史曾反复告诉我们的。霍尔顿反复问这样的问题，或许有点偏执，但是他的执着背后是一个未被某种模式化的反应所禁锢的世界。

个性最需要的两个社会条件就是有"理想选择"（optimal）和有"社会联系"（ligatures）。① 前者关涉自由，后者关涉尊严。可是，在这两个方面，东部资产阶级的生活都令霍尔顿失望透顶。在霍尔顿念书的小学，甚至上厕所都要拿号码牌证明自己已经获得了许可。② 在东部资产阶级所谓上层的教育环境里，霍尔顿找不到榜样也得不到认可。霍尔顿曾经待过一段时间爱尔顿·希尔斯中学的校长哈斯先生，在霍尔顿的观察中，是最假仁假义的代表。在星期天有些学生家长开汽车来接孩子的时候，哈斯先生会跑来跑去跟他们握手寒暄。③ 通过霍尔顿的眼睛，读者不禁皱眉地看到，如果学生的父母外表不那么光鲜，哈斯先生就只假惺惺地微微一笑，就去同别的学生父母攀谈去了。成长中的年轻一代也充满矛盾。狄克·斯莱格尔被霍尔顿认为还算一个有趣的人，但是他一面嘲笑霍尔顿昂贵的行李箱，一面又假装这可怜的"资产阶级"的箱子是属于他的。这类的事情令霍尔顿觉得绝望到快要发疯。④

当作为主体的霍尔顿不愿放弃他的个性，他发现自己没有什么理想选择，也无法建立起适当的社会联系。"教育目的在于使主体把自己的稚气和锋芒磨掉，把自己的愿望和思想纳入现存社会关系及其理性的范围里，使自己成为世界锁链中的一个环节，在其中站上一个恰当的地

---

① Dahrendorf, Ralf: *Lebenschancen: Anläufe zur sozialen und politischen Theorie* (Frankfurt am Main: Suhrkamp, 1979). 英译转引自 Uwe Schimank, *Excessive and Endangered Individualism: German and American Views in Comparison*, Paper presented at Rice University, Houston, Texas, February 19, 2003.
② J. D. Salinger, *The Catcher in the Rye* (New York; Boston; London: Little, Brown and Company, 1991), p. 200.
③ Ibid., p. 14.
④ Ibid.

革命路上
翻译现代性、阅读运动与主体性重建，1949—1979

位。"① 霍尔顿努力显得老成些，但是他的努力并未得到承认，他不把通常人们认为的金钱作为成功的标志，而拥有这样的个性的结果是人们都觉得他不成熟。安多里尼直白地告诉还是少年的霍尔顿："the mark of the immature man is that he wants to die nobly for a cause, while the mark of the mature man is that he wants to live humbly for one"。② 换句话说，人们有时愿意像英雄那样忍受苦难，通常总是同时精明地相信着，通过推迟眼下的快乐，到头来是希望把它们如数地甚至加倍地拿回来。③ 人们准备忍受的压抑，是为了更大的好处。每个人为了得到某种预期的好处而规规矩矩地、有条不紊地生活，这让霍尔顿觉得难以接受。

无论前面精神上的抗拒，还是心理上的、神志上的抗拒，都不是一种精神疾病，而是现代社会带来的"自我的碎裂"（the fragmentation of the self）的危机。就《麦田里的守望者》来说，损害最大的就是在霍尔顿的心里形成了各种形式的"心理障碍"。死亡的禁忌是霍尔顿的一大心结，弟弟艾里的死令霍尔顿无比悲伤，但是没有人向他解释死亡，释放他的恐惧和悲伤，所以这就成了他的一个"心病"。精神和肉体的关系也是令霍尔顿有"心理障碍"的一个问题。在维格酒吧，霍尔顿向老路斯倾诉自己对于精神与肉体关系的困惑，但是路斯却不愿谈论性，一直紧张兮兮地试图回避这个问题，仿佛是一个禁忌，使得这个问题对霍尔顿来说越发不可理解。④ 霍尔顿在看到菲苾所在的小学墙上的"fuck you"两个字的时候，非常愤怒，想把写字的人捉住打到半死。可是他甚至没胆量自己把这两个字擦掉，因为怕哪个教师看到以为是他写的。⑤ 这令他更加抑郁。

---

① ［德］黑格尔著：《美学》第二卷，朱光潜译，北京：商务印书馆，1979 年，第 364 页。
② J. D. Salinger, *The Catcher in the Rye* (New York; Boston; London: Little, Brown and Company, 1991), p. 188.
③ ［英］特里·伊格尔顿：《精神分析》，《20 世纪西方文学理论》，伍晓明译，北京：北京大学出版社，2009 年，第 149 页。
④ J. D. Salinger, *The Catcher in the Rye* (New York; Boston; London: Little, Brown and Company, 1991), pp. 146—148.
⑤ Ibid., p. 201.

第一部分

西方现代性的自反：从《在路上》到《等待戈多》的"不安的自由"

　　种种的"禁忌"，意味着霍尔顿的心理危机无法解决，只能依靠"自我"的力量：当"欲望竭力要从无意识那里冲进来，自我则防御性地挡住它们"。① 所以霍尔顿开始时抽烟喝酒撒谎，十足一个坏小子的模样，最后却能像圣人那样想去拯救孩子的纯真。他真正开始自愈，是最后看到菲苾骑旋转木马时他的感想："The thing with kids is, if they want to grab for the gold ring, you have to let them do it, and not say anything. If they fall off, they fall off, but it's bad if you say anything to them"。② 这是霍尔顿给自己开的药方，那就是不再去伪装"老成"，不再去迎合现代社会设下的种种标准和规范，而是应该找到自我的主体性（subjectivity）。要勇敢尝试和跌倒，就像孩子那样。

　　西方式的现代化并不能保证关于自由和尊严的美好承诺的实现，引发了后续的种种幻灭。霍尔顿是个本性善良的学生，他敏感、胆小、偏科、成绩差，个性强烈，不会造成什么伤害，但他又无疑是个问题少年，以他出身的家庭、受到的教育来说，似乎不应该出现青少年性行为、"对宗教的亵渎"、"对家庭伦理和传统道德的不敬"，抽烟、喝酒又常常撒谎的现象。塞林格并不是一个马克思主义者，这点是无疑的，他更关注的人的内在的危机，进而外化为个性的危机。个性的濒危意味着要么在精神、心理和神智上做出抵抗和反叛，要么就只能否定自身。无论是西方的渐进式的现代化还是革命的现代化，都逐渐将人的社会活动变成异己的东西，这种由主体所产生的对立物，成为一种压迫性的、吞食主体的力量。

　　时至今日，很难说美国流行文化的哪一方面未曾受到霍尔顿的影响。霍尔顿因此成为美国青少年典型形象之一，这一文本也因此成为

---

① 虽然伊格尔顿（Terry Eagleton, 1943—　）不曾应用精神分析讨论过《麦田里的守望者》，但是本节所有与精神分析相关的分析还是应该多谢他对精神分析这一知识领域的精彩梳理和总结。特里·伊格尔顿：《精神分析》，《20世纪西方文学理论》，伍晓明译，北京：北京大学出版社，2007年，第156页。

② J. D. Salinger, *The Catcher in the Rye* (New York; Boston; London: Little, Brown and Company, 1991), p. 211.

1980年代美国高中的指定书目。美国社会学家大卫·雷斯曼说,每个校园都有霍尔顿式的孤独人群。老师们假定青少年们与那个决不信任大人、有点真诚又有点朋克风的霍尔顿心心相戚。① 霍尔顿或许不是他们的英雄,甚至不具有一个榜样(role model)的力量,但是至少是一个他们不会感到陌生的人。只要像霍尔顿这样被同龄人边缘化、推来攘去地戏弄、驱使的现象一天不消失,只要他们依然在性、家庭、社会中感到困惑,年轻人就不会放弃从《麦田里的守望者》那里寻找答案和认同感。

参考文献:

(一) 中文文献

程巍:《霍尔顿与脏话的政治学》,载《外国文学评论》,2002年第3期,第44—52页。

冯季庆:《特殊话语标记和语义无差异性——论加缪〈局外人〉与塞林格〈麦田里的守望者〉的叙事意义》,载《外国文学研究》,2003年第3期,第120—126页。

罗世平:《〈麦田里的守望者〉中的反正统文化语言》,载《外国文学评论》,1994年第1期,第50—56页。

邵毓娟:《从马克吐温的〈顽童历险记〉探种族问题和意识形态的纠葛》,载《师大学报》1996年卷41,第355—365页。

[美] 大卫·理斯曼等:《孤独的人群》,刘翔平译,辽宁人民出版社1989年版。

[美] 大卫·洛吉:《小说的五十堂课》,李维拉译,木马文化出版社2006年版。

[美] 塞林格:《麦田里的守望者》,施咸荣译,译林出版社1998年版。

[美] 保罗·亚历山大:《塞林格传》,孙仲旭译,译林出版社2001年版。

---

① Chris Kubica & Will Hochman (ed.), *Letters to Salinger*, Madison (WI: University of Wisconsin Press, 2002), pp. 121, 129.

第一部分
西方现代性的自反：从《在路上》到《等待戈多》的"不安的自由"

[英] 特里·伊格尔顿：《20世纪西方文学理论》，伍晓明译，北京大学出版社 2007 年版。

[法] 罗兰·巴特：《神话——大众文化诠释》，许蔷蔷、许绮玲译，上海人民出版社 1999 年版。

[德] 黑格尔：《美学》，朱光潜译，商务印书馆 1979 年版。

（二）外文文献

Alexander, Paul, *Salinger: A Biography*, Los Angeles: Renaissance Books, 1999.

Baumbach, Jonathan, "The Saint as a Young Man: A Reappraisal of the Catcher in the Rye", *Modern Language Quarterly*, vol. 25, no. 4, 1964, pp. 461—472.

Beidler, Peter G., *A Reader's Companion to J. D. Salinger's the Catcher in the Rye*, Seattle, WA: Coffeetown Press, 2008.

Belcher, William F. & James W. Lee (ed.), *J. D. Salinger and the Critics*, Belmont, Calif.: Wadsworth, 1964, c1962.

Bennet, Robert, "An Overview of The Catcher in the Rye", in *Exploring Novels*, Florence, KY: Gale Group, 1998.

Blair, Walter, Hornberger, Theodore, & Stewart, Randall, *American Literature: a Brief History*, Chicago; Atlanta; Dallas: Scott, Foresman and Co., 1964.

Costello, Donald P., "The Language of 'The Catcher in the Rye'", *American Speech*, 1959, Vol. 34, No. 3, pp. 172—182.

Dahrendorf, Ralf, *Lebenschancen: Anläufe zur sozialen und politischen Theorie*, Frankfurt am Main: Suhrkamp, 1979.

Edwards, Duane, "Holden Caulfield: Don't Ever Tell Anybody Anything", *ELH*, 1977, vol. 44, no. 3, pp. 554—565.

Furst, Lilian R., "Dostoyevsky's Notes from the Underground and Salinger's The Catcher in the Rye", *Canadian Review of Comparative Literature*, 1978, vol. 5, pp. 72—85.

Gray, Richard, *A Brief History of American Literature*, Malden, MA: Wiley-Blackwell, 2011.

Hamilton, Ian, *In Search of J. D. Salinger*, New York: Random House, 1988.

Hassan, Ihab, *Rumors of Change: Essays of Five Decades*, Tuscalooca: University of

Alabama Press, 1995.

Heiserman, Arthur & Mille, James E., "J. D. Salinger: Some Crazy Cliff", in William F. Belcher and James W. Lee (ed.), *J. D. Salinger and the Critics*, Belmont, Calif.: Wadsworth, 1964, c1962, pp. 14—17.

John M. Howell, "Salinger in the Waste Land", *Modern Fiction Studies*, 1966, vol. 7, no. 3, pp. 367—379.

Kaplan, Charles, "Holden and Huck: The Odysseys of Youth", *College English*, 1956, Vol. No. 2, pp. 76—80.

Lee, A. Robert, "'Flunking Everything Else Except English Anyway': Holden Caulfield, Author", in Joel Salzberg (ed.), *Critical Essays on Salinger's The Catcher in the Rye*, Boston: G. K. Hall & Co., 1990, pp. 185—197.

Lodge, David, *The Art of Fiction*, London: Secker & Warburg, 1992.

Middleton, Thomas, *A Chaste Maid in Cheapside*; *Women Beware Women*; *The Changeling*; *A Game at Chess*, Oxford; New York: Oxford University Press, 1999.

Moynihan, Colin, "Holden Caulfield Hangs on to His Youth", *New York Times*, June 17, 2009.

Ohmann, Carol and Richard, "Reviewers, Critics, and *The Catcher in the Rye*", *Critical Inquiry* 3, Autumn 1976, pp. 34—36.

Reich, Charles A., *The Greening of America*, New York: Random House, 1970.

Riesman, David, Glazer, Nathan, Denney, Reuel, *The Lonely Crowd: A Study of the Changing American Character*, New Haven: Yale University Press, 1950, 1967.

Rosen, Gerald, *Zen in the Art of J. D. Salinger*, Berkeley, CA: Creative Arts Book Co., 1977.

Kubica, Chris & Hochman, Will (ed.), *Letters to Salinger*, Madison, WI: University of Wisconsin Press, 2002.

Salinger, J. D., *The Catcher in the Rye*, New York; Boston; London: Little, Brown and Co., 1991. c. 1945, 1946, 1951.

Salinger, Margaret A., *Dream Catcher: A Memoir*, New York: Washington Square Press, 2001.

Salzberg, Joel (ed.), *Critical Essays on Salinger's The Catcher in The Rye*, Boston,

Mass.: G. K. Hall, 1990.

Silverman, Al (ed.), *The Book of the Month: Sixty Years of Books in American Life*, Boston: Little, Brown, 1986.

Simmons, David, *The Anti-Hero in the American Novel: From Heller to Vonnegut*, New York: Palgrave Macmillan, 2008.

Slawenski, Kenneth, *J. D. Salinger: A Life Raised High*, London: Pomona, 2010.

Weaver, Brett E., *An Annotated Bibliography (1982—2002) of J. D. Salinger*, Lewiston, N. Y.: E. Mellen Press, 2002.

Weinberg, Helen, *The New Novel in America: the Kafkan Mode in Contemporary Fiction*, Ithaca: Cornell University Press, 1974.

三 《等待戈多》：一出悲喜剧背后的现代性

1969年，贝克特因为他的小说和戏剧创作具有全新的形式而获得了该年的诺贝尔文学奖。在他文类众多的作品中，《等待戈多》是贝克特最为知名的作品之一。这个贝克特创作于"二战"后的"两幕悲喜剧"后来被认为是荒诞戏剧的代表作，而贝克特被认为是"荒诞派戏剧"的代表人物之一。

"荒诞派戏剧"是先锋戏剧的一支，又被称为反传统戏剧。正是因为贝克特、阿达莫夫（Arthur Adamov, 1908—1970）、尤内斯库（Eugene Ionesco, 1909—1994）、尚·惹内（Jean Genet, 1910—1986）等人的戏剧对于一般戏剧的形式和内容的突破，"荒诞派戏剧"才引起评论家的注意，并最终成为戏剧中的一个新的流派。但是在这些作者进行写作的时候，没有人用"荒诞"来定义自己的戏剧，对于贝克特来说，他创作的《等待戈多》是一出"悲喜剧"：《等待戈多》法文手稿的第一页注明写作日期是1948年10月9日，最后一页则是1949年1月29日，并写着"一出两幕悲喜剧"。虽然《等待戈多》被翻译成不同的语言，在不同的国家和地区演出，并且在被翻译的时候有一些修改，但是"悲喜剧"（tragicomic）始终都保留在他的文本中。在"荒诞派戏剧"被定名之后，学者们讨论最多的就是《等待戈多》形式和内容上的"荒诞"，反而忽略了《等待戈多》作为一出现代的悲喜剧，它的形式突破和哲学根基中的现代性。

前两章笔者追述了两位作者如何在风格上打破束缚，书写主体性，以及在内容上他们塑造的现代英雄们如何在都市的荆棘中拒绝异化。这一章笔者将讨论《等待戈多》如何以看似荒诞的风格、看似荒诞的内容通过幽默的效果给予现代主体的死亡以诠释。通过讨论《等待戈多》幽默、荒诞的风格特征和作为道德、知识主体的人的死亡主题，揭示出风格上不再有确切意义指向的言说造就的幽默效果对应着主题上的现代主体的幻灭，使得《等待戈多》的荒诞具有了重要意义。通过宣告死亡获得的自由如此令人不安，由此发展起来的"存在主义"实际上也可以看作对现代性的某种自反。《等待戈多》因而成为讨论现代性之下人的存在、描述人与世界之间尴尬关系的典范文本。

（一）文献回顾

半个多世纪以来，关于贝克特的小说、戏剧、诗歌和文学批评的研究首先集中于贝克特创作的主题上。不少学者们认为贝克特所有的创作都有一个共同的主题，虽然在这个共同的主题是什么的问题上，学者们争论不休。被提及的主题包括：寻找自我、人生在世的荒谬感、时间的腐蚀力量、西方文化传统的破产、语言的滑动带来意义的不确定、在徘徊的主体之上的摇摆的目光等。① 随后越来越多的学者注意到在不同的文学种类之间，贝克特转换自如，在风格上有一些共同特点。②

在对《等待戈多》的文本主题的讨论方面，继艾思林（Martin Esslin，1918—2002）将《等待戈多》定性为"荒诞派戏剧"之后，本特利（Eric Bentley）讨论了《等待戈多》的主题"等待"为什么是"荒诞"的。他指出，"等待"这个主题为了消磨时间而说话，为了说话而说话，

---

① Ruby Cohn (ed.), *Samuel Beckett*: *Waiting for Godot a Casebook* (London: Macmilian Education LTD, 1987), p. 11.

② Ibid., p. 11.

第一部分
西方现代性的自反:从《在路上》到《等待戈多》的"不安的自由"

这样的事情在贝克特之前只会发生在生活中,而不会发生在戏剧中。而这样喋喋不休的饶舌(garrulity)的对话和拉长到无止境的时间是之前的戏剧家不会去展现的。① 这观点继承了弗莱尔(Marcel Frere)在1953年提出的《等待戈多》的语言是日常的语言、现实的对话,而以"无聊"为主题,因而是"反戏剧"的观点。②希尔(Leslie Hill)对贝克特写作主题的分析则没有停留在"荒诞"本身,而是通过提供法国作家布朗肖(Maurice Blanchot)对贝克特的解读以及法国思想家们如何重新认识贝克特,梳理了贝克特写作的主题在思想史上的意义。③ 根据希尔的总结,布朗肖从文学的终点、声音的终点和价值的终点三个方面解读贝克特的写作,并提出贝克特的写作正朝向写作自身,朝向写作的本质,即消失(la disparition)。④

在《等待戈多》主题的哲学分析方面,赫斯拉(David H. Hesla)分别以康德(Immanuel Kant,1724—1804)的理性观念(rationality)和叔本华(Arthur Schopenhauer,1788—1860)的同情观念(sympathy)对《等待戈多》作了哲学的解读。赫斯拉认为在什么是"正确的"和"好的"的概念上,康德和叔本华是不同的,康德认为从"好恶"(Inclination/Neigung)和从"义务"(Duty/Pflicht)出发的行为是不同的,前者是从人的本性出发的,后者是从理性出发的。仅仅从人的本性出发的友善,并没有道德上的价值,因为这仅仅是天生的或本能的。爱斯特拉冈和弗拉季米尔在思考之后才去帮助波卓站起来,才使得他们的行为是

---

① Eric Bentley, "An Anti-Play", in Ruby Cohn (ed.), *Samuel Beckett: Waiting for Godot a Casebook* (London: Macmilian Education LTD, 1987), p. 23.
② Marcel Frere, "Roger Blin's Production of 'En Attendant Godot'", in Ruby Cohn (ed.), *Samuel Beckett: Waiting for Godot a Casebook* (London: Macmilian Education LTD, 1987), p. 25.
③ Leslie Hill, "Poststructuralist readings of Beckett", in Lois Oppenheim (ed.), *Palgrave Advances in Samuel Beckett Studies* (New York & London, Macmillan & St Martin's Press, 2004), pp. 68—88.
④ Le Livre a venir, 237; "The Disappearance of Literature", translated by Ian Maclachlan。转引自 Leslie Hill, "Poststructuralist readings of Beckett", in Lois Oppenheim (ed.), *Palgrave Advances in Samuel Beckett Studies* (New York & London, Macmillan & St Martin's Press, 2004), p. 69。

"humanly"和"morally"的。对于这个行为，叔本华的哲学提供的是不同的解释，爱斯特拉冈和弗拉季米尔的人性是体现在他们的同情上的，而他们的同情心少得可怜。在这一点上，贝克特继承了叔本华，莱奥帕尔迪（Giacomo Leopardi，1789—1837）、西班牙诗人、剧作家卡尔德龙（Pedro Calderon，1600—1681），德谟克利特（Democritus，B. C. 460—B. C. 370）对人性失望的传统。[1]

关于《等待戈多》的风格的讨论与对其主题的认识有着密切的联系，大多数都以"荒诞"为着眼点。具体来说，对于《等待戈多》的风格特点，麦克米伦（Dougald McMillan）认为它是富有音乐性的[2]，阿特金（Anselm Atkins）认为它是富有诗意的[3]，不过学者们讨论最多的还是它的"荒诞"。托弗温（Elmar Tophoven）认为，如果用通常对戏剧的理解去看待这出戏剧，那么它是"没有情节"的。[4] 甚至这出戏剧中的对话也表现了人物生活的不确定、愚昧无知和无能为力。有人对《等待戈多》的对话作过语言学的统计，结果发现有24%的发言是问题，而只有12%的是回答。而且很多回答只是徒具回答的形式，而没有真正的回答问题。正如这出戏剧的故事没有结局，行为没有解释，这样的对话说明了人本质上变得迷失和惶惑。[5]

在对贝克特的语言风格的讨论中，《等待戈多》被认为是幽默风趣的，这与东方学者的观察形成了极大的反差，这一点在后文谈及《等待戈多》的翻译时会得到重点的分析。在西方对《等待戈多》的

---

[1] David H. Hesla, "Beckett's Philosophy", in Ruby Cohn (ed.), *Samuel Beckett: Waiting for Godot a Casebook* (London: Macmilian Education LTD, 1987), pp. 118—120.

[2] Dougald McMillan, "The Music in 'Waiting for Godot'", in Ruby Cohn (ed.), *Samuel Beckett: Waiting for Godot a Casebook* (London: Macmilian Education LTD, 1987), pp. 53—56.

[3] Anselm Atkins, "The Structure of Lucky's Speech", in Ruby Cohn (ed.), *Samuel Beckett: Waiting for Godot a Casebook* (London: Macmilian Education LTD, 1987), p. 95.

[4] Elmar Tophoven, "A French Dramatist from Ireland", in Ruby Cohn (ed.), *Samuel Beckett: Waiting for Godot a Casebook* (London: Macmilian Education LTD, 1987), p. 29.

[5] James Knowlson, "Beckett's Production Notebooks", in Ruby Cohn (ed.), *Samuel Beckett: Waiting for Godot a Casebook* (London: Macmilian Education LTD, 1987), pp. 49, 50.

第一部分
西方现代性的自反：从《在路上》到《等待戈多》的"不安的自由"

演出评论中，无论是正面评价或是负面评价或是中立的回忆，都注意到了它的幽默风格。对这出戏剧感到失望的安德森（Jack Anderson）认为演员的对话是某种无目的的插科打诨（aimless buffoonery）。① 在施奈德（Alan Schneider）看来，《等待戈多》的对话则像"打乒乓球"一样来来回回，演员也很快发现这很有趣。② 卢福特（Friedrich Luft）认为在西柏林演出的《等待戈多》的两个演员是忧郁和幽默的双胞胎（twins in melancholy and humour），两个人都是非常合格的讨人喜欢的小丑（clown）。③

还有一些学者采用了不同的研究路径对《等待戈多》的主题和风格提出令人耳目一新的见解，足以推翻某些广泛流行的解读。在背景研究方面，爱尔兰的研究者们近来很努力地发掘贝克特与爱尔兰文化、历史的关系。虽然《等待戈多》的文本很难作历史的解读，但是杰弗斯（Jennifer Jeffers）以相当有说服力的逻辑论证，将这一戏剧和爱尔兰历史联系在一起，并且大胆猜测戈多是一个西方社会中产阶级的形象，代表着西方男子气概的理想（Beckett stages the repetition of the humiliation of emasculation in order to confront the trauma of the loss of national masculine identity）。④ 在手稿研究方面，达科沃斯（Colin Duckworth）根据法文手稿中弗拉季米尔与爱斯特拉冈和戈多约见的时间不仅仅是口头的，而且是戈多自己写下来的，推断戈多在贝克特原本的设定中不是一个抽象的形象，而是一个"真正的人"。⑤ 在翻译研究方面，科克勒姆（Harry

---

① Jack Anderson, "Mink-clad Audience Disappointed: Miami, 1956", in Ruby Cohn (ed.), *Samuel Beckett: Waiting for Godot a Casebook* (London: Macmilian Education LTD, 1987), p. 44.
② Alan Schneider, "Miami Production, 1956", in Ruby Cohn (ed.), *Samuel Beckett: Waiting for Godot a Casebook* (London: Macmilian Education LTD, 1987), p. 37.
③ Friedrich Luft, "Beckett Produces Beckett: West Berlin, 1975", in Ruby Cohn (ed.), *Samuel Beckett: Waiting for Godot a Casebook* (London: Macmilian Education LTD, 1987), p. 47.
④ Jennifer M. Jeffers, "Embodying lost masculinity in Waiting for Godot and Endgame", *Beckett's Masculinity* (New York, NY: Palgrave Macmillan, 2009), pp. 96—97.
⑤ Colin Duckworth, "Godot: Genesis and Compostion", in Ruby Cohn (ed.), *Samuel Beckett: Waiting for Godot a Casebook* (London: Macmilian Education LTD, 1987), pp. 83—84.

Cockerham）通过对贝克特"自翻译"的现象分析，对由于贝克特双语作家的身份引发的批评家的一些争论提出了自己的见解，比如是法文版还是英文版更滑稽有趣，还有贝克特是用英文构思还是法文构思的《等待戈多》。在对比法文版和英文版的过程中，科克勒姆认为贝克特尽量忠实地传递了法文版中的笑话和双关，或者增加不同的笑点，因此两个文本本质上的幽默的效果没有被改变。① 这些对历史背景、手稿和翻译的研究将在后文对《等待戈多》的中译的分析中继续发挥作用。

（二）"怎么说？"②

前文已述，《等待戈多》是"悲喜剧"，后来理论家又将这一派定名为"荒诞派戏剧"。在一定意义上，形式上的突破是贝克特写作最具现代性的东西。所以本节依次解决的问题包括：《等待戈多》对于"悲喜剧"有何突破，从而成为西方古典主义戏剧理论向现代主义戏剧理论迈进的一个转折点？《等待戈多》中的幽默表现在哪里？它的荒诞又表现在哪里？而这种幽默的荒诞为何是现代性的？

"悲喜剧"作为一个文类可以追溯至古希腊的剧场文化，它兼有悲剧和喜剧的成分，通常有喜剧的结局。莎士比亚的后期剧作被认为以悲喜剧居多。最早为"悲喜剧"定名的是罗马喜剧家、同时也是音乐剧的先驱之一普劳图斯（Titus Maccius Plautus, A. B. C. 254—B. C. 184）。因为当时的观点是喜剧过于低俗（相对于悲剧来说），所以在他的《安菲特律翁》（Amphitryon）一剧的 prologue 中，普劳图斯借剧中人物 Mercury 之口，半开玩笑似地宣称让国王、众神和奴仆共同出现在一部喜剧中不太适宜，因此他将把它变成一部"悲喜剧"："I don't think it would be

---

① Harry Cockerham, "Bilingual Playwright", in Ruby Cohn (ed.), *Samuel Beckett*: *Waiting for Godot a Casebook* (London: Macmilian Education LTD, 1987), pp. 97—103.

② 英译见 Samuel Beckett, "What is the Word", *Grand Street*, Vol. 9, No. 2, Winter 1990, pp. 17—18。中译见谢强、袁晓光、郭昌京等：《贝克特选集 5：看不清道不明》，长沙：湖南文艺出版社，2006 年。其他贝克特的诗的中译可以参见海岸（原名李定钧，1965— ）译，《塞缪尔·贝克特与他的诗歌创作（附贝克特诗九首）》，载《外国文学》，2011 年第 6 期，第 30—39 页。

第一部分

西方现代性的自反：从《在路上》到《等待戈多》的"不安的自由"

appropriate to make it consistently a comedy, when there are kings and gods in it. What do you think? Since a slave also has a part in the play, I'll make it a tragicomedy..."① 亚里士多德（Aristotle, B. C. 384—B. C. 322）在论述古希腊悲剧的专著《诗学》中讨论"悲喜剧"的时候，认为有着喜剧结尾的悲剧就是悲喜剧。因此在他看来，很多希腊和罗马的戏剧都可以被视为悲喜剧，比如《艾尔塞斯提斯》（*Alcestis*）。这个故事讲的是国王阿德墨托斯（Admetus）命中注定寿数已尽，他的家人和仆人虽然对正直的国王将死的消息大吃一惊，但没有人愿意奉献自己的生命。只有他忠贞的妻子艾尔塞斯提斯愿意代替丈夫作死神的祭礼，最后艾尔塞斯提斯被赫拉克勒斯（Heracles）从死神那里救回，夫妻团圆。可见在古典主义的戏剧实践和诗学理论中，"悲喜剧"的性质判定仅仅是从情节出发的。

《等待戈多》的悲喜剧属性是在情节之外。《等待戈多》没有喜剧的结局，而只有无止境的时间。《等待戈多》在一个看似循环往复的封闭结构中（或许是梦境）放置了一些意象群的组合，比如爱斯特拉冈（Estragon）和弗拉季米尔（Vladimir），波卓（Pozzo）和幸运儿（Lucky），戈多（Godot）和孩子。第一幕主要由爱斯特拉冈/戈戈（Estragon/GoGo）和弗拉季米尔/狄狄（Vladimir/ DiDi）两个流浪汉的对话组成。他们在荒野的一棵枯树下一边不着边际地闲扯，一边做些看似没有意义的动作：狄狄用力脱他那只靴子，戈戈不断地摘下帽子，往里面看看，摸摸，然后又重新戴上。同时他们等待着戈多，却又不知戈多是谁。他们只知道戈多派一个孩子来送口信让他们等待，但是他们不知道如果等到戈多，戈多会给他们带来什么，甚至不知道他们该向戈多要求什么，不知道自己为什么等待。后来他们遇到了波卓（Pozzo）与幸运儿（Lucky），波卓是幸运儿的主人，幸运儿是波卓的奴隶，流浪汉差点以为波卓就是戈多，幸运儿发表了一大通连标点都没有的无意义的话。虽

---

① Dewar-Watson, Sarah, "Aristotle and Tragicomedy", in Subha Mukherji & Raphael Lyne (ed.), *Early Modern Tragicomedy* (Rochester, NY: D. S. Brewer, 2007), pp. 15—23.

然对话内容完全不同，但第二幕在很大程度上重放（replay）了第一幕。两个流浪汉讨论了各自的命运和不幸的经历，他们想过上吊或者离开，狄狄反复说"Let's go"，然而他们还是等在那里。他们设想了种种站不住脚的假设，认为他们的存在一定有某种意义，为了这个"意义"，他们等待戈多，希望戈多能带来解释。可以看出《等待戈多》甚至可以说是没有情节的。人们可能会发现"《等待戈多》的情节，两次，其实什么都没发生"，表明叙事在戏剧中变得相对次要。① 在《等待戈多》第一幕中，他们已经不知道等了多久，在第二幕结束后，他们还将等待。无止境的时间意味着这部戏剧没有开始，没有结局，这对于贝克特之前的戏剧而言是不可想象的。

《等待戈多》使得悲喜剧具有了情节之外的属性，换句话说，贝克特对悲喜剧的突破性发展在于他用插科打诨般喜剧的语言叙说了现代个体的彻底的悲剧。这种语言风格上的幽默既来源于巧妙的双关和笑话，也来源于由不再有确切意义指向的言说带来的荒谬感。

贝克特在《等待戈多》中使用了不少的笑话、双关语等。据 Harry Cockerham 的观察，贝克特在《等待戈多》中的笑话常常是基于外国人对于英国人的印象，所以作为爱尔兰人的贝克特与法国的观众更有幽默的默契，反而是英国的观众觉得那一点都不好笑，比如爱斯特拉冈嘲笑英国人的发音，"Calm…Calm…The English say cawm"，还有英国人在妓院的故事。② 至于双关语和俏皮话，英语版中的双关语或俏皮话比法语版中的双关语要少得多，Cockerham 认为部分的原因在于"punning is much more of a national sport in France than in English-speaking countries"。当波卓注意到弗拉基米尔不在，而责问爱斯特拉冈的时候，爱斯特拉冈

---

① Roger Little said, "that it was possible for a wit to observe of Waiting for Godot that 'Nothing happens. Twice.' bespeaks the relative unimportance of narrative in the play." Roger Little, "Beckett's Poems and Verse Translations or: Beckett and the Limits of Poetry", in John Pilling (ed.), *The Cambridge companion to Beckett* (Cambridge etc.: Cambridge University Press, 1994), p. 186.

② Samuel Beckett, *Waiting for Godot* (London: Faber and Faber, 2000, c1956, 1965), p. 8.

第一部分

西方现代性的自反：从《在路上》到《等待戈多》的"不安的自由"

拿他的朋友的肾开起了玩笑："He might have waited。""he would have burst。"① 还有在幸运儿的长篇大论中很多故意用错的人名或专有名词，比如"Acacacacademy of Anthropopopometry of Essy-in-Possy"都是为了这种幽默的效果。

贝克特的《等待戈多》中错位的对话在带来荒谬感的同时也造成一种特殊的幽默。爱斯特拉冈和弗拉季米尔的对话总是答非所问（no truly dialectical exchange of thought occurs in it）②，在这个过程中，任何事都没发生，任何交流的效果也没有达到：他们能从"he's all humanity"的感慨，一下子跳到"look at the little cloud"。③ 也不时在不连贯的对话中突然说出"I woke up on fine day as blind as fortune"④ 这样的警句。这些时而冒出的警句似的体悟，如果摆在一个古典主义的文本中，有完整的背景和上下文，那么会引导读者通往一个或宏大或悲剧的结局或意义上，然而在这里这些句子似乎仅仅是为了消磨无聊的时间，而非推进情节的发展，让对话最终抵达的仅仅是更加的不确定。还有在第二幕中，幸运儿一口气念了一千多字的无标点独白，细细分辨的话，还是可以分辨出不少根据历史大事件或著名人物虚构出来的人名、地名，但是这些人名、地名在一起的时候并不能提供任何意义所指。《等待戈多》中的话语看似一本正经，实际上却是答非所问，使得这些故作姿态的对话或长篇大论显得很滑稽。

总之，在"怎么说"的问题上贝克特采用了一种前所未有的言说方式，即幽默的荒诞，使《等待戈多》成为"荒诞派"戏剧中的里程碑之一。1969 年贝克特获得诺贝尔文学奖的获奖理由正是因为"他那全新形

---

① Beckett, *Waiting for Godot*（London：Faber and Faber, 2000. C. 1956, 1965），p. 28.
② Martin Esslin, *The Theatre of the Absurd*（Harmondsworth：Penguin Books, 1970, c1961, 1968），p. 86.
③ Samuel Beckett, *Waiting for Godot*（London：Faber and Faber, 2000, c1956, 1965），p. 76.
④ Ibid, p. 79.

式的小说和戏剧作品，使现代人从精神困乏中得到振奋"。①

（三）等待什么？

贝克特戏剧的形式和内容是不可分的。贝克特自己就曾提出"形式即内容"，他甚至指责当时的读者只愿意"不费劲"地阅读"形式与内容严格分离"的作品。英国戏剧理论家马丁·艾思林（Martin Esslin，1918—2002）最早为"荒诞派戏剧"做出明确的定义，他在 1961 年的同名专著中详述了自己对"荒诞派戏剧"的看法。② 在他看来，《等待戈多》言语的荒诞不是因为"loss of meaning of single words"，就是因为"the inability of characters to remember what has just been said"。③ 他认为"荒诞派戏剧"与法国的一批小说、剧作家，比如吉罗都（Jean Giraudoux，1882—1944）、法国剧作家阿努伊（Jean Anouilh，1910—1987）、萨拉克鲁（Armand Salacrou，1899—1989）、萨特（Jean-Paul Sartre，1905—1980）和卡缪（Albert Camus，1913—1960）的戏剧在反映麻木无情的人生的主题方面虽然类似，但不同就在于荒诞派在风格形式上放弃了理性逻辑和话语思想的精心结构，"the theatre of the absurd strives to express its sense of the senselessness of the human condition and the inadequacy of the rational approach by the open abandonment of rational devices and discursive thought"。这些作品因而成为了一个新的传统，"mirrored a new attitude to the world in our time"。④ 在探讨了《等待戈多》对于悲喜剧的

---

① Samuel Beckett had won the Nobel Prize "for his writing, which-in new forms for the novel and drama-in the destitution of modern man acquires its elevation". http://nobelprizes.com/nobel/literature.

② Martin Esslin, *The Theatre of the Absurd* (Garden City, N. Y.: Doubleday, 1961)。这本专著在 1961 年在美国首次出版，1962 年在英国首次出版，随后在 1968 年、1970 年、1972 年、1974 年等不断重印。在 1961 年版本中，艾斯林分析了贝克特、阿达莫夫（Arthur Adamov，1908—1970）、尤内斯库（Eugene Ionesco，1909—1994）、尚·惹内（Jean Genet，1910—1986）四位剧作家，在续后的修订版中又增加了品特（Harold Pinter，1930—2008）。

③ Martin Esslin, *The Theatre of the Absurd* (Harmondsworth: Penguin Books, 1970, c1961, 1968), p. 86.

④ Ibid, p. 9.

第一部分
西方现代性的自反：从《在路上》到《等待戈多》的"不安的自由"

语言形式的突破之后，本节将重点讨论《等待戈多》反映的对于世界的新态度。

艾思林和其他学者反复强调这出戏剧，或者说"荒诞派戏剧"反映的对于世界的新态度最真诚地代表了当今时代①，并影响了整个当代的智性风气（intellectual climate）。本节将通过对《等待戈多》的哲学的解读，逐层分析《等待戈多》对当今时代知识主体和道德主体的死亡的叙说。

在《等待戈多》之前，悲喜剧是戏剧情节的一个属性，在《等待戈多》之后，悲喜剧与哲学有了对话的可能。《等待戈多》作为一出现代的悲喜剧与叔本华对人生的看法类似：每个人的人生都是一出悲剧，虽然总会有一些喜剧色彩（The life of every individual, if we survey it as a whole and in general, and only lay stress upon its most significant features, is really always a tragedy, but gone through in detail, it has the character of a comedy.②）对于现代社会的人类生存状态来说，人们虽然有悲剧的困境，却很难保持悲剧人物的尊严（old dogs have more dignity）③，于是在滑稽的喜剧面目下是永恒而漠然（forever indifferent）的死亡的召唤。正如英国小说家、诗人拉迪亚德·吉卜林（Rudyard Kipling, 1865—1936）所说，个体始终都是在挣扎求生，虽然当你这样做的时候，你将倍感孤独，甚至恐惧，但是没有什么比拥有自我更为珍贵。④ 通过等待一个说来却一直还未来到的戈多，贝克特把我们熟悉的世界变成了一个语境（context），所有的意义或者说无意义都围绕"等待戈多"而发生。

为什么他们无法从等待脱身？弗拉季米尔和爱斯特拉冈反复说着"Let's go"，但又"they do not move"。⑤ 这个等待看起来是永恒的。弗拉

---

① Martin Esslin, *The Theatre of the Absurd* (Harmondsworth: Penguin Books, 1970, c1961, 1968), p. 23.
② 转引自 David H. Hesla, "Beckett's Philosophy", in Ruby Cohn (ed.), *Samuel Beckett: Waiting for Godot a Casebook* (London: Macmilian Education LTD, 1987), pp. 119—120.
③ Samuel Beckett, *Waiting for Godot* (London: Faber and Faber, 2000, c1956, 1965), p. 25.
④ Arthur Gordon, "Six Hours with Rudyard Kipling", *The Kipling Journal*, June 1967, p. 7.
⑤ Samuel Beckett, *Waiting for Godot* (London: Faber and Faber, 2000, c1956, 1965), pp. 14, 30, 70, 87.

革命路上
翻译现代性、阅读运动与主体性重建,1949—1979

季米尔自问:"Was I sleeping, while the others suffered? ...what shall I say of today?"① 事实上,弗拉季米尔在看着睡着的爱斯特拉冈的时候,忽然明白,这会照样也有人在看着他,也这样谈着他:"he is sleeping, he knows nothing, let him sleep on."② 他们存在于一个被观看的凝滞的空间,一切都在变,只有他们变不了。世界的一切都在阻碍他们任何试图逃离的活动。麻木地被看的命运,这是他们为存在作的注脚。这一命运无疑是悲剧性的,然而这种凝滞的痛苦却只能表现用无聊的言谈和行为来打发,爱斯特拉冈醒来也只会说自己挨了揍,而弗拉季米尔会像做游戏一样给他一个萝卜。这一种有着喜剧的壳却有着悲剧灵魂的存在感是现代的。

为什么戈多没有来?首先,说到戈多,他们其实不知道戈多是谁,也不知道他是否活着。爱斯特拉冈两次以为戈多就是波卓。第一次看到波卓的时候,爱斯特拉冈还怯生生地问:"You're not Mr Godot, sir?"③ 他们如此描述戈多:弗拉季米尔说他可以说是个相识,爱斯特拉冈说见了他的面也认不得。以致第二次波卓倒在他们面前,他们又以为是戈多。④ 戈多似乎可以是任何一个人,甚至是抽象的,有人说,戈多是社会,有人说戈多是外界(outside)。⑤ 但是如果像Colin Duckworth的研究所揭示的那样,戈多在原本的设定中不是一个抽象的形象,而是"a real person"。⑥ 那么作为一个真正的人的戈多迟迟不来,可能是因为戈多已经死亡了。总之,戈多的设定使得等待永远无目的、无尽头地进行下去,而这种无目的、无尽头的等待使得弗拉季米尔和爱斯特拉冈作为道德的主体和知识的主体都趋向死亡。

弗拉季米尔和爱斯特拉冈作为道德的主体的死亡集中表现在他们对

---

① Samuel Beckett, *Waiting for Godot* (London: Faber and Faber, 2000, c1956, 1965), p. 83.
② Ibid.
③ Ibid, p. 15.
④ Ibid, p. 69.
⑤ 转引自 Martin Esslin, *The Theatre of the Absurd* (Harmondsworth: Penguin Books, 1970, c1961, 1968), p. 20.
⑥ Colin Duckworth, "Godot: Genesis and Compostion", in Ruby Cohn (ed.), *Samuel Beckett: Waiting for Godot a Casebook*, London: Macmilian Education LTD, 1987. pp. 83—84.

第一部分

西方现代性的自反：从《在路上》到《等待戈多》的"不安的自由"

人类处境的"同情"的消减。在叔本华的哲学理念中决定了行为的"好"和正义的"同情"这两个道德主体的关键特征，在《等待戈多》中都走向了它的覆亡。第一幕中，弗拉季米尔和爱斯特拉冈看到波卓踢幸运儿的时候，还会表示出同情，但是到第二幕中，他们看到爬不起来的波卓，只是说"咱们走吧"，甚至还试图狠狠地揍幸运儿一顿，并勒索波卓，让他用钱或别的来换取帮助，在弗拉季米尔说波卓似乎快死了的时候，爱斯特拉冈甚至说"It'd be amusing"。① 似乎这无尽的等待已经消磨掉他们所有的耐心，使得他们腻烦，不再有同情的能力。

弗拉季米尔和爱斯特拉冈作为知识的主体的死亡集中表现在他们的信念和知识型的动摇。在福柯看来，作为一种知识的概念的"人"不会永恒存在。福柯断言："现代文化能够思考人只是因为它在自我的基础上思考有限……思想，在其存在的层面上，在其曙光中，它本身就是一种行为———一种危险的行为。"② 从爱斯特拉冈和弗拉季米尔的"思考"之痛可以看出，现代性下的知识主体有着永远无法解开的矛盾。回忆在爱斯特拉冈和弗拉季米尔看来，是痛苦的。当波卓变成瞎子，爱斯特拉冈催问他是怎么瞎的时候，弗拉季米尔让爱斯特拉冈先别打扰他，并用拉丁文说，"Memoria praeteritorum bonorum"（回忆过去的快乐时光），那准是不愉快的事③。他们不断说着"有思想"并不是世间最坏的事情④，但是思考只会使他们更痛苦。爱斯特拉冈自己说他曾当过"诗人"。⑤ 他在听完救世主与两个贼的故事和弗拉尔对四个使徒只有一个谈到有个贼得了救的疑问之后，就立刻质疑，提出使徒的意见也不一致。而当弗拉季米尔问为什么要相信这一个使徒的话而不相信其他三个，爱

---

① Samuel Beckett, *Waiting for Godot* (London: Faber and Faber, 2000, c1956, 1965), pp. 25, 70, 76.
② Michel Foucault, *The Order of Things: An Archaeology of the Human Sciences* (New York: Vintage Books, 1994), p. 318, p. 328.
③ Samuel Beckett, *Waiting for Godot* (London: Faber and Faber, 2000, c1956, 1965), p. 99.
④ Ibid, pp. 71—72.
⑤ Ibid, p. 4.

革命路上
翻译现代性、阅读运动与主体性重建，1949—1979

斯特拉冈就引导弗拉季米尔说出每一个人他们就知道这一本《圣经》(It's the only version they know)。① 在思考中质疑书写的神圣，这是完全现代性的。

弗拉季米尔和爱斯特拉冈的痛苦更在于一种本质的残缺与分离。荒诞派的另一位代表阿达莫夫（Arthur Adamov, 1908—1970）在《自白》(1938) 中写道："我只知道痛苦受难。我痛苦受难，因为在我的本源之处就是残缺与分离。我是被分离了。跟什么分开，我叫不上它的名字（过去它叫做上帝，现在它没有名字）。"② 在尼采看来，"上帝之死"，意味着一种作为道德形象的人之死。上帝死去了，上帝所施加于人的责任、愧疚、痛苦、同情和怜悯——这些道德素质也将一一死去。③ 在《等待戈多》里，弗拉季米尔和爱斯特拉冈是两个流浪汉，除了他们彼此之外，他们在这个世界没有其他联系，他们不需要为任何人负责。他们相互照顾，也相互抱怨。弗拉季米尔说，这些年来要不是有他照顾，爱斯特拉冈早就成一堆枯骨了，但爱斯特拉冈就反问，那又怎么样呢？那又怎么样呢？似乎他们相互照顾的确也没有改变任何事。爱斯特拉冈还是会挨揍，他们还是为生活的小事争吵，他们仍然在等待戈多。他们像做游戏一般反复弄着他们的靴子、帽子，吃胡萝卜，但是很多的迹象表明，他们连这样一点对对方最后的责任也想放弃了。爱斯特拉冈反复提议他们分手，也许对他们两个都要好一些。④ 这样他们就断绝了自我与世界的最后一点联系，彻底地从责任中解脱。

《等待戈多》中弗拉季米尔和爱斯特拉冈大段的讨论就可以看做是调和现代社会人类自身、他人、生命、死亡的关系的努力。他们共同要对抗的是伴随着孤独的绝望而来的死亡的诱惑。《等待戈多》最令人感到疯狂的是除了戈多和他的牧童之外，其他的人不是显示出死亡的焦

---

① Samuel Beckett, *Waiting for Godot* (London: Faber and Faber, 2000, c1956, 1965), p. 5.
② 朱虹："前言"，《荒诞派戏剧集》，上海：上海译文出版社，1980 年，第 10 页。
③ 汪民安、李应志、张旭：《文化研究关键词》，载《读书》，2006 年第 1 期，第 157—166 页。
④ Samuel Beckett, *Waiting for Godot* (London: Faber and Faber, 2000, c1956, 1965), p. 47.

第一部分

西方现代性的自反:从《在路上》到《等待戈多》的"不安的自由"

虑,就是受到死亡的诱惑。波卓只一夜功夫就变成一个瞎眼的残废,而幸运儿不能再讲话,都一步步正走向死亡。弗拉季米尔和爱斯特拉冈还顽强地活着,是因为他们相信戈多会来。虽然让他们相信戈多会来的理由既有确定性也有不确定性。而他们一直在考虑如何上吊的问题。当爱斯特拉冈提出上吊试试的时候,弗拉季米尔向他耳语:"with all that follows. where it falls, mandrakes grow"。① 这使得爱斯特拉冈大为兴奋,要求马上就上吊。只不过他们信不过那树枝,怕他们作为对方唯一的依靠,如果有一个没死成,就会孤孤单单,才放弃了这个打算。总之,死亡的诱惑像是一个醒不过来的噩梦,又或者这两幕剧就是一个噩梦。现代的主体能否最终跨越这看起来不可避免要陷入的死亡峡谷?

贝克特更多是展现了这种存在的矛盾和死亡的焦虑,而非明确告诉读者一个答案,到底人为何"存在",怎样避免"死亡"。作为作者,贝克特让自己处于这样一个缺席的位置,从缺席中产生出对日常生活纯粹陌生感的描述距离。② 这是布朗索(Maurice Blanchot, 1907—2003)所说的,真正的缺席。弗拉季米尔说:"明天,当我醒来的时候,或者当我自以为已经醒来的时候,我对今天怎么说好呢?"利特尔认为,"accepting the inherent contradictions and tensions, we might be getting close to Beckett's essential manner":诗人此刻的笨拙与他竭力真实地面对他的情绪、面对知性主义的诚恳是一个整体,他尚未发现一种途径或方式,可以让他在负起对自我的深切责任的同时,也真正负起对读者的责任。③

艾思林提出荒诞派戏剧的一个共性就是,它们都"sensitively mirrors and reflects the preoccupations and anxieties, the emotions and thinking of

---

① Samuel Beckett, *Waiting for Godot* (London: Faber and Faber, 2000, c1956, 1965), p. 9.
② Maurice Blanchot, "La Littérature et le droit à la mort", in *La Part du feu* (Paris: Gallimard, 1949), p. 307. 参见 Kevin Hart & Geoffrey H. Hartman (ed.), *The Power of Contestation: Perspectives on Maurice Blanchot* (Baltimore, MD: Johns Hopkins University Press, 2004)。
③ Roger Little, "Beckett's Poems and Verse Translations or: Beckett and the Limits of Poetry", in John Pilling (ed.), *The Cambridge Companion to Beckett* (Cambridge: Cambridge University Press, 1994), p. 191.

many of their contemporaries in the Western world".① 不过这出在西方戏剧中具有革命意义的悲喜剧，其巨大的冲击仅仅限于西方世界吗？第八章将会讨论《等待戈多》在中文世界跌宕起伏的命运。

第一部分小结

　　风格和内容上的反传统是这三部作品一个明显的共性。不同国家、不同语言、不同文类表现出来的共性，最终把矛头指向现代性本身的深层问题。信仰在20世纪中叶遭到了毁灭性的打击，继"上帝之死"之后，个人与社会的关系，尤其与国家的关系受到挑战。

　　个人的权利和自由不能转让，除非是转让给代表他们的国家。卢梭表明的这种个人对国家的信任以及在黑格尔那里个人主动以国家及其伦理为自己生活的更高更真实旨趣的国家生活被消解了。米尔斯（Charles Wright Mills, 1916—1962）指出，操纵美国的实际上是"军事—工业共同体"，经济财阀与高级军人结成同盟，控制着美国的权力。而富裕起来的中产阶级实际上就是摆设。② 美国的情况也适用于其他资本主义社会。这对于一向自认是社会中坚的中产阶级无疑是当头棒喝。于是，在自由的表象下，人们面对情感上的需要、尊重的需要和自我实现的需要都彻底迷失了，人们孤独，不安，不稳定，也不确定。这也和理斯曼（David Riesman, 1909—2002）对现代社会缺乏真正的个性的观察颇有共通之处。③ 这种"不安的自由"，作为对资本主义正统思想的反抗，预示着思想的风暴的到来。

　　正如本雅明所说，一切伟大的文本都在字里行间包含着它的潜在的

---

① Martin Esslin, *The Theatre of the Absurd* (Harmondsworth: Penguin Books, 1970, c1961, 1968), p. 22.
② 米尔斯被认为是美国"新左派"运动的理论先驱，《权力精英》是他的代表作之一。［美］查尔斯·米尔斯：《权力精英》，王崑、许荣译，南京：南京大学出版社，2004年。
③ David Riesman, *The Lonely Crowd: A Study of the Changing American Character* (New Haven: Yale University Press, 1950, 1967).

第一部分

西方现代性的自反:从《在路上》到《等待戈多》的"不安的自由"

译文。① 在这三部西方现代派作品问世后不久,就在社会主义阵营的国家相继被翻译、出版。On the Road 发表于 1957 年,Catcher in the Rye 发表于 1951 年,法语的 En attendant Godot 发表于 1952 年,首演于 1953 年,英语的 Waiting for Godot 发表于 1954 年,首演于 1955 年。② 俄译 On the Road 发表于 1960 年,中译发表于 1962 年;③ 俄译 Catcher in the Rye 发表于 1960 年,中译发表于 1963 年;俄译 Waiting for Godot 发表于 1966 年,中译最早发表于 1965 年。④ 翻译出版时间上与原著的接近说明了这三部作品的轰动效应波及之广,甚至影响了地理位置遥远、当时与资本主义意识形态处于对立阵营的苏联和中国。

通过翻译,原著中的"不安的自由"展现的有关现代性的反思得到传递和重构。与西方的工业现代化不同,社会主义阵营走的是(一度激进的)革命现代化的道路。但是不同的经验似乎遇到了相似的问题,这三部对西方社会来说"离经叛道"的原著刚问世,就引起了苏联和中国的关注。以 Catcher in the Rye 为例,在赫鲁晓夫"解冻"时期(Khrushchev thaw),它被译成俄语,发表在 1960 年 11 月号的《海外文学》(Nostrannaya Literatura)上。在 1960 年代,这本书可以在莫斯科一些精英高中看

---

① "to some degree all great texts contain their potential translation between the lines." Walter Benjamin, Harry Zohn (trans.), "The Task of the Translator", in Hannah Arendt (ed.), *Illuminations* (London: Fontana, 1992), pp. 70—82。中译参见[德]瓦尔特·本雅明:《译者的任务》,见陈永国编:《翻译与后现代性》,北京:中国人民大学出版社,2005 年,第 12 页。
② Samuel Beckett, *En attendant Godot* (Paris: Les Editions de Minuit, 1952). Samuel Beckett, *Waiting for Godot* (New York: Grove Press, 1954). Samuel Beckett, *Waiting for Godot* (London: Faber & Faber, 1956). 参考 Hersh Zeifman, "The Alterable Whey of Words: The Texts of 'Waiting for Godot'", *Educational Theatre Journal* (Baltimore, Maryland: The Johns Hopkins University Press), Vol. 29, No. 1 (March 1977), p. 77。
③ 感谢 Samara State University 的 Anna Gabets 的信件,根据她的资料,第一个俄语的《在路上》译本是由 V. K. Efanova 翻译,并发表在 1960 年的《海外文学》上。首个俄译本只有三章,分别是"墨西哥女孩"、"垮掉的一代的爵士乐"和"宇宙山川"。
④ "The heroes of the surrealistic plays *Waiting For Godot* (1952; Russian translation, 1966)", http://www.smartdefine.org/samuel_beckett/definitions/1883410, WordNet 3.0 © 2006 by Princeton University. 另,台湾的中译《等待果陀》发表于被称为台湾白色恐怖时期(White Terror, 1949—1987) 的 1969 年。

到，1961 年，在特瓦尔多夫斯基（Aleksander Tvardovsky, 1910—1971）担任主编的情况下，当时非常有影响力的文学杂志《新世界》（*Novyi Mir*）还刊发了一篇赞扬这本书的书评。霍尔顿这位反英雄的自我折磨的灵魂追求回荡在整个苏联集团中的追随者的心中。① 至于这三部作品在中国的翻译出版，在第二部分将会有详细说明，本处不再详述。在复杂的政治环境中②这三部作品在苏联和中国相继得到翻译和出版，反映出文学的"不安的自由"也触动了社会主义阵营的神经的末梢。

参考文献：

（一）中文文献

曹波：《贝克特作品的理解与翻译——兼评余中先译〈无可名状的人〉》，载《译林》，2008 年第 6 期，第 209—212 页。

曹波：《回到想像界——贝克特长篇小说的后现代精神分析》，上海外国语大学博士论文，2005 年。

陈增荣：《荒诞派戏剧在中国的译介、研究与传播》，载《戏剧文学》，2010 年第 5 期（总第 324 期），第 15—19 页。

刘强：《荒诞派戏剧及其表现方法的借鉴》，载《文艺研究》，1986 年第 3 期，第 97—101 页。

龙昕：《贝克特戏剧与远古神话》，载《外国文学研究》，1999 年第 2 期，第 47—50 页。

陆建德：《破碎思想体系的残篇》，北京大学出版社 2001 年版。

单世联：《告别黑格尔——从张中晓、李泽厚、王元化到顾准》，载《黄河》，

---

① "Its antihero's tormented soul-searching also reverberated among admirers throughout the Soviet Bloc." Nikola Krastev, "Salinger's 'Catcher In The Rye' Resonated Behind Iron Curtain As Well", *Radio Free Europe/ Radio Liberty*, January 29, 2010. http://www.rferl.org/content/Salingers_Catcher_In_The_Rye_Resonated_Behind_Iron_Curtain_As_Well/1943025.html

② 在首次翻译出版这三部作品的时候，美苏处于冷战时期（the Cold War, 1945—1991），中苏处于交恶时期（Sino-Soviet split, 1960—1989），中国处于大跃进运动（the Great Leap Forward, 1958—1960）和四清五反的社会主义教育运动时期（the Socialist Education Movement，又称 the four Cleanups Movement, 1963—1966）。

第一部分
西方现代性的自反：从《在路上》到《等待戈多》的"不安的自由"

1998年第4期，第98—116页。

汪民安、李应志、张旭：《文化研究关键词》，载《读书》，2006年第1期，第157—166页。

朱大可：《贝克特：一个被等待的戈多》，载《中国图书评论》，2006年第10期，第110页。

张和龙：《国内贝克特研究评述》，载《国外文学》，2010年第3期，第37—45页。

周国平：《海德格尔的死亡观》，见《守望的距离：周国平散文集》，东方出版社1996年版。

[爱尔兰] 萨缪尔·贝克特：《等待戈多》，施咸荣译，上海译文出版社1980年版。

[爱尔兰] 萨缪尔·贝克特：《贝克特选集5：看不清道不明》，谢强，袁晓光，郭昌京，曾晓阳，余中先等译，湖南文艺出版社2006年版。

[美] 查尔斯·赖特·米尔斯：《权力精英》，王崑、许荣译，南京大学出版社2004年版。

（二）外文文献

Beckett, Samuel, *En attendant Godot*, London: Faber and Faber, 2000, c1956, 1965.

Benjamin, Walter, "The Task of the Translator", translated by Harry Zohn, in Hannah Arendt (ed.), *Illuminations*, London: Fontana, 1992, pp. 70—82.

Boxall, P. (ed.), *Samuel Beckett: "Waiting for Godot"/"Endgame": A Reader's Guide to Essential Criticism*, Cambridge: Icon, 2000.

Bradby, D., *Beckett: 'Waiting for Godot' (Plays in Production)*, Cambridge: Cambridge University Press, 2001.

Cohn, Ruby (ed.) *Samuel Beckett, Waiting for Godot: A Casebook*, London: Macmillan, 1987.

——Atkins, Anselm (1966), "The Structure of Lucky's Speech", pp. 95—96.

——Anderson, Jack (1956), "Mink-clad Audience Disappointed: Miami, 1956", pp. 43—44.

——Bentley, Eric (1964), "An Anti-Play", pp. 23—24.

——Cockerham, Harry (1975), "Bilingual Playwright", pp. 96—103.

——Duckworth, Colin (1966), "Godot: Genesis and Compostion", pp. 81—86.

——Frere, Marcel (1953), "Roger Blin's Production of 'En Attendant Godot'", pp. 24—25.

——Hesla, David H. (1982), "Beckett's Philosophy", pp. 117—121.

——Knowlson, James (1987), "Beckett's Production Notebooks", pp. 48—52.

——Luft, Friedrich (1975), "Beckett Produces Beckett: West Berlin, 1975", pp. 46—48.

——Schneider, Alan (1986), "Miami Production, 1956", pp. 37—42.

——Tophoven, Elmar (1953), "A French Dramatist from Ireland", pp. 28—30.

Connor, S, (ed.), *Waiting for Godot' and 'Endgame'*: *Contemporary Critical Essays*, London: Macmillan, 1992.

Croall, J., *The Coming of Godot: A Short History of a Masterpiece*, London: Oberon Books, 2005.

Dewar-Watson, Sarah, "Aristotle and Tragicomedy", in Subha Mukherji and Raphael Lyne (ed.), *Early Modern Tragicomedy*, Rochester, NY: D. S. Brewer, 2007, pp. 15—27.

Esslin, Martin, *The Theatre of the Absurd*, Harmondsworth: Penguin Books, 1970, c1961, 1968.

Fletcher, B. S., Fletcher, J., Smith, B. & Bachem, W., *A Student's Guide to the Plays of Samuel Beckett*, London and Boston: Faber and Faber, 1978.

Foucault, Michel, *The Order of Things: An Archaeology of the Human Sciences*, New York: Vintage Books, 1994.

Gordon, Arthur, "Six Hours with Rudyard Kipling", *The Kipling Journal*, June 1967, pp. 5—7.

Graver, L., *Samuel Beckett: Waiting for Godot*, Cambridge: Cambridge University Press, 2004.

Graver, L. & Federman, R. (eds.), *Samuel Beckett: The Critical Heritage*, London: Routledge and Kegan Paul, 1979.

Gray, Richard, *A Brief History of American Literature*, Malden, MA: Wiley-Blackwell, 2011.

第一部分

西方现代性的自反：从《在路上》到《等待戈多》的"不安的自由"

Hill, Leslie, "Poststructuralist readings of Beckett", in Lois Oppenheim (ed.), *Palgrave Advances in Samuel Beckett Studies*, New York; London: Macmillan & St Martin's Press, 2004, pp. 68—88.

Jeffers, Jennifer M., "Embodying lost masculinity in Waiting for Godot and Endgame", in *Beckett's Masculinity*, New York, NY: Palgrave Macmillan, 2009, pp. 95—118.

Knowlson, James, *Damned to Fame: the Life of Samuel Beckett*, London: Bloomsbury, 1997.

Krastev, Nikola, "Salinger's 'Catcher in the Rye' Resonated Behind Iron Curtain As Well", *Radio Free Europe/ Radio Liberty* http://www.rferl.org/content/Salingers_Catcher_In_The_Rye_Resonated_Behind_Iron_Curtain_As_Well/1943025.html (January 29, 2010).

Little, Roger, "Beckett's poems and verse translations or: Beckett and the limits of poetry," in John Pilling (ed.), *The Cambridge Companion to Beckett*, Cambridge: Cambridge University Press, 1994, pp. 184—195.

Schlueter, J. & Brater, E. (eds.), *Approaches to Teaching Beckett's Waiting for Godot*, New York: Modern Language Association of America, 1991.

States, B. O., *The Shape of Paradox: An Essay on Waiting for Godot*, Berkeley, Los Angeles and London: University of California Press, 1978.

Worton, Michael, *Waiting for Godot and Endgame: Theatre as Text*, Shanghai: Shanghai Foreign Language and Education Press, 2000.

Zeifman, Hersh, "The Alterable Whey of Words: The Texts of 'Waiting for Godot'", *Educational Theatre Journal*, Baltimore, Maryland: The Johns Hopkins University Press, Vol. 29, No. 1, March 1977, pp. 77—84.

第二部分　翻译现代性：跨境的翻译

要去翻译，但翻译不等于去确保某种透明的交流。翻译应当是去写具有另一种命运的其他文本。①

——雅克·德里达（Jacques Derrida，1930—2004）

1949 年后，中国曾致力于通过翻译引进一系列的无产阶级英雄形象，并大力塑造本土的社会主义青年英雄，尤其是农民阶级的英雄。被引进的无产阶级英雄大多来自苏联，比如保尔·柯察金、卓雅和舒拉，也有极少数不是苏联的，比如牛虻和斯巴达克思。在这种情形下，美国作家凯鲁亚克的《在路上》、美国作家塞林格的《麦田里的守望者》和爱尔兰作家贝克特的《等待戈多》三部现代派作品的翻译显然是个异数。

这个异数之所以成为可能，是因为在前一部分已经说明了的"不安的自由"在很大程度上被"误读"为西方社会颓废与堕落的现实反映，进而阴差阳错地在社会主义的中国被"误用"作巩固自身的反面教材。第四章中的"1949—1979：意识形态的体制化"一节将会揭示，当时中国决定翻译这三部作品，是因为急进的现代主

---

① 张宁：《德里达访谈：关于汉译〈书写与差异〉》，《视界》第三辑，2001 年。

革命路上
翻译现代性、阅读运动与主体性重建，1949—1979

义需要揭露和批判西方资本主义国家社会的"阴暗面"。① 这一目的获得了第四章"1949—1979：体制化文艺批评的'强势误读'"一节的历史材料的支持，成为翻译这三部作品的先决条件。尽管现代派作品书写的形式和内容千差万别，但在当时中国体制化的文艺批评中毫无二致地被解读为"颓废堕落"、"反动腐朽"的西方社会的反映。然而，正是因为这种整体的误读，西方现代派作品才有了被译介的可能。并且在处理这些有着危险的意识形态渗透可能的作品的时候，小心翼翼地应用了一种新的出版形式——"内部书"。第四章的关于意识形态、诗学理念以及出版和流通的体制化的论述说明，在意识形态、诗学理念、出版和流通各个方面全面的体制化之后，当时的翻译界相信在这样严格的管控下，一定可以贯彻这些"内部书"作为教育社会主义的文学艺术工作者的"反面材料"② 的翻译目的。

多元系统论（Polysystem Theory）③ 在如何看待这样的"误读"与"误用"上很有启发性。多元系统论的基本预设是，接受文化（目标系统）的社会准则和文学传统决定了译者所持的美学假设，从而影响翻译过程。④ 其中，赫曼斯（Theo Hermans）的"操纵"说（manipulation），

---

① 翻译外国文学的目的是"揭露所谓'自由世界'腐朽的文化生活和丑恶的精神面貌，证明'敌人一天天烂下去'"。冯至：《外国文学工作者在毛泽东思想的旗帜下前进》，载《世界文学》，1966年第1期，第193页。

② 1962年4月，中共中央批转《关于当前文学艺术工作者若干问题的意见》（简称"文艺八条"），提出要大力"吸收外国文化"，"对于西方资产阶级的反动文学艺术流派和现代修正主义的文艺思潮，要注意了解和研究，并且有力地加以揭露和批判。应该有计划地向专业文学艺术工作者介绍……（以）作为教育文学艺术工作者的反面材料"。《关于当前文学艺术工作若干问题的意见》，载《文艺研究》，1979年第1期，第142页。

③ 以色列学者埃文-佐哈尔（Itama Even-Zohar）在20世纪70年代早期最早提出多元系统假设，以色列另一位学者图里（Gideon Toury）采用了他的假设，试着将影响翻译的某些准则分离出来并进行描述。随后荷兰、比利时、卢森堡等地的学者依循这一思路探讨翻译的更大的框架。参见 Lawrence Venuti (ed.), *The Translation Studies Reader* (New York, London: Routledge, c2000, 2004).

④ 廖七一编著：《当代西方翻译理论探索》，南京：译林出版社，2006年，第61页。

第二部分
翻译现代性：跨境的翻译

提出所有的翻译都是为了某种目的而对原文在某种程度上的操纵①，是这一理论的基础之一。勒菲弗尔（André Lefevere，1945—1996）和张南峰进而提出应考察意识形态、诗学、赞助人②、语言、文学等系统③对翻译规范的形成可能施加的影响。这一理论模型对于理解当时中国的翻译与原文和国家利益的关系特别有启发性。

但是，多元系统论的局限性也颇为研究者所诟病，尤其是对多元系统在解释译者主体性地位、解释中国语境的局限性的质疑。有学者就提出，无论是什么因素影响了翻译，它都是通过译者才影响了译文——翻译的最终产品。④而"文化操纵"说，很容易使译者陷入各类道德审判的危机中。多元系统对于解释中国翻译历史语境的不足以及研究意识形态上的局限则有王东风和庄柔玉分别讨论过。⑤ 本书应用多元系统论并不是说这一理论完美无缺，而是在本书的语境中，译者虽然有主体性，但是这种主体性更多是相对于原文而言的，多元系统论对于"操纵"的言说适用于1950—1970年代中国的语境。

1950—1970年代中国历史的极端语境有时的确是多元系统论的框架所难以包括的，但这样的极端境遇可以使我们更好地去理解体制和个人这一钱币的两面。1952年，美国作家霍华德·法斯特（Howard

---

① Theo Hermans (ed.), *The Manipulation of Literature: Studies in Literary Translation* (London: Croom Helm, 1985), p. 11.
② Susan Bassnett and André Lefevere, "General Editors' Preface", *Translation, Rewriting and Manipulation of Literary Fame* (London & New York: Routledge, 1992), p. vii.
③ 在勒菲弗尔的意识形态、诗学和赞助人（Ideology, Poetics, Patronage）三要素的基础上，张南峰提出了大多元体系（macro-polysystem）的理念，认为影响翻译的主要并存系统除了勒菲弗尔提到的三要素外，还包括政治、经济、语言、文学等系统。因而，本章第四个考察的是多元系统论的文学批评系统的体制化对翻译规范的形成的影响。Nam Fung Chang, "Towards A Macro-Polysystem Hypothesis", *Perspectives: Studies in Translatology*, Vol. 8, No. 2, 2000, p. 118。
④ 对于多元系统论在译者主体性问题上的局限性的批判，可以参见于德英：《用另一只眼睛看多元系统论——多元系统论的形式主义分析》，载《中国翻译》，2004年第5期，第12页。
⑤ 对多元系统理论在中国文化范围内的局限性的探讨见王东风：《翻译文学的文化地位与译者的文化态度》，载《中国翻译》，2000年第4期，第6页，庄柔玉：《用多元系统理论研究翻译的意识形态的局限》，载《翻译季刊》，2000年第16、17期，第122—136页。

革命路上
翻译现代性、阅读运动与主体性重建，1949—1979

Fast, 1914—2003) 写出了《斯巴达克思》。1960 年代，黄雨石重译了这本书，准备出全译本，但是由于法斯特在 1958 年退出美国共产党，译者已经编辑排校好的译本被完全粉碎，一字一句都没有留存下来。[①] 令人惊奇的是，当时的译者在翻译中的主体地位步步沦陷的情况下，依然保有部分的主体性。虽然这样的主体性被压缩到了极致，而这极端狭小的译者的个人空间也以译者的自我审查为最终特色。自我审查体现了多元系统论提示我们去考察的译者所持的美学假设和接受文化（目标系统）的社会准则、文学传统之间的关系。[②] 第五章"1949—1979：译者的特殊性"通过讨论体制内译者的身份和翻译观，揭示出译者的主体间性在当时的中国主要体现为译者的自我审查（self-censorship）。

与多元系统理论一样，解构主义翻译观在消解中心和权威的过程中也体现了多元的思想，只不过多元系统论关注系统，而解构主义翻译观关注文本。解构主义翻译观（deconstructive translation theory）启发我们"文本之外别无他物"[③]，从文本的角度为译本语言风格等的多样性提供理论依据。无论是原文，还是译文，所得到的只是某一具体语境下的暂时的意义。在此基础上，德里达提出翻译是一种"有调节的转换"（regulated transformation）[④]，但是他在提议用这一术语取代"翻译"一词的时候，并没有说明是谁负责"调节"（regulating）。多元系统理论则有助于讨论在翻译中"是谁负责调节的"。因而，对解构主义翻译观与多元系统论的结合将是一个有益的尝试，从而更为透彻地从文本本身和文本外部去全面理解这段时期中国的翻译。在第四、五两章以多原系统

[①] 苏福忠：《老黄今年八十岁》，载《人物》，2000 年第 1 期，第 100—107 页。最早的法斯特的 *Spartacus* 的中译本是 1954 年叶维之和施咸荣翻译的。[美] 法斯特（Howard Fast）：《奴隶起义》，叶维之、施咸荣译，上海：上海文艺联合出版社，1954 年。
[②] 廖七一编著：《当代西方翻译理论探索》，南京：译林出版社，2006 年，第 61 页。
[③] "There is nothing outside the text（il n'ya pas de hors-texte）", Jacques Derrida, *Of Grammatology*, translated by Gayatri Spivak (Baltimore: Johns Hopkins University Press, 1976), p. 158.
[④] Jacques Derrida, *Positions*, translated and annotated by Alan Bass (Chicago: the University of Chicago Press, 1981), p. 20.

第二部分
翻译现代性：跨境的翻译

论的视角回顾这段时期翻译的体制化和体制内的译者的基础上，本部分第六至第八章将以解构主义翻译理论的视角分析这三部作品最早的中文文本中译者删改的痕迹，探讨当时的译者如何翻译西方的现代性文本以建立中国现代化模式的合法性。分别出版于 1962 年、1963 年和 1965 年的《在路上》、《麦田里的守望者》和《等待戈多》的中译本都是这三部作品首次被译为中文，它们见证了翻译在中国书写的另一种命运的文本。翻译使原文在目标文化中"继续活下去"。[①] 翻译虽然完全体制化了，但阅读却生出无限可能。当初不曾被预料到的是，翻译现代性文本在 1970 年代的思想和文学转型中起到了多么重要的作用。同样重要的是，这些跨话语的翻译为中国的年轻人带来了一场头脑的风暴，而这场风暴在翻译之初还隐于无形。

四 翻译的政治：翻译的体制化[②]

1949—1979 年，是一个由政府机构、出版社指导翻译活动和出版发行，以国际书店控制图书流入，以《翻译月刊》、《翻译通报》、《译文》（《译文》1959 年后改名为《世界文学》）、《摘译》等指导翻译实践，以官方报刊引导翻译批评的特殊时代。如何翻译并控制翻译及其阅读是当时意识形态斗争的一大难题。与在社会生活的其他领域类似，翻译领域也经历了一场逐渐体制化的进程，从意识形态到出版流通再到对翻译文学的批评，环环相扣地被纳入到体制中来，这使得当时中国的翻译进入到了一个十分独特的、难以再现的特殊历史语境。这一特殊性的本质，在我看来是肩负起政治的使命，而其表现，是翻译受到体制化（institutionalization）影响。

作为制度研究的奠基人，塞尔兹尼克（Philip Selznick, 1919—

[①] Edwin Gentzler, *Contemporary Translation Theories* (revised 2nd edition) (Clevedon, UK: Multilingual Matters Ltd, 2001), p. 165.
[②] 学界亦有用"制度化"一词。

革命路上
翻译现代性、阅读运动与主体性重建，1949—1979

2010）给"体制化"或者说"制度化"的定义是：the processes by which an organization "takes on a special character"，并且"achieves a distinct competence or, perhaps, a trained or built-in incapacity"。而体制化最重要的表现在他看来就是体制化使得组织结构或者行为模式"infused with value beyond the technical requirements of the task at hand"。① 换句话说，体制化指的是使某一特定价值观、某一观念、某一特定社会角色内化于某个机构、某个领域、社会体系，或社会本身。这一概念在社会学中有广泛的应用。这一概念同样也适用于1949—1979年的中国翻译的外部条件。如果说种种翻译理论对于极端情况下的翻译多是出自假设的条件，当时中国的翻译情况则为我们理解极端状况下的真实的翻译活动，提供了绝佳而不可复制的历史材料。不过，体制化只是稍稍延宕了如何翻译并控制这些作品的阅读的问题的突出，第三节的资料自会说明，社会规约与文化需求是如何各行其道。

　　本章主要以勒菲弗尔（Andre Lefevere, 1945—1996）"三要素"的理论框架来解读毛泽东时代翻译的体制化进程。作为以文化研究的角度切入翻译研究的代表人物之一，勒菲弗尔提出控制文学系统（翻译作为改写的一种，在这一系统内发生）的有三个重要因素，包括：系统内的专业人士（the professionals in the literary system）、系统外的赞助人（patronage outside the literary system），以及主流诗学（the dominate poetics）。② 其中系统外的赞助人又包括三个相互作用的因素：意识形态（ideology）、经济（economics）和地位（status）。③ 勒菲弗尔借用当代文化理论将翻译研究的着眼点从语言学派最为关心的语言结构和语言形式的对应，转向源语文本（source language text）与目标语文本（target language text）在各自文化系统中的作用方式和意义。在勒菲弗尔理论的基

---

① Philip Selznick, *Leadership in Administration: A Sociological Interpretation* (Evanston, Ill.: Row, Peterson, 1957), p. 17.
② André Lefevere, *Translation, Rewriting and Manipulation of Literary Fame* (London & New York: Routledge, 1992), pp. 11—40.
③ Ibid, p. 16.

第二部分
翻译现代性：跨境的翻译

础上，本书根据毛泽东时代翻译的实际情况（例如经济和地位因素的重要性下降）作了适当调整。中国的翻译在 1949 年之后有其相应的政治使命：为建立"作为新政治新经济之反映并且为它们服务的新文化而奋斗"。① 要保证这一任务得以贯彻，翻译就必然受到一些特定的因素的规约，不可能在自由自在的环境展开。因而，本书将对毛泽东时代翻译规范的形成起决定性影响的体制化因素分为五个方面。环环相扣的它们，分别是：意识形态的体制化、诗学理念的体制化、赞助人的体制化、文艺批评的体制化和译者的体制化。其中苏联影响在前四个方面中都发挥了特殊的作用，而译者如何成为计划体制的一部分将在第五章中讨论。

（一）文献回顾

根据毛泽东时代翻译的实际情况对勒菲弗尔的理论作调整的理据之一来自勒菲弗尔对中西翻译传统之不同的肯定。他曾从宏观的角度对中西翻译传统有很好的比对。他的目的是展示西方对翻译的定义是依赖自身的文化背景的，因此希望通过比对西方与中国，让西方的学者可以从困扰了他们许久的对于翻译的标准化理解中走出来。然而这种比较，对于理解中国的翻译活动亦不无启发。

勒菲弗尔认为中西传统中的翻译实践（translational practice）的不同与对"他者"（the other）的认识有关。那些不太在意"他者"的文化，首先是因为这个文化认为自己处于世界的中心，其次是因为这个文化的相对同质性。这两条使得中国的翻译实践倾向于将自己的方式看做是自然而然的，因此对待原著比较随意，翻译后的文本取代了原著的位置。此外，同质性也是参与者数量的问题。勒菲弗尔比较了在西方通常是由单个译者翻译并且被单个的读者静静地阅读的体系，而在中国则是常常由学者团队/政府组织的团队译出并且经常被公开引用

---

① 沈志远：《翻译通报》发刊词，载《翻译通报》，1950 年第 1 期，第 2 页。

革命路上
翻译现代性、阅读运动与主体性重建，1949—1979

或吟诵。① 勒菲弗尔对中西翻译传统和"他者"关系的比较建立在对中国前现代时期翻译的认识之上，我们或许可以继续提问：1950年代至1970年代的中国（现代中国）的翻译对"他者"的话语有何认识？

正像勒菲弗尔所呼吁的那样，在进行翻译研究的同时有必要将大的、参与了文化建构的、体制性的东西考虑进来，这样才可以看到翻译在文化建设中的角色的本质。孔慧怡（Eva Hung）在铺陈"重写翻译史"的背景的时候，也对中国翻译史现有的按朝代分期、按名家生平以及按文本性质编排的书写方式提出了强有力的质疑。② 她引导我们思考历史学家兰克（Leopold von Ranke）的说法，即历史与年表或大事记这类文本有一种最基本的分别，就是后者只是一连串事件的记录，而前者则展示出表面看来对立的事件有怎么样的内在关联。③ 为此，我们有必要界定一个历史的分期，即具有特殊意义的毛泽东时代的翻译始于何时，终结于何处，然后再具体讨论其特殊性。

同时，在讨论分期的过程中，通过对相关文献和学术研究的整理，可以看到学界对这一时期的认识的发展，反映了学者们对于大的历史事件的意义与模式的理解。

目前，学界普遍以1949年为一个拐点，而下限有以1966年"文革"开始，以1976年"文革"结束，以1979年建国30年为标志的三种分期方法。从史学角度考查翻译活动是一个相对较新的领域，不过自1960年以来，以"翻译文学史"或从史学角度论述翻译活动的专著或

---

① Susan Bassnett & Andre Lefevere (ed.), *Constructing Cultures: Essays on Literary Translation* (Clevedon, England: Multilingual Matters, 1998), pp. 12—24.
② 孔慧怡：《重写翻译史》，载《二十一世纪》网络版，2007年7月号，总第4期（2002年7月31日）。
③ Leopold von Ranke (1795—1886), Georg G. Iggers (ed.), *The Theory and Practice of History* (London; New York: Routledge, 2011), pp. 43—44, 59.

第二部分
翻译现代性：跨境的翻译

编著亦有 20 本之多。① 其中论及 1949 年之后的文学翻译的著作有五部。其中一类按照"十七年"进行分期，将下限划为 1966 年，另外一类按"文化大革命"的结束为标志将其下限划到 1976 年或 1978 年。② 以 1979 年划界的则是几部权威的工具书，比如《1949—1979 年翻译出版外国文学著作目录和提要》、《翻译出版外国古典文学著作目录（1949—1979）》。

以专著及专论为例，一部分论著或专论将下限划到 1966 年，称为"十七年"时期。作为"新时期"以来中国出版的第一部专门研究"十七年"英美文学翻译的著作，孙致礼以译者及其成就为叙事单位，用翔实的材料讨论了翻译出版情况、译者的活动，兼及译本的翻译批评。他将重点放在译者和译著上，而对作者以及原作在其本国文学史中的地位

---

① 包括北京大学西语系法文专业 57 级全体同学编著：《中国翻译文学简史》（内部教材，未出版，1960 年）。Wolfgang Bauer, *Western Literature and Translation Work in Communist China* (Frankfurt am Main: Metzner, 1964)。马祖毅：《中国翻译简史："五四"运动以前部分》，北京：中国对外翻译出版公司，1984 年，1998 年增订版。陈玉刚编：《中国翻译文学史稿》，北京：中国对外翻译出版公司，1989 年。臧仲伦：《中国翻译史话》，济南：山东教育出版社，1991 年。陈福康：《中国译学理论史稿》，上海：上海外语教育出版社，1992 年。黎难秋：《中国科学文献翻译史稿》，合肥：中国科学技术大学出版社，1993 年。热扎克·买提尼牙孜编：《西域翻译史》，乌鲁木齐：新疆大学出版社，1994 年。孙致礼：《1949—1966：我国英美文学翻译概论》，北京：译林出版社，1996 年。邹振环：《影响中国近代社会的一百种译作》，北京：中国对外翻译出版公司，1996 年。王克非：《翻译文化史论》，上海：上海外语教育出版社，1997 年。马祖毅、任荣珍：《汉籍外译史》，武汉：湖北教育出版社，1997 年。郭延礼：《中国近代翻译文学概论》，武汉：湖北教育出版社，1998 年。马祖毅：《中国翻译史》，第一卷，汉口：湖北教育出版社，2000 年。王建开：《五四以来我国英美文学作品译介史：1919—1949》，上海：上海外语教育出版社，2003 年。卫茂平：《德语文学汉译史考辨——晚清和民国时期》，上海：上海外语教育出版社，2004 年。谢天振、查明建：《中国现代翻译文学史 1898—1949》，上海：上海外语教育出版社，2004 年。葛桂录：《中英文学关系编年史》，上海：三联书店，2004 年。孟昭毅、李载道：《中国翻译文学史》，北京：北京大学出版社，2005 年。赵稀方：《20 世纪中国翻译文学史·新时期卷》，天津：百花文艺出版社，2009 年。

② 北京大学 1960 年代的内部教材《中国翻译文学简史》将分期定为 1949 年 10 月至 1958 年 7 月。Wolfgang Bauer, Western Literature and Translation Work in Communist China 将分期定为 1949—1960。陈玉刚主编的《中国翻译文学史稿》，孙致礼编著的《1949—1966：我国英美文学翻译概论》以及孟昭毅、李载道主编的《中国翻译文学史》都将 1949 年和 1966 年作为两个分水岭。

革命路上
翻译现代性、阅读运动与主体性重建,1949—1979

语焉不详。此外,将写作目的定位为"坚持辩证法,树立正确的翻译观",显示出政治意识形态对理解历史活动的影响。① 续后有方长安在2002年、2003年、2005年发表的三篇论文,在肯定"十七年"在欧美文学的重译和新译上取得的成果之外,反复强调了政治意识形态对翻译的制约。他从批评家/读者的解读出发,证明当时对于欧美古典文学的解读是一种政治意识形态化的话语实践活动。② 2007年卢玉玲研究"十七年"英美文学翻译的博士论文通过梳理翻译理论的发展史,主要接受了操控学派(manipulation school)的见解,"从一个文化系统到另一个文化系统的翻译过程从来不是一个中立、天真、透明的活动"。③ 以本土翻译权力话语与苏联英美文学体系的影响来回来"谁在翻译"的问题。其他试图解答的问题包括"为什么翻译"、翻译策略和什么被选择进入翻译流程时的经典化与边缘化的问题。卢提出将文学研究中的四个元素——世界、作者、文本、读者——纳入翻译史的书写之中,而将译者作为特殊的读者来处理,这一观点在她对整个翻译理论史进行了很好的梳理之后颇有新意,不过可惜的是她对这一观点未再深入。

另外一类按"文化大革命"的结束将其下限划至1976年,或1978年,称为"中西文化对峙"时期。这些论著以"中西文化对峙"概括1949年至1976年或1978年间的中国文学翻译活动的背景,将其与之前的"中西文化交汇"、之后的"中西文化重启对话"下的文学翻译活动区别开来。但是他们在将下限划至"文化大革命"的结束的同时,往往直接抹杀了"文化大革命"时期的翻译。例如卢玉玲在统计1949—1979

---

① 孙致礼:《1949—1966:我国英美文学翻译概论》,南京:译林出版社,1996年。
② 方长安:《建国后17年译介外国文学的现代性特征》,载《学术研究》,2003年第1期,第110页。方长安:《论外国文学译介在十七年语境中的嬗变》,载《文学评论》,2002年第6期,第78—84页。方长安:《1949—1966中国对外文学关系特征》,载《中山大学学报》,2005年第5期第45卷,第12—17页。
③ Susan Bassnett, *Comparative Literature: A Critical Introduction* (Oxford UK & Cambridge USA: Blackwell, 1993), p. 161.

第二部分
翻译现代性：跨境的翻译

年的翻译的数据时直接将 1949—1979 年间的文学翻译总数当成 1949—1966 年间的总数。① 又如靳彪、赵秀明等研究"文革"翻译的学者以马克思历史唯物主义的观点考察这一段时期的翻译史，认为"文革"使得此前正在"蓬勃发展"中的翻译实践与翻译理论研究停滞②，翻译活动陷入空白状态。不过，马士奎以意识形态与翻译的互动为框架，从翻译主体、公开、内部、潜在翻译和对外文学翻译活动等方面对"文革"期间的文学翻译现象进行了全面透视，提出"文革"十年亦可分为 1966年 5 月到 1971 年年底的空白期及此后的调整和恢复期③，反驳了在"文革"十年时期外国文学的翻译出版"真正是一片空白"④的说法。马士奎的专著的另一个贡献是在关注翻译行为的政治性的框架下，触及了中国翻译进一步纳入体制的过程。马士奎论证这一过程不是始于 1966 年，而是 1949 年，恰好打通了以 1966 年划界的壁垒。

在我看来，体制化的翻译是毛泽东时代的翻译最为特殊的一面，因而以 1949—1979 年作为翻译史的分期较为合理。1978—1979 年几个密切相关的事件宣告了翻译高度体制化时代的终结，从而影响了翻译史和思想史。政治上是大量平反冤假错案，提倡解放思想，实事求是。经济上是提出把全党的工作重点转到社会主义现代化建设上来，并开始实施经济体制改革。⑤ 外交上是中美正式建交。而人们阅读生活中更为切实可感的是 1978 年 5 月 1 日北京的新华书店开始可以买到 1950 年代以来仅对内部发行的"内部书"了，随后各地新华书店前开始排起了长龙。⑥

---

① 卢玉玲：《文学翻译与世界文学地图的重塑——"十七年"英美文学翻译研究》，复旦大学比较文学与世界文学博士论文，2007 年，第 12、33 页。
② 靳彪、赵秀明：《"文革"十年间的中国翻译界》，《天津外国语学院学报》，2000 年第 1 期，第 4—6 页。
③ 马士奎：《"文革"期间的外国文学翻译》，载《中国翻译》，第 24 卷第 3 期，2003 年 5 月，第 65—69 页。
④ 曹治雄：《当代中国的出版事业》（下），北京：当代中国出版社，1993 年，第 421 页。
⑤ 人民日报社论：《把主要精力集中到生产建设上来》，《人民日报》，1979 年 1 月 1 日。
⑥ 刘仰东：《北京孩子：六七十年代的集体自传》，北京：中国青年出版社，2009 年，第 158—161 页。

革命路上
翻译现代性、阅读运动与主体性重建，1949—1979

1979年4月《读书》杂志创刊，时任中宣部新闻出版局理论处处长的李洪林在创刊号上发表了《读书无禁区》一文，之后他又在《读书》上发表了《解放"内部书"》。作为体制内的管理者，同时也是一位"读者"，这两篇文章振聋发聩地喊出了一代读书人的心声，预示着一个新时代的来临。

（二）1949—1979：意识形态的体制化

本章首先考察的是影响了翻译规范形成的意识形态系统的体制化。当时中国意识形态系统的体制化受到中国国情和中苏关系的影响。从根本上来说，当时中国翻译的使命不是文学的，也不是为了防止自身的现代化建立在幻想之上，而是通过批判西方式的现代化来维护自身的合法性。

如果我们以局外人的身份回望1949—1979年的中国，经历了1953—1957年的第一个五年计划的成功，当时的中国正满怀憧憬地要建设一种新的现代性，以推进中国式的"四个现代化"①，并进行社会主义的现代化神话的叙说。马歇尔·伯尔曼（Marshall Berman，1940— ）在《幻逝成烟》（*All That is Solid Melts into Air*）一书中提出，发达国家的现代主义建立在政治现代化和经济积累的基础上，来源于现实、神话、传统和日常生活，而欠发达国家的现代主义则完全不同。他指出：

> 不发达国家的现代主义不得不建立在对现代性的幻想中……为了在原先的生活中显得真实，它不得不变得刺激、粗糙和幼稚。它和外界隔绝，因为无法单独创造历史而倍感痛苦，或者就全身心地

---

① 1954年9月23日，周恩来总理在第一届全国人大第一次会议上所作的《政府工作报告》中，第一次提到要在中国"建设起强大的现代化的工业、现代化的农业、现代化的交通运输业和现代化的国防"。1964年12月21日，根据毛泽东的提议，周恩来在政府工作报告中正式提出四个现代化的战略目标。他指出："我们今后发展国民经济的主要任务，就是要在不太长的历史时期内，把我国建设成为一个具有现代农业、现代工业、现代国防和现代科学技术的社会主义强国，赶上和超过世界先进水平。"参见新华社：《四个现代化宏伟目标的提出》，载《科技日报》，2009年9月7日。

第二部分
翻译现代性：跨境的翻译

投入到承担整个历史的过高的使命中。①

在政党掌握国家权力后，毛泽东思想不仅仅是党的指导思想，也成为中国的意识形态的代名词。于是体制化毛泽东思想将中国社会带入"全能主义"（totalism）的时代②。

对外，中国致力于实现意识形态的独立。在毛泽东思想下，中国是世界革命的中心。中国人民甚至被认为有义务拯救世界上三分之二处于水深火热之中受苦受难的阶级兄弟，承担起世界无产阶级革命的重任。面对美苏长达数十载的"冷战"，毛的策略是通过反帝（反对帝国主义）将中国与西方国家隔离，通过反苏修（反对苏联修正主义）在社会主义阵营内划清界限，通过支援亚非拉"第三世界"兄弟，在国际上站稳脚跟。

对内，社会主义意识形态和资本主义意识形态的斗争被认为仍是中国的主要矛盾。一方面，证明中国的社会主义道路的正确和成功的渴求使得毛急切地希望实现社会主义的现代化。从 1958 年赫鲁晓夫访华期间毛泽东和赫鲁晓夫的会谈资料来看，毛之所以急切地期望中国实现现代化，是为了在国际共产主义运动中为中国争取获得参与领导社会主义阵营的资本，改变一直被支配的地位。③ 在此背景下，毛泽东充满豪气地说："在不久的将来，世界的局势是'东风压倒西风'，中国人民有志

---

① Marshall Berman, *All That Is Solid Melts into Air: The Experience of Modernity* (London: Verso, 1983), p. 232.
② 邹傥（1994— ）和史华慈（Schwartz, 1968— ）用全权主义（totalitarianism）"来概括改革开放前中国国家与社会的关系"。后来，邹傥改用全能主义（totalism）这一概念。Walder 和 Shue 反对用这一概念来刻画改革前的中国政治，因为他们认为"国家对社会的全能性控制是不可能的，即使在改革前的中国，社会活动的空间还是存在的"（Walder, 1986— ；Shue, 1988— ）。但是基于"理想类型作为分析工具本来就同现实不能完全吻合"的观点，顾昕和王旭认为这一概念的"可应用性是无可置疑的"。顾昕、王旭：《从国家主义到法团主义——中国市场转型过程中国家与专业团体关系的演变》，载《社会学研究》，2005 年第 2 期，第 156—245 页。
③ Benjamin I. Schwartz, *Communism and China: Ideology in Flux* (Cambridge, Mass.: Harvard University Press, 1968).

革命路上
翻译现代性、阅读运动与主体性重建，1949—1979

气、有能力赶上和超过世界上先进的资本主义国家。"①并且毛泽东大大缩短赶超美、英的时间表，也和与赫鲁晓夫领导下的苏联相竞赛的意图有关。②在1958年4月、5月、6月的几个月间内，中国赶超英美的计划表由一开始的25年，缩短到预期3年超过英国，10年超过美国。

另一方面，通过揭露和批判西方资本主义国家社会的"阴暗面"，毛希望能够鼓舞人民群众的热情，使"社会主义现代化是比西方式现代化好千百万倍"的观念深入人心。于是毛泽东时代文学的发展和政治命运休戚相关。例如毛时期的新民歌运动背后的诗学、意识形态和社会主义现代化理想的关联在很大程度上为学者忽视。毛泽东提出"现实主义和浪漫主义对立的统一"是在讨论中国诗的发展道路的时候，而他的结论是新民歌。③新民歌运动中一再表现出的口号式、宣传式的昂扬斗志，实际上可以说是为了配合大跃进（the Great Leap Forward）迅速工业化和集体化的运动（campaign）。④新民歌运动面向"民

---

① ［俄］顾达寿（古达舍夫·里萨特·萨拉甫京诺维奇）口述，郑少锋执笔：《直译中苏高层会晤》，北京：当代中国出版社，2010年。顾达寿认为斯大林逝世后，毛泽东对赫鲁晓夫很不满。毛觉得"社会主义阵营和国际共产主义运动应该由创建新中国的中国共产党参与领导，而不是由苏联共产党凌驾于中国共产党之上"。
② 1957年11月6日，赫鲁晓夫在苏联最高苏维埃举行庆祝十月社会主义革命四十周年大会上讲话公开提出，在各种最重要的产品产量上，苏联在最近的十五年内不仅可以赶上、而且可以超过美国目前的各种最重要的产品的总产量。
③ "1949年以后，中国共产党在文学领域所开展的运动基本上都是批判与整肃。与此不同，在反右运动这一'最彻底'的革命进行之后，在以'大跃进'的激进方式建设社会主义以跑步进入共产主义的同时，以怎样的方式建立社会主义以至于共产主义的文学，也成了'大跃进'在文学方面的任务。……反右以后建立社会主义文艺事业的最早实验，是'大跃进'时期的新民歌运动。"1958年3月22日，在中共中央酝酿"大跃进"的成都会议上，毛泽东正式号召大家搜集和创作新民歌。《文学体制与文学运动》，南京师范大学《当代文学》第一章第二节教案，2012年3月25日。
④ Roderick MacFarquhar, *The Origins of the Cultural Revolution*（London: published for the Royal Institute of International Affairs, East Asian Institute of Columbia University and Research Institute on Communist Affairs of Columbia by Oxford University Press, 1974）。*The Chinese Communes: a Documentary Review and Analysis of the 'Great Leap Forward'*（London: Soviet Survey, 1959）。宋永毅、丁抒编：《大跃进，大饥荒：历史和比较视野下的史实和思辨》，香港九龙：田园书屋，2009年。这些学者认为毛泽东主席的意识形态造成的急进局面以中国严重的经济危机和大饥荒为代价。

第二部分
翻译现代性:跨境的翻译

间",或者更准确地说是中国广大的农村,实际上是让农民从精神上自愿作出牺牲,配合中国迅速地从农业经济转向社会主义工业现代化的共产主义理想。① 毛的群众路线使他相信,社会主义的现代化应该依靠群众自发的热情搞建设。

毛的意识形态的这两方面伴随着政党对国家权力的掌握成为体制化的意识形态,并深入到各个层面。其实,这个体制化的过程开始于更早的延安时期。自 1943 年开始,毛泽东思想逐渐成为党的核心意识形态。"毛泽东思想"一语最早出现在 1943 年 7 月 5 日党的政治理论早期刊物《解放日报》② 上。时任中共中央军委副主席的王稼祥亲自撰写了《中国共产党与中国民族解放的道路》,提出"中国民族解放过程中——过去现在未来——的正确道路就是毛泽东同志的思想……这个正在发展着的理论……是引导中国民族解放和中国共产主义到胜利前途的保证"。1945 年中国共产党第七次全国代表大会,刘少奇通过《关于修改党章的报告》进一步对毛泽东思想进行了系统的论述,会议确立毛泽东思想为中国共产党的指导思想。只不过从 1949 年开始,随着政党权力上升为国家权力③,毛泽东思想上升为国家意识形态,逐渐完成了体制化。1949 年后,中华人民共和国建立,中共中央领导下的社会主义实践对国家体制和社会经济的改造以毛泽东思想为指导。这既是党章的规定也是实际的操作,并保证了在 1949—1956 年七年时间内,基本上实现了将农

---

① 中国的现代化的积累无疑是薄弱的,既不具备物质条件,也不具备政治条件,比如农民的觉悟。农民对大跃进的最浪漫的想象,是"人有多大胆,地有多大产",还是关于农业的,而毛泽东的强国梦却是赶上美国,超过英国,是在工业上比拼。
② 1941 年毛泽东在延安领导创办了《解放日报》,其社论都由中共中央的重要干部执笔,是中共延安时期最重要的党报。
③ 参见汪晖对中国的国家性质及演变的讨论。他认为中国革命对社会关系的重组有利于传统的国家市场向今日新型市场的转型,1980 年代"党政分开"是政治改革的目标之一,1990 年代以后这不再是一个流行的口号,并且"党政合一"在实践和制度安排中更为常见,出现政党国家化的潮流。汪晖:《中国崛起的经验及其面临的挑战》,《文化纵横》,2010 年 2 月,第 28—29, 30—31 页。

革命路上
翻译现代性、阅读运动与主体性重建，1949—1979

业、手工业和资本主义工商业纳入社会主义体制。1956—1968 年①，为批判对斯大林的个人崇拜，摆脱苏联模式，党章中取消了关于毛泽东思想的论述。除了上述时间段，毛泽东思想一直被规定为中国共产党的指导思想。而且在上述时间段内，体制化的毛泽东思想也是实际上的指导思想，牢牢掌控着中国的意识形态。②

于是，毛泽东时代中国翻译的体制化与毛急切地希望实现现代化的愿望有关，即中国革命不仅比资产阶级模式好，也比苏联模式要好。这一愿望使文学承担起将这一幻想勾勒得更真实的历史使命，也使翻译成为维护自身合法性的战场。1949 年，《翻译》月刊③提倡译者的世界观应该是成为"'一边倒'的带路人"和"反帝的前卫"④，在实质上，将社会主义阵营和所谓帝国主义阵营的两分法的意识形态带入到翻译的视野。

"反帝的前卫"的意识形态，构成了 1949—1979 年翻译的外部环境的基本特征之一。这一翻译的外部环境的特征并没有随着大跃进的失败而告终。大约在 1958 年，人民文学出版社出台了一个五年的出版计划，包括几千个选题，翻译占了五分之四，单本、文集、选集、全集和丛书，样样俱全。⑤ 据黄雨石说，周扬当时对译介外国文学有一个指示：我们无产阶级是要完成中国资产阶级没有完成的任务。这一任务续后为

---

① 1956 年在中共八大通过的党章中取消了有关毛泽东思想的论述，1969 年中共九大再次恢复。
② 有很多事件和中共会议都可说明这一点。比如毛泽东 1957 年春天发动的整风运动演变成反右运动；毛泽东认为无产阶级和资产阶级的矛盾、社会主义道路和资本主义道路的矛盾仍是中国社会的主要矛盾的论断（1957 年 10 月中共八届三中全会），决定了中国在相当长的时间内阶级斗争不断扩大化；以及最为著名的毛发动的文化大革命。
③ 笔者所能找到的《翻译月刊》的一份资料显示其创刊日是 1947 年 3 月 15 日由（江西南昌国立中正大学）蓝星英文学会翻译月刊社创立。而另有 1940 年 4 月号，北京法华图书馆亦有零星馆藏。推测 1947 年前或曾间断出版过。1949 年 11 月 13 日，上海市翻译工作者协会成立，在筹备过程中先以《翻译》月刊为名出版刊物，"月刊"为小字，所以更确切地可以标为《翻译》月刊。
④ 孙思定：《翻译工作的新方向—代发刊词》，《翻译》月刊，1949 年第 1 卷第 1 期，第 3 页。
⑤ 不过这个选题计划太过庞大，未能完成。苏福忠：《老黄今年八十岁》，《人物》，2000 年第 1 期，第 100—107 页。

第二部分
翻译现代性:跨境的翻译

"内部书"的翻译出版计划所承接,只是在"反帝的前卫"的意识形态外,又增加了"反修"(反对苏联修正主义),防止社会主义内部的"变质"。①

(三) 1949—1979:诗学理念的体制化

本章第二个考察的是影响了翻译规范形成的诗学系统的体制化。中国新的诗学理念②和文学传统(共产主义文学传统)来自两个方面,苏联的社会主义现实主义诗学理论和革命的浪漫主义诗学理念。

苏联社会主义现实主义文学被认为"既进步又优秀,最符合当时的翻译选择规范,同时又是中国文学界'学习苏联作家的创作经验和艺术技巧、深刻地去研究作为他们创作基础的社会主义现实主义'的模板"。③ 在毛泽东时代的中国,苏联小说一度取代了"通俗文学",成为最流行、最普及的读物之一。从1949年10月至1958年12月,中国翻译出版外国文学作品5356种,其中苏俄文学作品就有3526种,总印数更高达82005000册,占整个外国文学译本总数70%还多。④ 其中苏联文学又占全部被翻译的苏俄文学的九成以上,苏联文学"占据了翻译文学多元系统的中心位置"⑤,即使中苏交恶之后依然如此。

革命的浪漫主义诗学理念则很大程度上来自于中国革命的导师毛泽东。毛泽东作为革命家和诗人,他所倡导的"崇高"(sublime)影响了

---

① 苏福忠:《老黄今年八十岁》,载《人物》,2000年第1期,第100—107页。
② 《社会主义现实主义诗学理论来源于苏联》,查明建:《意识形态、翻译选择规范与翻译文学形式库——从多元系统理论角度透视中国五十——七十年代的外国文学翻译》,原载《中外文学》,台北,2001年第30卷第3期,第63—92页。
③ 查明建:《意识形态、翻译选择规范与翻译文学形式库——从多元系统理论角度透视中国五十——七十年代的外国文学翻译》,原载《中外文学》,台北,2001年第30卷第3期,第63—92页。
④ Wolfgang Bauer, *Western Literature and Translation in Communist China* (Frankfurt: Alfred Metzner Verleg, 1964), p. 16. 卞之琳等:《十年来的外国文学翻译和研究工作》,《文学评论》,1959年第5期,第45页。
⑤ 查明建:《意识形态、翻译选择规范与翻译文学形式库——从多元系统理论角度透视中国五十——七十年代的外国文学翻译》,原载《中外文学》,台北,2001年第30卷第3期,第63—92页。

革命路上
翻译现代性、阅读运动与主体性重建，1949—1979

中国一个时代的话语的走向。王斑在精辟地以"崇高"一词来概括毛话语的美学特征的时候，发挥了托马斯·威斯科尔（Thomas Weikel）对崇高的定义："崇高的最根本诉求，就是人能够在言语和情感上超越人性"，指出在毛式崇高美学下，个性与情感等普遍地都让位于某种伟大的集体目标。① 1949年后中国文学中的革命浪漫主义与一般意义上的浪漫主义不同，它不强调个性与个人的情感，而是强调在现实的基础上，用想象和夸张的手法表现崇高的集体理想，用以鼓舞人民的斗志。在毛泽东提出"革命的现实主义与革命的浪漫主义"相结合的诗学理念，并由周扬和郭沫若对其进行了进一步的理论阐述之后②，这一诗学理念取代了苏联的"社会主义现实主义"，从1958年开始，成为中国文学艺术的指导性纲领。

不论是现实主义还是浪漫主义，中国新的诗学理念的核心都是"革命"，或者用郭沫若的话来说，就是"不管是浪漫主义或者是现实主义，只要是革命的就是好的"。③ 与新民歌运动等毛时期的文学对"民间"的思想改造相对应，1949—1979年革命浪漫主义与革命现实主义相结合的诗学理念也要求翻译将现代派作品处理成"反面教材"。

现代派作品在当时只能作为"反面教材"出现，不仅因为它不符合社会主义的意识形态，也因为它不符合社会主义的艺术形式。如查明建

---

① Ban Wang, *The Sublime Figure of History: Aesthetics and Politics in Twentieth-century China* (Stanford, Calif.: Stanford University Press, 1997).
② 毛泽东的讲话是在1958年3月中共中央成都会议和1958年5月8日中共八大二次会议上，最早向公众透露"两结合"精神的是郭沫若于1958年4月的《文艺报》第7期发表的关于《蝶恋花》词答该刊编者问的信。随后《文艺报》第9期以"革命的现实主义和革命的浪漫主义相结合"为题，将毛泽东诗词和"大跃进"民歌归入此类。1958年6月1日《红旗》创刊号发表的周扬《新民歌开拓了诗歌的新道路》，首次进行了理论阐述。周扬：《新民歌开拓了诗歌的新道路》，载《红旗》，1958年6月第1期，第33—38页。同年《红旗》刊发的郭沫若的《浪漫主义和现实主义》，提出："从文艺活动方面来说，马克思列宁主义为浪漫主义提供了理想，对现实主义赋予了灵魂，这便成为我们今天所需要的革命的浪漫主义和革命的现实主义，或者说这两者的适当的结合——社会主义现实主义。"郭沫若：《浪漫主义和现实主义》，载《红旗》，1958年7月第3期，第1页。
③ 郭沫若：《浪漫主义和现实主义》，《红旗》，1958年7月第3期，第8页。

第二部分

翻译现代性：跨境的翻译

所说,"如果说20世纪上半期,中国新文学对处于共时性时空的现代主义文学采取了漠然的态度,那么从1950至1970年代的中国对现代主义则采取了完全敌视的态度。现代主义文学在哲学上的非理性主义倾向,在意识形态上对社会的反叛、对人类前途的怀疑绝望、对人异化现象的揭示等等,这些都与当时中国政治意识形态所致力向人民灌输的社会主义、共产主义世界观相悖逆。现代主义的文学观念和创作方法与社会主义诗学规范大相径庭,其艺术形式也与'人民大众'的审美期待视野相去甚远。"①

虽然从今天看来,与当初的译介目的相反,这些翻译作品真正地引进了外国的思想动态和文学潮流,但是当时对于现代主义文学的译介是为配合反帝、反修斗争的政治需要而编译的"反面教材",这是毛泽东时代的中国的意识形态和诗学理念对翻译的规约。

(四) 1949—1979：赞助人的体制化

本章第三个考察的是赞助人系统的体制化对翻译规范的形成的影响。意识形态和诗学理念的体制化是1949—1979年翻译的外部环境的基本特征,出版和流通的体制化则是译者面临的最直接的历史境遇。"赞助人因素"(patronage)在勒菲弗尔的改写理论中占据重要地位,包括个人、团体、宗教机构、政党、社会阶层、政府、出版商、传播媒介等。这些赞助人首先在意识形态上试图决定作品形式及内容的选取与发展；其次则是在经济上,为作者或改写者解决生活问题,比如金钱和职位,并为"专业人士"如教师和评论家提供薪酬、稿费或版税等。② 如果说西方的不同种类的赞助人在翻译中各自扮演着重要的角色,那么在1949—1979年翻译的体制化中,我们可以看到的则是"政

---

① 查明建：《意识形态、翻译选择规范与翻译文学形式库——从多元系统理论角度透视中国五十——七十年代的外国文学翻译》,原载《中外文学》,台北,2001年第30卷第3期,第63—92页。

② Andre Levefere, *Translation, Rewriting and the Manipulation of Literary Fame* (Shanghai: Shanghai Foreign Language Education Press, 2004), pp. 11—25。

革命路上
翻译现代性、阅读运动与主体性重建，1949—1979

府赞助人"接管一切的极端状况。

　　项目、资金以及"专业人士"都被纳入体制，说明1949—1979年赞助人本身也被体制化了。在这30年间，不难发现有一系列的由政府直接管理的机构被建立起来以管理与翻译相关的人、财、物，保证官方的意识形态和诗学理念可以贯彻翻译始终。包括：中共中央俄文编译局1949年6月成立；中央人民政府新闻总署国际新闻局1949年10月1日成立；出版署翻译局，1950年成立；中共中央马克思、恩格斯、列宁、斯大林著作编译局（简称中共中央编译局），1953年1月29日成立；中国外文出版发行事业局，1963年9月成立；"联合国资料小组"，1973年3月5日成立，并在1979年9月25日后改为"中国对外翻译出版公司"。此外，1950年7月1日，在翻译局的直接指导下，《翻译通报》创刊。① 这份刊物不仅仅是谈正确的翻译观的问题，而且是有了切实任务，要使全国的翻译工作"逐渐走上有组织有计划的道路"。②

　　如何出版是由国家决定的。出版业的改造作为体制化的一个重要步骤早在1950年就开始了。仅以上海为例，经过1950年、1954年和1958年前后的二次改造，出版单位的数量由1949年以前的300多家缩减到1958年的10家。并且出版社也有专业的分工，上海的外国文学译本的版权都归新文艺出版社，有且仅有这一家出版社可以拥有翻译外国文学的版权。③

　　谁来阅读，也有国家权力参与其中。在流通方面，外国书籍的流通受到越来越严密的控制。1949年12月1日成立的国际书店总店作为社会主义经济体的一部分，控制了外国书籍的流通渠道。在一开始，国际书店不仅负责书刊的进出口，也承担进口书刊的国内发行工作。1955年

---

① 这份刊物是一份"真正的"译者的刊物，它的内部发行的定位，意味着体制外的译者是无法看到的。
② 这是时任翻译局局长的沈志远为《翻译通报》写的发刊词，《翻译通报》，1950年第1期，第2—3页。《翻译通报》在1952年随着三反运动的结束而停刊。
③ 邹振环：《世纪上海翻译出版与文化变迁》，桂林：广西教育出版社，2000年，第275—283页。

第二部分
翻译现代性:跨境的翻译

以后,对国外书籍的控制更为严密,国际书店不再负责国内发行,而是专门负责书刊进出口。1964年起,则专门进行出口,输出《毛泽东选集》。① 国际书店的全面管控意味着,当时的读者难以直接接触原版书,要了解外部世界大多只能依靠加了编者按作为意识形态指导的译本。

为此,王友贵将中华人民共和国前30年划为一个"翻译活动完全体制化"的阶段。他提出"双层赞助"说,即"其底层为'出版社赞助人'(Publisher-Patron),上层为'政府赞助人'(Gov-Institute-Patron)。前者乃初级的、一线的、显性的、不完全独立的赞助者,后者是高级的、指导的、隐性的赞助方。后者遇重大问题、或特殊情况下始终握有终决权"。② 换句话说,在王看来,"政府赞助人"的绝对终决权意味着"翻译活动完全体制化"。

政府赞助人控制下的"翻译活动的完全体制化"并非一步到位的,这是王的说法可能带来的一个误解,有必要做一点澄清。更为准确地来说,1949—1979年"翻译的体制化"有一个过程。在1953年之前,本书所论的三部西方现代派作品的译者施咸荣已经在《人民日报》、《光明日报》、《译文》上发表了多篇译文,并集合成两本小册子《马戏团到了镇上》和《生命的胜利》,分别在1951年和1952年由上海文化工作出版社出版。从他的翻译活动来看,1950年代初翻译还没有完全体制化。可以出版翻译文学的机构不止有上海新文艺出版社或人民文学出版社的下属机构。真正的完全体制化应是在1958年出版业的改造完成后。

王友贵的另一项研究则表明,"黄皮书"是"翻译活动的完全体制化"的重要产物。他发现,"黄皮书"前后历时约19年,苏共二十大(1956年)之后的1957—1959年是其预备期,1960年代初进入批量翻

---

① 曹健飞:《中国国际图书贸易总公司40周年纪念文集——大事记(1949—1987)》,北京:中国国际图书贸易总公司,1989年。
② 由此可以知道,新中国三十年的翻译活动完全体制化了。王友贵:《中国翻译的赞助问题》,《中国翻译》,2006年第3期,第19页。

革命路上
翻译现代性、阅读运动与主体性重建，1949—1979

译，"文革"初期（1967—1970）停译，1977—1978年是其尾声。①

"黄皮书"的出版发行历史与政治事件起伏的同步，说明作为"黄皮书"出版的那些外国文学得以翻译，多半是因为中共在政治策略上一向讲究知己知彼，高层酝酿的意识形态大论战需要了解苏共二十大之后苏联、东欧各国乃至世界的思想文化动态。政府赞助人的因素在体制化中虽然是隐性的，但是却十分强大。

通过"黄皮书"我们可以看到翻译体制化的种种表征，所以有必要具体地对这一现象做一下说明。在处理有着危险的意识形态渗透可能的作品的时候，中国小心翼翼地应用了一种新的出版形式——"内部书"。在这一时期，翻译的出版方面的大事件，对外的是翻译《毛泽东选集》，对内的就是出版"内部书"。"内部书"即"内部发行书"，它的题材有早期的"修正主义"经典，有西方"资产阶级"的社会科学，历史著作，有托派或东欧阵营的反苏文献，有"苏修"的解冻文学②，也有一部分是西方的文学著作。③ 内部书中的"乙类"，主要是外国文学和文艺理论类图书，"因为其中相当部分用黄色封面纸，作简单的装帧，也曾称之为'黄皮书'"。④

值得注意的是，与一般封面设计总是配合作品内容而有所不同，"黄皮书"的封面设计是整齐划一的，使得翻译的体制化直接呈现为显性因素。"内部书"封面设计的改变发生在1963年8月，封面开始统一用比正文纸稍厚的黄色胶版纸，而此前出版的"内部书"则没有这一特点。这一改变从侧面说明，"内部书"的出版计划由临时的、短期的，转向固定的、长期的出版计划。而"黄皮书"统一的土黄色封面设计不仅节

---

① 王友贵：《20世纪中国翻译研究：特殊年代的文化怪胎"黄皮书"》，《广东外语外贸大学学报》，第21卷，2010年5月第3期，第43—47页。
② 胡文辉：《知识饥馑时代的秘密书架》，《南方周末》，2008年1月17日。
③ 书目可以参见《修正主义者、机会主义者著作目录》以及《1949—1986全国内部发行图书总目》。
④ 孙绳武：《关于"内部书"：杂忆与随感》，见张立宪主编：《读库0703》，新星出版社，2007年7月。差不多同一时期，人民出版社商务印书馆等内部发行的外国政治思想哲学类图书，则多用灰色封面纸，被称为"灰皮书"。

第二部分
翻译现代性:跨境的翻译

省了版面设计的时间,适应了情报工作要求的低调和快速出版的需要,同时也便于识别。"黄色"作为带有警告性的颜色,隐约提醒着高级干部和文艺界的领军人物们警惕这些翻译文学中意识形态的腐朽、堕落。

本书研究的《在路上》、《麦田里的守望者》和《等待戈多》就属于"黄皮书",是1949—1979年出版和流通完全体制化最直接的成果之一。"黄皮书"见证了译者在翻译的挑选、出版和流通各个环节中的主体地位的下降。在这些环节中很少能看到译者自己的意见,因为都是被统一规定了的,所以每个环节都是简单明了。以"黄皮书"而言,"黄皮书"挑选作品的渠道是被规定的。一个渠道是《进口图书目录》。另外一个渠道是人民文学出版社和《世界文学》两家订阅的苏联报刊,比如《文学报》、《十月》、《星》、《新世界》、《旗》、《我们同时代人》、《列宁格勒》等,后期只是加多了苏联的《小说月报》作为信息源。挑选的标准也很简单:那些引起轰动性效应的作品,不论是获奖、被赞扬,抑或是被激烈批评的作品。"黄皮书"的出版、流通也是简单明了,有统一的出版规格,并寄送同样一批人。"当时出版社有个花名册,上面是有资格购买、阅读内部图书的人员名单,主要是各地宣传部门和文艺部门的领导,以及个别的名作家。我们按照名单通知他们,出了这样一本书,要不要?要的话寄钱过来,我们邮寄过去。"这是当时"黄皮书"的主要发行方式。①

(五) 1949—1979:体制化文艺批评的"强势误读"

1950至1970年代的中国社会成为了"在国家权力动员下的高度组织化的社会,文学表达也被看成一种组织与表达的有效方式"。② 毛泽东时代的文艺方针和文学批评是政治意图与批评话语结合的产物,这在翻译的批评领域也不例外。一般而言,毛泽东时代的翻译批评都有固定的发表的空间。比如《翻译》月刊(1949年创刊)、《翻译通报》(1950

---

① 佚名:《黄皮书、灰皮书:一代人的精神食粮》,《新世纪周刊》,2008年07月14日。
② 刘志荣:《潜在写作1949—1976》,上海:复旦大学出版社,2007年,第249页。

革命路上
翻译现代性、阅读运动与主体性重建,1949—1979

年创刊)、《译文》(1953 年 7 月创刊,1959 年后改名为《世界文学》)[①]、《外国文艺摘译》(1973 年创刊,1974 年起配发批判修正主义文章,简称《摘译》)。其他的发表空间也是由官方主办的,比如《光明日报》、《解放日报》、《文艺报》、《文学评论》,除此以外就没有发声空间。以这些官方媒体为阵地,毛泽东时代体制化的文艺批评致力于推进"反帝"、"反修"思想的深入。

在对西方文学的态度上,毛泽东时代的中国文艺界与苏联文艺界有着细微但是十分重要的差别。1950 年代,苏联文艺界与五四时期的中国作家[②]类似,对世界文学抱持着美好的想象。1955 年 7 月,在日内瓦召开的美、苏、英、法四国首脑会议结束后,苏联文学界的元老级作家肖洛霍夫(Mikhail Aleksandrovich Sholokhov, 1905—1984)向苏联《外国文学》杂志写信,希望把日内瓦精神贯彻到国际生活的各个方面,包括文学。他提出"世界各国作家应该有自己的一张圆桌",希望世界各国作家像圆桌骑士那样不论出身、平等对话。[③] 1959 年,他陪同赫鲁晓夫(Nikita Sergeyevich Khrushchev, 1894—1971)访问美国,进一步提出苏美应该进行文化交流、相互出版书籍。1963 年,肖洛霍夫在欧洲作家会议上赞扬"莫斯科精神",呼吁作家们应象美英苏三国"重要的政治家和外交家们"一样,"找到共同的语言","达成协议"。[④]

当时文艺界对西方文学的态度则十分微妙,1949—1979 年的中国文艺界更多地是试图摆脱五四以来西方文艺思潮的影响。在《夜读偶记》中,茅盾提出:"世界(其实只限于欧洲,因为包含这些'理论'的这些书是欧洲学者们以'欧洲即世界'的观点来写的)的文艺思潮是依着这样的程序发展的:古典主义、浪漫主义、现实主义、新浪漫主义。"[⑤] 茅盾的这

---
① "文革"期间被迫停刊。1977 年恢复内部发行,1978 年正式发行。
② 对五四时期的中国作家的世界文学梦想的描述与分析,参见 Yang Lu, "Laboring Spider: Xu Dishan and the Dream of World Literature in China" (MA thesis, Stanford University, 2010)。
③ 佚名:《世界作家的"圆桌"》,《译文》,1956 年 4 月号,第 160—162 页。
④ 师红游:《揭穿肖洛霍夫的反革命真面目》,《人民日报》,1967 年 10 月 22 日,第 5 版。
⑤ 茅盾:《夜读偶记——关于社会主义现实主义及其他》,《文艺报》,1958 年第 1 期,第 3 页。

第二部分

翻译现代性：跨境的翻译

一观点较以相似角度批判欧洲中心的萨义德（Edward Waefie Said, 1935—2003）的后殖民理论早了差不多20年，只是茅盾并没有提出系统的理论。肖洛霍夫则在"文化大革命"一开始就被挂上了"利用文艺进行反革命活动的修正主义文艺鼻祖"的牌子。如果说这段时期的文艺界有过"苏联中心主义"的时期①，那么这里的苏联也仅是斯大林时代的苏联。

1950年代中期塞林格、凯鲁亚克这些被认为是垮掉派精神偶像和代表作家开始引起轰动后不久，中国翻译界就注意到了他们的作品。这一时期总体评介"垮掉的一代"的文章有：《垂死的阶级，腐朽的文学——美国的"垮掉的一代"》（戈哈，《世界文学》1960年第二期）；《美国的"垮掉的一代"》（余彪，《光明日报》1961年7月22日）；《呜呼，美国先锋》（肖丁，《解放日报》1961年10月13日）；《略论英美现代派诗歌》（袁可嘉，《文学评论》1963年第3期）；《"垮掉一代"，何止美国有！》（黎之，《文艺报》1963年9月）；《腐朽的"文明"，糜烂的"诗歌"——略谈美国"垮掉派""放射派"诗歌》（袁可嘉，《文艺报》1963年10月）；《美国当代小说的衰颓与堕落》；《当代西方资产阶级颓废文学简析》；《"垮掉派"与"太阳族"》等等。从时间上可以看出，这些评论有一半是早于文本翻译的，在文本翻译之前制造好了负面的舆论氛围。

以上发表于1960年代前期的文章毫无二致地从阶级斗争的角度出发，将"垮掉文学"看做是由于"二战"以后美国社会经济危机、原子危机、法西斯式的政治迫害和冷战气氛的结果。对"垮掉的一代"的作家和他们笔下的人物，中国官方的解读直接从社会主义道德的角度彻底地否定了他们。他们全是"阿飞"、"流氓"、"疯子"、"流浪汉"或"抢劫犯"、"吸毒犯"、"少年犯"。他们都是被资本主义罪恶制度异化的个人：没有理想、没有道德观念，以自我为中心，逃避现实，淫乱放荡，寻求刺激，贯穿着

---

① 卢玉玲：《文学翻译与世界文学地图的重塑——"十七年"英美文学翻译研究》，上海复旦大学博士论文，导师谢天振，2007年，第36—38页。

革命路上
翻译现代性、阅读运动与主体性重建,1949—1979

一条"反进步,反理性,崇尚本能、暴力和蒙昧主义的黑线"。

在思想内容上,这些作品被认为走的是从"自我扩张和极端的唯我主义"到"宗教的主观唯心主义"再"借着宗教唯心主义继续进行个人主义的冲撞"的道路,其结果只有一条:"幻想—疯狂—破灭"。作品人物口口声声对现实不满或者反抗,但一点都不触及资本主义制度本身,掩盖了阶级斗争,使人"迷失方向,丧失信心和斗志","淹没人们对美好生活的愿望和理想",反而成为了维护资本主义制度的"工具"或"帮凶"。

在艺术形式上,这些先锋的现代派作家被认为走的是"反现实主义的创作道路",一脉相承美国颓废文学由来已久的"反对理性,崇尚兽性"的倾向,"唯丑是从"。其所提倡的"即兴"创作方法,不过是一种"极端放任自流的创作方法",根本"没有形式或艺术可言"。这株"美国和资本主义世界文化领域里的毒草"必然随着资本主义制度的崩溃,资产阶级的灭亡而逐渐消失,生命绝不会长久。①

批评界对先锋的现代派戏剧也进行了言辞激烈的批判和挞伐。同样也是在翻译《等待戈多》之前,部分刊物已经开始以"堕落"和"反艺术"来定性"荒诞派"戏剧。② 董衡巽的文章《戏剧艺术的堕落——法国"反戏剧派"》将贝克特纳入法国的"反戏剧派"加以考察,归纳了"反戏剧派"的三大艺术特点:违反戏剧传统、思想与手法上的荒诞、悲观主义情绪。他认为《等待戈多》是"'反戏剧派'的'经典作品'",直言不讳地说贝克特的作品像谜语一样,有的大概连他自己也莫名其妙。该文代表了当时"左倾"文艺观影响下批评界对贝克特戏剧的初步的、印象式的认识和理解。"反戏剧派"被称为是"当代资本主

---

① 1985 年江苏人民出版社出版的《外国现代派小说概观》收录了董衡巽撰写的《垮掉的一代》和石荣与文慧如合译的《在路上》的部分章节,以及该书编者之一何永康对《在路上》的简析。董衡巽认为,垮掉派在艺术上处于"粗糙的自发状态"(第 550 页),但从某种意义上讲他们的"嚎叫"划破了文坛死寂的长空,预示着具有反叛传统的美国文学在 60 年代更为重大、更为健康的突破(第 553 页)。虽然同样持负面看法,但是 1980 年代后的评介显然少了意识形态批判的高压意味。陈焘宇、何永康编:《外国现代派小说概观》,南京:江苏人民出版社,1985 年。

② 张和龙:《国内贝克特研究评述》,《国外文学》,2010 年第 3 期(总第 119 期),第 37—45 页。

第二部分
翻译现代性：跨境的翻译

世界最走红运的一个颓废文学流派"，而其思想观点"不仅仅是一种消极的反映，而且还是对人类进步传统、对今天世界上的进步势力一种恶毒的诬蔑"。① 这种意识形态批判式的译介在丁耀瓒的《西方世界的"先锋派"文艺》（1964）一文中也表现得非常明显。该文认为"先锋派"文艺深刻反映了资产阶级的"没落腐朽"；它们"极力追求手法上的标新立异，结果践踏了传统的艺术规律和准则，把艺术带到'反艺术'的道路上去，使资产阶级的艺术在表现形式上也陷于死胡同"。②

总而言之，社会主义现实主义文学批评理念"从产生之日起便主要是作为一种政策概念存在的。它并没有得到严格的科学解释，却又始终保持着规范和评价作品的意义"。③ 反映在对翻译文学的批评上，就是对西方现代派作品一概持否定态度，认为它们全都是"反动"的、"堕落"的、"颓废"的。

（六）结语：毛泽东时代的翻译体制化

在现代中国那些试图"救亡图存"的译者那里，翻译与民族、国家、社会总是有着若即若离的关系。从梁启超、严复、林纾等人号召的"为我所用"的政治宣传，"译书以强国"④，到五四时期学习西洋文学建设中国新文学，通过翻译思考国民性问题⑤，再到抗战期间的无产阶

---

① 董衡巽：《戏剧艺术的堕落——法国"反戏剧派"》，载《前线》，1963 年第 8 期，第 10、11 页。这是国内介绍贝克特戏剧的第一篇文章，时间上要早于《等待戈多》的中译本。
② 丁耀瓒：《西方世界的"先锋派"文艺》，载《世界知识》，1964 年第 9 期，第 23、26 页。
③ 柳鸣九：《20 世纪现实主义》，北京：中国社会科学出版社，1992 年，第 124 页。
④ 梁启超提出，为了"救焚拯弱之用"，"必以译书为强国第一要义"，引自陈福康：《中国译学理论史稿》，上海：上海外语教育出版社，2000 年，第 98 页。另可见严复、夏曾佑发表于 1897 年的《国闻馆附印说部缘起》和梁启超发表于 1898 年的《译印政治小说序》，"宗旨所存，则在乎democratization"；"特采外国名儒所撰述，而有关切于中国时局者，次第译之"。翻译多用意译，不重作者，不问原作的地位与价值，"不问原作在它本国文坛上的地位，更不问原作在世界文坛上的价值。实在也因为译者大概是些名士派的文人，他们从不想去探索世界文坛上的情形，他们只择他们 所爱好的来翻译。即在文字方面，也因要合于本国人的脾胃，完全用意译，大都不能保持原作的神味"。谭正璧：《中国文学进化史》，上海：光明书局，1929 年，第 341 页。
⑤ 参见张中良：《五四时期的翻译文学》，台北：秀威资讯，2005 年，第 4—5 页。

革命路上
翻译现代性、阅读运动与主体性重建,1949—1979

级革命文学的翻译大行其道,政治的影子在翻译中挥之不去。

根据日本学者樽本照雄的考证,清末民初翻译小说一共有 2504 种,在著者国籍可考的 1748 种翻译小说中,英、美、法、俄、日、德六国的文学占到总数的 96%;其中,英美两国的英文小说有 1071 种(约占总数的 61%),法国 331 种,俄国 133 种,日本 103 种,德国 34 种。① 英美小说超过半数,远远超过其他国家的翻译文学数目。五四新文化运动之后,这一情况发生了明显的变化,在 1917—1949 年期间的 3894 种翻译文学中,英美有 1029 种(其中英国 577 种,美国 452 种),苏俄有 1011 种(其中苏联 602 种,俄国 409 种),法国 522 种,英美文学仍在榜首,苏俄文学则成为与之抗衡的一种文学力量。

从清末民初到 1979 年翻译文学的出版情况的数据可以看出,苏俄文学的翻译在 1917 之后逐年递增:1917—1929 年间仅有 2 本;1928—1938 年间即增至 167 本;1939—1949 年间则有 425 本问世。② 苏俄文学翻译在三四十年代的翻译界占据"压倒一切的霸主地位",与中共对它的支持关系很大。③ 最终在 1949 年前后,苏俄文学从早先的仅占很小比例到绝对优势地位,取代了英美文学的位置。在 1949—1979 年,翻译的各国文学作品有 5677 种之多④,其中苏俄文学有 3218 种,而英美文学仅有 459

---

① [日]樽本照雄:《清末民初的翻译小说》,见王宏志编:《翻译与创作——中国近代翻译小说论》,北京:北京大学出版社,2000 年,第 163 页。
② 此外还有 8 种日期不明。
③ 李今认为,"苏联文学翻译在三四十年代的译界占据了压倒一切的霸主地位。这与它得到了政党的领导和支持,具有其他国家文学的翻译所无法比拟的优势十分分不开的,这本身也构成了苏联文学翻译的一个显著特征"。李今:《三四十年代苏俄汉译文学论》,北京:人民文学出版社,2006 年,第 30 页。
④ 其中,1949 年 10 月至 1958 年 12 月,国内翻译出版的外国文学作品已经有 5356 种。占 1949—1979 年数字中的绝大部分。Wolfgang Bauer, *Western Literature and Translation in Communist China* (Frankfurt: Alfred Metzner Verleg, 1964), p. 16。卞之琳等,《十年来的外国文学翻译和研究工作》,载《文学评论》,1959 年第 5 期,第 45 页。据黎难秋所说,这一时期"对外翻译反而增多,1967—1976 年出版外文图书 4028 种,年均达 400 种,其主要原因应是出版外文毛泽东着作增多"。黎难秋:《新中国科学翻译事业发展六十年》,《中国译协第六次会员代表大会暨新中国翻译事业 60 年论坛》,中国网,2009 年 11 月 9 日。

第二部分

翻译现代性:跨境的翻译

种(其中英国文学 27 种属于再版,美国文学 21 种属于再版)。① 这些数据见证着中国翻译与政治的纠葛日益加深。②

在 1949—1979 年期间,翻译受到了更为直接和具体的规约,扮演更为明确的政治角色。随着政党的权力在 1949 年之后上升为国家政权,基于巩固新生政权的考虑,中共高层希望在新中国建设一种高度同质的文化。这使得 20 世纪上半叶中国翻译的复杂多样的格局渐趋单一,即以翻译苏俄文学为主。在 1949 年以前,翻译苏俄文学为中共领导的革命提供了精神资源。而在 1949 年以后,苏俄文学的动态则逐渐成为新中国仍然脆弱的社会主义文化根基的负面警示。苏联对西方文学门户大开,并倡导文化交流的做法带来的现代修正主义的文艺思潮,引起中国的警惕。在这一历史语境中,西方现代派文学进入翻译的视野,供一定等级的官员和研究者内部流通,仅仅是为了衡量这些作品对共产主义意识形态的潜在威胁。

直接肩负重要政治使命的翻译在 1949—1979 年受到前所未有的高度重视。翻译的体制化与新中国的其他的体制性改革一样快速而高效——在长达 30 年的时间内中国的翻译都是"体制化"的。③ 意识形态、诗学理念、出版和流通等各个方面的体制化,意味着翻译成为国家权力控制下的高度组织化的一部分:通过铁桶一般的管控,贯彻这些"内部书"作为教育社会主义的文学艺术工作者和高层领导人的"反面材料"④ 的

---

① 卢玉玲:《文学翻译与世界文学地图的重塑——"十七年"英美文学翻译研究》,复旦大学比较文学与世界文学博士论文,2007 年,第 34 页。
② 沈志远:《发刊词》,《翻译通报》,1950 年第 1 期,第 2 页。
③ 王友贵提出"双层赞助"说,即"其底层为'出版社赞助人'(Publisher-Patron),上层为'政府赞助人'(Gov-Institute-Patron)。前者乃初级的、一线的、显性的、不完全独立的赞助人而后者是高级的、指导的、隐性的赞助方。后者遇重大问题、或特殊情况下始终握有终决权。由此可以知道,新中国三十年的翻译活动完全体制化了"。王友贵:《中国翻译的赞助问题》,《中国翻译》,第 27 卷第 3 期,2006 年 5 月,第 19 页。
④ 1962 年 4 月,中共中央批转《关于当前文学艺术工作若干问题的意见》(简称《文艺八条》),提出要大力"吸收外国文化","对于西方资产阶级的反动文学艺术流派和现代修正主义的文艺思潮,要注意了解和研究,并且有力地加以揭露和批判。应该有计划地向专业文学艺术工作者介绍……(以)作为教育文学艺术工作者的反面材料"。《关于当前文学艺术工作若干问题的意见》,《文艺研究》1979 年第 1 期,第 142 页。

翻译目的，将反对西方式现代化进行到底。

翻译的体制化可以看做是中国整体的体制化，或者毛式的"全能主义"社会主义实践的一部分。翻译的体制化印证了政治学者对改革开放前的中国"全能主义"的社会控制的观察，国家化的确穿透了社会各个角落。① 翻译是中国社会方方面面的体制化的一部分。从最大的国家到文化思想，再到直接与外国对话的翻译，翻译扮演的角色不仅仅是促进信息的流通，更重要的是要使这种中国的现代化模式合理化。所以在高度的集体化经济和完全体制化的历史语境中，翻译真正成为国家行为：什么时候翻译、谁来翻译、如何出版、谁来阅读都是由国家规定的。

这意味着，一方面，译者的翻译不再是私人行为，被规定与民族、国家、社会联系在了一起。这使得那些翻译过来的文本，尤其是为了批判西方资产阶级思想、了解并警惕西方资产阶级动向而翻译过来的文本在很大程度上保持了对原作的"忠实"。另一方面，很少有读者可以直接接触到原著，除非是作为特殊的读者的译者。原著在被翻译过后可以说就在中国消失了，人们引用的、谈论的都是翻译过后的文本。而出版社收归国有，重译本总是取代旧译，加之历次运动都有多多少少的毁书现象，使得这一时期的读者也很难接触到1949年之前的译本。它们共同形成了1970年代中国式阅读的独特经验，就西方文学而言，即在基本上与原版书绝缘的情况下，完全依赖译本了解世界的阅读形态。

---

① 邹谠（1994— ）和史华慈（Schwartz, 1968— ）用全权主义（totalitarianism）"来概括改革开放前中国国家与社会的关系"。后来，邹谠改用全能主义（totalism）这一概念。Walder 和 Shue 反对用这一概念来刻画改革前的中国政治，因为他们认为"国家对社会的全能性控制是不可能的，即使在改革前的中国，社会活动的空间还是存在的（Walder, 1986— ；Shue, 1988— ）"。但是基于"理想类型作为分析工具本来就同现实不能完全吻合"的观点，顾昕和王旭认为这一概念的"可应用性是无可置疑的"。顾昕，王旭：《从国家主义到法团主义——中国市场转型过程中国家与专业团体关系的演变》，《社会学研究》，2005年第2期，第156—245页。

第二部分

翻译现代性：跨境的翻译

参考文献：

（一）中文文献

卞之琳等：《十年来的外国文学翻译和研究工作》，载《文学评论》，1959年第5期，第45—65页。

陈福康：《中国译学理论史稿》，上海外语教育出版社2000年版。

陈焘宇、何永康编：《外国现代派小说概观》，江苏人民出版社1985年版。

陈玉刚编：《中国翻译文学史稿》，中国对外翻译出版公司1989年版。

曹健飞：《中国国际图书贸易总公司40周年纪念文集——大事记（1949—1987）》，中国国际图书贸易总公司1989年版。

曹治雄：《当代中国的出版事业》（下），当代中国出版社1993年版。

查明建：《意识形态、翻译选择规范与翻译文学形式库——从多元系统理论角度透视中国五十——七十年代的外国文学翻译》，载《中外文学》，台北，2001年第30卷第3期，第63—92页。

董衡巽：《戏剧艺术的堕落——法国"反戏剧派"》，载《前线》，1963年第8期，第10—11页。

丁耀瓒：《西方世界的"先锋派"文艺》，载《世界知识》，1964年第9期，第25—28页。

冯至：《外国文学工作者在毛泽东思想的旗帜下前进》，载《世界文学》，1966年第1期，第182—194页。

方长安：《论外国文学译介在十七年语境中的嬗变》，载《文学评论》，2002年第6期，第78—84页。

方长安：《建国后17年译介外国文学的现代性特征》，载《学术研究》，2003年第1期，第109—113页。

方长安：《1949—1966中国对外文学关系特征》，载《中山大学学报》，2005年第5期第45卷，第12—17页。

郭沫若：《浪漫主义和现实主义》，载《红旗》，1958年第3期，第1—8页。

顾昕、王旭：《从国家主义到法团主义——中国市场转型过程中国家与专业团体关系的演变》，载《社会学研究》，2005年第2期，第156—245页。

红旗杂志编辑部：《列宁主义万岁》，人民出版社，1960年版。

胡文辉：《知识饥馑时代的秘密书架》，载《南方周末》，2008年1月17日。

孔慧怡：《重写翻译史》，载《二十一世纪》网络版，2007年7月号。

靳彪、赵秀明：《"文革"十年间的中国翻译》，载《天津外国语学院学报》，2000年第1期，第4—6页。

李今：《三四十年代苏俄汉译文学论》，人民文学出版社2006年版。

廖七一编著：《当代西方翻译理论探索》，译林出版社2006年版。

柳鸣九：《20世纪现实主义》，中国社会科学出版社1992年版。

刘志荣：《潜在写作1949—1976》，复旦大学出版社2007年版。

刘仰东：《北京孩子：六七十年代的集体自传》，中国青年出版社2009年版。

卢玉玲：《文学翻译与世界文学地图的重塑——"十七年"英美文学翻译研究》，复旦大学博士论文，2007年。

茅盾：《夜读偶记——关于社会主义现实主义及其他》，载《文艺报》，1958年第1期。

马士奎：《"文革"期间的外国文学翻译》，载《中国翻译》，第24卷第3期，第65—69页。

孟昭毅、李载道：《中国翻译文学史》北京大学出版社2005年版。

孙绳武：《关于"内部书"：杂忆与随感》，见张立宪主编：《读库0703》，新星出版社2007年版。

孙思定：《翻译工作的新方向——代发刊词》，载《翻译月刊》，1949年第1卷第1期，第3页。

苏福忠：《老黄今年八十岁》，载《人物》，2000年第1期，第100—107页。

宋永毅、丁抒编：《大跃进，大饥荒：历史和比较视野下的史实和思辨》，田园书屋2009年版。

孙致礼：《1949—1966：我国英美文学翻译概论》，译林出版社1996年版。

三联书店资料室编：《修正主义者、机会主义者著作目录》，三联书店1963年版。

沈志远：《〈翻译通报〉发刊词》，载《翻译通报》，1950年第1期，第2—3页。

师红游：《揭穿肖洛霍夫的反革命真面目》，载《人民日报》，1967年10月22日。

谭正璧：《中国文学进化史》，光明书局1929年版。

王东风：《翻译文学的文化地位与译者的文化态度》，载《中国翻译》，2000年第4期，第2—8页。

第二部分
翻译现代性：跨境的翻译

王宏志编：《翻译与创作——中国近代翻译小说论》，北京大学出版社2000年版。

王友贵：《20世纪中国翻译研究：特殊年代的文化怪胎"黄皮书"》，载《广东外语外贸大学学报》，2010年5月第3期，卷21，第43—47页。

王友贵：《中国翻译的赞助问题》，载《中国翻译》，2006年第3期，第15—20页。

汪晖：《中国崛起的经验及其面临的挑战》，载《文化纵横》，2010年2月，第24—35页。

于德英：《用另一只眼睛看多元系统论——多元系统论的形式主义分析》，载《中国翻译》，2004年第5期，第10—14页。

佚名：《黄皮书、灰皮书：一代人的精神食粮》，载《新世纪周刊》，2008年7月14日。

佚名：《世界作家的"圆桌"》，载《译文》，1956年4月号，第160—162页。

张和龙：《国内贝克特研究评述》，载《国外文学》，2010年第3期，第37—45页。

周扬：《新民歌开拓了诗歌的新道路》，载《红旗》，1958年6月1日第1期，第33—38页。

邹谠：《20世纪中国政治：从宏观历史与微观行动角度看》，牛津大学出版社1994年版。

邹振环：《世纪上海翻译出版与文化变迁》，广西教育出版社2000年版。

张中良：《五四时期的翻译文学》，秀威资讯2005年版。

张宁：《解构之旅·中国印记：德里达专集》，南京大学出版社2009年版。

赵稀方：《20世纪中国翻译文学史·新时期卷》，百花文艺出版社2009年版。

庄柔玉：《用多元系统理论研究翻译的意识形态的局限》，载《翻译季刊》，2000年第16、17期，第122—136页。

中国版本图书馆编：《1949—1986全国内部发行图书总目》，中华书局1988年版。

［以色列］伊塔马·埃文—佐哈尔：《多元系统论》，载《中国翻译》，张南峰译，2002年第4期，第19—25页。

［俄］顾达寿（古达舍夫·里萨特·萨拉甫京诺维奇）口述，郑少锋执笔：《直译中苏高层会晤》，当代中国出版社2010年版。

(二) 外文文献

Bassnett, Susan & Lefevere, Andre (eds.), *Constructing Cultures: Essays on Literary Translation*, Clevedon, England: Mutlingual Matters Ltd., 1998.

Bassnett, Susan, *Comparative Literature: A critical Introduction*, Oxford UK & Cambridge USA: Blackwell, 1993.

Bauer, Wolfgang, *Western Literature and Translation in Communist China*, Frankfurt: Alfred Metzner Verleg, 1964.

Berman, Marshall, *All That Is Solid Melts into Air: The Experience of Modernity*, London: Verso, 1983.

Chang, Nam Fung, "Towards A Macro-Polysystem Hypothesis", *Perspectives: Studies in Translatology* Vol. 8, No. 2, 2000, pp. 109—123.

Derrida, Jacques, *Of Grammatology*, translated by Gayatri Spivak, Baltimore: Johns Hopkins University Press, 1976.

Derrida, Jacques, *Positions*, translated and annotated by Alan Bass, Chicago: the University of Chicago Press, 1981.

Even-Zohar, Itamar, "Polysystem Theory", *Polysystem Studies*, *Poetics Today*, Vol. 11, No. 1 (1990a), pp. 9—26.

Gentzler, Edwin, *Contemporary Translation Theories*, Clevedon, UK: Multilingual Matters Ltd, 2001.

Hermans, Theo (ed.), *The Manipulation of Literature: Studies in Literary Translation*, London: Croom Helm, 1985.

Hermans, Theo, *Translation in Systems: Descriptive and System—Oriented Approaches Explained*, Manchester: St. Jerome, 1999.

Iggers, Georg G. (ed.), *The Theory and Practice of History*, London; New York: Routledge, 2011.

Lefevere, André, "That Structure in the Dialect of Men Interpreted", *Comparative Criticism: A Yearbook* 6, 1984, pp. 87—100.

Lefevere, André, *Translation, Rewriting and Manipulation of Literary Fame*, London & New York: Routledge, 1992.

MacFarquhar, R., *The Great Leap Forward, 1958—1960, The Origins of the Cultural

第二部分
翻译现代性：跨境的翻译

Revolution, v. 2, London: Oxford University Press, 1974.

MacFarquhar, R., *The Chinese Communes: a Documentary Review and Analysis of the Great Leap Forward*, London: Soviet Survey, 1959.

Schwartz, Benjamin I., *Communism and China: Ideology in Flux*, Cambridge, MA: Harvard University Press, 1968.

Selznick, Philip, *Leadership in Administration: a Sociological Interpretation*, Evanston, Ill.: Row, Peterson, 1957.

Sheffy, Rakefet, "The Concept of Canonicity in Polysystem Theory", *Poetics Today*, Vol. 11, No. 3, 1990, pp. 511—522.

Shue, Vivienne, *The Reach of the State: Sketches of the Chinese Body Politics*, Stanford: Stanford University Press, 1988.

Tsou, Tang, *The Cultural Revolution and Post—Mao Reform: A Historical Perspective*, Chicago: University of Chicago Press, 1986.

Venuti, Lawrence, "Unequal Developments: Current Trends in Translation Studies", *Comparative Literature*, Vol. 49, No. 4, 1997, pp. 360—368.

Walder, Andrew G., *Communist Neo-traditionalism: Work and Authority in Chinese Industry*, Berkeley and Los Angeles: The University of California Press, 1986.

Wang, Ban, *The Sublime Figure of History: Aesthetics and Politics in Twentieth-century China*, Stanford, Calif.: Stanford University Press, 1997.

五 1949—1979：译者的特殊性

翻译的体制化使得翻译成为一种知识和权力之间的复杂勾连。这一章将检视 1949—1979 年的译者，进一步说明在极端政治化的情况下，译者的翻译思想和翻译策略仍然有自主性，但翻译也绝不是中立的、非政治性的、远离意识形态斗争的行为。

体制内的译者在 1949—1979 年间扮演什么角色，他们又有哪些特殊性，这是本章所关注的。毛中国时代的知识分子与官方意识形态的关系已经被很多学者探讨过。从 1942 年的延安文艺座谈会开始，在毛泽东的"文艺为人民大众、首先为工农兵服务"的理念之下，知识精英是要

革命路上

翻译现代性、阅读运动与主体性重建, 1949—1979

被打倒的, 他们的"纯文学"自然也多多少少受到批判, 但是"通俗文学"也并不因此就获得出头天, 反而在中国的学术语境中进入一个更为尴尬的位置。知识分子与官方的关系十分微妙。简单来说, 摆在进入到新中国语境的知识分子面前的选择是: 进入体制内, 或者徘徊在体制外。后者的境遇往往是经济上的困顿、写作不被承认和新的作品难以面世。刘志荣通过"被边缘化的文学路的延续"、"从现实战斗精神到现代反抗意识"、"民间意识、文人心态与文学精神"、"'共名'时代的个人觉醒"对1949—1976年间, 已成名作家(如沈从文)和新生代作家(如白洋淀诗群)不能公开发表的作品的讨论, 眼光独到地梳理了知识分子的传统在时代底层的延续和演变, 提出在一个一体化的时代, 文学和知识分子精神仍然有其多元性的遗存。然而, 译者作为知识分子的一个群体, 他们的声音和身份认同却很少得到应有的关注。

对于毛泽东时代的译者的研究最为全面的是孙致礼, 他提出仅在1949—1966年间, 就有大约270位翻译工作者参加了英美文学的翻译工作①, 而由于"文革"特殊年代的限制, 这270位译者也是1949—1979年间中国翻译英美文学的主力。虽然孙致礼对他们进行了简单的分类研究, 但是莎剧翻译家、诗歌翻译家、小说翻译家, 以及综合性翻译家都是依照原文的性质划分的, 而他只是蜻蜓点水地提到这段时期译者总的表现为"加强了组织计划性", 开展了批评和自我批评②, 并没有深入。

本章在前人研究的基础上提出, 1949—1979年的译者作为知识分子的一个群体, 经历了体制化的过程, 虽然有多元性的遗存, 但是他们的自主性更多是相对于原文而言, 而非相对于国家而言。在"全能主义"式的体制化社会中, 译者扮演的角色不仅仅是促进信息的流通, 更重要的是为中国的现代化模式提供合法化解释, 因而译者的主体性选择是在符合国家行为和体制要求的前提下进行。

---

① 孙致礼:《1949—1966: 我国英美文学翻译概论》, 北京: 译林出版社, 1996年。张今,《序言》, 第2页、正文第74页。
② 孙致礼:《1949—1966: 我国英美文学翻译概论》, 北京: 译林出版社, 1996年, 第5页。

第二部分
翻译现代性：跨境的翻译

前文提到的翻译的体制化作为译者面临的最直接的历史境遇对译者的影响是双方面的。一方面，对于译者来说，政府赞助人掌握一切使译者完全不必考虑出版和收益问题，虽然常常赶工，译作的质量都很有保证。集体身份解决了不占有生产资料的知识分子穿衣吃饭的基本物质需要，使他们从生活的重压下解放出来。领着政府工资、住着公家房子、子女也上公家学校的译者们受人尊敬，生活水平即使不说高于，至少也不会低于绝大部分的中国人。虽然，这种地位和生活上的优越性很快被一系列针对知识分子的运动打破了。

另一方面，对于译者来说，集体身份缓和了译者与赞助人之间潜在的利益冲突，至少在表面上保持一致，但是意味着个人署名权的牺牲。从"文革"开始，由于"四人帮"是从上海发家，翻译的中心阵地从北京转到上海，常常由所谓"翻译连"当做革命任务进行突击，译者几乎完全丧失了署名权。有趣的是，这种署名权的一步步沦丧，大多不是出于强迫，而是风气使然。当黄雨石和施咸荣翻译《在路上》的时候，他们尚还联合署名"石荣"，算是与译作有那么一点松散的联系。而到了后期，大多数黄皮书的署名已经变成了"天津外语翻译学院"之类，或者如《斯大林和法国共产党（1941—1947）》译者署名"齐伐修"（齐来讨伐修正主义），《斯大林评传》的译者署名"齐干"（一齐干），这类配合时代主题的署名。

如前所述，体制化通过控制原著的流通模糊作者的创造性和著作权的同时，也否定了译者作为一种特殊的跨境的作者的创造性和著作权。韦努蒂从法律和伦理的角度指出这种"译者的隐形"的不合理性。他在承认作者的原创性和著作权的同时，也呼吁译者的原创性和著作权得到应有的承认，实际上提升了译者和译作的文化地位。但是让译者"显形"并没有那么容易。压制译者和译作的，不仅仅是著作权法。以笔名的方式，尤其是集体笔名的方式署名，或许说明了著作权不是译者主体性的唯一诉求和实现途径。

1949—1979年中国的例子可以说明体制化和译者的主体性是交互作

革命路上
翻译现代性、阅读运动与主体性重建，1949—1979

用的，译者所持的美学假设受到了接受文化（目标系统）的社会准则和文学传统极大的影响。翻译体制内的译者大多通过翻译理念上的反思来强调自身的主体性，不过这些译者，并非始终有权利选择翻译什么以及如何翻译。所以在翻译格局中，呈现出一种既受到毛泽东时代翻译体制局限性的影响又借助体制推行自己的翻译理念的主体间性。

（一）黄雨石

黄雨石（黄爱）是一个体制内的译者。[①] 黄雨石在清华外国语文研究所时候的导师是钱钟书，他开始翻译也与钱钟书有不解之缘。他在1950年清华大学外国语文研究所结业后，随钱钟书参与中国意识形态输出最重要的工作之——英译《毛泽东选集》。1954年转入中国规模最大、影响力也最大的人民文学出版社任编辑。新中国的出版事业从人民文学出版社开始，这也是体制内的最大的出版机构。

黄雨石的绝大多数的翻译生涯都是在翻译体制化下度过的。他从1954年开始加入人民文学出版社，到1981年退休，一直在这里工作，并在1979年加入了中国作家协会。他不仅翻译了作为"黄皮书"出版的《愤怒的回顾》、《椅子》、《老妇还乡》等一批现代派剧本，而且为《在路上》、《往上爬》写了"译后记"。他的译作还包括，乔伊斯的《一个青年艺术家的画像》，泰戈尔的《沉船》，巴特勒的《众生之路》，康拉德的《黑暗深处》，劳伦斯《虹》，《奥凯西戏剧集》，格林的《第三个人》，爱德华·吉本《罗马帝国衰亡史》（与其子黄宜思合译）等等。作为人民文学出版社的英语编辑，他也编辑、校改和审定了相当数量的翻译稿子。这些成就使他在2004年获得中国"资深翻译家"称号。

译者身处体制内并非意味着译者与体制没有任何冲突。从黄雨石的译著来看，很多都是如今家喻户晓的优秀译本，而涉及的范围多是现代主义的作品。这是他参与"黄皮书"、"灰皮书"的选题和翻译工作的心

[①] 黄雨石的生平资料皆来自孙致礼。孙致礼：《1949—1966：我国英美文学翻译概论》，北京：译林出版社，1996年，第173—177页。

第二部分
翻译现代性：跨境的翻译

血,也是造成他在一系列运动中受到政治上的冲击的原因。在"文革"中,黄雨石被揪出来当做"搞黄中之黄"的"现行反革命分子",受到严厉的批判。① 据黄宜思说,黄雨石常常教导他们要懂得"人生是一场悲剧的道理"。② 不过这并不代表黄雨石因此就有了消极避世的想法,有的时候他甚至会不顾官方意识形态的高压,做自己觉得对的事情。③

译者与体制冲突的结果之一是,有的时候,有些译文因为官方意识形态的关系而得不到出版。比如前面说到的法斯特（Howard Fast）的《斯巴达克思》的黄雨石译本,由于法斯特在1958年退出美国共产党,编辑好的译著终究不能得到出版,译者的劳动成果付诸流水。④ 不过,翻译的体制化让译者形成了一种思维模式,那就是出版与否与译者的经济利益无关。所以黄雨石在得知自己译的《斯巴达克思》不能出版之后,大度地说,"工作做了就行了,何况我还得了几个稿费钱呢"。这在外国的译者看来大概是不可思议的。

翻译体制化操纵了译者的命运。当1971年林彪事件后,黄雨石终于从干校回京,他不能重回原职而是被分到了版本图书馆。这不是他一个人的命运,仅仅在版本图书馆的临时编译室就有几十个专家学者,比如绿原、萧乾、于干、邓蜀生、沈凤威、刘邦琛、尚永清、陈步、高士彦、陈代熙等等。⑤ 在这里,他们共同翻译了"文革"后期的一些"内部书",如《光荣与梦想》、《俄国海军史》、《基辛格传》、《卡特传》等。看来,中国的译者继承了传统儒家的能屈能伸的平常心。⑥

（二）"译成之文适如其所译"：黄雨石的实践翻译观

从1954年开始翻译,到1981年退休,黄雨石主要的翻译实践都

---

① 苏福忠：《老黄今年八十岁》,《人物》,2000年第1期,第100—107页。
② 同上。
③ 苏福忠记载了黄雨石在"文革"后期教英国小品文给那些本来是要来对他们进行改造或专政的青年们的故事。
④ 苏福忠：《老黄今年八十岁》,《人物》,2000年第1期,第100—107页。
⑤ 同上。
⑥ 参见 Kam Louie, *Inheriting Tradition: Interpretations of the Classical Philosophers in Communist China*, 1949—1966 年对1960年代中国知识分子与儒家思想关系的讨论。

革命路上
翻译现代性、阅读运动与主体性重建，1949—1979

处于意识形态至上的时期，因此作为他的翻译实践的总结，他的《英汉文学翻译探索》受到时代的社会准则和文学传统的影响。归纳起来，黄雨石的核心理念来自马建忠的"译成之文适如其所译"，并具体提出自己的三个理念：风格统一论、以义译为主的实践翻译观和译者修养论。

黄雨石提出的合乎标准的翻译应是"译成之文适如其所译"，这原本是《马氏文通》的作者马建忠在"拟设翻译院议"中提出的。不过黄雨石提出了更为具体的标准，即必须"随时注意做到使译文在涵义、功能、语气、时态、逻辑、文体等六个方面全都与原文一致"。① 译文如果在这六个方面与原文都没有明显的抵触或差异，这句译文便可以说已达到了"适如其所译"的要求。在此基础上，他提出以下观点：

第一，黄雨石认为翻译必须"传神达意"，必须译出原文神韵（风格），这是首要的，为了保持风格统一，即使译者有所创作，也是对原文的"忠实"。可见其对风格统一的重视。

根据他的个人体会，黄雨石将翻译中所要传达的"神韵"主要归纳为三个方面：一，特别富于联想的词句和难以传达的微言妙语。二，说话（或写作）人有意或无意透露出的弦外之音。三，整段文字的特殊气氛。② 在他看来，尽管属于第一类的"较高级的神韵"，可说是在翻译中难以再现，而属于第二、第三两类的"普通的神韵"——实际也就是林语堂所讲"原文之字神句气与言外之意"，再加上整段文字的气氛等——则是一般译者都能够而且应该力求对之"忠实"的。他强调"我们没有理由认为随便一句外文都有难以传达的神韵"。③ 实际上，译文必须传神，必须译出原文神韵，首先是针对那些第二、第三类的"普通的神韵"而言。④ 通过他的分析，译文传递与原文统一的风格不再是难以

---

① 黄雨石：《英汉文学翻译探索》，西安：陕西人民出版社，1988 年，第 194—195 页。
② 同上，第 125、127 页。
③ 同上，第 135 页。
④ 同上，第 130 页。

第二部分
翻译现代性：跨境的翻译

捉摸、虚无缥缈的，而有了比较具体的内容。他的最核心的原则是，不论译文说法如何变化，决不应任意增减，自然更不能偏离原文的基本涵义。①

对于译者施展自己的创作才华是否是翻译的初衷的问题，黄雨石认为，为了保持风格的统一，这是十分必要的。按傅雷先生的说法，"即使是最优秀的译文，其韵味较之原文仍不免过或不及"。那就是说最优秀的译文也不可能恰到好处地完全呈现原文的"韵味"。但是黄雨石认为"把省略的词补进去，把有些译文改得更贴近原文一些是完全可以做到的"。② 他更进一步引用培茨在《现代翻译》提出的观点来说明译者的修养可以提升译作的水平："在翻译界长期流行的一种神话是：任何翻译作品，永远不能达到原作的水平。但要知道，任何一部原作，本身也是翻译，就是说，也是先有意念，后译成文字的。那么，只要译者能按照相同的思路重新掌握原作的思想，而他同时又具有不次于原作者的写作能力，他为什么不能达到和原作相同的水平！而如果他的写作能力更胜于原作者，那他的译作又为什么一定不能更高于原作？"③ 因此，译者应充分施展自己的才华，以传神达意，必要时甚至可以完全抛弃原文的语言形式，恰如其分地用译文表达出来。④

在黄雨石看来，"文字"之"信"并不是翻译的最高目标，"神韵"之"信"更为重要。这种自主权对翻译有积极的影响，我们可以在钟玲评价王红公（Kenneth Roxroth）的翻译中得到印证。钟玲提到王红公翻译杜甫诗歌时参考的材料，大多不是杜甫的中文原文，而是别人译的杜诗的英文译本、法文译本，或德文译本。"奇怪的是，王红公译文之中，译的最动人、最优美的，反而常是他自由发挥、与原文差异极大的片段。"王红公曾表示，"他希望他的译文能忠于原作的精神，而且译文本

---

① 黄雨石：《英汉文学翻译探索》，西安：陕西人民出版社，1988年，第150页。
② 同上，第8页。
③ E. Stuart Bates, *Modern Translation*, London：Oxford university press, H. Milford, 1936. p.111.
④ 黄雨石：《英汉文学翻译探索》，西安：陕西人民出版社，1988年，第55页。

革命路上
翻译现代性、阅读运动与主体性重建，1949—1979

身必须是有水准的英文诗"。① 不过，这里也可以看出，黄雨石对风格的看法虽然在翻译实践中给了译者更大的自主权，但这种自主权是相对于原文，而对接受文化（目标系统）的社会准则和文学传统的影响只字未提。两个有趣的问题是：首先，他是否真的在翻译实践的时候是这样做的？他是否在翻译中曾任意增减？其次，当原文的基本涵义与国家意识形态冲突的时候，这一翻译理论又是如何为翻译目的服务的？

第二，在翻译策略上，黄雨石认为，实际上不是说任何一句原文都既可"直译"，又可"义译"，任凭译者选择。在翻译实践中其实不太可能分辨出这两种翻译方法。②

在直译和义译的问题上，黄雨石认为翻译理论应尽量避免意识形态的影响。黄雨石提出自鲁迅以来，在中国的翻译理论界，始终贯穿着一个中心思想，即重直译。因为鲁迅得到了毛泽东的肯定，所以毛泽东时代的学者往往维护鲁迅，茅盾甚至说，鲁迅提倡直译是把翻译"提高到政治斗争的原则问题来处理的"。③ 近来的学者，比如张君玫等分析了鲁迅"宁信而不顺"的提出有特定的历史和心理原因。④ 黄雨石比张更早地指出了这一点，并且认为重直译的态度本是对翻译事业的负责态度，对作者和读者的责任心，是社会责任感的表现。但是有些人所重的"直译"完全可能就是另一些人所讲的"意（义）译"，所以会使整个问题显得混乱。⑤ 他认为之前的学者由于意识形态的制约，所以宁愿说直译、

---

① 钟玲：《体验和创作——评王红公英译的杜甫诗》，见郑树森：《中美文学因缘》，台北：东大图书公司，1985年，第159—160页。
② 黄雨石更进一步地提出"烧土豆"的比喻。他说，在烧土豆的过程中，小个儿的可以囫囵下锅，大个儿的得先破开一两刀，这时做菜的人对大个儿土豆和小土豆并无不同要求，有的切有的不切也并非为了两种不同的目的。目的只有一个，烧烂得快一些，好下口一些。如果我们于是便把这切与不切之差分别叫做，比如说，"囫囵下锅法"和"切小下锅法"，那岂不是太可笑了？而翻译的"直译"、"义译"之分却正好属于后面这一性质。黄雨石：《英汉文学翻译探索》，西安：陕西人民出版社，1988年，第80—81页。
③ 茅盾：《茅盾散文集》，香港：汇通，1976年。
④ 张君玫：《德希达、鲁迅、班雅明：从翻译的分子化运动看中国语文现代性的建构》，《东吴社会学报》，2005年12月，第19期，第57—100页。
⑤ 黄雨石：《英汉文学翻译探索》，西安：陕西人民出版社，1988年，第95页。

第二部分
翻译现代性：跨境的翻译

义译可以不分（如"直译不能不是意译，而意译也不能不是直译"），宁愿为直译重新定义（如"所谓直译是指真正的意译"或"真正的直译……是要用最恰当的中国话表现原意"），却不愿直斥"直译"之说为非，不愿为义译正名，浪费了众多的精力。①

黄雨石明确地反对完全的"直译"，并为了说清义译不等同于不负责任的"胡译"、"乱译"。黄雨石对"直译"和"义译"做了定义和区分。黄雨石提出，仅只是为了划出一条明确的，而且是唯一可信的界限来，他认为学者们有必要承认：所谓直译就是逐字译，也就是英语的 word-for-word translation。由于这是一种字对字的翻译，所以，首先，不必一定考虑整个句子的涵义；其次，译文完全保留下原文的语言形式——做到和原文字面相似，结构相同。至于义译，当然便是与直译相反，首先是译出原文涵义，sense-for-sense，不一定要保留原文形式，不要求做到和原文字面相同、结构相同的翻译。别的所谓划分法，黄认为是根本不存在的。②

与之相关，在理论和实践的问题上，黄雨石认为合格译者越少空谈理论越好，否则说得天花乱坠，结果只不过是更增加一重重迷雾而已。要搞好翻译必须脚踏实地地学（永不停止地提高中外文修养），脚踏实地地实践（逐步积累越来越多的经验），以使自己的作品日益提高，以达到接近完美的地步，所有那些"高论"或"捷径"③ 在他看来，全都无补于实际。④ 所以黄雨石质疑严复的"信、达、雅"三难说，提出严复的"信、达、雅"虽早有人撰文指明其非⑤，但直到今天，仍然被不少人奉为"圭臬"。黄认为，"译事三难：信、达、雅"的提法本身便包

---

① 这些争论来自朱光潜、巴金、艾思奇和林汉达。
② 黄雨石：《英汉文学翻译探索》，西安：陕西人民出版社，1988年，第79页。
③ 黄雨石认为有些处理方法只是偶然采用，比如"词类转译法"、"省略法"等，将这些作为固定的法则向初学者推荐，显然是十分不妥的。黄雨石：《英汉文学翻译探索》，西安：陕西人民出版社，1988年，第171页。
④ 黄雨石：《英汉文学翻译探索》，西安：陕西人民出版社，1988年，第55页。
⑤ 常谢枫：《是"信"，还是'信、达、雅'?》，殷兴《信达雅与翻译准确性的标准》，罗新璋编：《翻译论集》，北京：商务印书馆，1984年，第906、605页。

含着极大的逻辑混乱。严复明确地说要做到"雅",就必须"用汉以前字法句法",这显然是不能普适的。① 即使有人强辩说"雅"不过是要求文字优美罢了,那么离开原文空谈译文文字优美,显然也是不妥的。而"信"和"达"并非两难,而是难在难于兼顾。"一句恰到好处的译文,对原文而言为信,对译文读者而言为达:信是达的基础,达是信的表象。"② 在黄雨石看来,信和达只是由于严复不可能理直气壮宣扬翻译可以完全不顾原文而不得不顺便提出的陪衬罢了。③ 而且严复本人也曾找台阶下,在《天演论》"译例序"中补充说,"什法师有云:学我者病。来者方多,幸勿以是书为口实"。④

黄雨石反对理论具有普适性的观点,在他自己的理论建构中也有体现。在他看来,一种翻译理论是不可能普遍适用于任何语言的翻译实践,所以他对自己提倡的"译成之文适如其所译"的翻译原则也提出了限定条件。包括:一、仅适用于英汉互译,其他语言不在适用范围;对于黄雨石来说,汉译英和英译汉看似很相近,实际却简直是完全隔行的两种工作⑤,更不用说其他语言的对译。二、一般的文学翻译,在他的概念中指的是科技作品以外的其他的著作的翻译。三、不适用于诗歌和哲学的翻译。⑥

那么,在黄雨石看来,一个人的中、外文修养必须达到什么样的水平才能算胜任翻译呢?他提出了两点基本的条件。首先,一个合格的译者必须精通外文,能够充分理解一部作品的主旨、细节、倾向和风格

---

① 黄雨石认为严复的"信、达、雅"的核心是"雅",这一点常常为论者所忽视。严复早年从英国留学归来,然后一直专门拜在当时的桐城派大师吴汝纶的门下学习古文,所以自信在这方面颇有成就,希望藉翻译之机一显身手,也希望这样的翻译能为读者所接受。以严复自己的译文为例,简直无法设想,他在翻译时,曾容许"信"、"达"二字丝毫有碍于他的"先秦笔韵"。黄雨石:《英汉文学翻译探索》,西安:陕西人民出版社,1988年,第69页。
② 黄雨石:《英汉文学翻译探索》,西安:陕西人民出版社,1988年,第63页。
③ 同上,第64页。
④ 同上,第69页。
⑤ 同上,第170页。
⑥ 同上,第3—6页。

第二部分
翻译现代性：跨境的翻译

等。不过，"只要能做到和一个具有一般或较高文学修养的读者相仿也便行了。因为我们还能依靠反复阅读、思考以及多方查问等办法来加以弥补"。① 其次，他尖锐地指出凡读过书的中国人自然都会写中文的想法是绝对错误的。"无论如何，把自身能力的不足——对原文理解不透，汉语修养不高——全笼而统之地归之为'翻译难而又难'或翻译不可能，那是决无根据的。"②

在这一问题上，黄雨石显然受到了当时流行的翻译理念的影响。当时中国翻译界对西方的翻译理念不甚感冒，所流行的翻译思想大多来自苏联和中国内部。黄雨石认为一个合格的译者的能力"总的讲来不能低于一位普通作家。而且在多方摆弄文字的能力方面他甚至应高于一般作家才行"。③ 这一观念受到楚柯夫斯基、朱自清、茅盾等人的影响。朱自清认为"只有文学家才能胜任翻译文学作品"。茅盾认为"翻译文学书的人一定要他就是有些创作天才的人"。苏联作家楚柯夫斯基提出"小说的译者应是作家，是语言大师"。所以黄雨石认为一个合格的译者应该有能力适应各种不同原作者的需要，译者必须比一般作家：一、占有更多的汉语词汇，不乱用文言词。二、更善于摆弄文句。三、更善于有意识地使用各种文体，（如叙事体、抒情体、描绘体、公文体、口语体等等）和各种风格（如典雅的风格，通俗的和朴实的风格，或意在卖弄的风格等等）。四、更具有极其敏锐的词感、语感——简单地说，也就是对于某个词是否用得其所，某个句子从逻辑、时态、语态、汉语习惯等等方面来讲有无问题，某些用语和句式是否适用于某类文体等等都必须十分敏感，略一读过便能对这些问题有所体察。④ 但是黄雨石强调不能设想靠翻译来"改造"我们自身，翻译对丰富本国语言的作用不宜过

---

① 黄雨石：《英汉文学翻译探索》，西安：陕西人民出版社，1988年，第32—34页。
② 同上，第46页。
③ 同上，第38页。
④ 同上，第38—40页。

分夸大。①

综上，黄雨石的翻译风格统一论、义译说和译者修养论是有机结合在一起的。在翻译风格上，黄雨石认为翻译最重要的是"传神达意"。在翻译策略上，直译和义译的问题在这里得到比较彻底的解说。因为最终目的是"译成之文适如其所译"，译者在实践时只要能保证思想内容的忠实传神，大可施展才华，灵活运用。至于翻译和实践的关系，他认为错误的理论或者僵硬地理解理论是影响翻译质量的关键。一些翻译上的具体问题，比如涵义欠贴切、中文欠圆熟、语气欠妥当、用词欠准确等，是译者修养的问题。② 在书中，黄雨石反复奉劝大家远离所谓"传授翻译技巧的书"，致力于提高中外文修养。③ 总之，黄雨石的翻译观将马建忠的"译成之文适如其所译"落实到具体的实践层面，并且受到中国传统译论和苏联翻译理念的影响。

（三）施咸荣

施咸荣也是一位毛泽东时代的翻译体制内的译者。之所以这么说，是因为从施咸荣的生平来看，他的成长是毛泽东时代拥护革命的知识分子的一个缩影。④ 施咸荣，籍贯浙江省鄞县，1927 年 4 月 11 日出生于一个中产阶级家庭。⑤ 在上海著名的天主教会学校"圣芳济"，施咸荣打下了英文和法语基础。施咸荣的坎坷命运始于幼年丧父。这不仅使他切身感受到贫寒的普通家庭的种种艰辛，也可能是他后来对革命和通俗文艺感兴趣的原因。1945 年中国抗日战争胜利，施咸荣也从圣芳济学院毕

---

① 黄雨石认为创作拥有远比翻译作品更多的读者，由于创作带着较浓厚的乡土味，它无疑更易于为广大读者所接受，并在读者中产生更大的影响。换句话说，作家通过自己的写作有意无意注入汉语中的新血液一般都能较快被普通接受了。而在这方面，翻译是永远无法与之相比的。黄雨石：《英汉文学翻译探索》，西安：陕西人民出版社，1988 年，第 144 页。
② 黄雨石：《英汉文学翻译探索》，西安：陕西人民出版社，1988 年，第 124 页。
③ 同上，第 149 页。
④ 施咸荣的生平资料主要来自孙致礼：《1949—1966：我国英美文学翻译概论》，北京：译林出版社，1996 年，第 161—164 页。并参考了其子施亮撰写的《施咸荣简介》。
⑤ 施咸荣的父亲是上海某英国轮船公司的经理，即施咸荣出生于一个处于中外文化之间的"买办"之家。

第二部分
翻译现代性：跨境的翻译

业。怀着报国热情，施咸荣投考了上海临时大学农艺系，希望能解决农村凋敝这一在他看来是当时中国最大的问题。但是农艺系和他理想之中的救治农村相去甚远。1947 年他退学重又考入南京的国立政治大学外交系。1949 年中华人民共和国建立之际，施咸荣没有跟随大半的外交系同学前往台湾，而是选择了留下。他来到北京，重新考入清华大学外文系。在清华大学外文系，由于他外语基础本来就不错，所以得以在课余时间开始了写作和翻译，读书期间已出版三本译作。临毕业之际，由于国家对大学院系进行调整，他再次转学，在北京大学西语系的英语专业毕业。1953 年毕业之后，施正式加入人民文学出版社外国文学编辑室，开始长达 28 年的编辑生涯。这一职位使他在毛泽东时代翻译"体制化"最重要的产物之一的"黄皮书"的选题和翻译中扮演了重要角色。在"文革"结束后，施咸荣曾担任过很多职位，比如中国作家协会会员，中国翻译家协会理事，全国美国文学研究会常务理事、副秘书长之类。1981 年，施咸荣转任中国社会科学院美国研究所任社会文化室主任。1984 年获富布赖特基金资助，访学哈佛大学和加州伯克利大学。这次访学经历使他近距离地接触孕育当代美国文学的文化环境。在当时较少有学者走出国门的情况下，更加奠定了其在美国文学研究中的地位。1985 年，在"文革"前后波谲云诡的政治环境中浮沉了大半辈子的施咸荣成为美国研究所研究员，并加入中国共产党。1990 年起，施咸荣开始担任中国社会科学院美国研究所副所长和《美国研究》杂志副主编，直至辞世。

  施咸荣对革命和社会主义建设真心拥护，并且大力宣传。施咸荣展现出对革命的认识的第一篇署名文章，是 1950 年《密勒氏评论报》*Millard's Review of the Far East* 上发表的关于北京郊区的土改运动的英文评论。这份报纸是外资在上海生命力最顽强的报纸，主编鲍威尔父子对中国革命抱有同情态度。1949 年后，英文报刊中凡是与国民党有密切关系的都被接管，其他的一些也因为"劳资纠纷"停刊（如《大美晚报》*Shanghai Evening Post and Mercury* 1949 年 6 月停刊），或"涉嫌造谣"

革命路上
翻译现代性、阅读运动与主体性重建，1949—1979

停刊（如《字林西报》*North China Daily News* 1951 年 3 月 31 日停刊）。只有《密勒氏评论报》一直出版至 1953 年，成为当时中国大陆发行的唯一外资报刊。1949 年后，在信息极度闭塞的情况下，有读者写信给小鲍威尔说："通过《密勒氏评论报》，新中国给他们形成一种印象：中国人民忙于修建水坝、夷平高山，总体上在重建自己的国家，他们没有时间放松和娱乐。"① 施咸荣的文章无疑也是向外界传递这一正面信息的报道之一。此外，施咸荣对革命的支持也展现在 1963 年 8 月 8 日毛泽东第一次发表支持美国黑人斗争的声明之后不久，施咸荣在官方期刊《红旗》上发表的专文《一股革命的火焰在燃烧》。

根据施亮的回忆，我们可以知道施咸荣和黄雨石都在"黄皮书"的出版中起过重要作用。与黄雨石类似，从 1953—1981 年，施咸荣也一直在最大的官方出版社——人民文学出版社担任编辑。在其子施亮的回忆中，他与黄雨石共同主持了"黄皮书"的编辑工作：

> 其实，"黄皮书"是后人的称谓，而当时则是名为"内部书"。先父施咸荣与他的同事黄爱先生都在人民文学出版社编辑部工作，为了研究与介绍西方现代文学的各种流派，上世纪 60 年代初共同主持编辑了这批书。这些书是限定发行范围的，仅供文艺界一定级别的领导与研究西方文学的专家学者做"内部参考"之用。②

这里，我们不难看出多年后施亮回忆的译介目的与官方目的的差异——在本书第四章的官方的描述中，西方现代文学是"反动"的，在了解和研究的同时，要"有力地加以揭露和批判"，而在施亮的回忆中，目的却是"研究与介绍西方现代文学的各种流派"。③ 那么，当时的译者

---

① Neil L. O'Brien, *An American Editor in Early Revolutionary China John William Powell and the China Weekly/Monthly Review* (New York: Routledge, 2003), p. 184。沈荟、程礼红：《〈密勒氏评论报〉报道成立伊始的新中国》，《新闻记者》，2009 年第 10 期，第 24 页。
② 施亮：《关于黄皮书》，《光明日报—博览群书》，2006 年 4 月 7 日。
③ 《关于当前文学艺术工作若干问题的意见》，载《文艺研究》1979 年第 1 期，第 142 页。

第二部分
翻译现代性：跨境的翻译

是否目的明确地是"为了研究与介绍西方现代文学的各种流派"？作为体制内的译者和编辑的施咸荣和黄爱是否真的介绍了西方现代文学的流派？他们是如何处理西方现代文学的问题何和手法的呢？第六至八章对翻译文本的分析将会是最好的回答。下一节将通过对"通俗文学"看法的不同进一步探讨施咸荣与官方意识形态的对抗与合作。

（四）"通俗文学"的沉浮：施咸荣的翻译为读者的翻译观

施咸荣应该是 1949 年后中国最早致力于为"通俗文学"正名的学者之一，对于读者和"通俗文学"看法的分歧也是他与当时官方意识形态的深层冲突。

"通俗文学"在西方大众文化理论研究的视域内，根本就是一个现代性概念，指的是由现代文化工业批量生产的、投入市场流通的文学产品；而在中国喜欢"历史化"的情结下，通俗文学显然不是一个现代性的事件。① Roberta Raine 曾总结了东西方语境下"通俗文学"的不同。在西方语境下，有很多不同的术语被用来描述"通俗文学"（popular fiction），其中一些都带有贬义，比如垃圾小说（junk fiction）、一次性材料（throwaway materials）、低俗小说（pulp fiction）、庸俗文学（low-brow literature）等。另外一些则不带贬义，比如畅销书（best sellers）、类型小说（genre fiction）、当代小说（contemporary fiction）和白话小说（vernacular fiction）。② 而在很长一段时期，中国对通俗文学的认识仅仅是这类文学的流行和低俗。

"通俗文学"面临尴尬的位置，是因为当时的革命现代主义下"大众"被升华为"人民"，通俗文学失去的不只是土壤，也是全部的合法

---

① 1947 年，朱自清在《论严肃》中说过："鸳鸯蝴蝶派小说意在供人们茶余酒后的消遣，倒是中国小说正宗。中国小说一向以'志怪'、'传奇'为主……先得使人们'惊奇'，才能收到'劝俗'的效果……"阿城认为，中国现代文学的面目和传统本来就是通俗的。"五四"反而是"另类"，直到张爱玲才重振这个主流传统。这一观点也被李欧梵和王德威认同。查建英：《八十年代访谈录》，香港：牛津出版社，2006 年，第 18 页。
② Roberta Raine, "Overcoming Prejudice: On Translating Hong Kong Popular Fiction", *Journal of Translation Studies*, Vol. 11, No. 2, 2008, p. 17.

革命路上
翻译现代性、阅读运动与主体性重建，1949—1979

性。革命和通俗文学的矛盾早在中国抗战后期就出现了。在1942年，《万象》杂志曾展开过一场关于"通俗文学运动"的讨论。主编陈蝶衣在发动这场讨论时首先写了《通俗文学运动》一文，试图调和新旧对立的矛盾。他说："所谓的通俗文学，并不只是要求作者把作品写的通俗一些就算，还要作者更进一步地和大众在一起生活，向大众学习，学习大众的语言，接受大众的精神遗产，移入大众的感情、趣味，而艺术地表现在他们的作品里……我们倡导通俗文学的目的，是想把新旧双方森严的壁垒打通，使新的思想和正确的意识可以藉通俗文学而介绍给一般大众读者"。① 这是一种意见，而且就这篇文章看来，是很革命，很要求"进步"的一种意见。不过新文学那派似乎没有领情。② 到了毛的文艺思想体系下，这种意见也没有被官方意识形态接纳。所以，1949年后通俗文学的代表鸳蝴文学整体性地破碎为革命大叙事的"边角点缀"，鸳鸯蝴蝶派作家受到全面压制，失去了出版阵地与聚集写作的舆论环境。③ 1949年后，以鸳鸯蝴蝶派作家为代表的"通俗文学"作家，被当做"旧文人"而不是"作家"，无法进入"文联"或者"作协"等官方机构（有固定薪金的单位），经济上迅速陷入困顿。在这一过程中，党的高层领袖未有任何直接文件或指示下达对鸳鸯蝴蝶派作家的处理意见。张均认为其原因可能是，虽然鸳鸯蝴蝶派文学的市场占有优于新文学，但其话语类型属于一种"安全的叙述"，所以直接被官方遗忘了。④ 但是，从我们前面对毛泽东时代的革命意识形态的分析可以看出，这一时期文学叙说社会主义革命和现代化神话的历史任务决定了"民间"恰好

---

① 芮和师、范伯群等编：《鸳鸯蝴蝶派文学资料》，福州：福建人民出版社，1984年，第157，159页。
② 沈雁冰的看法比较有代表性，他将通俗文学称之为"封建的小市民文艺"，认为其一方面"是封建的小市民要求'出路'的反映"，另一方面"又是封建势力对于动摇中的小市民给的一碗迷魂汤"。魏绍昌、吴承惠编：《鸳鸯蝴蝶派研究资料》上卷，上海：上海文艺出版社，1984年，第47—49页。
③ 参见张均的《十七年期间的鸳鸯蝴蝶派作家》，对几十位鸳鸯蝴蝶派作家在十七年期间的境遇有非常具史料价值的叙述。《广东社会科学》，2010年第1期，第153—159页。
④ 张均：《十七年期间的鸳鸯蝴蝶派作家》，《广东社会科学》，2010年第1期，第153—159页。

第二部分
翻译现代性：跨境的翻译

是官方希望大刀阔斧进行改造的场所，"通俗文学"即使愿意小修小补地进行改良，也注定是不合时宜的。

在这种情况下，外国的"通俗文学"也很难进入翻译的视野。单纯以"进步"的意识形态评判文学的危险在于，在1949—1979年翻译完全体制化、读者完全依赖译本的情况下，这很可能造成对文学整体认识的偏差，使其在多元系统中的位置本身就不准确。朱虹指出，1950年代"美国'文学地理'被相当随便地重新调整为只有战斗的'进步文学'或激进主义的'暴露黑暗'的文学……因此，霍华德·法斯特、艾伯特·马尔兹、兰斯顿·休斯、西奥多·德莱塞、瓦尔特·惠特曼、马克吐温和杰克·伦敦都被放在'暴露政治与黑暗'这张'普罗克拉斯提斯'之床上，同时，一些重要作家如亨利·詹姆斯或威廉·福克纳，则大多遭到忽视或被当做颓废作家而一笔勾销"。① 朱虹进而提出，这种观点不仅造成对美国文学的误解，也对中国的当代文艺产生了有害的影响，使批评片面化、一边倒的同时，也束缚创作的自由。施咸荣对通俗文学的接纳和对文学作品艺术价值的敏锐认识，使他在以文学而非政治的眼光出版"黄皮书"的过程中，不仅挑选并翻译了如《麦田里的守望者》和《等待戈多》这样对中国影响深远的作品，而且也纠正了在毛中国成长起来的青年人的知识结构中对外国文学的偏颇认识，产生出迫切的阅读愿望。

施咸荣推动"通俗文学"是在社会准则和文学传统之内进行的，与毛泽东时代的意识形态要求没有正面冲突。施咸荣的第一部译文合集《马戏团到了镇上》中的《马戏团到了镇上》，是一个儿童故事，值得注意的是，这个故事的作者马尔兹（Albert Maltz, 1908—1985）是美国左翼作家代表人物。讲述的故事也有一定进步性：马戏团到了镇上，爱迪和亚伦没有钱买票，于是跑去和其他孩子一样想用劳力换取免费看马戏

---

① 朱虹：《中美文学的交叉点——在国际现代语言文学联合会第十七届年会上的发言》，《美国社会文化》，1988年第2期，第135—140页。

的机会,一开始他们等了很久,好容易等到马戏团来到却不愿雇他们,在他们快要失望的时候,起了大风,马戏团的督促员不得不请他们帮忙,但是他们干活干得太累了,马戏开始的时候却睡着了,揭露了美国的资本主义社会一切向钱看,孩子们"没有文化娱乐"。这个故事符合社会主义意识形态,也有群众喜欢看的跌宕起伏的情节转折,还有马戏带来的画面感和新鲜感。它是通俗的,也是大众喜闻乐见的,以此改编的连环画也很受欢迎。

更多的时候,施咸荣对"通俗文学"的推动是借助体制的力量进行的。1970年代末期,施咸荣借助毛对黑人运动高度评价之机,与外国文学研究所的董衡巽、朱虹、李文俊等撰写了《美国文学简史》,对黑人文学和美国现代主义文学从文学的角度作出评介。1972年施咸荣从湖北咸宁五七干校回京,组织并参与翻译了在1970年代读者中有广泛影响的《战争风云》。这部1971年在美国出版的小说以战争为题材,穿插爱情,在1971年、1972年连续好几个月荣登美国畅销书的榜首,后来又被拍成电视、电影,是一部典型的西方语境意义上的通俗小说。施咸荣通过翻译引入了西方语境意义上的"通俗文学",一定意义上承认消遣娱乐的心理需求,承认世俗性、当下性、感官性都是大众意识的一部分,"人民"在这一过程中部分地被还原为"大众"。

施咸荣试图通过对西方语境意义上的通俗文学的译介传递其背后的现代性,尤其是"商品性"。这在"中国语境"中很长一段时期都得不到承认,译者本身也深受其限制。施咸荣从社会学意义上关注现代资本主义条件下的通俗文学生产和通俗文学的读者。在施咸荣看来,真正优秀的通俗小说并不比"纯文学作品"的艺术地位低,应该介绍大量优秀和健康的外国文学通俗读物取代那些出版市场初兴时候的低俗、色情作品。比如《汤姆叔叔的小屋》他认为与其说是政治小说,不如说是宗教小说,就是一本很好的畅销书。还有《飘》也是畅销书。作为"通俗读物",畅销书的"商品性"并不意味着其在文学上就不可取。

施咸荣借鉴西方的观念,将侦探—犯罪—惊险小说、科幻小说、政

第二部分
翻译现代性：跨境的翻译

治小说、历史小说、言情小说、恐怖小说、西部小说都归入通俗小说范畴。① 1983年，他组织翻译了美国研究通俗文化的专家托马斯·英奇（Thomas Inge）所编的《美国通俗文化简史》，后收入由他主编的《外国通俗文库》。他的宏大计划是准备写一部外国的通俗文学史，进行中国通俗文学与外国通俗文学的比较研究。基于这种思想，他与漓江出版社合作，主编了"外国通俗文库"，出版了英、美、日等西方国家约20余种小说。其中影响较大的有《假若明天来临》、《烈药》、《百分之七溶液》、《偷宝石的猫》、《斯巴达克思》、《七十一号街幽灵》（英文版被改编成《伯恩的身份》三部曲）等。他还曾经想研究关于电影电视文学剧本方面的问题，但是最终未能进行这个大计划。② 但是《人民日报》、《南方日报》、《文汇读书周报》等都对此颇为关注，说是"欢迎专家入俗"，一时间使"通俗文学"成为社会话题。

施咸荣比较特别的翻译理念是：译者不应该有自己的风格，但是可以采取"模仿"做法，即找一位与原作者风格上相近的中国当代作家，对其风格进行模仿。他在翻译的时候，一边翻译，一边会阅读风格相近的中国当代作家的作品，"模仿他的风格，吸收他的词汇"。③ 这意味着他以"归化"的翻译策略为主，强调接受文化（目标系统）的社会准则和文学传统。通过在翻译中引入选定的本土作家的词汇、风格，也接受了当中的诗学理念。

施咸荣敏锐地觉察到文学不可能是创作主体/生产主体和接受主体/消费主体其中任何一方的"自言自语"，而翻译更是让这一文学形式成为一

---

① 施咸荣：《英美畅销小说一瞥》，《西风杂草：当代英美文学论丛》，广西桂林：漓江出版社，1986年，第93—95页。
② 施咸荣对莎士比亚也颇有研究，出版过《莎士比亚和他的剧作》，其中的观点，比如莎士比亚的剧作体现了种族平等都颇有新意。1984年和1989年，他曾两次到访美国。1990年，他担任中国社会科学院美国研究所副所长、《美国研究》杂志副主编。1992年2月在上海筹备并主持了纪念"中美联合声明"上海公报发表二十周年的会议，并主持选编了《中美关系十年》的论文选。1993年5月18日，施咸荣病逝，享年66岁。遗体告别在八宝山公墓举行，因为其早年就读教会学校，告别式之前有基督教仪式。
③ 孙致礼：《1949—1966：我国英美文学翻译概论》，南京：译林出版社，1996年，第163页。

个复调结构的复杂性。正如法兰克福学派的大众文化批判理论所说,"创作主体对接受主体的依赖取消了艺术高高在上的姿态,使艺术走向生活、走向芸芸众生,这是一种自下而上的、艺术民主的革命"。① 施咸荣正是通过精心地挑选和忠实而流畅的翻译将通俗文学带回到民众的视野。②

(五) 结语:译者的主体间性

正如多元系统论所言,接受文化(目标系统)的社会准则和文学传统"决定了译者所持的美学假设,从而影响翻译过程"。③ 在黄雨石和施咸荣的共同作用下,《在路上》、《麦田里的守望者》和《等待戈多》于1962年、1963年和1965年出版。在翻译、出版这三部西方现代派代表作的例子中,译者的文学"品味"与意识形态作用下的社会"规范"很难被分得一清二楚,可以说,在某种意义上,这种混杂恰好体现了"翻译的主体间性"。这里,笔者所说的"翻译的主体间性"指的是翻译处于主体与客体、个人与集体、自我与他者的交互作用之下。一方面,译者借助特定的意识形态要求来摆脱原文的控制,另一方面,译者又借助原文来对抗意识形态的操控。

换句话说,所谓的"译者的主体性"是复杂的交互作用下产生的一种现象,用"反抗"抑或"操纵"来解释恐怕都不够准确。在萨特(Jean-Paul Sartre, 1905—1980)的一篇影响深远的演讲《存在主义是一种人道主义》(Existentialism is a Humanism)④ 中,他修正了自己在《存

---

① 石少涛:《通俗文学的现代性与复调话语的生成》,《沈阳工程学院学报(社会科学版)》,2010年第6期,第87—89页。
② 在2004年的11月8日,中国翻译工作者协会、中国作家协会外国文学委员会、中国社科院美国所、人民文学出版社、译林出版社、中国出版工作者协会外国文学出版研究会,在北京联合举办了首次的"施咸荣翻译学术研讨会",并引出了如何评价这一代翻译家的问题。施咸荣在翻译选材上有独到眼光,施咸荣、黄雨石等译者对于外国文学翻译与研究有开拓之功,应是极为公允的评价。
③ 廖七一编著:《当代西方翻译理论探索》,南京:译林出版社,2006年,第61页。
④ "L'existentialisme est un humanisme" is a lecture given by Jean-Paul Sartre in 1945. Jean-Paul Sartre, "Existentialism is a Humanism", translated by Philip Mairet, in Walter Kaufman (ed.), *Existentialism from Dostoyevsky to Sartre* (New York: New American Library, c1956), pp. 287—310.

第二部分
翻译现代性：跨境的翻译

在与虚无》(*Being and Nothingness*)①一书中提出的他者的存在会使自我丧失自为性的观点，而对"主体间性"做了更多的说明。在他原来的观点中，人在被抛入这个世界的同时，就被他者包围了，他者的存在打破了自为存在的本来秩序，于是他者的存在意味着冲突的永恒存在。而与"冲突论"不同，"主体间性"提倡要了解自我就要与他者接触，并强调在这种接触中人的主动性和自由意志。

无论是黄雨石对"译成之文适如其所译"的传神达意的要求，对译者修养的强调，还是施咸荣对通俗文学的推广，对读者的重视和培养，都是具有主体间性的，并在他们的翻译中留下了难以磨灭的痕迹。在下文对《在路上》、《麦田里的守望者》和《等待戈多》的珍贵的内部发行的版本和相关档案资料的分析中可以看到，正如 Folkart 和赫曼斯所说的那样，译者在译本中留下了清晰的痕迹。② 那不时浮出译本水面的主体间性，既涵容了译者的自我审查，也为读者的情感参与开启了对话与思辨之门。

黄雨石和施咸荣的翻译思想的相似之处在于，二人在开始翻译实践之初，即处于"翻译是一项光荣而伟大的政治任务"的大环境之中，所以他们对作品的思想、内容都特别重视，强调翻译中对内容、思想、风格的理解的重要性。而鉴于受众对于外国文学的接受度（苏联文学除外）不是很高，他们在翻译《在路上》、《麦田里的守望者》和《等待戈多》的同时对被翻译作品的背景、思想、内容做了很多带有介绍性质和"价值判断"的工作。在翻译的时候坚持义译和坚持重视读者的翻译观，保护了译者相对于原文的自主性。不论如何，透过翻译的变色眼镜，中国的读者得以审视这些资本主义的"异化"的现代派的作品，并

---

① Jean-Paul Sartre, *Being and Nothingness*: *An Essay on Phenomenological Ontology*, translated and with an introd. by Hazel E. Barnes (New York: Philosophical Library, 1956).
② 转引自 Charlotte Bosseaux, *How does it feel?*; *Point of View in Translation*; *the Case of Virginia Woolf into French* (Amsterdam; New York: Rodopi Bv Editions, 2007), p. 18。

最终发现了"自我实现的需要"。①

参考文献：

（一）中文文献

查建英：《八十年代访谈录》，牛津出版社 2006 年版。

黄雨石：《英汉文学翻译探索》，陕西人民出版社 1988 年版。

罗新璋编：《翻译论集》，商务印书馆 1984 年版。

罗钢、刘象愚主编：《文化研究读本》，中国社会科学出版社 2000 年版。

茅盾：《茅盾散文集》汇通 1976 年版。

马斯洛：《存在心理学探索》，云南人民出版社 1987 年版。

芮和师、范伯群等编：《鸳鸯蝴蝶派文学资料》，福建人民出版社 1984 年版。

苏福忠：《老黄今年八十岁》，载《人物》，2000 年第 1 期，第 100—107 页。

施咸荣：《西风杂草：当代英美文学论丛》，漓江出版社 1986 年版。

师红游：《揭穿肖洛霍夫的反革命真面目》，载《人民日报》，1967 年 10 月 22 日。

石少涛：《通俗文学的现代性与复调话语的生成》，载《沈阳工程学院学报（社会科学版）》，2010 年第 6 期，第 87—89 页。

沈荟、程礼红：《〈密勒氏评论报〉报道成立伊始的新中国》，载《新闻记者》，2009 年第 10 期，第 23—28 页。

孙致礼：《1949—1966：我国英美文学翻译概论》，译林出版社 1996 年版。

魏绍昌、吴承惠编：《鸳鸯蝴蝶派研究资料》，上海文艺出版社 1984 年版。

杨绛：《干校六记》，牛津出版社 2009 年版。

张君玫：《德希达、鲁迅、班雅明：从翻译的分子化运动看中国语文现代性的建构》，载《东吴社会学报》，2005 年第 19 期，第 57—100 页。

张均：《十七年期间的鸳鸯蝴蝶派作家》，载《广东社会科学》，2010 年第 1 期，第 153—159 页。

---

① [美] A. H. 马斯洛（Abraham H. Maslow, 1908—1970）：《存在心理学探索》，李文湉译，林方校，昆明：云南人民出版社，1987 年，第 142 页。

第二部分
翻译现代性：跨境的翻译

钟玲：《体验和创作——评王红公英译的杜甫诗》，见郑树森编：《中美文学因缘》，东大图书公司1985年版，第121—163页。

朱虹：《中美文学的交叉点——在国际现代语言文学联合会第十七届年会上的发言》，载《美国社会文化》，1988年第2期，第135—140页。

[美] A. H. 马斯洛：《存在心理学探索》，李文湉译，云南人民出版社1987年版。

（二）外文文献

Bates, E. Stuart, *Modern Translation*, London: Oxford University Press, H. Milford, 1936.

Bosseaux, Charlotte, *How does it feel? Point of View in Translation; the Case of Virginia Woolf into French*, Amsterdam; New York: Rodopi Bv Editions, 2007.

Bourdieu, Pierre, *Language and Symbolic Power*, translated by Gino Raymond and Matthew Adamson, Cambridge, MA: Harvard University Press, 1991.

Hermans, Theo (ed.), *The Manipulation of Literature: Studies in Literary Translation*, London: Croom Helm, 1985.

Louie, Kam, *Inheriting Tradition: Interpretations of the Classical Philosophers in Communist China*, 1949—1966, Hong Kong; New York: Oxford University Press, 1986.

Lefevere, André, *Translation, Rewriting and the Manipulation of Literary Fame*, London and New York: Routledge, 1992.

Lefevere, André & Susan Bassnett, *Constructing Cultures: Essays on Literary Translation*, Clevedon: Multilingual Matters, 1998.

O'Brien, Neil L., *An American Editor in Early Revolutionary China John William Powell and the China Weekly/Monthly Review*, New York: Routledge, 2003.

Raine, Roberta, "Overcoming Prejudice: On Translating Hong Kong Popular Fiction", *Journal of Translation Studies*, Vol. 11, No. 2, 2008, pp. 13—30.

Sartre, Jean-Paul, "Existentialism is a Humanism", translated by Philip Mairet, in Walter Kaufman (ed.), *Existentialism from Dostoyevsky to Sartre* (New York: New American Library, c1956), pp. 287—311.

Sartre, Jean-Paul, *Being and Nothingness: An Essay on Phenomenological Ontology*, translated and with an introd by Hazel E. Barnes, New York: Philosophical Library, 1956.

Schwartz, Benjamin I., *Communism and China: Ideology in Flux*, Cambridge, Mass.: Harvard University Press, 1968.

Venuti, Lawrence (ed.), *The Translation Studies Reader*, New York, London: Routledge, c2000, 2004.

六 翻译体制化的烙印：《在路上》的第一个中译本

杰克·凯鲁亚克的《在路上》是中国最广为人知的美国小说之一。在 1957 年维京出版社首次出版后不久就在中国大陆有了石荣和文慧如的节译本。近年来，中国大陆和台湾先后出版了至少 10 个不同的中文翻译的版本。与 1983 年及以后出版的众多版本相比，1962 年作家出版社内部发行，后由袁可嘉选编推出的石荣和文慧如的节译本（以下简称"石荣本"）虽然是"内部发行"，又仅仅印发了 900 本，但是并不妨碍其成为最出名和最有影响力的版本之一。[1]

石荣本的《在路上》主要是通过地下阅读和"文革"后选编的外国现代派作品选集为中国的读者所熟知，并影响到当代中国文学的走向。在中国当代小说的领域，将王朔与凯鲁亚克并行比较的学者很多，比如伍洁芳（Sheryl WuDunn）和朱世达等。[2] 而马健被认为直接受到了《在

---

[1] 十个译本分别是：1) 石荣、文慧如（化名）译：《在路上》（节译），北京：作家出版社，1962 年，（内部发行）；1984 年，袁可嘉等主编的《外国现代派作品选》（第三册），收录施咸荣与黄雨石所译的《在路上》第一部第一章和第二部第四、五、八章的摘译；1985 年，江苏人民出版社出版的《外国现代派小说概观》收录了石荣与文慧如合译的《在路上》的部分章节；2）张章译、郑明校对：《在路上》（节译），《花城》，1983 年第 4 期；3）陶跃庆、何晓丽译：《在路上》，广西桂林：漓江出版社，1990 年；4）文楚安译：《在路上》，广西桂林：漓江出版社，1998 年；5）梁永安译：《旅途上》，台北：台湾商务印书馆，1999 年；6）陈苍多译：《在生命的旅途中》，台北：台湾新雨出版社，1999 年；7）李军虎译：《在路上》，呼和浩特：内蒙古远方出版社，2001 年；8）李国星译：《在路上》，呼和浩特：内蒙古远方出版社 2001 年；9）王永年译：《在路上》，上海：上海译文出版社，2006 年；10）何颖怡译：《在路上》，台北：台湾漫游者文化出版社，2012 年。

[2] Sheryl WuDunn, "The Word from China's Kerouac", *New York Times Book Review*, January 13, 1993. 朱世达：《反英雄与亚文化：美国战后避世时代作家与王朔比较研究》，《美国研究》，1994 年第 1 期，第 48—64 页。

第二部分
翻译现代性：跨境的翻译

路上》的影响。① 蔡蕊认为袁可嘉在1983年的《外国现代派作品选》中选编的石荣本的片断让很多作家由此了解了凯鲁亚克和《在路上》。这些作家包括王朔、徐星、马原、余华，以及"新新人类"的卫慧、棉棉。② 而在中国当代诗歌的领域，蔡蕊分析了《今天》诗派的北岛、芒克、彭钢，以及"后朦胧诗"或者成为"第三代诗歌"曾受到过的这本小说的中译本的影响。③ 在这一点上，蔡蕊的观点继承了非非派周伦佑认为"第三代诗歌"的"反文化"以及"自发性"和"自我亵渎"是"《嚎叫》和《在路上》在中国的亚种"的看法。④ 蔡蕊在整体观照了《在路上》对中国当代诗歌和小说的影响之后，提出这本小说对知青群体的"对他们的思想和情感上的触动甚至蛊惑是不可思议的"，使得1970年代初的知青们"以偏离和叛逃的姿态，带着朦胧的希望和迷茫的惆怅漫无目的地行走在路上"。⑤

然而，虽然这一译本如此重要，但是对于1962年《在路上》的第一个中译本的专题研究目前还处于起步阶段，并且多数的研究局限于说明这一译本在翻译史上的重要性和译本有哪些具体的删改表现。在对译本和译者的评述方面，虽然研究者们基于垮掉的一代的文学在世界范围内（中国也不例外）的重要影响，认为对《在路上》的译介情况"进行梳理和理论方面的研究具有十分重要的意义"⑥，但是由于石荣本是内部发行，又是一个节译本，译者也不只一位，所以增加了研究的困难，也影响了研究的深入进行。例如黄杰汉在简介《在路上》的四个中译本的时候，认为石荣本展现给读者的"只是一个零碎的'在路上'形象"，对于被删节部分，"没有接触到英语原文的许多读者必定认为它们是杂

---

① Peter Damgaard, "From China to the World: Issues of Travel and Translation in Ma Jian's 'Red Dust'", 2012 AAS conference, Toronto. Panel 307.
② 蔡蕊：《垮掉的一代及〈在路上〉在中国影响》，《文学界》，2010年第12期，第24页。
③ 同上，第23—24页。
④ 同上，第24页。另见周佑伦：《遁辞》，藏象电子传媒，第243页。
⑤ 蔡蕊：《垮掉的一代及〈在路上〉在中国影响》，《文学界》，2010年第12期，第23页。
⑥ 张晓芸：《"垮掉派"文学作品在中国的译介研究》，《解放军外国语学院学报》，2007年5月第30卷第3期，第56页。

革命路上
翻译现代性、阅读运动与主体性重建，1949—1979

乱无章、充满色情腐朽的描写"。① 黄杰汉的硕士论文以"改写"理论的视角对《在路上》的四个中译本进行了考察，总结了石荣本的删节情况。但是他认为石荣本《在路上》是"意识形态的产物，小说形象破碎并被丑化"值得商榷，尤其是小说形象是否被丑化这一点。② 张晓芸对"垮掉派"文学作品的译介进行了非常好的综述，其中她也关注到了石荣本这一最早的中译本。在论述中，她不仅提供了"石荣与文慧如是施咸荣与黄雨石在特定历史时期使用的化名"这一有价值的线索③，并且指出了这一译本在特定的历史时期被用做"对欧美当代的'颓废文学'进行文化批判的反面教材"，不过她没有进行更为详细的分析。④

石荣本在翻译史上的地位和译本有哪些具体的删改表现虽然很重要，但是更重要的问题是为什么会有这样的删改，删改造成了什么效果，以及引领了怎样的"误读"？石荣本的删改不仅仅是字、词、句层面上的改动，如果不知道这些具体的删改如何改造了《在路上》的情节、人物、风格，就不能了解翻译背后知识和权力之间的复杂勾连。

译者的删改看起来不过是译者某种潜在的有意识的计划（"translator's potentially conscious plans"）⑤，事实上却已融入"国家意识"（national consciousness），并具体地表现为译者的"自我审查"（self-censorship）。这里所说的翻译中的"国家意识"，指的是目的语国

---

① 黄杰汉：《〈在路上〉四个中译本的简评》，《广西大学学报（哲学社会科学版）》，2007 年第 29 卷增刊，第 103 页。
② 黄杰汉：《关于〈在路上〉在中国受到的改写研究》，贵州大学硕士论文，2008 年。
③ 不过石荣与文慧如和施咸荣与黄雨石的对应关系，应该有误。王友贵：《20 世纪中国翻译研究：特殊年代的文化怪胎"黄皮书"》，《广东外语外贸大学学报》，2010 年 5 月，第 21 卷第 3 期，第 44 页。对于译者群体的辨识，本章会提出自己的看法。
④ 张晓芸：《"垮掉派"文学作品在中国的译介研究》，《解放军外国语学院学报》，2007 年 5 月第 30 卷第 3 期，第 60、57 页。
⑤ H. P. Krings, "Translation problems and translation strategies of advanced German learners of French", in J. House, & S. Blum-Kulka (eds.), *Interlingual and intercultural communication* (Tubingen: Gunter Narr, 1986), pp. 263—75. 此外, Loescher defines translation strategy as "a potentially conscious procedure for solving a problem faced in translating a text, or any segment of it." W. Loescher, *Translation Performance, Translation Process and Translation Strategies* (Tuebingen: Guten Narr, 1991), p. 8.

第二部分
翻译现代性：跨境的翻译

家的意识形态、社会准则、语言准则和诗学理念。至于"自我审查"，则是体制化与译者主体性交互作用的重要表现。这里采用的翻译中的"自我审查"概念接近其原来在大众媒体中的应用。麦克拉·沃尔夫（Michaela Wolf）第一次区分了体制化的或称明确的审查制度（institutional or explicit censorship）和预防性的审查，前者她认为通常有国家机器的参与，而后者则与自我审查相关，是以个人（译者，审校者，编辑）为中心的活动。① 所有的审查制度的最终目的都是自我审查，或曰不在场的审查。翻译中的自我审查是意识形态、语言和社会法则对文学进行操控的表征和途径之一②，也就是说，体制内的文化的施为者，尤其是体制内的译者，内化了的表达方式让他们不会去生产、介绍、推广那些他们知道不被当局欢迎的话语。

在讨论译者的"自我审查"时，本章将引入2001年的文楚安译本和1999年的梁永安译本作为对比，并参考王友贵对"黄皮书"翻译出版过程的历史性分析。文楚安是研究"垮掉的一代"的专家，他翻译的《在路上》是改革开放以后比较有代表性的译本；梁永安以香港侨生的身份成为台湾的资深译者，他自认是"强势的译者"，敢做大幅度的取舍或改写，并且也翻译了凯鲁亚克后期代表作《达摩流浪者》，是台湾翻译 On the Road 的代表译作。在翻译活动的历史背景和读者研究方面，王友贵以"黄皮书"为重点的基金研究项目第一次对"黄皮书"的缘起、目的、选择、翻译、出版，以及它的接受、影响等作了全面的回顾。③ 他的研究为深入分析《在路上》的第一个中译本提供了很多有价

---

① Michaela Wolf, "Translation Activity between Culture, Society and the Individual: Towards a Sociology of Translation", in *CTIS Occasional Papers* 2 (Manchester: Centre for Translation and Intercultural Studies, UMIST, 2002), pp. 33—44.
② According to Toury, "Censorship can also be activated during the act of translation itself [...] inasmuch as the translator has internalized the norms pertinent to the culture, and uses them as a constant monitoring device." Gideon Toury, *Descriptive Translation Studies and Beyond* (Amsterdam and Philadelphia: Benjamins, 1995), p. 278.
③ 王友贵：《20世纪中国翻译研究：特殊年代的文化怪胎"黄皮书"》，《广东外语外贸大学学报》，2010年5月，第21卷第3期，第43—47页。

革命路上
翻译现代性、阅读运动与主体性重建，1949—1979

值的背景资料。

（一）石荣本《在路上》的语词选择

在翻译《在路上》的过程中，毛中国的译者采用了以"义译"为主的翻译方法（《在路上》主要译者黄雨石的翻译理念的核心之一），不求与原文字面形式相同、结构相同，而是努力译出原文的涵义，但是这种"义译"由于当时"国家意识"的影响所以存在不少问题。

首先，在石荣本的例子中我们可以看到的是，译者对不少美国社会特有的词进行了"义译"。但或许由于意识形态对立造成的文化隔阂，有些词译者不能理解，于是不可避免地出现了一些误译。比如，"greyhound bus"（灰狗巴士）被翻译为轮船公司的汽车，"greyhound"被译为"轮船公司"，不免有些风马牛不相及。不过这类完全"误译"的数量不多，更多的是另外一种情况，如例1①：

例1：Then long-haired brokendown hipsters straight off Route 66 from New York. (p.52)

"接着是刚从纽约六十六号街来的、长头发的已完全趴下的被打垮的青年"(p.68)。

"Route 66"当指贯穿美国东西的66号公路，而不是纽约的某一条街道，这个误译说明译者对美国不十分了解。这条公路又被称为威尔罗杰斯高速公路（Will Rogers Highway）或者美国大街（"Main Street of America" or the "Mother Road"），是1930年代修起的第一条东西高速路。更为明显的文化隔阂表现在译者直接把"brokendown"翻译成"完全趴下的"，把"hipsters"翻译成"被打垮的青年"。可见，在当时意识形态影响下的译者对这些资本主义青年的精神状态难以找到比较准确的形容。

---

① 如无特别说明，本章例子英文部分版本为 Jack Kerouac, *On the Road* (New York: Penguin Books, 1976)，中文部分版本为［美］凯鲁亚克著，石荣，文慧如译：《在路上》，北京：作家出版社，1962年。页数均为这两个版本页数。

第二部分
翻译现代性：跨境的翻译

在《在路上》的两个较新的中译本中，文楚安和梁永安也都采用了"义译"为主的翻译策略，对比这三个译本可以看出毛泽东时代翻译中的"国家意识"的确影响了译者对"垮掉派"这一西方现代派分支的见解。这三个译本对例1原文这句话的理解显然有很大的差异。与石荣本不同，文楚安将这句话翻译为"接着，你会看到来自纽约、蓄着长发、心情沮丧的爵士音乐迷在第66号公路下车"①，而梁永安将其翻译为"之后是留着长发的时髦派，看样子，活像是从纽约沿六十六号公路直接走到这里来的"。② 文楚安和梁永安对"Route 66"的翻译都是准确的。对"hipsters"，一个将其翻译为"爵士音乐迷"，一个将其翻译为"时髦派"，都是从对"垮掉的一代"的文化特征的理解出发进行的翻译。这些不同说明，随着意识形态对立的结束，中国对西方社会不再感到隔膜，所以对"垮掉派"的了解程度和接受程度都提高了。

其次，在进行"义译"的时候，有一些形容词在石荣本里有故意采用贬义词进行翻译的嫌疑。如例2、例3：

例2：The most fantastic parking-lot attendant in the world, he can back a car forty miles an hour into a tight squeeze and stop at the wall, jump out, race among fenders, leap into another car [...]（pp. 6—7）

他真是世界上最荒唐的车场助理员。(p. 10)

例3：South Main Street, where Terry and I took strolls with hot dogs, was a fantastic carnival of lights and wildness.（p. 52）

"那里简直是一个五光十色的荒唐生活的狂欢场。"(p. 68)

梁永安的译本把例2的"the most fantastic parking—lot attendant"翻

---

① [美] 凯鲁亚克：《在路上》，文楚安译，广西桂林：漓江出版社，2001年，第91页。
② [美] 凯鲁亚克：《旅途上》，梁永安译，台北：台湾商务印书馆，1999年，第121页。

革命路上
翻译现代性、阅读运动与主体性重建，1949—1979

译成"世界上最让人目瞪口呆的停车场管理员"。① 对"fantastic"的翻译就不像石荣本的"荒唐"这么给人贬义的感觉。他把例3翻译成"南大街灯火辉煌、人潮汹涌，有如嘉年华会"。② 说明他不像石荣本那样以"荒唐"来贬斥这种生活样态，用嘉年华来翻译"carnival"，也比"狂欢场"更为中性。文楚安的译本把例2 "the most fantastic parking-lot attendant"翻译成"世界上不可思议的停车场工人"。③ "不可思议"这个词甚至带一点褒义色彩。文楚安把例3被翻译成"这里五光十色的灯火和喧嚣声，令人仿佛置身于神奇、迷离之境"④，则把石荣本中的贬义完全转为褒义。

第三，在《在路上》的译文中，有相当数量的词在"义译"的过程中被本土化，但是和原文的词义有一点差距。比如"benny"（斑泥毒，p.8, p.133），"Sams"（二流子，p.69），"shroud"（尸衣，p.106），"kicks"（及时行乐，p.107），"make love to"（吊膀子，p.108），"homos"（兔儿爷，p.52, p.116），"pimp"（王八，p.158），"sharpster pants"（阿飞穿的裤子，p.136），"bums"（叫化子，p.205）等。一个本土化不甚成功的具体例子可以参见例4：

例4："[...] I stumbled along with the most wicked grin of joy in the world, among the old bums and beat cowboys of Larimer Street."（p.37）

"……我脸上带着世界上最邪恶的欢乐的微笑，在拉里墨尔街头一群群的无业游民和被打垮的牛童中间蹒跚地走了过来。"（pp.14—15）

---

① [美]凯鲁亚克：《旅途上》，梁永安译，台北：台湾商务印书馆，1999年，第37页。
② 同上，第121页。
③ [美]凯鲁亚克：《在路上》，文楚安译，广西桂林：漓江出版社，2001年，第9页。
④ 同上，第90页。

第二部分
翻译现代性：跨境的翻译

"cowboy"一词在文中出现了多次，译者将其翻译成"牛童"。这个词在中国的渊源至少可追溯到唐代，"牛童"通常指年轻的仆从，常常是身份卑微而谦卑恭敬的，抑或是放牛的孩童。这与美国西部传统中"cowboy"那种通常十分鲁莽、不顾一切的形象所去甚远。而"cowboy"并不一定是年轻人抑或孩童，相形之下，"牛童"一词体现的形象就比较年幼一点。

最后，有些有性暗示或者颓废的这些与当时意识形态和审美要求不符的部分，译者在"义译"中有所回避。例如"Now they saw that Terry was Mexican, a Pachuco wildcat"，文楚安把这句话译为"他们看出特丽是墨西哥人，把她当成是从帕楚卡来的一只野猫"，并将"帕楚卡"注释为墨西哥中部的一个城市和而把"野猫"注释为"行为放荡的女人"。① 梁永安则直译为"泰妮是个墨西哥女人，是只帕楚卡的野猫"。② 而在石荣本中，译者采用半音半义的方式翻译出来的"是个巴久柯的臭丫头"，回避了翻译"wildcat"的性感挑逗意味，将其翻译成更为平实的"臭丫头"。

总之，石荣本《在路上》的语词选择说明，目的语国家的"国家意识"对毛中国译者的"自我审查"影响深远。由于在意识形态对抗的形态下的"主体间性"，石荣本在语词的选择中，呈现出与意识形态的纠葛。

（二）石荣本《在路上》的情节删减

石荣本中有大量的删减，这些删减，有的是有标记删减，有的是无标记删减。在毛泽东时代的背景下，在中国能够被翻译的文学作品大部分是从苏联引入，或者是来自西方国家的有社会主义背景的作家，在这种情况下，译者有必要证明他们思想上的"正确性"，即对社会主义意识形态的认同，和对资本主义意识形态的坚决抵制。面对《在路上》这

---

① [美] 凯鲁亚克：《在路上》，文楚安译，广西桂林：漓江出版社，2001年，第94页。
② [美] 凯鲁亚克：《旅途上》，梁永安译，台北：台湾商务印书馆，1999年，第124页。

革命路上
翻译现代性、阅读运动与主体性重建，1949—1979

一描述现代社会个人化的文本，毛泽东时代的译者小心翼翼，不乏困惑。在这部作品中，他们感觉到如此疯狂、混杂的生活方式背后的西方式的现代化似乎出了什么问题，但是问题在哪里，中国式的现代化又是否能够克服这些问题，他们并没有答案。所以，为免生枝节，多位译者最终有意省略了约40%的章节，形成了《在路上》这一最早的中文译本（下页表1.1）。

在《在路上》的第一个中译本中，这些情节的删减大多是无标记删减，译者直接使用省略号而不加任何说明。我在这里区分有标记删减和无标记删减，是因为二者在文本中起的作用是不同的。这里的有标记删减，指的是删减的章节与段落有明确的标识，比如"略"。这样的标识给读者明确的提示，即本处与原著不同。在清晰地说明了译者的选择性处理的同时，给了读者想象的空间。读者不免去想象原文写了些什么，为什么会被删减。读者因而可以按照自己的理解，为"在路上"的生活方式做注脚。

所谓无标记删减，我将一切没有明确标识的删减都归入此类。比如，直接用省略号而不加说明。在这种情况下，读者难以分辨改动的痕迹，译者部分取代了作者意义功能体的作用，给了读者模糊的印象，即原著可能就是如此。另一种情况是直接连入上下文，连省略号都不用。

由于强调自发性写作风格，凯鲁亚克在写作的时候也会用到一些省略号，来表示记忆中的画面逐渐淡去，或者直觉的书写的尽头等等，例如"I pray and pray you get back safe…I do want Sal and his friend to come and live on the same street…"。[1] 所以仅仅使用省略号而不做说明，使译者的改动与作者的书写混同，读者难以分辨。

---

[1] Jack Kerouac, *On the Road* (New York: Penguin Books, 1976), p.177.

第二部分

翻译现代性：跨境的翻译

表 1.1①

所属部分	有标记删减	无标记删减
第一部分	第三、四、八、九章	第二章的四分之三，第五章的十分之九，第六章约二分之一，第十一章的十分之一，第十二章的五分之一，第十三章的一小半，第十四章的约四分之三
第二部分	无	第八章的十分之三，第九章的十分之七
第三部分	无	第四章几乎整个被删，第六章的五分之三，第八章大半，第十一章的五分之一
第四部分	第四章	第三章的四分之三，第五章的五分之一左右
第五部分	无	无

在石荣本《在路上》中，被忠实地保留下来的主要是英文文本中从东到西，又从西到东的旅途行迹。而石荣本中被删掉的情节大多是充满激情的言谈，关于爵士乐、性和酒吧的狂欢生活的描写。无疑这些描写与1949—1979年间大力提倡的中国或者外国的无产阶级英雄们的生活相去甚远。以下以一个无标记删减的例子来做简单的说明。

例5："Now, Roy, I know you're all hung-up with your wife about this thing but we absolutely must make Forty-sixth and Geary in the incredible time of three minutes or every thing is lost. Ahem! Yes! (Cough-cough) In the morning Sal and I are leaving for New York and this is absolutely our last night of kicks and I know you won't mind. […]"（p. 203）

"……你听着，罗伊……明天一早，我和萨尔就要动身到纽约去了……"（狄恩说）……（p. 203）

---

① 本表参考了黄杰汉的数据统计。黄杰汉：《关于〈在路上〉在中国受到的改写研究》，贵州大学硕士论文，2008年，第23—27页。

革命路上
翻译现代性、阅读运动与主体性重建，1949—1979

该例中的英文是凯鲁亚克原文中的第三部分的第四章，有 3000 多字，但仅有上面的画线部分被译成了中文。原文被删掉的部分讲的是狄恩他们一起在酒吧度过的一个疯狂的夜晚。酒吧里有如痴如醉的演奏，使劲敲打着的鼓声和着鼓声狂呼高唱的观众。那慢节奏的爵士乐让狄恩和萨尔感到，在这个人人伤感、痛苦、烦恼的人世上，一切的一切都没有什么意义。上面那句石荣本翻译了的话的背景是从酒吧出来，罗伊开车来接他们，狄恩说知道罗伊和老婆为他开车陪他们瞎逛吵架，但是一定让他在 3 分钟内把自己送到目的地，因为这是在旧金山的最后一天，明天就会去纽约，然后罗伊就不停地闯红灯把他们送到了目的地。随后又是狂欢、爵士乐、喝酒。

从这个例子来看，原本这章从酒吧到酒吧的不停转的生活充分体现了《在路上》生活的核心：酒神精神下的混杂、疯狂、爵士乐、漫无目的。但删减后的翻译只保留了一个简单的告别信息。这种删减的直接影响就是，酒吧生活和爵士乐在中国作家王朔、徐星、马原、余华、马健等等那些被认为受到《在路上》直接影响的作品中少见踪影。

这些"有意"的情节的删减是译者自我审查的结果。虽然如前所述，黄雨石认为译者的修养之一，就是充分理解一部作品的主旨、细节、倾向和风格，但是在黄雨石署名撰写的译后记还是对《在路上》中美国资产阶级生活方式大加谴责。黄雨石说，翻译和出版《在路上》的目的是要让读者们"看看资本主义社会的更进一步的没落和反动，以及美国资产阶级文学已经堕落到何种地步，它所宣扬的是些什么腐烂、发臭的东西……"① 由于译后记反复强调这部作品的"反动"和"堕落"，读者们可能被暗示，以为石荣本《在路上》中被删减的都是什么乱七八糟的所谓"色情或者腐朽的内容"。②

黄雨石以认真负责的态度在译后记中对杰克·凯鲁亚克和"垮掉的

---

① [美] 凯鲁亚克：《在路上》，石荣、文慧如译，北京：作家出版社，1962 年，第 322 页。
② 黄杰汉：《〈在路上〉四个中译本的简评》，《广西大学学报（哲学社会科学版）》，2007 年第 29 卷增刊，第 103 页。

第二部分
翻译现代性：跨境的翻译

一代"作介绍，却又采用蔑视的态度介绍翻译《在路上》的目的，译者主体选择的痕迹显然有些自我矛盾。这样的译后记应该与当时的文艺批评的规范有关，是毛泽东时代对西方式现代化道路的看法的必然产物。

总之，石荣本《在路上》的情节删减说明，目的语国家的国家意识对译者的"自我审查"的影响也表现为，虽然《在路上》的译者们仍然保持了严谨的翻译态度，但是在翻译时受到诸多规约，以减少西方的这一种完全陌生的生活方式对中国读者的冲击。

（三）翻译《在路上》的自反性的个体

如果说黄雨石和施咸荣对语词的选择、对情节的删减显示了当时社会主义阵营和帝国主义阵营的对立造成的主观界限，那么他们对人物形象的改造则展示了国家意识如何令人惊奇地深入到了翻译领域。在本书第一章中，我曾指出萨尔是凯鲁亚克创造出的一个自反性的个体，塑造这一自反性的个体是原文文本最重要的意义所在。那么在翻译中，萨尔是否得到了足够的关注？萨尔的自反性是否因为翻译的传递而有所改变呢？

自反性的个体表达出的对现代性的忧虑在石荣本中基本被保留了下来。萨尔与玛丽露的纠缠，对墨西哥女孩黛丽的抛弃，对美国传统的"代表"、"象征"符号的嘲讽，对纽约知识分子气的厌弃，他的"尸衣人"的故事和"大蛇"的比喻在石荣本中都被保留了下来。石荣本中的萨尔依然追寻着性、西部精神和异域，依然渴望颠覆自己的生活又不断反思，也依然是那个受着现代文明社会的种种规约和有着自由的个体精神的内心的双重折磨的个体。

不过，在笔者看来，通过"移情"（transference）的方式，1962年石荣本借助社会主义的自我经验对《在路上》的自反的个体进行了理解和重塑。"移情"作为精神分析理论（psychoanalytic theory）的一个重要的术语，最早由精神分析学家弗洛依德（Sigmund Freud, 1856—1939）提出"the transference, which, whether affectionate or hostile, seemed in every case to constitute the greatest threat to the treatment, becomes its best tool"①。在法国心理学家拉康（Jacques Lacan, 1901—1983）的努力下，移情与知识被联系在了一起。他将移情定义为"love directed towards, addressed to, knowledge"②，从而使得移情的理论也被应用于文学和翻译。对于文学中的移情，盖布瑞尔·斯瓦博（Gabriele Schwab）在诸多批评家的理论基础上，勾勒出文学的移情理论。③ 而文学的翻译本身，就被视为一种文化的移情。④ 具体到石荣本《在路上》，毛中国的译者不是将《在路上》中自反性的个体视为一个完全客观的客体——毛中国意识形态、文学传统下形成的好恶情感，影响了他们对《在路上》的翻译。

社会主义现实主义的诗学理念在黄雨石和施咸荣翻译《在路上》的重要影响，不是他们想"丑化"人物形象，而是他们力图让叙事主线更清晰，中心人物更突出。在1962年的石荣本《在路上》中，与主要人物相关的段落的翻译往往有比较大的改动，如例6：

例6：He was living with a girl called Lee Ann; he said she was a marvelous cook and everything would jump. Remi was an old prep-school friend, a Frenchman brought up in Paris and a really mad guy—I didn't know how mad at this time. So he expected me to arrive in ten days. My aunt was all in accord with my trip to the West; she said it would do me good, I'd been working so hard all winter and staying in too much; she e-

---

① Sigmund Freud, *Introductory Lectures on Psychoanalysis* (London: Peguin Books, 1991), p. 496.
② Jacques Lacan, *Le seminaire, livre XX* (Paris: Seuil, 1975), p. 64. Shoshana Felman, *Jacques Lacan and the Adventure of Insight: Psychoanalysis in Contemporary Culture* (Cambridge: Harvard University Press, 1987), p. 86.
③ Gabriele Schwab, *The Mirror and the Killer-Queen: Otherness in Literary Language* (Bloomington, Ind.: Indiana University Press, c1996); Gabriele Schwab, *Subjects without Selves: Transitional Texts in Modern Fiction* (Cambridge: Harvard University Press, 1994).
④ Pramod Talgeri & S. B. Verma (ed.), *Literature in Translation: from Cultural Transference to Metonymic Displacement* (London: Sangam Books, 1988).

第二部分
翻译现代性：跨境的翻译

ven didn't complain when I told her I'd have to hitchhike some. All she wanted was for me to come back in one piece. <u>So, leaving my big half-manuscript sitting on top of my desk, and folding back my comfortable home sheets for the last time one morning, I left with my canvas bag in which a few fundamental things were packed and took off for the Pacific Ocean with the fifty dollars in my pocket.</u> (pp. 11—12)

他那时是和一个名叫李·安的姑娘住在一起，他说她是一个了不得的做菜能手，一切都会无比美妙……因此在一天早晨，我把我的半完成的巨著的手稿堆在书桌上，把我的家用的舒适的床褥折叠起来，背上一个装着一些必需的零碎用品的帆布袋，衣兜儿里装着那五十块钱，我就离开了家，直向太平洋岸边走去。(p. 14)

突出中心人物是社会主义现实主义常用的表现方法。"文革"时期"在所有人物中突出正面人物来；在正面人物中突出主要英雄人物来；在主要英雄人物中突出最主要的中心人物来"的"三突出"的创作方法①，事实上便来自这一表现方法。而这一社会主义的诗学原则在此，具体地表现为在翻译西方现代派作品时对人物的改造。在例6中，译者去掉了萨尔行前对友人的看法和他的阿姨对他出行的看法，而只截取"远行"路途中极富隐喻的一个断面，即背上行囊，义无反顾地去开始"在路上"的生活——这个断面如果不是出现在《在路上》中，甚至有点孤胆英雄的味道。虽然这样删减减弱了代表着传统世界的萨尔阿姨形象的感人力量，但是在社会主义现实主义理念中，这样的删减可以使人物形象更为集中，行程更为简洁清晰，更为突出这个中心人物自身。

在黄雨石和施咸荣的版本中，最打动读者的是不断追问着或者被追问着"whither goest thou"的萨尔的形象。对于"whither goest thou"，毛泽东时代的译者将其翻译成"你们要往何处去"。原本的以个人为主体

---

① 于会泳：《让文艺舞台永远成为宣传毛泽东思想的阵地》，《文汇报》，1968年5月23日。

第二人称单数的"thou",非常有意思地变成了一种集体的身份——"你们"。而"美国你在夜里乘着闪亮的汽车,要往何处去?"甚至引导读者把它变成了一种国家身份的提问,即"中国要往何处去"。

例7:"I mean, man, whither goest thou? Whither goest thou, A-merica, in thy shiny car in the night?" (p. 70)

"我的意思是问你们要往何处去?美国你在夜里乘着闪亮的汽车,要往何处去? (p. 99)

在政治运动不断的动荡年代,随共和国成长起来的译者从自身的经验中感受着出路问题的困惑,并把这样的情感困惑移入到翻译之中。对比较新的两个版本,文楚安将这句话译成"你们打算怎么着?怎么着?开着你们那辆破玩意儿,在晚上要到美国的什么地方去?"① 这一版本显得非常口语化。而梁永安将这一句译成"你们这次来纽约,目的何在?所为何来?"② 他以较为古典的句式来对应原文中的古英语,并依据上下文将其变成了一个非常明确的提问,但是却完全改变了原文深具特色和颇可回味的用词风格。毛泽东时代的译者既没有采用口语化的、读上去比较随意的翻译,破坏这一问题的严肃性。他们也没有将其变成一个明确的提问,逃逸出1950年代的大时代背景。从《圣经》而来的"whither goest thou"③,在1954年的美国成为了一首通俗的流行歌曲;而通过黄雨石和施咸荣的翻译,更使"往何处去"这个问题成为地下阅读运动中最著名的问题之一。在《圣经》中,"whither goest thou"的问题后面,耶稣的回答是,我要去的地方,现在你不能去,但将来却必定跟我去。1950年代的美国青年们充满对时代的迷茫。那些1960年代和1970

---

① [美] 凯鲁亚克:《在路上》,文楚安译,广西桂林:漓江出版社,2001年,第124页。
② [美] 凯鲁亚克:《旅途上》,梁永安译,台北:台湾商务印书馆,1999年,第157页。
③ (John 13: 36): *Simon Peter said to him, Lord, whither goest thou? Jesus answered him, Whither I go, thou canst not follow me now; but thou shalt follow me afterward.*

第二部分
翻译现代性：跨境的翻译

年代被送往农村乃至边陲的青年人们在悄悄传阅这一文本的同时，也逐渐开始质疑：中国要往何处去？或者是更直接的，我要往何处去？被国家抛弃在荒野的青年，对伟人/英雄的救赎感到失望。

（四）翻译《在路上》的自发性写作风格

自发性写作风格是《在路上》的重要特色，也是凯鲁亚克在文学反叛上的重要贡献之一。本文第一章已经详细分析了"自发性写作风格反叛的深层次的原因是现代社会个体精神的枯萎，它反叛的对象是语言和文学传统的权威与秩序，通过对传统的反叛，它带来了一种具有现代性的个性化的话语结构"。石荣本的翻译是否保留了这一写作风格？又是否将这一现代性的个性化的话语结构介绍到中国呢？

不幸地是，受到毛泽东时代翻译思想局限的译者宣称对西方现代派的写作风格难以接受。在译后记中，黄雨石指出，他们的翻译略去了很多"无味的重复和烦絮的旅途见闻的描写"。① 施咸荣则表示他们略去了一些章节与段落"倒不是由于某种禁忌，而是觉得此书的结构和语言太粗糙，只出版这个节略本也就够了"。② 那么，节略的这些章节是否真的如两位主要译者所说，"文学性太差"，完全是"枯燥的重复描写"和"烦琐的旅途见闻"？

例如，在第四部分第三章的最后，第五章之前，译者在两个省略号之后，加了括号，注明"此处略去第四章"。③ 这个被略去的第四章写了什么呢？如果是纯粹以情节来说，那么这一章不过是去墨西哥路上的一小段插曲，既不惊心动魄、曲折离奇，也不乱七八糟、色情腐朽，但是从风格的完整来说，这一章的存在却体现了自发性写作风格的天马行空的重要特色。这一章写的是狄恩、萨尔和斯坦同去墨西哥的路上，斯坦被虫子咬伤，他们就一边继续奔驰，一边寻找诊所打青霉素，环境则主要是得克萨斯州。

---

① ［美］凯鲁亚克：《在路上》，石荣、文慧如译，北京：作家出版社，1962年，第322页。
② 施亮：《关于黄皮书》，《光明日报—博览群书》，2006年4月7日。
③ ［美］凯鲁亚克：《在路上》，石荣、文慧如译，北京：作家出版社，1962年，第267页。

革命路上
翻译现代性、阅读运动与主体性重建，1949—1979

在石荣本被略去的第四章的回忆之中，凯鲁亚克没有挑选情节，而是让它自然而然地从心底流出，想到哪里写到哪里，就像是一个人在那里跟你闲聊。在这一章，有絮絮叨叨似乎无关情节的每个人轮流讲自己过去的经历的言语，也有"这座城镇就像一个空空的饼干盒"这样形象的神来之笔；有红红面孔的得克萨斯州人，也有嘻嘻哈哈的墨西哥姑娘；有萨尔突然回忆起的1949年一个下雪的早晨他和玛丽露曾在那儿手拉着手的令人忧伤的故地，也有形形色色的不轨之徒聚集的美国边境的速写。这里的画面和意象是杂糅的，他们的漫游是漫无目的的，但是正如凯鲁亚克所说，是从最隐秘的个人记忆中"吹奏"出来的不可被打断的意象的流动。石荣本的翻译，则改变了《在路上》这种自发性写作天马行空、即兴的风格，使其变成了更有条理、更有逻辑、更紧凑、更平实的理性化书写。

对于石荣本的译者们来说，"beat generation"更多意味着一种生活方式，而非风格特征，所以他们没有感到忠实保存凯鲁亚克写作风格的必要。在石荣本的后记中，对"垮掉的一代"的介绍以其"堕落"的生活方式为中心，而并非将其视为一个文学流派，在进行文学上的反叛。

从对"beat generation"的定性上可以更清楚地看到石荣本对自发性写作风格的态度："beat"一词作为全书的关键词，如何翻译它自然是很重要的。凯鲁亚克自己对于"beat"一词做过一些说明，在他看来"beat"有三个层面的含义。一、"beat"意味着节奏，特别是实验爵士乐（experimental jazz）那种从心所欲、自由流动的节奏。二、"beat"指被打败，被残酷的和充满敌对的世界推向了一个生存的边缘。三、"beat"代表了某种宗教体验，它蕴含着"极乐"（beatitude）的意味，是天主教的至福的理念。在这里，石荣本采用了"被打垮的"来翻译"beat"，更接近第二个意义，也就是生活方式的方面。

毛泽东时代翻译的体制化意味着一种简明的社会规范，即官方的声音意味着绝对权威。所以在毛泽东时代，一个译名一旦得以确认，就会在出版中一统江湖。在石荣本的《在路上》出版之前的文学评论中，"垮

第二部分
翻译现代性：跨境的翻译

掉的一代"已经被定名。最早一篇关于"垮掉的一代"的评论是 1960 年戈哈在官方期刊《世界文学》上发表的，戈哈是李文俊的笔名。这并不意味着李文俊先生本人压制讨论，而是官方的声音是绝对权威。能够在《世界文学》上发表，并且未被更高的权威质疑，就等于说这一译名被固定下来。

黄雨石其实曾对"垮掉的一代"或者"被搞垮的一代"的译法提出异议，但是他对这个词的译法的质疑并没有跨出以生活方式为中心的译介视角。他质疑的是原文中的"beat"不应被理解为表示被动的分词，而应该理解为"俚语中的一个形容词"。① 他进而建议将"beat"译为"实在厌倦了"，把"beat generation"译为"厌倦的一代。"不过，一方面，这本书是作为"黄皮书"出版的，理应与官方的文艺批评理解保持一致，即《在路上》是社会主义现代化道路唾弃的反面教材。另外一方面，"厌倦的一代"和"垮掉的一代"的译法上的分歧，其实并没有什么本质的区别。

"beat"中的精神层面在他们翻译之初也有人提出。据李文俊回忆，他们在翻译"beat generation"这一名词时请教过钱钟书，钱钟书提示他们"beat"一词可能有宗教含义（beatitude），不过对"垮掉"这一译法没有提出疑义。在毛泽东时代翻译体制化的强力作用下，国家意识内化为一种不在场的审查，即官方虽然没有具体的、显性地对译者的翻译进行审查，但是译者潜意识中与其趋同。1979 年后，汉语圈内对"beat generation"翻译方式和讨论的多元化则从反面说明了，体制化的社会法则为翻译带来的局限扼杀了创造力生成的可能。在台湾译本中，梁永安采用非常中性的翻译方式把它译为"敲打的一代"，是与凯鲁亚克所说的"beat"的第一层含义接近。陈苍多教授则在他译成《在生命的旅途中》的序言中说："我在本书中将 beat 和 hipster 都译成'披头族'，也许较能传神。"这个书名和对"beat"的译法虽然很有新意，但似乎将

---

① ［美］凯鲁亚克：《在路上》，石荣、文慧如译，北京：作家出版社，1962 年，第 311 页。

"beat generation"同"嬉皮士"/"披头士"完全混为一谈。另一著名学者单德兴则认为"敲打的一代"未能充分表达原意,近来反而多采用大陆"垮掉的一代"的译法,不过,他本人主张把它译为"颓废的一代"。而大陆的翻译界也开始对"beat generation"有不同的看法。《简明不列颠百科全书》中文版的译者把"beat"译成"避世",但这样一来"beat generation"成了避世作家。董乐山提议将"beat"译为"疲脱",他认为"疲脱"可以做到音义兼顾,"脱"所含有的"洒脱"、"超脱",接近"beatitude"的宗教含义,而"疲"也传达了原来所指的由于困顿的生活处境而造成的沉重的精神状态,但没有指责他们颓废、荒唐的意思。致力于译介垮掉派文学的文楚安教授主张直接以"beat generation"的缩写"BG"代指垮掉派。以"BG"或者"垮掉的一代"来指称这一派的作品得到了较多的支持。权威不是由官方认定,出版不是由官方决定,看似一小步,却是翻译体制化的年代所难以跨越的鸿沟。虽然最后的讨论结果仍然是毛泽东时代的"垮掉的一代"的译法受到最多支持,获得广泛认可,但是对于这个词的翻译方式的讨论过程的意义却不仅限于是否是准确地传递了字义。学者可以各抒己见并且都公开发表出来,说明了一个政府赞助人掌控一切的时代的终结。

石荣本将译介"beat generation"的中心定位在生活方式,注定使这一译本在某种程度上忽视了自发性写作风格本身的现代性。石荣本的《在路上》的平实、理性化的传统式叙事方法是中国的读者们熟悉并耳濡目染的,因而使得这一文本更容易为中国读者读懂,易于传播。但是"自发性写作"的风格特色在石荣本中的消泯,使得这一风格在很长一段时期内并没有影响到中国当代文学的写作,直到第三代诗歌才开始认识到其作为一种风格的冲击力,开始应用到中国诗歌的创作中。[①]

(五)结语:翻译中的自我审查

在第四章和第五章分别考察了1949—1979年翻译的外部环境和译者

---

① 蔡蕊:《垮掉的一代及〈在路上〉在中国影响》,《文学界》,2010年第12期,第24页。

第二部分
翻译现代性：跨境的翻译

的特殊性之后，本章以《在路上》的例子具体探讨了当时的译者如何处理西方式现代性。

在体制与译者的关系中，由于翻译被纳入体制化，译本是国家资源，译者也不靠版税生活而是靠国家发的工资，著作权在毛泽东时代一时不再是一个主要矛盾。署名撰写意味着要承担政治上的风险性，而集体署名以及用笔名署名则极大地分散并降低了这种风险性，所以作为 On the Road 的最早的中文译本，《在路上》的翻译是由石荣、文慧如这一译者群以集体合作的方式完成。也有一种可能是，在强调集体精神的毛泽东时代，翻译界也顺应了强调集体合作、减少个人主义的大趋势。无论如何，石荣本的集体署名和使用笔名都不是一个个体现象，另外一些内部书，比如《斯大林和法国共产党（1941—1947）》的译者就署名为"齐伐修"（齐来讨伐修正主义），而《斯大林评传》的译者署名为"齐干"（一齐干）。译者们一方面放弃了署名，隐身于集体身份的阴影之下；另一方面，虽然已经是影子人，他们依然无法规避了意识形态（社会准则、文学思想）的规约。

在石荣本的译者中，石荣和文慧如应该都是笔名，其中"石"代表黄雨石，"荣"代表施咸荣，"文"代表李文俊，"慧"代表刘慧琴。其中黄雨石和施咸荣应该是主要译者，而其余成员可能是做了校稿和编辑的工作。这体现在 1983 年这一译本的公开发行的版本中，当不再以"石荣、文慧如"这一笔名署名的时候，取而代之的是黄雨石和施咸荣的名字，其余成员的名字则没有被保留了下来。①

本章说明，在毛泽东时代翻译体制化与译者主体性的交互作用中，形成了译者的"自我审查"。在《在路上》的翻译中，这种不在场的"自我审查"体现在各个方面，包括词语的选择、情节的删减、通过移

---

① 孙致礼在对1949—1966年中国英美文学的翻译做整体论述的时候将《在路上》视为黄雨石和施咸荣的代表作（并且在介绍这本书时只提及了这两位译者），可见这部小说的重要地位。孙致礼：《1949—1966：我国英美文学翻译概论》，南京：译林出版社，1996年，第76—77页。

情改造人物,并在某种程度上改造西方现代派的写作风格。

布迪厄(Pierre Bourdieu)在《语言与符号权力》(*Language and Symbolic Power*)中清楚地说明了内化的自我审查的强大力量。在他看来,审查制度的完美或者审查制度的隐形意味着,每个文化的施为者除了被授权诉说的内容外都不会再有别的诉说的愿望。在这种情况下,文化的施为者不必成为他自己的审查员,因在某种意义上,已经内化了的、成为他自身的一部分的表达方式会强加给他所有的表达形式。① 本章的讨论充分地揭示了在翻译中,目的语国家的意识形态、社会法则、语言法则、诗学理念都可能内化在这种不在场的审查中。

综上所述,1949—1979年的意识形态、社会准则、语言准则和诗学理念在石荣本这一《在路上》的第一个中译本中留下了深深的烙印,并突显在译者的自我审查中。经过以黄雨石和施咸荣为主的译者们的删改,1962年的《在路上》节略本作为第一个中译本比原著理性、简洁,人物形象更单纯,甚至还带点英雄气质。而个人与国家命运的交织不再以期待伟人的救赎为出口,这种真正的孤独、痛苦的个人反映了现代性在中国的深入和润物无声的演进。

参考文献:

(一)中文文献

蔡蕊:《垮掉的一代及〈在路上〉在中国影响》,载《文学界》,2010年第12期,第23—24页。

黄杰汉:《〈在路上〉四个中译本的简评》,载《广西大学学报(哲学社会科学版)》,2007年5月第29卷增刊,第103—104页。

黄杰汉:《关于〈在路上〉在中国受到的改写研究》,贵州大学硕士论文,2008年。

---

① Pierre Bourdieu, *Language and Symbolic Power*, translated by Gino Raymond and Matthew Adamson (Cambridge, MA: Harvard University Press, 1991), p. 138.

第二部分
翻译现代性：跨境的翻译

施亮：《关于黄皮书》，载《光明日报—博览群书》，2006年4月7日。

孙致礼：《1949—1966：我国英美文学翻译概论》，译林出版社1996年版。

王友贵：《20世纪中国翻译研究：特殊年代的文化怪胎"黄皮书"》，载《广东外语外贸大学学报》，2010年5月第21卷第3期，第43—47页。

于会泳：《让文艺舞台永远成为宣传毛泽东思想的阵地》，载《文汇报》，1968年5月23日。

张隆溪：《20世纪西方文论述评》，三联书店1986年版。

张晓芸：《"垮掉派"文学作品在中国的译介研究》，载《解放军外国语学院学报》，2007年5月第30卷第3期，第56—60页。

朱世达：《反英雄与亚文化：美国战后避世时代作家与王朔比较研究》，载《美国研究》，1994年第1期，第48—64页。

［美］凯鲁亚克：《旅途上》，梁永安译，台湾商务印书馆1999年版。

［美］凯鲁亚克：《在路上》，施咸荣译，作家出版社1962年版。

［美］凯鲁亚克：《在路上》，文楚安译，漓江出版社2001年版。

（二）外文文献

Barthes, Roland, "From Work to Text", in Philip Rice & Patricia Waugh (eds.), *Modern Literary Theory: A Reader*, London: Edward Arnold, 1989, pp. 166—171.

Berman, Antoine, "Translation and the Trials of the Foreign", inLawrence Venuti (ed.), *The Translation Studies Reader*, London and New York: Routledge, 2000, pp. 284—297.

Bourdieu, Pierre, *Language and Symbolic Power*, translated by Gino Raymond and Matthew Adamson, Cambridge, MA: Harvard University Press, 1991.

Felman, Shoshana, *Jacques Lacan and the Adventure of Insight: Psychoanalysis in Contemporary Culture*, Cambridge, MA: Harvard University Press, 1987.

Freud, Sigmund, *Introductory Lectures on Psychoanalysis*, London: Peguin Books, 1991.

Kerouac, Jack, *On the Road*, New York: Penguin Books, 1976.

Krings, H. P., "Translation problems and translation strategies of advanced German learners of French", in J. House, & S. Blum-Kulka (eds.), *Interlingual and intercultural communication*, Tubingen: Gunter Narr, 1986, pp. 263—75.

Lacan, Jacques, *Le seminaire*, *livre XX*, Paris: Seuil, 1975.

Lefevere, André, *Translation, Rewriting and the Manipulation of Literary Fame*, London and New York: Routledge, 1992.

Loescher, W., *Translation Performance, Translation Process and Translation Strategies*, Tuebingen: Guten Narr, 1991.

McDougall, Bonnie S., "Censorship and Self-Censorship in Chinese Poetry and Fiction, 1976—1986", in *Fictional Authors, Imaginary Audiences: Modern Chinese Literature in the Twentieth Century*, Hong Kong: The Chinese University Press, 2003, pp. 205—224.

Schwab, Gabriele, *The Mirror and the Killer-Queen: Otherness in Literary Language*, Bloomington, Ind.: Indiana University Press, 1996.

Schwab, Gabriele, *Subjects without Selves: Transitional Texts in Modern Fiction*, Cambridge, MA: Harvard University Press, 1994.

Talgeri, Pramod & Verma, S. B. (ed.), *Literature in Translation: from Cultural Transference to Metonymic Displacement*, London: Sangam Books, 1988.

Toury, Gideon, *Descriptive Translation Studies and Beyond*, Amsterdam and Philadelphia: Benjamins, 1995.

Wolf, Michaela, "Translation Activity between Culture, Society and the Individual: Towards a Sociology of Translation", in *CTIS Occasional Papers* 2, Manchester: Centre for Translation and Intercultural Studies, UMIST, 2002, pp. 33—44.

WuDunn, Sheryl, "The Word from China's Kerouac", *New York Times Book Review*, January 13, 1993.

Venuti, Lawrence, *The Translator's Invisibility: A History of Translation*, New York: Routledge, 1995.

七 译者的特殊翻译策略:《麦田里的守望者》的第一个中译本

《麦田里的守望者》的第一个中译本是施咸荣翻译的,在1963年首次以内部书的形式出版。不止一位研究者关注到特殊时期的这一译

第二部分
翻译现代性：跨境的翻译

本，"当时的中国虽然处在文化专制主义统治下，还是让《麦田里的守望者》以内部出版的方式悄悄面世"。① 也不止一位中国的作家自己承认或者被认为受到塞林格的《麦田里的守望者》的影响。刘索拉的《你别无选择》、徐星的《无主题变奏》、陈村的《少男少女一共七个》、陈建功、王朔等的作品被认为有《麦田里的守望者》的影子，格非、苏童、韩东、石康等则从不讳言对塞林格的崇敬。苏童在不同场合多次提及《麦田里的守望者》中"不断否定"一切的主人公形象给他留下了很深的印象，对他和他们那一批 1980 年代末的中国"先锋派"作家都有重要影响。②《麦田里的守望者》的"守望者"被认为正是中国"新的知识分子的角色，一个边缘处求索的角色"。③

这部小说原著在西方被激烈地争论是否是"反意识形态的"④，颇为巧合的是，这部小说的译著在当时社会主义阵营中也引起了激烈的争论。历史讽刺性的巧合恰好说明这个文本的主题和风格的重要性。潘诺娃在刊登俄译《麦田里的守望者》的同期《外国文学》上，高度评价了这本书。她认为这本小说的风格是"真实的、现实主义的"，"读了之后，感情和思想会汹涌奔腾起来，象起了风暴的海面一样……这是真正的杰作的标志……但愿他能找到崇高的目的——不仅愿意为这个目的活下去，而且愿意为它牺牲自己的生命"。⑤ 这样的评论很容易使人联想到《钢铁是怎样炼成》中的保尔关于人最宝贵的是生命，应该把整个生命和全部精力都献给最壮丽的事业——为人类的解放而奋斗的宣言。看来，在潘诺娃的眼中，霍尔顿与社会主义的英雄并没有本质的不同。相反的意见的代表则是迪姆希茨，他在 1960 年 12 月 14 日的《文学与生

---

① 赵振先：《麦田里的守望者》，《博览群书》，1998 年，第 29 页。杨金才，朱云：《中国的塞林格研究》，《外国文学研究》，2010 年第 5 期，第 129—137 页。
② 苏童，《创作，如何利用童年记忆》，香港大学演讲，2012 年 3 月 13 日。
③ 谢冕、张颐武：《大转型——后新时期文化研究》，哈尔滨：黑龙江教育出版社，1995 年，第 89 页。
④ Charles A. Reich, *The Greening of America* (New York: Random House, 1970), pp. 222—223.
⑤ [美] 塞林格：《麦田里的守望者》，施咸荣译，北京：作家出版社，1963 年，第 283—284 页。

革命路上
翻译现代性、阅读运动与主体性重建，1949—1979

活》报上，发表了《这种话决不能同意……》，批评潘诺娃希望霍尔顿找到可以为之牺牲生命的"崇高目的"是"可悲的错觉"，并且认为《麦田里的守望者》是"一本可怕的书"。在他看来，塞林格创作的是"现代派颓废主义的可怕作品"，而霍尔顿代表了"现代美国资产阶级青年的精神空虚"。① 在直接否认《麦田里的守望者》的风格与"现实主义"的任何关联的同时，迪姆希茨也把这本书推至社会主义意识形态的反面。施咸荣在1963年的译后记中记录了这些争论，而在该书1983年版的译本前言中，有这样一段话：

> 我国的青少年生长在社会主义祖国，受到党、团和少先队组织的亲切关怀，既有崇高的共产主义理想，又有丰富多采、朝气蓬勃的精神生活，因此看了像《麦田里的守望者》这样的书，拿自己幸福的生活环境与资本主义的丑恶环境作对比，确能开阔视野，增加知识。当然，如果有个别青少年分不清两种根本不同的社会制度的界限，不珍惜祖国的社会主义精神文明，竟也去盲目崇拜或模仿霍尔顿的思想、举止和言行，那自然是十分错误的了。对此我们也应该有所警惕。②

这段话在21世纪以来的新版本中被删除了。不过它记录了中国对美国文学的阅读史中很有意思的一个阶段性的特征：欧美的资本主义国家的当代文学所言说的现代性，与社会主义现代性之间的冲突意味着对社会主义文学建设的潜在的威胁，尤其是在青少年的教育和思想状态问题上，中国对美国文学的解读曾是十分警惕乃至敌视的。

在对施咸荣版《麦田里的守望者》译本的研究中，孙仲旭2007年版的新译常常被用来作比较研究。王晓蕾从具体语词的选择的比较入手，从翻译策略的角度探讨施咸荣译本和孙仲旭译本在语言层面对原著

---

① ［美］塞林格：《麦田里的守望者》，施咸荣译，北京：作家出版社，1963年，第284页。
② ［美］塞林格：《麦田里的守望者》，施咸荣译，南宁：漓江出版社，1983年，第V—VI页。该前言由施咸荣写于1982年12月，北京。

第二部分
翻译现代性：跨境的翻译

的转换。在选词、句法、俚语、文化负载词等的翻译上，他认为施译和孙译各有优劣。根据词语选择上的比较，王晓蕾提出对于《麦田里的守望者》这样"有十分鲜明的语言特色和写作风格的文学作品"，翻译者应尽量采取"异化"的方法。[①] 陈红梅则以描述性翻译理论的视角对施咸荣译本和孙仲旭译本作了比较。她认为，施译和孙译都是从源语直接翻译，未借助第三语言。从结构规范的角度来说，施译较多保留了原文的句式特征，孙译倾向于用长句组合意象群。从文本语言规范的角度来说，施译较多保留了原文的口语体特点，孙译"语体级别高于原文"，较多使用长句和四字词语，并且较多采用目的语中的现成表达方式。从预先规范的角度来说，施译倾向于翻译的充分性，兼顾可接受性，孙译以可接受性为第一考虑，兼顾充分性。

然而，在以上对《麦田里的守望者》译本的研究中，无论是从翻译策略出发的语言层面的考量还是借助描述性翻译理论客观地"解释翻译现象"[②]，都只是进一步验证了德里达所说的翻译是一种"有调节的转换"（regulated transformation）[③]，却没有解决"谁负责调节"（regulating）的问题。赵湘波从宏观的角度入手，借助阿尔都塞的意识形态理论和勒菲弗尔的翻译重写理论考察意识形态在翻译《麦田里的守望者》的过程中的操控作用，算是对"谁负责调节"（regulating）问题的一个回应。首先，赵湘波认为"1960年代中国的国家意识形态对翻译选目有非常重要的影响"，所以"施的译作大都是带有很浓政治色彩的文学作品"。其次，他认为"黄皮书"这种内部出版形式反映了赞助人意识形态对译本的出版发行的操纵。最后，他提出施的"个人意识形态"的影响，在他看来，施咸荣

[①] 王晓蕾：《从翻译策略的视角看〈麦田里的守望者〉的两个中译本的对比研究》，合肥工业大学硕士论文，2009年，第44页。

[②] 陈红梅：《20世纪80年代初和新世纪小说翻译的规范个案比较研究——以〈麦田里的守望者〉两个中译本为例》，广东外语外贸大学硕士论文，2008年。陈红梅研究的1983年版的施咸荣译《麦田里的守望者》是1963年版的施咸荣译《麦田里的守望者》的再版。

[③] Jacques Derrida, *Positions*, translated and annotated by Alan Bass (Chicago: the University of Chicago Press, 1981), p.20.

革命路上
翻译现代性、阅读运动与主体性重建，1949—1979

翻译的动机是"为了让国人用批判的眼光更好地了解西方社会，起到教育的作用"，因而施咸荣主要采用了"归化"的翻译策略。①

学者们的研究触及了几个重要的问题，而这些问题并没有被解决：首先，同样是对于施译《麦田里的守望者》的翻译策略的研究，陈红梅等认为其主要是"异化"的翻译，保留了异质元素，赵湘波则恰恰相反，认为其主要是"归化"的翻译，那么究竟应该怎样看待译者的翻译策略？其次，学者们在语言层面上、文化层面上和意识形态层面上都说明了翻译是一种"有调节的"转换，但是这种"有调节的"转换在毛中国"文化大革命"风雨欲来的前夕这一特殊而具体的历史语境下究竟提供了怎样一种对原文的理解和改写呢？最后，应该如何理解译者（例如所谓译者的"个人意识形态"）在译文中起的作用呢？

本章主要以解构主义的翻译理论作为理论架构，以文本为主要分析对象，依次考察施咸荣如何翻译《麦田里的守望者》的语词、情节、人物形象和语言风格。希望通过这些分析，不仅有助于更为全面地了解施咸荣译本的特点，更对文学翻译中译者的翻译策略的进一步研究有所助益。

作为21世纪的新译本的代表，孙仲旭的译本将被用来作比较研究。② 之所以采用这一译本作比较的原因是，首先，孙仲旭的译本有相当的市场影响力。孙仲旭译本在2007年获译林出版社出版后，短短数

---

① 赵湘波：《论意识形态对〈麦田里的守望者〉译介的操控》，湘潭大学硕士论文，2006年。
② 到目前为止，中国大陆和台湾出版了大约11个不同的中文翻译版本，分别是：1）施咸荣译：《麦田里的守望者》，北京：作家出版社，1963年，内部发行。该版本有1983年、1992年、1998年、1999年、2002年、2003年、2006年、2008年、2010年、2011年等多家出版社的重印本；2）陈伟译：《麦田里的守望者》，通辽：内蒙古少年儿童出版社，2001年；3）孙仲旭译：《麦田里的守望者》，南京：译林出版社，2007年；4）吴友诗、刘守世译：《麦田捕手》，台北：水牛出版社，1968年，1974年重印；5）贾长安译：《麦田捕手》，台北：众人出版社，1968年，该版本另有1982年、1993年、1994年不同出版社版本；6）杨玉娘译：《麦田捕手》，台北：林郁文化事业有限公司，1991年；7）虞为清译：《麦田捕手》，台北：金枫出版社，1991年；8）陈雅香译：《麦田捕手》，台南：汉风出版社，1992年；9）黄莉、廖炳文编译：《麦田捕手》，台北：大步文化，1999年；10）方达仁译：《麦田捕手》，台北：人本自然文化事业有限公司，1999年；11）施咸荣、祁怡玮译：《麦田捕手》，台北：麦田出版社，2007年。

第二部分

翻译现代性：跨境的翻译

年就被重印 12 次之多。① 其次，孙仲旭译《麦田里的守望者》是出于对原文的热爱。孙仲旭在看完施咸荣译本之后，决心自己重新翻译一遍②，想必是对施咸荣译本不十分满意。最后，也是非常重要的一点是，同样由社会主义中国的译者进行翻译，文化背景相似，孙译与施译中的一些不同，衬托出施咸荣译本背负的时代枷锁。然而，在没有政治枷锁、更为中立和自由的环境中，并不意味着翻译就进入了一个单纯的、真空的环境中，市场因素取代政治因素影响了孙译。本章认为孙译与施译各有优劣，不过总体而言，施咸荣译本显得更有灵气，更为尊重原著。在检视施译文本并对照孙译之后，没有所谓的唯一的、终极的文本，施译本的价值正在于提供了一种特殊历史条件下的解读，并提供给毛泽东时代的读者的阅读一种新鲜而自由的文学体验。在翻译、出版这部西方现代派代表作的例子中，译者的文学"品味"与意识形态作用下的社会"规范"很难被分得一清二楚，可以说，在某种意义上，这种混杂恰好体现了翻译的主体间性。

（一）翻译《麦田里的守望者》的语词选择

霍尔顿的用词是典型而又独特的纽约青少年的口语，这就要求译者不仅有语言和文化的功底，而且也要有勇于挑战中国书面语使用规范的勇气。下面将以 *Catcher in the Rye* 的最新中译本（孙仲旭本）为参照，对施咸荣翻译的《麦田里的守望者》中的一些语词的选择作进一步的说明，包括口头禅（pet phrase）和粗口（foul language）的翻译。

首先，在《麦田里的守望者》英文原文中有很多的小句，是纽约青少年口语中常常出现，而汉语中很少使用的，是译者面临的第一重挑战。例如"Jesus Christ"，"They can drive you crazy"，"they really can"等。这些小句在施咸荣那里都得到了充分的翻译，包括代词 it、they 的确切意指和助动词 did、do。就连这些语言元素的位置也大多与原语中

---

① ［美］塞林格：《麦田里的守望者》，孙仲旭译，南京：译林出版社，2010 年，第 447 页。
② ［美］塞林格：《麦田里的守望者》，孙仲旭译，南京：译林出版社，2007 年第一版，2010 年第 12 次印刷，第 447 页。

革命路上
翻译现代性、阅读运动与主体性重建，1949—1979

的相应元素的位置相同。相比之下，孙的翻译中对约 80% 的这类句子做了一些修改，只是保留了核心词语的意义，比如 really。施则在尊重句法的前提下，基本是一字一句地逐字译的（表1.2）。

表1.2：口头禅（Pet Phrase）的翻译[1]

ST	Translation by Shi	Translation by Sun
I have quite a bit of equipment at the gym I have to get to take home with me. I really do. (p. 15)	体育馆里还有不少东西等我去收拾，好带回家去。我真有不少东西得收拾呢。(p. 18)	我有不少器材放在健身房，得带回家去，必须去取，真的。(p. 16)
Jesus Christ. They can drive you crazy. They really can. (p. 73)	老天爷，她们真能让你发疯。她们真的能。(p. 93)	女孩，天哪，她们能让你疯掉，真的。(p. 73)

《麦田里的守望者》中的粗口，是中国的译者面临的第二重挑战，也是更大的挑战。在《麦田里的守望者》中，不仅霍尔顿的语言是有些粗俗的，其他的青少年也大多类似，他们以此来表示自己的玩世不恭、成熟和反叛。所以粗口和粗俗的口语化表达的翻译绝非是可有可无的，而是重中之重。1960年代的施咸荣在翻译中对这一类的词十分重视，并且在某种程度上突破了当时文学语言的禁忌。他不仅保留了这些粗口或粗俗的口语化表达，甚至有时会把它改得更夸张，例如原文说哈斯先生讨好那些有钱有势的家长，"On Sundays, for instance, old Haas went around shaking hands with everybody's parents when they drove up to school. He'd be charming as hell and all"。但是施咸荣在翻译时用更为夸张而形象的表达翻译成"还像个娼妇似的巴结人"。[2] 相比之下，孙译会采用稍

---

[1] 如无特殊说明，本章英文原文来自 J. D. Salinger, The Catcher in the Rye (New York; Boston; London: Little, Brown and Co., 1991. c. 1945, 1946, 1951)。施咸荣译文来自 [美] 塞林格：《麦田里的守望者》，施咸荣译，北京：作家出版社，1963年。孙仲旭译文来自 [美] 塞林格：《麦田里的守望者》，孙仲旭译，南京：译林出版社，2010年。下同。

[2] [美] 塞林格：《麦田里的守望者》，施咸荣译，南京：译林出版社，2010年，第15页。

第二部分
翻译现代性：跨境的翻译

微文雅的说法来代替源语文本中的粗口或粗俗的口语化表达。例如，孙译常常用"破"这个词来笼而统之地翻译粗口，使意思变得比较中性，语气较弱，有时不能很好地传递原文的情绪（表1.3）。

表1.3：粗口或粗俗的口语化表达（Foul Language）的翻译

ST	Translation by Shi	Translation by Sun
"The leading man can't go on. He's drunk as a bastard. So who do they get to take his place? Me, that's who. The little ole goddam governor's son."（p.29）	"那位领舞的不能上场。他醉得像只王八啦。那么谁来替他上场呢？我，只有我。混帐老州长的小儿子。"（p.37）	"主演上不了场。他醉得像一滩烂泥，他们找谁来救场？我，正是我，老破州长的小儿子。"（p.30）
They live right in the goddam ice. It's their nature, for chrissake.（p.82）	他们就住在混帐的冰里面。这是它们的本性。老天爷。（p.105）	他们就活在他妈的冰里面，那是天性。天哪。（p.83）
I left all the foils and equipment and stuff on the goddamn subway.（p.3）	我们把比赛用的剑，装备和一些别的东西一古脑儿落在他妈的地铁上了。（p.3）	…我把剑还有别的装备什么的全给忘到了破地铁上。（p.5）
"Get your lousy knees off my chest," I told him. I was almost bawling. I really was. "Go on, get offa me, ya crumby bastard."（p.44）	"把你的臭膝盖打我的胸上拿掉，"我对他说。我几乎是在大声吆喝。我的确是的。"滚，打我的身上滚开，你这个下流的杂种。"（p.56）	"把你的破膝盖从我胸口上挪开，"我对他说，我几乎在吼，真的，"快点，别压着我，你这个破杂种"。（p.44）
"That sonvuvabitch Hartzell thinks you're a hotshot in English, and he knows you're my roommate. So I mean don't stick all the commas and stuff in the right place."（p.28）	"那个婊子养的哈兹尔以为你的英文好的了不得，他也知道你跟我同住一屋。因此我意思是你别把标点之类的玩艺儿放对位置。"（p.36）	"那个狗娘养的哈策尔觉得你语文很厉害，他知道我跟你同住。我是说你别把逗号什么的全用对了。"（p.30）

· 223 ·

相比之下，施咸荣的译本更为直接地还原了原文的异质元素，语词更多变化，最大程度上保留了那些口语化的小句，也没有试图让原文的粗口或粗俗化的口语表达文雅化。在以弘扬革命者的高尚情操为主流导向的十七年文学中，被认为难登大雅之堂的粗口在这一译本中的大量出现无疑会给当时的读者不小的冲击。

在1980年代前后中国文学中时常出现的痞子式的语词或许和施译《麦田里的守望者》的流行不无关系。文学中的痞子式的口头禅和粗口在"文革"后相当一段时期内曾引起激烈的争论，但最终成为一种流行。这一流行以王朔为代表，尤其是他调侃的京味口语。王朔自己也认可痞子精神在他的文学中的价值，认为"我作品中真正有价值的就是那中间的痞子精神"，而这种痞子，他的解释是"低俗"。① 对于这一流行背后的原因，有研究者认为是由于王朔的作品"剥去由政治观念或传统道德强加在文学身上的虚假外壳"②，反映了"文革"后"社会转型期间人们的逆反心理"，所以吸引了大批读者。③ 朱大可在2006年出版的《流氓的盛宴》一书中则使用"王朔主义"一词来表明这种亚文化背后混杂的"清贵族破落后的终日无所事事的慵懒气息"、"大杂院出身的街痞的油滑的贫嘴"和"军区大院干部子弟的政治优越感"。④ 虽然时空相距甚远，但是中国这一亚文化的表现与霍尔顿这个美国东部中上层家庭出身的青少年的特殊的口语化表达、优越感和身份认同的焦虑是相似的。⑤

---

① 王朔：《无知者无畏》，沈阳：春风文艺出版社，2000年，第12页。
② 王蒙提出，王朔以亵渎崇高"捅破文学的时时绷得紧紧的外皮"。"……我们必须公正地说，首先是生活亵渎了神圣，比如江青和林彪摆出了多么神圣的样子演出了多么拙劣和倒胃口的闹剧。我们的政治运动一次又一次地与多么神圣的东西——主义、忠诚、党籍、称号直到生命——开了玩笑……是他们先残酷地'玩'了起来！其次才有王朔。"王蒙：《躲避崇高》，《读书》，1993年第1期，第14页。
③ 谢东华：《自我尊崇的坍塌与平凡人性的回归》，《大家》，2010年第15期，第7页。
④ 朱大可：《流氓的盛宴——当代中国的流氓叙事》，北京：新星出版社，2006年，第227页。
⑤ 参见第二章关于先锋的史卡兹风格和霍尔顿谴责自己身处的资产阶级中上层社会的假模假式，同时又深入地卷入到这种假模假式中的分析。

第二部分
翻译现代性：跨境的翻译

（二）翻译《麦田里的守望者》的情节删减

在第二章中笔者已经说明了霍尔顿的确有对这个世界疏离的表现，具体表现为身体的抗拒、精神的抗拒、心理的抗拒、神智的抗拒，但是他的疏离不是宗教的反叛、政治的反叛、或者社会的反叛。这种疏离，尤其是精神上的、心理的、神智上的抗拒使得《麦田里的守望者》不时会出现场景的突变、情节的转换、或者情绪的跳跃。在翻译《麦田里的守望者》时，施咸荣不曾试图理顺故事的发展，而是最大限度保留了原文情节发展脉络。他主要删掉或改写的是涉及性或同性恋的敏感话题。

施咸荣最大限度保留原文情节发展脉络。即使对于原文的句序，施咸荣都没有为了汉语的语法规则而进行修改（孙仲旭的译本则尽力消除了这些不合汉语语法规则的因素，表1.4）。这说明不是万不得已，施咸荣不会对《麦田里的守望者》作明显删改。

表1.4

ST	Translation by Shi	Translation by Sun
There isn't any night club in the world you can sit in for a long time <u>unless you can at least buy some liquor and get drunk. Or unless you're with some girl that really knocks you out.</u> (p. 76)	世界上没有一个夜总会可以让你长久坐下去，<u>除非你至少可以买点酒痛饮一醉，或者除非你是跟一个让你神魂颠倒的姑娘在一起</u>。(p. 87)	<u>除非能买点烈酒来喝醉，或者跟一个让你神魂颠倒的女孩儿在一起</u>，否则世界上没有一家夜总会能让你久待。(p. 76)
The best break I had in years, <u>when I got home the regular night elevator boy, Pete, wasn't on the car.</u> (p. 157)	我这几年来最好的运气，就是<u>在我回家的时候平时那个值夜班开电梯的彼得恰好不在</u>。(p. 199)	<u>到家时，我发现通常值夜班开电梯的皮特不在</u>，这么多年，都没有那次运气好。(p. 158)
I sat down on it. "How's your grippe, <u>sir</u>?" (p. 8)	您的感冒好些吗，<u>先生</u>？(p. 9)	<u>先生</u>，您感冒怎么样了？(p. 9)

· 225 ·

革命路上
翻译现代性、阅读运动与主体性重建，1949—1979

施咸荣删掉或改写的主要是涉及同性恋的敏感话题或者年轻人的亲热画面，而孙译在这方面较少忌惮（表1.5）。

表1.5

ST	Translation by Shi	Translation by Sun
He was always saying, "Try this for size," and then he'd goose the hell out of you while you were going down the corridor. And whenever he went to the can, he always left the goddam door open and talked to you while you were brushing your teeth or something. That stuff's sort of flitty. (p. 143)	他老是说："这件事你可以实地干一下试试。"你走到走廊上的时候，他还会在你后面拼命呵痒。……这类玩艺儿就有搞同性爱的迹象。(p. 181)	他经常在你经过走廊时对你说"试试这个大小如何"，然后猛捣你的敏感部位。他每次上厕所时，老是他妈的不关那格厕所门，在你刷牙或者干别的什么时跟你说话。这种事有点儿同性恋意思。(p. 144)
We horsed around a little bit in the cab on the way over to the theater. At first she didn't want to, because she had her lipstick on and all, but I was being seductive as hell and she didn't have any alternative … Then, just to show you how crazy I am, when we were coming out of this big clinch, I told her I loved her and all. (p. 125)	在去戏院的路上，我们在汽车里胡搞了一会儿。最初她不肯，因为她搽着口红什么的，可我真是他妈的猴急得要命，她简直拿我没办法。……现在，我再来告诉你我究竟疯狂到了什么地步，当我们在这次热烈的拥抱中清醒过来的时候，我竟对她说我爱她。(p. 157)	打的去剧院时，我们在车上多少胡闹了一会儿。一开始她不肯，因为她抹了口红什么的，可是我对她引诱个没完，她也没办法。……我再跟你说件事，让你看我疯到何等程度：我们搂了半天后终于分开时，我跟她说我爱她。(p. 126)

施咸荣对描写有同性恋倾向的画面和两个年轻人亲热的场面的过滤，与性的问题在毛中国依然被认为不应该公开谈论的状况是一致的。如泰勒所说，这样的删改并不是说是好的、或是不好的，而是反映了译者的个体认同。泰勒的《自我的根源：现代认同的形成》一书最为人称道的就是，他没有试图为"什么是好的"下一个定义，而是展示了"自我"认同其实是一个建构出来的理念框架。他一再强调，道德体系无非

第二部分

翻译现代性：跨境的翻译

意味着重要性等级和先后顺序的差别，即一些事情被认为比别的事情来得重要。个体认同（individual identity），说到底是性的、家庭的和社会的各种网络之中的一个特定地位。

在这里，施咸荣的删改反映出国家意识已深深内化于译者的个人意识中。那些太过直接的与性的情节让霍尔顿显得不够纯洁，不符合当时对性的态度和诗学理念。因而施咸荣对这些情节采用直接删除或者较多贬义的翻译，显然受到了毛泽东时代国家意识的影响。

（三）捕手还是守望者？翻译《麦田里的守望者》的人物

《麦田里的守望者》借用霍尔顿这样一个少年人的眼睛看人生、看社会，建构了一个彷徨的反英雄的形象。这个彷徨的反英雄见证了西方社会个人化的趋势。然而，在施咸荣的移情的翻译中，这个彷徨的反英雄显得更富温情。施亮对其父施咸荣翻译《麦田里的守望者》的回忆力图辨清施咸荣译本翻译过程中的一些长期以来的疑问，尤其是书名的翻译。[①] 根据施亮的描述，施咸荣将 catcher 译为"守望者"，因为他觉得塞林格对孩子的企望是"温存的，不应该有警察的味道"。[②] 这个解释反映了译者对人物的认识，颇有革命浪漫主义的色彩。

《麦田里的守望者》（*The Catcher in the Rye*）的原书题名中的"catcher"一词并无"守望"之意。在美国有关《麦田里的守望者》的研究论文和专著中，基本没有关于"catcher"一词的讨论，可见对于美国的学者来说，这个词大概没有疑义。但是在跨文化的译介中，这个词却给中文的译者造成不小的麻烦。根据《林语堂当代汉英词典》的词条，"catcher"的字面义是"捕手"，指的是（baseball）the catcher。[③] 这应该是"麦田捕手"中"捕手"一词最直接的来源。但是"catcher"一定是"捕手"或"接球手"么？不同的字典对此也有分歧，例如

---

① 施亮：《一本畅销书的翻译历程》，《书屋》，2010 年 4 月，第 61—62 页。
② 同上。
③ 参见林语堂：《林语堂汉英词典》，香港：香港中文大学出版社，1972 年。

《英华和译字典》就把"catcher"译为"捉者、擒者、执者"。①《牛津高阶英汉双解词典》则为这个词提供了两个释义，一是"棒球接球手"，指在棒球比赛中蹲在本垒后面试图接住来自投手的球的运动员。另一个是"捕捉者，捕捉器"，例如捕鼠器。②霍尔顿试图接住，或抓住那些不知道往哪儿疯跑、差点掉下悬崖的孩子的行为，也可以说是类似于作为防守一方的"捕手"（林语堂译法），或接球手（牛津高阶词典译法）的行为。

台湾版将其书名译为《麦田捕手》也是有一定道理的。施铁民（David L. Steelman）提出"捕手"的译法是一个"misinterpretation"，可能是源自小说中提到的霍尔顿的弟弟艾里的棒球手套。艾里的棒球手套是一个"left-handed fielder's mitt"③，和捕手（catcher）没关系。但是施铁民认为塞林格的题目通常都是很奇怪的，这是塞林格有意采用的一种吸引读者的手段。因此，"捕手"虽然是一个误译，但是传递出了与西方读者初见此书一样的误解，这样奇怪的搭配或许能够起到同样的吸引读者的作用。④

但是回归小说本身的话，"catcher"的出现是由于霍尔顿误把一个小孩子唱的"If a body meet a body, coming through the rye"听成了"If a body catch a body comin' through the rye"⑤，才有了后面的"麦田"里的"catcher"的意象，因而"catcher"很可能是由"catch"加"er"变化而来。如果从最初引发这一想象的罗伯特·彭斯（Robert Burns）的《你要是在麦田里遇到了我》（Coming through the Rye）这首小诗来说，

---

① ［日］W. ロプシャイト原著：《英华和译字典》，中村敬宇等校正，东京：大空社，平成10（1998年），第508页。
② ［英］霍恩比（A. S. Hornby）：《牛津高阶英汉双解词典》，王玉章、赵翠莲、邹晓玲等译，香港：牛津大学出版社，第7版，2009年，第301页。
③ J. D. Salinger, *The Catcher in the Rye* (New York; Boston; London: Little, Brown and Co., 1991. c. 1945, 1946, 1951), p. 49.
④ David L. Steelman, *Annotations for J. D. Salinger's The Catcher in the Rye* (Taibei: Shulin Press, 1997. c. 1995), pp. xxvi—xxvii.
⑤ 可参考艾娃·嘉娜（Ava Gardner）在电影《红尘》（Mogambo, 1953）中演唱的版本。

第二部分
翻译现代性：跨境的翻译

"catch"和"meet"的区别就在于一个是守在那里，一个是不期而遇。对于中文语境下的读者来说，虽然"守望者"和"捕手"都传达出"守"的意思，"麦田守望者"无疑比"麦田捕手/接球手"诗意得多，也更符合想象画面的整体意境。将"catcher"译为"守望者"是施咸荣精心选择的。根据施咸荣之子的回忆，这个翻译是施几经考量、比较了"看守人"、"守望员"、"守望者"三种译法之后最后选定的；施咸荣后来知道台湾的译法也不以为然，因为他觉得塞林格对孩子的企望是"温存的，不应该有警察的味道"。① 在此意义上来说，施咸荣对"守望者"的执着选择，充分说明了移情对翻译的影响。

值得补充说明的是，如果说施咸荣将"catcher"翻译成"守望者"而非"捕手"或"接球手"，是由于特定历史条件下译者对棒球的无知，我认为这恐怕是一种偏见。棒球运动一度在中国十分流行。1873年清政府派遣留学生赴美，耶鲁大学的中国留学生曾组织过"中华棒球队"，并将棒球引入中国。根据上海市地方志的记载，光绪廿一年（即1895年）上海市的圣约翰书院已经开展了足球、棒球、网球等活动，至民国初年，上海市的不少中学都开展了类似的课外活动，包括施咸荣就读的圣芳济学院，直到1960年代，在上海市政府批转的高等教育局《关于高校开展文体活动的报告》对集训的提议中，仍有提及学生的棒球队。② 施咸荣就读的圣芳济学院是法国天主教耶稣会在1874年创办，1935年开设国语课程后成为上海最早的双语学校之一，"在圣芳济，数理化课本都是英语，老师也多数是外国人"。③ 圣芳济学院通行英语，学生了解他们课外活动项目之一的棒球的英语表达也是自然而然的事情。1931年，潘知本编译的《棒球》一书将"catcher"译为接球员，并附上英文对照。④ 此外，施咸荣就读的清华大学、北京大学都有棒垒球的传统，

---

① 施亮：《一本畅销书的翻译历程》，《书屋》，2010年4月，第61—62页。
② 上海市地方志办公室：《上海体育志》，2012年6月5日览。
③ 宁寿葆在对他的采访中回忆了1946年圣芳济的双语教学和体育活动。《宁寿葆：要用时代来修饰的儿科医生》，2012年6月日览。
④ 潘知本编译：《棒球》，上海：商务出版社，1931年，第9页。

棒垒球运动在1949年后的毛中国也是大量普及的运动。① 综上所述，1963年施咸荣翻译这一文本之时，应该不会因为不了解棒球运动，而选择不用"捕手"或"接球手"的译法。因此，"守望者"不会是施咸荣不小心的"误译"。

总之，施咸荣依据自己的理解在译本中对源语文本中的人物形象进行了一番有意的小小改造。原本小说中凸显的是资本主义社会飞速发展造成的反英雄，而在施咸荣的翻译中，霍尔顿更像是一个孤独的英雄，而非反英雄。② 他是正义的、救赎的，却是被误解的、未被认可的。在霍尔顿·考菲尔德的例子中，他的困境就在于他认为重要的事情是"大人们"或者活得如鱼得水的同龄人们忽视的，而后者认为重要的事情是他不屑一顾的，于是他们永远也无法沟通。霍尔顿的一切努力最后只表明，他与那个他试图融入的世界的裂痕越来越大。似乎是"先进的资本主义"并不能保证它的美好承诺的实现，引发了后续的种种幻灭。在这一意义上，施咸荣翻译的霍尔顿的形象有点向牛虻这样的革命浪漫主义的英雄形象靠拢。

（四）少年史卡兹：翻译《麦田里的守望者》的风格

霍尔顿语言中"大量的重复"、"用词错误"、"俚语的使用"和"夸饰法"使其风格符合"少年史卡兹"的特色：不像书写而像说话，并且是青少年说话的叙事法。③ 接下来，我们可以看看施咸荣是如何处理这些"大量的重复"、"用词错误"、"俚语的使用"和"夸饰法"的。

在《麦田里的守望者》中有大约250个"or something"和"or any-

---

① 邱惠群等编：《棒球》，北京：人民体育出版社，1978年。
② 不过，就施咸荣而言，他对霍尔顿的理解呈现出双重性，一方面，他认为塞林格和他笔下的人物霍尔顿，"实际上也是垮掉分子，只是垮得还不像后来的'垮掉分子'及'嬉皮士'那么厉害，还不到吸毒、群居的程度"，另一方面，他认为霍尔顿"尚想探索和追求理想（包括爱情理想），因此他向往东方哲学，提出长大成人后想当一个'麦田里的守望者'"。[美]塞林格：《麦田里的守望者》，施咸荣译，南宁：漓江出版社，1983年），前言页Ⅲ。
③ 具体讨论参见[美]大卫·洛吉（David Lodge, 1935— ）：《小说的五十堂课》，李维拉译，台北：木马文化，2006年，第34—35页。

第二部分
翻译现代性：跨境的翻译

thing"，让霍尔顿的表达显得啰唆或者不确定。其中，施咸荣的译本中翻译出来了大概 80 个，而 68% 的此类短语被忽略。相比之下，孙仲旭的译本中，大概有 160 个此类短语被翻译出来，只有 36% 被忽略。就这一点来说，孙仲旭的译本处理得比较好（表1.6）。

表 1.6：重复后缀（suffix）

ST	Translation by Shi	Translation by Sun
(or something)		
Iwondered if some guy came in a truck and took them away to a zoo or something. (p. 3)	我在琢磨是不是会有人开了辆卡车来，捉住它们送到动物园里去。(p. 16)	我想知道它们会不会让人用卡车送去动物园或者别的什么地方。(p. 14)
Iwas afraid he was going to crack the damn taxi up or something. (p. 83)	我生怕他会把这辆混帐汽车撞得粉碎。(p. 105)	我担心他会把这辆破的士报销还是怎么样。(p. 84)
(or anything)		
Itwas too late to call up for a cab or anything, so I walked the whole way to the station. (p. 53)	时间太晚，已叫不到出租汽车，所以我就一直步行到车站。(p. 68)	那时已经太晚，打不到的士什么的，我就一路走到了火车站。(p. 54)
(and all)		
She'd written me this long, phony letter, inviting me over to help her trim the Christmas tree on Christmas Eve and all. (p. 59)	她写了封又长又假的信给我，请我在圣诞前夕到她家去帮她修剪圣诞树。(p. 76)	她给我写过一封虚情假意的长信，邀请我圣诞夜去帮她修剪圣诞树什么的。(p. 60)
He said, in this one part, that a woman's body is like a violin and all, and that it takes a terrific musician to play it right. (p. 93)	他在书的某一章里说女人的身体很像个小提琴，需要一个大音乐家才能演奏出好音乐。(p. 118)	书里有一段，他说女人的身体就像小提琴什么的，只有很高明的音乐家才能拉好。(p. 93)

革命路上
翻译现代性、阅读运动与主体性重建，1949—1979

对于塞林格有意为之的"用词错误"，施咸荣努力寻找合适的对应。在表1.7中，霍尔顿在被追问在哪里动了手术，匆忙圆谎之间只好胡乱想了一个词"clavichord"（击弦古钢琴、翼琴），这个词并非一个描述人体器官或骨骼结构的医学词汇，自然也无法上面动手术。霍尔顿或许想本来说"coccyx"（尾骨），但是情急之下，想不起来这个生僻的医学用词，所以随口用"clavichord"来代替。施咸荣用"锁骨"来翻译这个词，现在中文的读者大部分都知道锁骨的位置，所以中国的读者难以从中文的经验出发理解霍尔顿在不得不说谎话而努力圆谎的时候极不自然而错漏百出的窘迫和幽默。而孙仲旭用一个生造词"勺骨"来翻译。虽然原文并非一个生造词，似乎也不需要用一个生造词来翻译。但是"勺骨"照应到了霍尔顿努力圆谎的情景，这个词的确会唬住大部分的人，让人不知道这块骨头在哪里。

表1.7：用词错误（misused words）

ST	Translation by Shi	Translation by Sun
"Nothing's the matter." Boy, was I getting nervous. "The thing is, I had an operation very recently." "Yeah? Where?" "On mywuddayacallit-my clavichord." "Yeah? Where the hell's that?" "Theclavichord?" I said. "Well, actually, it's in the spinal canal. I mean it's quite a ways down in the spinal canal." (p. 96)	"没什么。"嘿，我怎么会那么紧张呢！"问题是，我最近刚动过一次手术。" "是吗？哪儿？" "在我那——怎么说呢——我的锁骨上。" "是吗？那玩意儿是在他妈的什么地方？" "锁骨？"我说。"呃，真正说来，是在脊椎骨里。我是说在脊椎骨的尽里边。" (p. 90)	"也没什么。"乖乖，我越来越紧张。"是这样，我没几天前刚做了个手术。" "是吗？在哪儿？" "在叫'勺骨'的什么地方。" "是吗？那是他妈哪儿？" "勺骨？"我说，"对了，其实是在脊椎管里，我是说在脊椎管里很深的地方。" (p. 97)

但是在其他语言特色的方面，施咸荣的译本比孙仲旭的译本更能体现原文特色。对于《麦田里的守望者》中霍尔顿的俚语，在施咸荣的翻译中，共使用了120个现成的四字短语，而孙用了大约260个。孙尽量使用四字短语的后果是使得译文比较书面化，而施咸荣的翻译显得更为

第二部分
翻译现代性：跨境的翻译

口语化，更接近少年的表达方式（表1.8）。

表1.8：俚语（idiom）

ST	Translation by Shi	Translation by Sun
Then all of a sudden, Old Spencer looked liked he had something very good, something <u>sharp as a tack</u>, to say to me. (p. 10)	一霎时，老斯宾塞好像有十分妙、十分尖锐——尖锐得像针一样——的话要跟我说。(p. 11)	突然，斯潘塞老先生像是有什么特别精彩、<u>一针见血</u>的话要说给我听。(p. 11)
Anyway, it was December and all, and it was <u>cold as a witch's teat</u>. (p. 4)	嗯，那是十二月，<u>天气冷得像巫婆的奶头</u>。(p. 3)	当时已经是十二月，天气冷得邪门。(p. 5)
When I got outside, it was just getting light out. It was pretty cold, too, but it felt good because I was <u>sweating so much</u>. (p. 194)	到了外边，天已蒙蒙亮。天气也冷得要命，可我觉得挺舒服，因为我身上正<u>在拼命出汗哩</u>。(p. 247)	到外面时，天色正在变亮，也很冷，不过因为我身上<u>大汗淋漓</u>，所以感觉还不错。(p. 195)
I really <u>got a bang out of</u> that hat. (p. 27)	这顶帽子的确让我<u>心里得意</u>。(p. 26)	对这顶帽子，我真的是<u>爱不释手</u>。(p. 29)

对于《麦田里的守望者》中的"夸饰法"，施咸荣在翻译中较好地把握了霍尔顿的夸张。这种夸张是青少年的，也是带有纽约的特点的。比如施咸荣保留了"千百万根"白头发或是笑得裤子都掉了之类的夸张，而这些青少年的、美国特色的夸张表达在孙仲旭的译本中多多少少有所缺失（表1.9）。

表1.9：夸饰法（hyperbole）

ST	Translation by Shi	Translation by Sun
I really do. The one side of my head-the right side-is full of <u>millions of</u> gray hairs. I've had them ever since I was a kid. (p. 9)	我真有白头发。在头上的一边——右边，有<u>千百万根</u>白头发，从小就有。(p. 11)	真的，我右侧的头发<u>全白</u>了，从小就那样。(p. 11)
Something like that-a guy getting hit on the head with a rock or something-<u>tickled the pants off</u> Ackley. (p. 23)	像这一类事——有人头上挨了块石头什么的——总能让阿克莱<u>笑得掉下裤子</u>。(p. 29)	像这种事，比如说别人给石头砸了脑袋还是怎么样，能让阿克利<u>笑断肠子</u>。(p. 24)

· 233 ·

（五）结语：特殊的翻译策略

对于翻译方法或者说翻译策略来说，传统译论中一直以"直译"和"义译"两个概念为核心。不过自 1960 年代以来，西方出现了一些新的二分法。例如，奈达（Eugene A. Nida, 1914—2011）在 1964 年提出的"形式对等"（formal equivalence）与"动态对等"（dynamic equivalence）。朱莉安·霍斯（Juliane House, 1942—　）在 1977 年提出的"显性翻译"（overt translation）与"隐性翻译"（covert translation）。图瑞（Gideon Toury）在 1980 年代初提出的"适当性"（adequacy）与"可接受性"（acceptability）的标准。纽马克（Peter Newmark）在 1980 年代中后期提出的语义翻译（semantic translation）与交际翻译（communicative translation）。格特（Ernst-August Gutt）在 1991 年提出的"直接翻译"（direct translation）与"间接翻译"（indirect translation）等。

韦努蒂（Lawrence Venuti）在 1995 年提出了"异化翻译"（foreignizing translation）与"归化翻译"（domesticating translation），他对这两种翻译策略的分析成为关注毛中国文学翻译的学者最常使用的一对概念。"归化"（domesticating translation or domestication）和"异化"的翻译策略（foreignizing translation or minoritizing translation）与究竟是"请作者向读者靠近"还是"让读者向原作者靠近"的思考有关。① 所谓"归化"的翻译策略指的是将译文融入本土的文化，为原文找出对等的表达，为目的语读者提供一种自然流畅的译文。"异化"的翻译策略的提出则应该是受到了 Antoine Berman（1942—1991）的"receiving the foreign as foreign"② 影响，指的是保留原文的外国风情，使不同文化间的交流得以进行。韦努蒂认为这两种翻译策略的背后隐藏着一定的价值判断。对他来说，归化法带有贬义，因为归化法"把外国文本中的价值观

---

① Venuti 对 Schleiermacher 观点进行了分析。Lawrence Venuti, *The Translator's Invisibility: A History of Translation* (New York: Routledge, 1995), pp. 19—20。

② Antoine Berman, "Translation and the Trials of the Foreign", in Lawrence Venuti (ed.), *The Translation Studies Reader* (London; New York: Routledge, 2000), pp. 285—286。

第二部分
翻译现代性：跨境的翻译

隐匿在本国的价值观之中，令读者面对他国文化时，还在自我陶醉地欣赏自己的文化"①，而在英美国家中，"异化"的翻译策略虽然值得提倡，却带着"背离民族的压力"②，不易推行。

对施咸荣翻译《麦田里的守望者》的策略是"归化"还是"异化"的孤立分析将很难得出结论。因为毛泽东时代翻译体制化的大背景使得"异化"和"归化"的翻译策略背后的价值判断发生错位。或者说，韦努蒂在提出这一对概念的时候，其实并没有能够涵盖像毛泽东时代翻译体制化这样的情况。毛泽东时代内部书的出版是为了使知识精英和高层领导在意识形态上必须完全摒弃西方式的现代化。毛泽东时代翻译体制化的政治任务，意味着内部书中的译文正应该保留原文的外国风情，作为批判的对象。所以说，施咸荣即使采用了"异化"的翻译策略，其背后隐藏的价值判断也与韦努蒂归纳的不同。毛泽东时代翻译体制化下"异化"的翻译并没有什么"背离民族的压力"，相反，这恰恰是国家意识的要求。

而在《麦田里的守望者》的翻译中，施咸荣的"翻译为读者"的个人理念，使内化的毛泽东时代的诗学理念体现在他的翻译中，使得他的翻译策略看上去带有"归化"的翻译的色彩。如果回归到最初的思考，即究竟是"请作者向读者靠近"还是"让读者向原作者靠近"？那么施咸荣的"翻译为读者"的翻译理念也可以看做是他的翻译策略，即以读者的阅读体验为重。在毛泽东时代翻译体制化的高压下，作为体制内的译者的施咸荣既受到主流的诗学理念的影响，同时又借助这种本土的文化，相对于原文发挥了一定的主体性。这从本章对以"守望"一词为代表的浪漫化翻译方式和对粗口、附著语、口语化表达的讨论中，都得到证明。

《麦田里的守望者》在风格和人物形象上的突破见证了西方社会的个人化。如前所述，这一文本的原著的风格和人物形象曾引起了激烈的讨论，而在译介的过程中也最吸引读者。通过与孙仲旭译本的对比可以

---

① Lawrence Venuti, *The Translator's Invisibility*: *A History of Translation* (New York: Routledge, 1995), p. 15.
② Ibid., p. 20.

革命路上

翻译现代性、阅读运动与主体性重建,1949—1979

看出,施咸荣不仅在翻译中用移情的方式考虑到了意象的问题,而且保留具有个人化语言表达(即使这样的个人化语言是粗口或粗俗的口语化表达)。前者将霍尔顿变成了理想与现实的冲突中的孤独英雄,后者极大地冲击了所谓"社会主义文学"书面语的规范。如果说中国的作家们(比如王朔)受到翻译塞林格的什么影响,那么施咸荣在译文中传递并形成"假装不在乎,其实很在乎"的情感表达方式和一页纸可以写一半都带着"混帐、混蛋"之类词语的口语化书写中应起到了很大作用。

当塞林格通过霍尔顿的形象解构了英雄的时候,霍尔顿的中国形象则在1960年代施咸荣翻译的《麦田里的守望者》中得到了一定的升华。然而,文本没有所谓的"先在"的终极不变的意义,就像罗兰·巴尔特的比喻提示我们的:文本就像一个葱头,"是许多层(或层次、系统)构成,里边到头来没有心,没有内核,没有隐秘;没有不能再简约的本原,唯有无穷层的包膜,其中包着的只是它本身表层的统一"。① 从这一意义上来说,其实并不存在所谓的唯一的、终极的文本。翻译意味着用我们的语言"代替"另一种语言,进而意指某个事物:所有语言都以某种方式是"隐喻的",亦即它以自己来代替对于事物本身的某种无言的直接占有。在这个语言的"换喻"世界,沿着换喻的能指链,"意义,或者说所指,将被生产出来;但却没有任何物或人能完满地'在'(present)与此链中"。因为正如德里达看到的那样,这一能指链的作用就是分割和区分所有的同一(identities)。② 在此意义上,翻译就是用一个符号涵设着(presupposes)它所表示的事物的不在(absence)。施译本的价值正在于提供了一种特殊历史条件下的解读,并提供给毛泽东时代的读者的阅读更多诠释的空间和可能。

---

① Roland Barthes, "From Work to Text", in Philip Rice and. Patricia Waugh (eds.), *Modern Literary Theory: A Reader* (London: Edward Arnold, 1989), pp. 166—171。译文见[法]罗兰·巴尔特:《文体及其形象》,转引自张隆溪:《20世纪西方文论述评》,北京:生活·读书·新知三联书店,1986年,第159—160页。

② [英]特里·伊格尔顿(Terry Eagleton, 1943—):《20世纪西方文学理论》,伍晓明译,北京:北京大学出版社,2007年,第166—167页。

第二部分
翻译现代性：跨境的翻译

参考文献：

（一）中文文献

陈红梅：《20 世纪 80 年代初和新世纪小说翻译的规范个案比较研究——以〈麦田里的守望者〉两个中译本为例》，广东外语外贸大学硕士论文，2008 年。

林语堂：《林语堂汉英词典》，香港中文大学出版社 1972 年版。

潘知本编译：《棒球》，商务出版社 1931 年版。

邱惠群等编：《棒球》，人民体育出版社 1978 年版。

施亮：《一本畅销书的翻译历程》，载《书屋》，2010 年 4 月，第 61—62 页。

王蒙：《躲避崇高》，载《读书》1993 年第 1 期，第 10—17 页。

王朔：《无知者无畏》，春风文艺出版社 2000 年版。

王晓蕾：《从翻译策略的视角看〈麦田里的守望者〉的两个中译本的对比研究》，合肥工业大学硕士论文，2009 年。

谢东华：《自我尊崇的坍塌与平凡人性的回归》，载《大家》，2010 年第 15 期，第 7—8 页。

谢冕，张颐武：《大转型——后新时期文化研究》，黑龙江教育出版社 1995 年版。

杨金才、朱云：《中国的塞林格研究》，载《外国文学研究》，2010 年第 5 期，第 129—137 页。

赵湘波：《论意识形态对〈麦田里的守望者〉译介的操控》，湘潭大学硕士论文，2006 年。

张隆溪：《20 世纪西方文论述评》，三联书店 1986 年版。

朱大可：《流氓的盛宴——当代中国的流氓叙事》，新星出版社 2006 年版。

［英］特里·伊格尔顿：《20 世纪西方文学理论》，伍晓明译，北京大学出版社 2007 年版。

［英］A.S. 霍恩比：《牛津高阶英汉双解词典》，王玉章、赵翠莲、邹晓玲等译，牛津大学出版社 2009 年版。

［美］大卫·洛吉：《小说的五十堂课》，李维拉译，木马文化出版社 2006 年版。

［美］塞林格：《麦田里的守望者》，施咸荣译，作家出版社 1963 年版。

［美］塞林格:《麦田里的守望者》,孙仲旭译,译林出版社 2010 年版。

（二）外文文献

Barthes, Roland, "From Work to Text", in Philip Rice & Patricia Waugh (eds.), *Modern Literary Theory: A Reader*, London: Edward Arnold, 1989, pp. 166—171.

Berman, Antoine, "Translation and the Trials of the Foreign", in Lawrence Venuti (ed.), *The Translation Studies Reader*, London; New York: Routledge, 2000, pp. 276—289.

Derrida, Jacques, *Positions*, translated and annotated by Alan Bass, Chicago: the University of Chicago Press, 1981.

Lodge, David, *The Art of Fiction*, London: Secker & Warburg, 1992.

Reich, Charles A., *The Greening of America*, New York: Random House, 1970.

Salinger, J. D., *The Catcher in the Rye*, New York; Boston; London: Little, Brown and Co., 1991.

Steelman, David L., *Annotations for J. D. Salinger's The Catcher in the Rye*, Taibei: Shulin Press, 1997.

Venuti, Lawrence, *The Translator's Invisibility: A History of Translation*, New York: Routledge, 1995.

［日］W. ロプシャイト:《英华和译字典》,大空社 1998 年版。

八　现代性困境叙说的本土化:《等待戈多》的第一个中译本

作为诺贝尔文学奖得主,贝克特的《等待戈多》被认为是他最具代表性的作品之一,而以此为代表的荒诞派戏剧的出现是西方古典主义戏剧理论向现代主义戏剧理论迈进的一个转折点。这一文本被译为多国文字,并在世界范围内引领了戏剧的变革。在中国,被翻译过来的《等待戈多》无论是形式还是内容都被认为是一部杰作。它影响了中国实验戏

第二部分
翻译现代性:跨境的翻译

剧的崛起,影响了中国当代文学,甚至影响了普通中国人的生活。《等待戈多》的中文译本数量众多①,但施咸荣的译本却历久不衰,先后重印多次,是中国戏剧学院演出的脚本,并在"文革"后成为全国中学的必修课文之一,影响了中国文学艺术中的三代人,其在中国的影响可谓深远。

对于这样一部影响深远的译作,描述性分析是十分必要的。陈科芳从描述性翻译研究的视角提出,翻译过程框架应该是描述性的而不是规约性的。是要回答和解决翻译中"实际是什么情况",而不是"应该是什么情况"的问题;是"译者是怎么处理的",而不是"译者应该如何处理"的问题;是"读者是怎么接受的",而不是"读者应该如何接受什么"的问题。②

本书因此通过"镜中的读者"、"翻译英文本还是法文本"、"翻译悲喜剧之'喜'"、"翻译悲喜剧之'悲'"、"结语"五个部分,说明读者是怎么接受的这一译本以及翻译如何生成在地性的联结。"本土化/在地性"(localization)这个概念作为与"全球化"(globalization)相对的概念,意味着"价值的区域性、美感的独特性、观众或原住民的自发性、激情的原发的力量"。以霍米·巴巴(Homi Bhabha)为代表的学者批判本土化,提倡多元文化的跨国界写作和跨界经验书写。在霍米·巴巴看来,本土化"非此即彼的文化属性及潜在的群体神话将催动所有民族运动背后排他性的冲动"。③ 许江等学者则认可本土化对文学艺术的贡献,提倡本土的活力,强调经由本土的文化重建。④ 这一概念是研究跨境的政治、经济、社会学的焦点,近年来也引起了翻译领域的关注。

---

① 到目前为止《等待戈多》至少有6个不同的中译本。施咸荣译:《等待戈多》,北京:中国戏剧出版社,1965。余中先、郭昌京译:《午夜文丛·贝克特选集》,长沙市:湖南文艺出版社,2006。刘大任、邱刚健译:《等待果陀》,台北:仙人掌出版社,1969年。邱刚健译:《等待果陀》,台北:大林出版社,1973。致虚译:《等待果陀》,香港:田园书屋,1987。廖玉如译注:《等待果陀》,台北:联经出版公司,2008。
② 陈科芳:《基于语用推理机制的翻译过程框架》,《中国翻译》,2010年第3期,第15页。
③ Homi K. Bhabha, "The Postcolonial and the Postmodern: the Question of Agency", *The Location of Culture* (London; New York: Routledge, 2004), pp. 245—282.
④ 许江:《评点霍米·巴巴——兼与四海为家者说"在地性"》,《书城》,2011年4月,第8页。

革命路上
翻译现代性、阅读运动与主体性重建，1949—1979

2012年的奈达翻译研究中心就以"全球化与本土化之间的翻译"为题进行了多方研讨。① 本书提出，在地化的翻译意味着在地的文化（广义）对翻译造成的影响以及翻译如何借助在地化实现重生。本书以这个概念为核心，通过分析译本的历史语境、语言转换和风格传递关注施咸荣翻译的《等待戈多》与其所处社会环境、官方诗学等的关系，并关注施译《等待戈多》如何在中国书写另一种命运的文本。

（一）镜中的读者

《等待戈多》的中译本与原著不仅存在着时间差，也存在着文化差和政治差，对于中国读者来说，《等待戈多》在很长一段时间如在镜中，陌生而危险。

中国读者对《等待戈多》的接受有必要从"荒诞派戏剧"的脉络说起。荒诞派戏剧是先锋戏剧的一支，又被称为反传统戏剧。正是因为贝克特、尤内斯库等人的戏剧对于一般戏剧的形式和内容的突破，荒诞派戏剧才引起评论家的注意，并最终成为戏剧中的一个新的流派。但是在这些作者进行写作的时候，没有人用"荒诞"来定义自己的戏剧，对于贝克特来说，他创作的《等待戈多》是一出"悲喜剧"：《等待戈多》法文手稿的最后一页的日期是1949年1月29日，并注明"一出两幕悲喜剧"。虽然《等待戈多》被译成不同语言，在不同国家和地区演出，并且在被翻译的时候有一些修改，但是"悲喜剧"（tragicomic）始终都保留在他的文本中。在荒诞派戏剧被定名之后，学者们讨论最多的就是《等待戈多》形式和内容上的"荒诞"，反而忽略了《等待戈多》作为一出现代的悲喜剧的形式突破和哲学根基中的现代性。

"悲喜剧"作为一个文类可以追溯至古希腊的剧场文化，它兼有悲剧和喜剧的成分，通常有喜剧的圆满结局。最早为悲喜剧定名的是罗马喜剧家普劳图斯（Plautus）。因为当时的观点是喜剧过于"低俗"（相对

---

① 另见 Eleanor Byrne, "Cultural difference and translation", in *Homi K. Bhabha* (Basingstoke, England; New York: Palgrave Macmillan, 2009), pp. 30—36。

第二部分
翻译现代性：跨境的翻译

于悲剧来说），所以在他的《安菲特律翁》（*Amphitryon*）一剧的序幕中，普劳图斯借剧中人物之口，半开玩笑地宣称让国王、众神和奴仆共同出现在一部喜剧中不太适宜，因此将把它变成一部悲喜剧（tragicomedy）。① 亚里士多德（Aristotle）在论述古希腊悲剧的专著《诗学》中讨论悲喜剧的时候，则提出有着喜剧结尾的悲剧就是悲喜剧，比如《艾尔塞斯提斯》（*Alcestis*）。这个故事讲的是国王注定寿数已尽，他的家人和仆人虽然对正直的国王将死的消息大吃一惊，但没有人愿意奉献自己的生命，只有他忠贞的妻子愿意代替丈夫作死神的祭礼。最后这位忠贞的妻子被从死神那里救回，夫妻团圆。可见在古典主义的戏剧实践和诗学理论中，悲喜剧的性质判定仅仅是从情节出发的。

《等待戈多》的悲喜剧属性是在情节之外。《等待戈多》没有喜剧的结局，而只有无止境的时间。《等待戈多》在一个看似循环往复的封闭结构中（或许是梦境）放置了一些意象群的组合，比如两个流浪汉，爱斯特拉冈和弗拉季米尔，一对主仆，波卓和幸运儿，戈多和孩子。第一幕主要由爱斯特拉冈和弗拉季米尔的对话组成。他们在荒野的一棵枯树下一边不着边际地闲扯，一边做些看似没有意义的动作：一个用力脱他那只靴子，一个不断地摘下帽子往里面看看，然后又重新戴上。同时他们等待着戈多，却又只知道戈多派孩子来送口信让他们等待，而不知道如果等到戈多，戈多会给他们带来什么，甚至不知道他们该向戈多提出什么要求，不知道自己为什么等待。后来他们遇到了波卓与幸运儿，波卓是幸运儿的主人，幸运儿是波卓的奴隶，流浪汉差点以为波卓就是戈多，幸运儿发表了一大通连标点都没有的无意义的话。虽然对话内容完全不同，但第二幕在很大程度上重放（replay）了第一幕。两个流浪汉讨论了各自的命运和不幸的经历，他们想过上吊，也反复说着要离开，然而他们还是等在那里。他们设想了

---

① Dewar-Watson, Sarah, "Aristotle and Tragicomedy", in Subha Mukherji & Raphael Lyne (ed.), *Early Modern Tragicomedy* (Rochester, NY: D. S. Brewer, 2007), pp. 15—23.

革命路上
翻译现代性、阅读运动与主体性重建,1949—1979

种种站不住脚的假设,认为他们的存在一定有某种意义,为了这个意义,他们等待戈多,希望戈多能带来解释。这可以看出《等待戈多》甚至可以说是没有情节的。人们可能会发现"《等待戈多》的情节,两次,其实什么都没发生",表明叙事在戏剧中变得相对次要。[①] 在第一幕中,流浪汉们已经不知道等了多久,在第二幕结束后,他们还将等待。无止境的时间意味着这部戏剧没有开始,没有结局,这对于贝克特之前的戏剧而言是不可想象的。

《等待戈多》使得悲喜剧具有了情节之外的属性,换句话说,贝克特对悲喜剧的突破性发展在于他用插科打诨般喜剧的语言叙说了现代个体的彻底的悲剧。这种语言风格上的幽默既来源于巧妙的双关和笑话,也来源于由不再有确切意义指向的言说带来的荒谬感。但《等待戈多》在1960年代传入中国,当时对它的批评和译介却主要是政治性的。《等待戈多》的中国路中,对它作为一出悲喜剧的"喜"与"悲"的讨论的缺席,是本书将此作为对其译本的分析与批评的重中之重的原因之一。

冯牧在《对于社会主义文艺旗帜的一个理解》中提出,关于西方现代主义的论争,不仅仅是文艺领域内的论争,"这场争论实质上是道路之争,旗帜之争"[②]。因而在毛泽东时代的文艺批评中,对《等待戈多》的批评多是从意识形态的角度出发,而完全忽视了《等待戈多》在"悲喜剧"的形式和内涵上的突破。比如董衡巽称其为"对人类进步传统、对今天世界上的进步势力一种恶毒的诬蔑",丁耀瓒认为它反映了资产阶级的"没落腐朽"。[③] 批评家程宜思的结论则是荒诞派戏剧是维护资本主义制度的:"在政治上,先锋派戏剧虚妄地否定一切,包括社会制度,但实际上,它肯定资本主义,因为先锋戏剧家认为,在人的生活中没有

[①] Roger Little, "Beckett's Poems and Verse Translations or: Beckett and the Limits of Poetry," in John Pilling (ed.), *The Cambridge companion to Beckett* (Cambridge: Cambridge University Press, 1994), p. 186.
[②] 冯牧:《文论动态(二十七则)》,《文艺理论研究》,1983年第4期,第143页。
[③] 董衡巽:《戏剧艺术的堕落:法国"反戏剧派"》,《前线》,1963年第8期,第10—11页。
丁耀瓒:《西方世界的"先锋派"文艺》,《世界知识》,1964年第9期,第23、26页。

第二部分
翻译现代性：跨境的翻译

值得争取的东西，这话的主旨在于否定人民的革命，从而阻止历史的发展，这就是他们维护现存资本主义制度的底牌。"①

正是在这种情况下，《等待戈多》被当做配合反帝反修的"反面教材"获得了译介。在程宜思等人在对荒诞派戏剧进行批判之时，毛中国的译者共翻译了两部荒诞派的代表作，分别是黄雨石译《椅子》和施咸荣译《等待戈多》，于1962年和1965年由中国戏剧出版社内部出版。与其他内部出版物一样，施译《等待戈多》得以出版，是政治批判的需要。《等待戈多》在整个毛泽东时代没有获得过演出机会，或许因为公开演出这样的剧目不仅仅是剧场美学不符合当时的艺术审美，更是直接将文化、政治话语的交锋展演给大众。

改革开放以后，《等待戈多》以及它所代表的荒诞派戏剧在中国的命运发生了质的改变。1983年"清除精神污染"运动前后，文艺界对荒诞派戏剧的介绍异常热情。1978年上半年，朱虹最早以对荒诞派进行较为全面的介绍。② 当年年底中国社科院在广州召开"全国外国文学研究规划会议"，对西方现代派文学进行再评价。与暗潮涌动的改革时事相应，柳鸣九等人在会上提出以《等待戈多》为代表的荒诞派戏剧貌似荒诞，其实寓意深刻，暗喻对现实的失望对变革的等待。③ 因此从认识作用来讲，为这些作品找到了本土化的积极意义。自此，荒诞派戏剧渐渐脱离了"反动"的帽子，被认为反映现实，并开始具有进步性。仅在1979—1981年，就有不下十篇关于荒诞派的讨论在重要刊物登出④，为译介荒诞派文学和戏剧推波助澜。

---

① 程宜思：《法国先锋派戏剧剖析》，《人民日报》，1962年10月21日。
② 朱虹：《荒诞派戏剧述评》，《世界文学》1978年第2期，第213—241页。
③ 李景端：《一次意义深远的学术会议》，《中华读书报》，2005年10月19日。
④ 袁可嘉：《象征派诗歌·意识流小说·荒诞派戏剧》，《文艺研究》，1979年第1期。冯汉津：《卡缪和荒诞派》，《译林》，1979年第1期。萧曼：《盛行西方的一个戏剧流派——荒诞派》，《人民戏剧》，1979年第7期。高行健：《法兰西现代文学的痛苦》，《外国文学研究》，1980年第1期。刘象愚：《荒诞派戏剧》，《译林》，1980年第1期。谢长青：《荒诞派文学》，《作品》，1980年第11期。诸伯承：《荒诞派戏剧及其代表作》，《戏剧界》，1981年第15期。

（二）翻译英文本还是法文本？

贝克特在1949年完成这部戏剧之后，在1952年出版了法文本，随后将其译成英文，于1954年出版。① 施咸荣声明他曾根据1952年的法文版作过订正。那么我们不妨将英文本、法文本和施译本的语言转换作以下对比（表1.10）②：

表1.10

英文本	法文本	施译本	小结
POZZO：True.［He sits down. To ESTRAGON.］What is your name？ESTRAGON：Adam.（p.30）	POZZO：C'est vrai. Comment vous appelez-vous？ESTRAGON：Catulle.	波卓：不错。（他坐下。向爱斯特拉冈）你叫什么名字？爱斯特拉冈：卡图勒斯。（并注：公元前罗马抒情诗人。）（p.45）	施译"卡图勒斯"来自法语版。
VLADIMIR：He's about to speak.［ESTRAGON goes over beside VLADIMIR. Motionless, side by side, they wait.］（p.23）	VLADIMIR：Il va parler.	［他俩一动不动地并肩站着等待。（p.35）	此处，施译以英文版为主。法语版中无表演指示，施译略有删改。
ESTRAGON：…［VLADIMIR half turns.］Embrace me！［VLADIMIR stiffens.］Don't be stubborn！［VLADIMIR softens．…］（p.9）	ESTRAGON：Donne ta main！Embrasse-moi！	爱斯特拉冈：……（弗拉季米尔转过身来）拥抱我！（弗拉季米尔软下心来。）（p.16）	此处，施译是以英文版为主。施译中依据法语版删Don't be stubborn，并删除一个动作指示。
POZZO：No doubt you are right.［He sits down.］Done it again！［Pause.］Thank you, dear fellow.（p.29）	POZZO：Vous avez sans doute raison. Merci, mon cher.	波卓：你的话也许有理。（他坐下）谢谢你，亲爱的朋友。（p.43）	此处，施译依据法文本删掉Done it again！及pause的动作指示。

① 贝克特的翻译作品见 Raymond Federman and John Fletcher, *Samuel Beckett: His Work and His Critics*（Berkley CA：University of California Press, 1970），chapter 3。

② 本文原文部分采用贝克特自己从法文翻译过来的英文本。中译部分则采用法文翻译专家余中先翻译的《等待戈多》为对比译本。如无特别说明，下文页数分别来自 Samuel Beckett, *Waiting for Godot*（London：Faber and Faber, 2000, c1956, 1965），施译《等待戈多》，北京：外国文学出版社，1983）及余中先、郭昌京编译《午夜文丛·贝克特选集》第3卷（长沙市：湖南文艺出版社，2006）。

第二部分
翻译现代性：跨境的翻译

这样的例子还有很多。可以看出，施咸荣在翻译的时候，进行了双语的翻译，以英文本为主，参考了法文本。而当英文本与法文本不一致时，一般依据法文本作细微调整。而在这两个版本之外，施咸荣也作了一些自己的删改，尤其是贝克特对于演出的指示。这样的改动无疑给了中文文本的读者，尤其是中文戏剧的导演更多发挥的空间。

（三）翻译悲喜剧之"喜"

在语言风格上，《等待戈多》被认为是幽默风趣的。在西方对《等待戈多》的演出评论中，无论是正面评价或是负面评价或是中立的回忆，都注意到了它的幽默风格。比如高度评价在柏林演出的《等待戈多》的两个演员如同忧郁和幽默的双胞胎[1]，或不屑地认为演员的对话是某种无目的的插科打诨[2]，或提及它的对话象"打乒乓球"一样来来回回，演员也很快发现这很有趣。[3]

在传递《等待戈多》的喜剧语言色彩的时候，施咸荣对语词的选择充分显示了在地化的翻译的魅力。这首先表现在施咸荣精心选择的本土的口语化词语，使《等待戈多》的中文译本更具幽默感。比如施咸荣把"to enlighten you"（p.81）翻译成"打开你的闷葫芦"（p.116），就是这样的例子。

其次，对于较为粗俗的英语口语，施咸荣的处理体现了在地化翻译的多种模式。由于传统汉语的读者对有关性的描写较为保守，在舞台上也很少直接表现不雅情节，因此对于贝克特的《等待戈多》中的与性有关或较为"低俗"的词语和笑话，施咸荣部分选择不译。比如弗拉季米尔在剧中有一个动作是拉上裤子拉链（He buttons his fly, p.2），施咸荣在翻译动作指示的时候省略了这一动作。又如弗拉季米尔在试图说服爱斯特拉冈他们应该自杀的时候说"It'd give us an erection"（p.9），施咸

---

[1] Friedrich Luft, "Beckett Produces Beckett: West Berlin, 1975", in Ruby Cohn (ed.), *Samuel Beckett: Waiting for Godot a Casebook* (London: Macmilian Education LTD, 1987), p.47.
[2] Jack Anderson, "Mink-clad Audience Disappointed: Miami, 1956", ibid, p.44.
[3] Alan Schneider, "Miami Production, 1956", ibid, p.37.

革命路上
翻译现代性、阅读运动与主体性重建，1949—1979

荣则略过了这一句。

不过，有时不译或许对戏剧情节的发展影响不大，有时则不然。所以施咸荣有时会以委婉而幽默的词语表达近似意思。比如他把"privates"（直译为私处，p. 80）译为"心窝"（p. 114）以及把爱斯特拉冈说的"who farted"（直译为谁放屁了，p. 74），译为"谁打嗝儿啦"（p. 105）。

在传递原文的喜剧讽刺效果中，保持韵律的效果可能是最难的。利特尔（Roger Little）在谈到贝克特的戏剧时特别强调翻译贝克特不仅要注重语言的意义，更要"留意到它的韵律节奏"。① 对于韵律的部分，施咸荣的处理十分巧妙，如例1：

例1

原文：

VLADIMIR：(*first to understand*). Oh very good, very very good.
POZZO：(*to Estragon*). And you, Sir?
ESTRAGON：Oh tray bong, tray tray tray bong （p. 31）

施译：
弗拉季米尔：（首先理解他的意思）哦，非常好，非常非常好。
波卓：你说呢，先生？
爱斯特拉冈：哦，蛮好，蛮蛮蛮好。（p. 46）

余译：
弗拉第米尔：（第一个明白过来）：哦，很好，非常非常好。
波卓：（对爱斯特拉贡）那么您呢，先生？

---

① Roger Little, "Beckett's Poems and Verse Translations or: Beckett and the Limits of Poetry", in John Pilling (ed.), *The Cambridge companion to Beckett* (Cambridge: Cambridge University Press, 1994), p. 184.

第二部分
翻译现代性：跨境的翻译

爱斯特拉贡：（带着英国口音）哦，<u>太好了，太太太好了</u>。（p. 287）

在例1中，"very good"一句，施译为"非常好，非常非常好"，保持了原文的重复，余译则将其变为"很好，非常非常好"。这两种译法在语言的意义上是等价的，但在韵律节奏上，施译音韵更为和谐。而接下来的"tray bong"，在意义上等同于"very good"一句，原文用它来表达爱斯特拉冈故意嘲笑波卓拿腔捏调的英国口音。此处，施译音义兼顾地用上海话常用的"蛮"字将此句翻译为"蛮好，蛮蛮蛮好"。在语音上，以上海口音对应英国口音，在语义上，"蛮好"具有反叙实性，有"蛮好"意味着这是一个违实句。① 这既保持了原文的韵律节奏，又生动形象地传递出原文的讽刺效果。余译的优点在于对原文隐晦的讽刺幽默意味通过"带着英国口音"一句加以明白的提示，或许更容易为一般读者所领悟。不过采用普通话的"太好了，太太太好了"，则缺少语音上的对应，在语义功能上，"太好"没有明确的反叙实性。可以说，施译不仅较好地处理了这句翻译，而且在某种程度上颇有启发性。在不少外国作品中，尤其是英语文学作品中，常常出现有关口音的笑话。施咸荣以地方方言的口音进行对译的方式或许为在地化翻译这类文本提供了一个较好的途径。

（四）翻译悲喜剧之"悲"

虽然源文本中有时没有标点、有时句子很长增加了翻译的难度，但是贝克特的用词不算复杂。复杂的是，贝克特用简单的词句传递的沮丧、虚无、精神危机，以及词句本身的含混的张力使得翻译变得困难。以至于有学者概括道贝克特翻译的难度不是来自语言本身，而来自语言

---

① 关于"蛮好"的语义功能，参见强星娜《上海话过去虚拟标记"蛮好"——兼论汉语方言过去虚拟表达的类型》，《中国语文》，2011年第2期，第155—163页。

革命路上
翻译现代性、阅读运动与主体性重建，1949—1979

所承载的主题思想。①

对于《等待戈多》作为一出悲喜剧之"悲"，经过施咸荣翻译的句子尽管看上去用力甚轻，却包含着警句似的悖论和敏锐，突出其扭曲和找不到出路，人的存在的悲剧性的一面，并努力将这种悲剧但诗意的风格贯穿始终。在例2中，如果去掉翻译中的人名和语气提示（谁说的无关紧要）②，这段答非所问的对话完全可以称之为一首哲理短诗：

例2
原文：

To every man his little cross. Till he dies. And is forgotten.

In the meantime let us try and converse calmly, since we are incapable of <u>keeping silent</u>.

You're right, we're inexhaustible.

It's so we won't think.

We have hat excuse.

It's so we won't hear.

We have our <u>reasons</u>.

All the dead <u>voices</u>.

They make a noise like wings. (p. 53—54)

施译：

把每一个人钉上他的小十字架。直到他死去。而且被人忘记。

在你还不能把我杀死的时候，让咱们设法平心静气地谈话，既然咱们没法<u>默不做声</u>。

---

① 曹波：《贝克特作品的理解与翻译——兼评余中先译《无可名状的人》》，《译林》，2008年第6期，第210页。
② 贝克特在指导演出时给出了这样一条演剧提示："谁说的无关紧要。有一个人在说，谁说的无关紧要。" Samuel Beckett, *Texts for Nothing* (London: Calder & Boyars, 1974), p. 16.

第二部分
翻译现代性：跨境的翻译

> 你说得对，咱们不知疲倦。
>
> 这样咱们就可以不思想。
>
> 咱们有那个借口。
>
> 这样咱们就可以不听。
>
> 咱们有咱们的<u>理智</u>。
>
> 所有死掉了的<u>声音</u>。
>
> 它们发出翅膀一样的声音。（p. 74—75）

"把每一个人钉上他的小十字架，"这是引用的耶稣为了人类的罪恶被钉上十字架的典故。爱斯特拉冈说，"我这一辈子都是拿我自己跟耶稣相比的"。（p. 66）只不过不同的是，耶稣的境遇似乎比他们要好得多（弗拉季米尔说耶稣呆的地方至少是"温暖的、干燥的"）。弗拉季米尔和爱斯特拉冈自称"咱们就是全人类"，他们在受苦受难之外，还要自己承担自我的罪恶，每个人都被钉上十字架，并且还要"被人忘记"。这恐怕是现代人的困境，在宣告"上帝死了"之后，全部责任都落在自我的肩头，并且还要孤独地面对这种绝望。

在这里，施咸荣对爱斯特拉冈和弗拉季米尔的对话的精雕细琢突出了他们悲剧的命运以及对全人类悲剧命运的思考。爱斯特拉冈试图借助"不知疲倦"和"不听"来逃离死亡的诱惑，因为不知疲倦就可以"不思想"，而不听那些"死掉了"的声音，他们就可以保持理智。然而死亡带着翅膀一样的声音而来，那轻盈的声音仿佛是甜言蜜语的承诺，承诺可以把他们从受苦受难的沉重肉身中解脱。此处，余中先把"reasons"翻译成"理"，把"voice"翻译成"嗓音"（p. 323），虽然准确，却不如施咸荣的翻译有诗意。

又如施咸荣把爱斯特拉冈所说的"everything oozes"（p. 51）翻译成"一切东西都在徐徐流动"（p. 74），而余中先把它翻译为"一切都在慢慢渗出"（p. 319），都是余译注意准确性，而比较不注重诗意的表现。正如施译的这个句子显示，这些徐徐流动的词句暗示的脉络是那么捉摸

· 249 ·

不定，就像某种幻象，闪着迷人的光彩，却又嘲讽着试图逃离的人，仿佛一个无法松解的结。

整体上来说，适度的在地化，使《等待戈多》的中译本更符合读者的审美观念和阅读环境。相对"喜"的部分，施译对"悲"的部分更为得心应手。这可能是因为在社会主义现实主义诗学理念和话语规范的影响下，译者更倾心诗意哲思，而轻视低俗的插科打诨。而两个流浪汉在一个错误的时间、错误的地点等待一个也许本就不存在的救赎的希望，这或许唤起了当时的译者对国家和个人命运的深深忧虑，使得译本的悲剧意识更为浓重。

（五）结语：全球化的文本与在地的翻译

借由这个案例，我们可以看到，在地化的翻译具有两面性。一方面，在地的话语禁忌和文学风格规范着译者的翻译，使得译者在语言风格和人物情节方面还是会有自我审查带来的删改，甚至形成颠倒的镜像。幽默的荒诞风格本是《等待戈多》的重要特征，但也成为翻译中最大的接受障碍。

另一方面，在地化更利于译本的接受和传播。施咸荣通过缩小一些细节来拉远一些距离，又通过放大一些细节来拉近。虽然与原著有着时间差、文化差和政治差，但是如前所述，翻译在中国书写了《等待戈多》的另一种命运的文本，使原文通过本土化"继续活下去"。[1]

在两相结合形成的施译《等待戈多》的基础上，后毛泽东时代的中国不仅十分迅速地弥补了现代派戏剧的断层，并且开始本土化的创新。1986年上海戏剧学院首次公开演出了《等待戈多》，不仅演员以京剧化手法演出，而且在第一幕和第二幕最后，导演匠心独运地登出陈子昂的《登幽州台歌》。使"荒诞"的人类处境变得更加具有中国化的悲剧色

---

[1] Edwin Gentzler, *Contemporary Translation Theories* (revised 2nd edition) (Clevedon, UK: Multilingual Matters Ltd, 2001), p. 165.

第二部分
翻译现代性：跨境的翻译

彩。① 1990年6月中央戏剧学院也内部演出了《等待戈多》（导演孟京辉），1998年2月北京人民艺术剧院演出的《等待戈多》（导演任鸣），则是中国国家级剧团首次演出荒诞派戏剧。这部的主角换成了女性，地点换成了时髦酒吧，戈多换成了时髦男士。同年4月，林兆华执导了《三姊妹·等待戈多》，也破天荒地将契诃夫《三姊妹》和《等待戈多》结合在一起演出。从1966年就开始演出《等待果陀》的台湾戏剧界，此时与大陆的戏剧发展似乎又同步了。大陆戏剧界要么透过具有京剧、相声根基的演员呈现"中式"的贝克特，要么把《等待戈多》的情节具象为中国的现实问题。而台湾戏剧界借由服化、布景将主角的心灵具象化，将主角变为中性的或者调皮的女性，或者加入闽南语这样的乡土语言来贴近本土的情感及生活经验。② 不同于西方荒诞派戏剧，新时期以来的中国式荒诞剧"从未包含终极绝望的内核"：1980年代的中国荒诞剧重在发挥"社会讽刺的功能"，直到1990年代才走向了"存在型"。③ 也许，从一开始，翻译中的在地性就注定了中西方剧作家和导演们对荒诞剧的演绎给读者和批评家的感受是迥异的。

第二部分小结

《在路上》、《麦田里的守望者》和《等待戈多》的首个中译本的相似之处首先在于，它们都由同一译者在相近的时间译出。《在路上》主要由黄雨石和施咸荣译出，而《麦田里的守望者》和《等待戈多》则是由施咸荣独立完成。《在路上》的中译本翻译出版于1962年，《麦田里的守望者》的中译本翻译出版于1963年，《等待戈多》的中译本翻译出

---

① 《荒诞派代表作首次上我国舞台上海戏剧学院排演〈等待戈多〉》，《上海文化艺术报》，1986年12月6日。
② 高维泓：《贝克特在台湾：当代剧场里之跨文化演绎》，《台湾社会研究季刊》，2008年第69期，第163—172页。
③ 谷海慧：《中国式荒诞剧的精神指向分析》，《江汉论坛》，2008年第2期，第133、135页。宁殿弼：《论荒诞型探索戏剧》也持相似观点，《东方论坛》，2003年第5期，第27—35页。

革命路上
翻译现代性、阅读运动与主体性重建，1949—1979

版于1965年。其次，这三个中译本在外部环境、翻译目的方面是基本一致的。《在路上》、《麦田里的守望者》和《等待戈多》的首个中译本的翻译、出版，处于中国完成资本的国有化、集体化而翻译也逐渐体制化之时。都是以内部书的形式出版发行，由国家扮演赞助人的角色。第三，译者的前言和译后记都十分鲜明地为"批判"指引方向。可见，《在路上》、《麦田里的守望者》和《等待戈多》翻译出版的目的都是为了使翻译成为维护社会主义现代化合法性的战场。

然而，同样的译者的三个译本也有较大的不同。通过本部分对译本的分析可以看出，《在路上》的删改幅度最大。在《在路上》的译介中，1949—1979年的意识形态、社会准则、语言准则和诗学理念在石荣本这一《在路上》的第一个中译本中留下了深深的烙印，并突显在译者的"自我审查"中。《麦田里的守望者》改动最小，不过也有移情的意象发挥。在《麦田里的守望者》的译介中，施咸荣不仅对题目的翻译考虑到了意象问题，而且保留具有个人化语言表达（即使这样的个人化语言是粗口或粗俗的口语化表达），极大地冲击了所谓"社会主义文学"书面语的规范。《等待戈多》的翻译在英文本和法文本之间作出了自己的调整，并注重诗意的传递。在《等待戈多》的译介中，翻译唤起了译者对国家和个人命运的深深忧虑，在中国书写了《等待戈多》的更具悲剧命运感的文本，使原文在目标文化中以新的面目"活下去"。① 当然，这些不同与《在路上》是集体翻译，而《麦田里的守望者》和《等待戈多》是施咸荣的个人译作可能有很大的关系。进行集体翻译的译者在相互协调、风格统一的需要之下，在对原著的不同理解、接受程度之下，不得不相互妥协。

通过与台湾译本、后毛泽东时代大陆新译本的比较更可看出，在整个翻译行为中，黄雨石和施咸荣倾向于删改有关"性"的语言和情节，并突出中心人物，体现了被牢牢嵌入知识分子的知识体系的社会主义意

---

① Gentzler, Edwin, *Contemporary Translation Theories* (revised 2nd edition) (Clevedon, UK: Multilingual Matters Ltd, 2001), p. 165.

第二部分
翻译现代性：跨境的翻译

识形态和诗学理念。台湾的译者以及"文革"后大陆的译者没有这方面的顾忌。但是同样是翻译西方现代派作品，黄雨石、施咸荣能够从意象出发抓住原著精髓，可能是后世的译者所不及的。这从现在施咸荣译本的《麦田里的守望者》也被台湾采用①可见一斑，说明了施译对原著的把握得到译界的广泛认可。通过将三个译本分别与它们后来的台湾译本、大陆新译本进行对比，可以看出翻译很难说是一种真空中的行为，或者说"纯的翻译"是几乎不存在的。1960年代的译者受到诸多限制，背负政治包袱，然而忠实翻译"反面教材"以便进行批判的保护伞保护了译者的主体性，新时代的译者则受到市场的限制，要取悦大众亦不轻松。这些都是阻碍跨境的文学译介的因素。

令人惊奇的是，译者在主体地位步步沦陷的情况下，依然保有部分的主体性，虽然这样的主体性被压缩到了极致。以批判为翻译大背景的译介，既融合了内化于译者的翻译行为的国家意识（意识形态、诗学理念、语言规范等），也让译者在大动荡之中、在集体身份的阴影之下有了一个小小的安静书桌。他们的翻译不能背离通过批判西方的现代性文本以建立中国现代化模式的合法性的大原则，却在具体翻译的时候寄托了自我的情感。这使得在毛泽东时代进行的《在路上》、《麦田里的守望者》和《等待戈多》的翻译变得更加复杂。

如果说，在这三个文本得以译介之初，是因为急进的社会主义需要揭露和批判西方资本主义国家社会的"阴暗面"，试图通过纳入"体制"的翻译来建立自身的现代化道路的合法性，结果却是从翻译文学这根政治神经的末梢反映出"异化"。无论是内化于译者的翻译的国家意识，还是译者不自觉的"移情"，结果是使这三部与当时中国意识形态极不相符的文本被译介过来，并为读者所喜爱。《在路上》、《麦田里的守望者》和《等待戈多》中的"不安的自由"本来是用来批判的"反面教

---

① 2007年台北市麦田出版社出版的《麦田捕手》，以施咸荣的译本为底本，由台湾译者祁怡玮稍作调整。

材",结果却让人思考一种不同的生活方式、不同的人生态度,唤起对于命运悲剧的深层反思。

译者的内化了国家意识的自我审查使得译本更符合中国读者的口味,而第一部分中所说的"不安的自由"以一种更接近中国读者的阅读习惯的姿态被传递了过来。译者把 *On the Road* 译成"在路上",让中国青年体会到精神流浪;把 *Waiting for Godot* 翻译成"等待戈多",成为存在的意义的代名词。最为曲折的则是原题 *Catcher in the Rye* 的《麦田里的守望者》,将"catcher"译成"守望者",中间至少经历了几个意象的传递①,但是最终归结到一种为他人的姿态。这种对西方现代派文学的翻译保留了对于中国读者而言全新的"话语构成"的因素,同时为这种新的"话语构成"打上了"反面教材"的安全伞,不管是有意还是无意,在实质上为1980年代所谓的"自我启蒙"、"告别革命"与中国社会的个人化进程打开了沉重的闸门。

参考文献:

(一)中文文献

曹波:《贝克特作品的理解与翻译——兼评余中先〈译无可名状的人〉》,载《译林》,2008年第6期,第209—212页。

陈科芳:《基于语用推理机制的翻译过程框架》,载《中国翻译》,2010年第3期,第12—16页。

陈增荣:《荒诞派戏剧在中国的译介、研究与传播》,载《戏剧文学》,2010年第5期,第15—19页。

程宜思:《法国先锋派戏剧剖析》,《人民日报》,1962年10月21日。

董衡巽:《戏剧艺术的堕落——法国"反戏剧派"》,载《前线》,1963年第8期,第10—11页。

---

① 据译者施咸荣之子施亮回忆,施咸荣在翻译这个词的时候三易其稿:先是"看守人",然后改为"守望员",最后译为"守望者"。施亮:《一本畅销书的翻译历程》,《书屋》,2010年4月,第61页。

第二部分
翻译现代性：跨境的翻译

丁耀瓒：《西方世界的"先锋派"文艺》，载《世界知识》，1964年第9期，第23、26页。

冯牧：《对于社会主义文艺旗帜问题的一个理解》，载《文艺报》，1983年第10期。

高维泓：《贝克特在台湾：当代剧场里之跨文化演绎》，载《台湾社会研究季刊》，2008年第69期，第139—179页。

谷海慧：《中国式荒诞剧的精神指向分析》，载《江汉论坛》，2008年第2期，第133—138页。

濑户宏：《荒诞派戏剧在中国》，见方梓勋编：《新纪元的华文戏剧——第二届华文戏剧节（香港·1998）研讨会论文集》，香港戏剧协会2000年版，第243—252页。

宁殿弼：《论荒诞型探索戏剧》，载《东方论坛》，2003年第5期，第27—35页。

其芳：《文艺界谈〈等待戈多〉赞赏京剧演员话剧》，载《新民晚报》，1987年1月9日。

文军、马步宁、姜治文：《当代翻译理论著作评介》，四川人民出版社2002年版。

许江：《评点霍米·巴巴——兼与四海为家者说"在地性"》，载《书城》，2011年4月，第5—10页。

叶廷芳：《在荒谬中再现现实——试论迪伦马特的悲喜剧艺术》，载《文艺研究》，1981年第2期，第134—144页。

周导：《荒诞中的哲理·导演陈加林谈〈等待戈多〉》，载《文学报》，1987年1月1日。

朱虹：《荒诞派戏剧述评》，载《世界文学》，1978年第2期，第213—241页。

［英］马丁·艾斯林：《荒诞派戏剧》，刘国彬译，中国戏剧出版社1992年版。

［加拿大］阿尔维托·曼古埃尔：《阅读史》，吴昌杰译，商务印书馆2002年版。

（二）外文文献

Beckett, Samuel, *Texts for Nothing*, London: Calder & Boyars, 1974.

Beckett, Samuel, *Waiting for Godot*, London: Faber and Faber, 2000.

Bhabha, Homi K., *The Location of Culture*, London; New York: Routledge, 2004.

Federman, Raymond & Fletcher, John, *Samuel Beckett: His Work and His Critics*, Berkley CA: University of California Press, 1970.

Gentzler, Edwin, *Contemporary Translation Theories*, Clevedon, UK: Multilingual Matters Ltd, 2001.

Hermans, Theo (ed.), *The Manipulation of Literature: Studies in Literary Translation*, London: Croom Helm, 1985.

Little, Roger, "Beckett's Poems and Verse Translations or: Beckett and the Limits of Poetry", in John Pilling (ed.), *The Cambridge Companion to Beckett*, Cambridge: Cambridge University Press, 1994, pp. 184—195.

第三部分　反思与自反：阅读中的反叛一代

We are both prisoners of our cultures as of our organization, and it is now a matter to find out whether, if at all, there is a deeper truth beyond.①

——André Coutin

现代化的推进使得人的身份由"注定"变成了一项"任务"。② 正如萨特（Jean-Paul Sartre, 1905—1980）的名言所说：光有资产阶级出身还不够，还必须像资产阶级那样生活。③ 对于毛泽东时代的大众来说，光有无产阶级出身是不够的，还必须有无产阶级的革命精神。至于没有无产阶级光荣出身的人，比如地、富、反、坏、右的"黑五类"、知识分子，表现出来适当的无产阶级革命精神就更生死攸关。这一现象本身就是现代性的：对前现代时期的王公、骑士、农奴和市民来说，行为再

---

① Claude Bonnefoy (ed.), Jan Dawson (trans.), *Conversations with Eugene Ionesco* (London: Faber and Faber, 1970), p. 47.
② "'Individualization' consists in transforming human 'identity' from a 'given' into a 'task'", in Zygmunt Bauman, *The Individualized Society* (Cambridge: Polity Press, 2001), p. 144.
③ ［英］齐格蒙特·鲍曼（Zygmunt Bauman, 1925— ）：《个体化社会》（*The Individualized Society*），范祥涛译，冯庆华校，上海：上海三联出版社，2002年，序言。

革命路上
翻译现代性、阅读运动与主体性重建,1949—1979

恶劣的王公也是王公,而对于毛泽东时代的大众来说则完全不是这么一回事——他们的行为需要有政治正确性。

福柯曾提出现代主体是被文化和社会主宰的"主体"。[①] 谭国根在讨论现代中国文学中主体建构的政治的时候,也指出在现代中国文学中被文化和社会主宰的"主体"这一现象,即这些在文学中建构的主体主要由文化和社会权力影响的各种关系所塑造。[②] 对于 1970 年代中国的读者们来说,这样一种"被主宰的主体"形象绝不陌生。这些"高、大、全"的主人公在个人的发展中只是在非常有限的程度上决定自己的行为,而在人们之间的关系中,也不时显示出强加于人的意志。这些"英雄"没有性格缺陷,也很少有痛苦的内心挣扎、复杂的成长轨迹,他们都外表雄健,言语高尚,行为带有无可置疑的权威性。换句话说,"十七年"文学和"文革"文学中塑造的"英雄"显现出一种个人主体性的缺失。《在路上》、《麦田里的守望者》、《等待戈多》的中译本虽然是以"批判"为目的而译介的,译者也作了符合国家意识的部分改写,但是让毛泽东时代的读者在"自我投射"的阅读中仍然能够感受到与"高、大、全"的英雄决不相类的新的"话语构成"的因素。也许它们打开的只是一个小小的缺口,但是它所激起的反思与自反值得重视:在中国的现代化进程和现代性追求的大工程中,翻译是否在实际上曾是推动主体性重生的动媒(agent)之一?

带着这一理论问题,本部分将会对翻译西方现代派文学在中国文学和社会的主体性重建中的影响作一番抛砖引玉的探讨,以待方家。这部分首先探讨的是中国社会的个人私密空间被压缩到极致如何反而为主体性重生带来契机。个人私密空间的压缩使得青年格外热衷于那些不同于自己的日常生活的阅读材料,第九章阅读史的资料表明,在 1966—1976

[①] Ian Burkitt: "The Shifting Concept of the Self", *History of the Human Sciences*, vol. 7 No. 2 (1994), pp. 7—28。对福柯这一观念的评论。

[②] 谭国根:《主体建构政治与现代中国文学》(*The Politics of Subject Construction in Modern Chinese Literature*),香港:牛津大学出版社,2000 年,第 22、27、41 页。

第三部分
反思与自反：阅读中的反叛一代

年间，有相当数量的读书小组在中国各地出现，并且西方现代派的作品是最为流行的阅读对象之一。其次探讨的是地下阅读如何影响了青年人的新的话语构成。第十章将从《在路上》、《麦田里的守望者》、《等待戈多》中的自反的个体、反英雄、存在主义、自发性写作、少年史卡兹和荒诞派戏剧背后最为关键的"自我"观念出发，讨论翻译西方现代派文学对当代中国文学及其他领域的主体性重建的影响。在西方现代派作品的影响下，一些青年作家开始尝试开辟属于"自己"的文学的天地，包括日后成为中国当代文学重要代表人物的食指（郭路生）、马原、高行健、王朔等，都在先行者之列。

在许多批评者看来，1949年后的新中国中缺乏个体的身影，然而这一部分将承接上文，揭示在1949—1979年翻译和阅读西方现代派作品的整个进程中，隐身在国家意识形态之下的个体的"主体性"仍然扮演着十分重要的角色。而借助对1949—1979年翻译和阅读西方现代派作品的全面审视，我将1960年代末到1970年代末的地下阅读运动中悄然萌生并深刻影响了当代中国的思想、文化、文学、艺术的种种新的期待和复杂互动视为一个"主体性"重建的过程。

"主体性"问题是哲学的基本问题之一。[①] 不过，在中国当代思想批评中，"主体性"是一个频频出现但用法混乱、充满歧义的概念。因此，有必要对有关"主体性"的叙说进行一番梳理，对它的多元内涵进行分类和界定，厘清它们之间的关系，才能更好地理解隐身在国家意识形态之下的个体的"主体性"以及"主体性"的重建。

希腊哲学家认为，主体和人的主体性被认为是对现实的一种认识；中世纪的欧洲基督教哲学家认为，只有上帝才是创造主、是主体，个体要无条件地服从上帝。17世纪的时候，笛卡尔首先将自我的主体意识视为一种主体性的思考，从而将人从古希腊众多实体中提升出来，成为了

---

① Georg Simmel, *The Problems of the Philosophy of History: an Epistemological Essay* (Probleme der Geschichtsphilosophie), translated and edited with an introduction by Guy Oakes (New York: Free Press, 1977).

革命路上
翻译现代性、阅读运动与主体性重建，1949—1979

另一种的主体。笛卡尔被认为"创立了第一个系统的主体性哲学，同时也将主体性哲学置于形而上学的长河之中"，从而对主体性哲学的发展产生重大影响——近代主体性哲学的主要内容几乎都是认识论问题。①

17世纪至18世纪欧洲启蒙运动的代表人物伏尔泰（Voltaire，1694—1778）、卢梭（Jean-Jacques Rousseau，1712—1778）、孟德斯鸠（Charles de Secondat, Baron de Montesquieu，1689—1755）、康德（Immanuel Kant，1724—1804）、狄德罗（Denis Diderot，1713—1784）、霍布斯（Thomas Hobbes，1588—1679）等主张人应该勇敢的运用理性，然而这一理论在发挥积极作用的同时，"也将凡是与理性不相符合的特点都被斥为非本己的必须被磨掉的污点"。② 其中，康德批判了"纯粹理性"（pure reason），对先验知识和经验意识作了区分。在康德看来，主体意识的经验部分，来自于主体的感官印象。不过，虽然他批判了"纯粹理性"是主体意识唯一来源的观点，却未说明在经验层面外的主体意识如何产生。③ 黑格尔（Georg Wilhelm Friedrich Hegel，1770—1831）在康德的基础上，以辩证方法认定主体意识与物质生产都源于"绝对精神"（absolute）。19世纪，马克思（Karl Heinrich Marx，1818—1883）继承了黑格尔的辩证方法，但是质疑"绝对精神"，对形而上学进行了彻底批判，从而建立起现代的实践哲学。④ 马克思认为意识来源于物质和社会关系，提出"认知主体"（the knowing subject）。⑤ 弗洛伊德

---

① 郭晶：《现当代主体性哲学的合理形态》，《社会科学辑刊》，2012年第3期总第200期，第33页。
② 刘宇兰：《主体性及其批判——兼论阿尔都塞哲学》，《哲学论丛·理论月刊》，2012年第3期，第52页。
③ [德] 康德：《纯粹理性批判》，蓝公武译，北京商务出版社，1995年。Immanuel Kant, *Critique of Pure Reason* (translated, edited, and with an introduction by Marcus Weigelt, London; New York: Penguin, 2007).
④ 郭晶：《现当代主体性哲学的合理形态》，《社会科学辑刊》，2012年第3期总第200期，第33页。
⑤ 马克思对于意识形态和社会物质存在关系的论述参见马克思：《黑格尔"合理的哲学"批判》（Annette Jolin and Joseph O. Malley trans., *Critique of Hegel's Philosophy of Right*）。马克思：《哲学的贫困》（*The Poverty of Philosophy*）。

第三部分
反思与自反:阅读中的反叛一代

(Sigmund Freud, 1856—1939)以心理结构分析(psychoanalysis)对主体的自主性(agency)作出进一步的探讨。他不仅把主体(subject)同主体意识(subjectivity)区分开来,并且以主体的内在结构解释主体意识的形成的转向也影响了20世纪的"新马克思主义"。"法兰克福学派"(Frankfurt School)作为"新马克思主体"的代表学派①,融合了马克思的"异化"理论、马克斯·韦伯(Max Weber, 1864—1920)的现代化理论和弗洛伊德的精神分析,重新探讨主体与意识形态的关系,将认识如何可能的问题逻辑地往前推进为"主体如何可能"的问题。② 存在主义哲学同样受到心理分析学说的影响。存在主义哲学的代表人物萨特在《存在与虚无》(Being and Nothingness)中强调人的自我塑造,有关主体的研究于是由对主体的形成讨论转而变为对主体的自我塑造的讨论。从而为主体的研究开创了多样的新可能,比如主体与语言,主体与意识形态,主体与话语(discourse)的关系等。

随着后现代主义的兴起,主体性再次被颠覆,通过对现代社会人与自然、人与人的关系的反思和批判,主体被消解,甚至被宣判"死亡"。结构主义和后结构主义的几位重要思想家基于以上这些新的可能开创出新的格局。例如,拉康(Jacques Lacan, 1901—1981)基于索绪尔(Ferdinand de Saussure, 1857—1913)的符号语言学(semiotics)对语言主体的研究;福柯(Michel Foucault, 1926—1984)以话语(discourse)作为文化的规范实践,论述话语如何体现知识与权力;德里达(Jacques Derrida, 1930—2004)通过话语的"同一性"的质疑,提出主体也在虚构世界和自我,脱离了文本,"同一性"就不存在。其中,福柯的研究的一个重要贡献是他提出了话语并非个人的而是社会的并且体制化的,对人的思维起着制约作用,换句话说,现代

---

① 关于该学派的主张、代表人物和流变参见[德]罗尔夫·魏格豪斯(Rolf Wiggershaus):《法兰克福学派:历史、理论及政治影响(上下册)》,孟登迎等译,上海:上海人民出版社,2010年。
② 刘宇兰:《主体性及其批判——兼论阿尔都塞哲学》,《哲学论丛·理论月刊》,2012年第3期,第53页。

革命路上
翻译现代性、阅读运动与主体性重建，1949—1979

的主体在文化和社会层面上仍然是一种"被主宰的主体"。① 现代主体的主动性或者说能动性（agency）正是来源于对受到的制约的抗拒。②

为了探究现代主体的身份认同（modern identity），查尔斯·泰勒（Charles Taylor, 1931— ）分析了欧洲中世纪基督教神学的代表人物奥古斯丁（Aurelius Augustinus, 354—430）、法国哲学家、科学家笛卡尔（René Descartes, 1596—1650）、法国人文思想家蒙田（Michel de Montaigne, 1533—1592）、德国宗教改革家路德（Martin Luther, 1483—1546）和许多其他思想家的著作。他将追踪现代主体（modern subjectivity）的起源作为重新认识现代性的一个起点。泰勒认为，现代的主体，其根源在于"人本善"的想法（ideas of human good），并且事实上是我们长期以来试图定义和获得"善"的结果。在泰勒看来，现代转向内向（the modern turn inwards）并不像某些批评家所认为的那样，是一种灾难性的对理性的拒绝，而是一种在内心深处对平凡生活的肯定。他的结论是，现代的身份认同以及其表现出来的对理性的客观秩序的拒绝，有着比批评者所指摘的更为丰富的道德源泉，从而为现代秩序提供了一个有力的辩护。③

关于主体性的哲学讨论在中国的流行却是非常晚近的事情，其中，"文革"后新时期的反思是这一思潮兴起的重要契机，而牟宗三、李泽厚是这一潮流中的代表人物。④

牟宗三在《中国哲学的特质》一书中说，中国哲学的特质"用一

---

① 参见 Ian Burkitt: "The Shifting Concept of the Self", *History of the Human Sciences*, vol. 7 No. 2 (1994), pp. 7—28. 对福柯这一观念的评论。
② 更为详细的主体哲学的发展回顾可参见谭国根：《主体建构政治与现代中国文学》（*The Politics of Subject Construction in Modern Chinese Literature*），香港：牛津大学出版社，2000年，第13—28页。
③ Charles Taylor, *Sources of the Self: the Making of the Modern Identity* (Cambridge, Melbourne: Cambridge University Press, 1989).
④ 黄楠森：《评李泽厚同志的主体性实践哲学》，《文艺理论与批评》，1992年第1期，第5—13页。

第三部分
反思与自反:阅读中的反叛一代

句最具概括性的话来说,就是中国哲学特重'主体性'与'内在道德性'"。① 他将儒释道三家都看做是主体性的人生哲学。在讨论中国古代哲学发展的几个节点的时候,例如道教盛于魏晋,佛学盛于唐之天台及禅宗,宋代儒学将"性命"之学发展壮大,至清代考据学而停滞,牟认为,中国古代哲学相比西方哲学更重视主体,以及主体的道德实践。在他看来,中国哲学有助于反思科学即逻辑哲学的局限,能够为现代主体提供更贴近人之身心的道德源泉。

与牟宗三不同,当代中国的政治在李泽厚那里表现为一个更为直接的刺激源。他的主体性思想主要体现在他的《批判哲学的批评:康德述评》一书和《康德哲学与建立主体性论纲》、《关于主体性的补充说明》两篇文章中。从 1970 年代末开始,李泽厚在对康德哲学的批判的基础上,强调人类群体和个体身心这双重主体性中的个体主体性的那一面,认为"正是这一点,体现了主体性的光芒"。② 通过《批判哲学的批评:康德述评》一书和《康德哲学与建立主体性论纲》、《关于主体性的补充说明》两篇文章,李泽厚认为康德第一次全面地提出了主体性问题,并且康德的先验论体系突出了人性——在李泽厚看来,主体性与人性是等同的。③

总之,关于人的主体地位、人的主体性思想"早在古希腊罗马哲学中就有阐述"④,不过在中国,关于主体性的讨论是从 17 世纪至 18 世纪西方哲学的主体性概念出发进行的,换句话说,中国语境中对主体和主体性讨

---

① 牟宗三:《中国哲学的特质》,台北:台湾学生书局,1974 年,第 4 页。该书最早于 1963 年在香港出版,其后于 1974、1982 年在台湾出版,1997 年在上海古籍出版社出版。劳思光(1927—2012)赞同牟宗三的观点,认为"中国哲学传统中,诚然有宇宙论、形上学等等,但儒学及中国佛学的基本旨趣,都在'主体性'上,而不在'客体性'上"。劳思光:《新编中国哲学史》(一),台北:三民书局,2000 年,第 402 页。
② 尚琳萌:《李泽厚与刘再复主体性思想之讨论》,《文学界》,2012 年第 6 期,第 265 页。
③ 李泽厚:《批判哲学的批评:康德述评》,北京:人民出版社,1979 年 1 版,1984 年,第 424—436 页。
④ 古希腊的"智者们尽管没有将主体及主体性思想抬高到其他思想之上,未能将主体及主体性思想确立为哲学的最高原则,也没有高扬主体性,但毕竟把人的主体地位、人的主体性纳入了认识和研究的视野"。仲彬:《现代西方主体性思潮及其对我国的影响》,《河海大学学报〈哲学社会科学版〉》,第 13 卷第 4 期,2011 年 12 月,第 22 页。

革命路上

翻译现代性、阅读运动与主体性重建, 1949—1979

论很大程度上依赖于一个非常西方,或者更确切地是现代西方哲学的概念。①

哲学对主体和主体性问题的讨论是文学等学科对此进行讨论的基础。文化哲学的创始人维科提出,作为文化主体的人能够对文化进行认识,并通过文化衡量自身存在的状态。② 在对人的形象的建构中,主体性标识人类历史走过的曲折历程,包括:"无主体的人的形象"时期、"部落主体的人的形象"时期、"多元主体的人的形象"时期、"上帝主体的人的形象"时期、"理性主体的人的形象"与"非理性主体的人的形象"并存时期,以及"文化主体的人的形象"时期。③ 这一观念在马克思主义哲学中也有提及。恩格斯在《反杜林论》中写道:"最初的从动物界分离出来的人,在一切本质方面是和动物一样不自由的;但是文化上的每一个进步,都是迈向自由的一步。"④ 对此,苗伟进一步阐发道,恩格斯的话意味着"文化的意义在于通过实践活动提升人作为主体的价值和生存境界,促进人之本质力量的形成和发展……文化不再是外在于人异己的活动和产物,而是人的内在尺度和存在方式,人也不是在文化之外的抽象符号和理性动物,而是文化的真正主体"。⑤

然而在中国现当代文学中,尤其是"十七年"文学和"文革"时期,政治化的创作思维使作家难以坚持自主审视的理性,结果是双重的主体性失落。⑥ 有鉴于此,刘再复呼吁文学不应该是社会的"机械型反

---

① 这对于中国哲学来说或许是一个现代语言的困境——中国古代哲学自成一体,但是在现代讨论中,学者们未必能用古代语言讲述他们,而在用现代语言转述的时候,西方哲学的术语已然通过现代语言的翻译抢占先机。
② 庄锡昌:《多维视野中的文化理论》,杭州:浙江人民出版社,1987年,第85页。
③ 王永昌:《走向人的世界》,北京:中国工人出版社,1991年,第39—48页。
④ 《马克思恩格斯选集》第3卷,北京:人民出版社,1995年,第456页。
⑤ 苗伟:《论人的文化主体性》,《云南社会科学》,2012年第4期,第56页。
⑥ 陈思和认为"五六十年代的文学主流是在国家意志的笼罩下进行创作的,不能幸免为现在已被实践证明是错误的政治路线和具体政策作宣传的色彩,从今天的立场来看有许多作品是不值得保留的"。陈思和主编:《中国当代文学史教程》,上海:复旦大学出版社,2002年,第9页。一个具体的例子可以参见秦林芳对丁玲的创作的个案分析。秦林芳:《政治化创作思维的延展与双重主体性的失落——论丁玲的〈欧行散记〉》,《南京师范大学文学院学报》,2012年6月第2期,第100—105页。

第三部分
反思与自反：阅读中的反叛一代

映"，而"主体性"应是文学表述的前提。①

1985 年，刘再复发表了《文学研究应以人为思维中心》和《论文学的主体性》，借用心理分析学说和"新马克思主义"观点批评当代中国文学中的"机械反映论"。其中，《论文学的主体性》一文是中国文学主体性思维的代表作。在该文中，刘再复强调不应把文学活动中的人（包括作家、描写对象和读者）仅仅看作客体，而更要去尊重人的主体价值。为此，他把文学主体性分为三个部分：创作主体性（对应作家）、对象主体性（对应描写对象）和接受主体性（对应读者）。就这一点来说，他的文学主体性思想应该是受到李泽厚的影响。在分解主体性的构成的时候，李泽厚同样把主体性分为三个方面：认识论中的"自由直观"、伦理学的"自由意志"和美学中的"自由感受"。②对于认识论中的"自由直观"，刘再复将其转换为创作主体性，即创作是作家的一种"自我实现"的精神境界。对于伦理学的"自由意志"，刘再复将其转换为对象主体性，即创作的对象不是没有生命的玩偶，而是独立的个体。对于美学中的"自由感受"，刘再复将其转换为接受主体性，即读者"在接受过程中发挥审美创造的能动性，在审美静观中去实现人的自由自觉的本质"。③ 这种以作为"主体"的人为思维中心的文学观念与当时文学界仍在流行的以客体为主的反映论思想是极为不同的。

由此可见，虽然刘再复是将李泽厚的主体性理念应用于文学语境，但是他的具体阐释和转换，对"文革"以来文学理论界千篇一律的文学反映论调来说是强有力的革新之声，为文学主体性的新生打下了理论的根基。

---

① 刘再复：《论文学的主体性》，《文学评论》，1985 年第 6 期，第 11—26 页。刘再复：《论文学的主体性（续）》，《文学评论》，1986 年第 1 期，第 3—20 页。
② 李泽厚：《批判哲学的批评：康德述评》，北京：人民出版社，1979 年 1 版，1984 年 2 版，第 424—436 页。
③ 刘再复：《论文学的主体性（续）》，《文学评论》，1986 年第 1 期，第 4 页。

九　地下阅读运动：主体的压抑与"自我投射"的阅读

"我们是被作为机器人培养起来的，却开始听爵士乐了。"阿克肖诺夫在 2007 年的一部纪录片中说。阿克肖诺夫自己都不知道《带星星的火车票》在中国出版了，并被认为有巨大影响。① 这是内部书的常见命运，而阿克肖诺夫的机器人听爵士乐的比喻，也同样在中国青年人的地下阅读中得到验证。

在 20 世纪六七十年代中国盛行的"早请示，晚汇报"和"斗私批修"将自我"表述"压缩到极限的时候，"自我投射"的阅读就成为释放自我和自我反思非常重要的空间。"自我投射"（self-projection）在心理学中是一个常用的概念，指的是"the character and valence of one's situational, objective, or public self-awareness"，换句话说，此处的"自我投射"指的是将自我的思想、情感、经历、理想反映在某种事物上，可以是有意识的，也可以是无意识的。通过文献回顾和对阅读史材料的梳理，本章将试图揭示个人私密空间的压缩使得 1970 年代的青年一代格外热衷于那些不同于自己的日常生活的阅读材料。而这一阅读热潮又何尝不是挣脱信仰危机的自我意识觉醒的无意识表达？

（一）文献回顾

中国知识青年的地下阅读运动近年来随着阅读史研究渐渐形成自己的理论框架和研究范式而浮出水面。这场悄然发生在"文化大革命"、上山下乡等历史大事件底层的运动，成为许多作家、名人的宝贵回忆，

---

① 2006 年阿克肖诺夫在北京接受《中华读书报》专访。康慨：《俄罗斯大作家阿克肖诺夫去世》，《光明日报》，2009 年 7 月 8 日。

第三部分
反思与自反：阅读中的反叛一代

也逐渐成为学者关注的热点。

到目前为止，国内外已经积累了相当有分量的有关"地下阅读运动"的研究，但比较零散，也很少有系统的总结和介绍。本节拟就"地下阅读运动"研究方面的情况作一概述。本节中的论述、资料和数字统计都集中在"地下阅读运动"这一专题上，尤其是"地下阅读运动"研究的理论研究方面。对于相关的"知识青年"、"上山下乡"等现象或运动，以及相关的文学作品仅略略涉及。①

中国的地下阅读运动主要发生于"文化大革命"时期，在这里用"阅读"运动而非读书运动来称呼它，主要是因为这一过程被阅读的对象不仅仅是书等文字材料，还有音乐和广播等视像材料。② 在作为地下阅读运动主要阅读对象的内部书的研究方面，沈展云的《灰皮书、黄皮书》大致介绍了内部书出版的历史背景和出版过程。但其最主要的贡献不是对出版史的研究，而是通过对内部书、尤其是灰皮书的个案分析，展现了一个"知识饥馑时代的秘密书架"。③ 对于内部书对青年的思想和文学的影响方面的深入研究则开始于萧萧。在《书的轨道：一部精神阅读史》中，萧萧不仅提供了当时最流行的内部书的名单，并且敏锐地指出这些原应当由"革命一代"去批判，去铲除的"封资修"毒草，却成了"孕育，萌发他们思想启蒙的最重要的养素"。④ 朱

---

① 在知青和上山下乡研究方面，托马斯·伯恩斯坦（Thomas P. Bernstein）教授 1977 年的专著 *Up to the Mountains and Down to the Villages: The Transfer of Youth from Urban to Rural China*（中译名为《上山下乡——一个美国人眼中的中国知青运动》）为海外知青研究奠定了理论基础和研究框架。20 世纪初，潘以红教授专著 *Tempered in the Revolutionary Furnace: China's Youth in the Rustication Movement*（《锤炼在革命熔炉中——上山下乡运动中的中国青年》）则对多年来海内外"知青"研究成果做了凝练而清晰的介绍，因此本文不再重复。
② 阿城：《听敌台》，北岛、李陀编：《七十年代》，北京：三联出版社，2010 年，第 147—153 页。
③ 参见胡文辉对《灰皮书、黄皮书》的书评，胡文辉：《知识饥馑时代的秘密书架》，《南方周末》，2008 年 1 月 17 日。
④ 萧萧：《书的轨道：一部精神阅读史》，廖亦武主编《沉沦的圣殿：中国 20 世纪 70 年代地下诗歌遗照》，乌鲁木齐：新疆青少年出版社，1994 年，第 4—16 页。

革命路上
翻译现代性、阅读运动与主体性重建，1949—1979

学勤在"思想史上的失踪者"一文中更提出了知青的阅读和精神生活这样一个很有意义的命题，揭示了知青生活中的精神追求及其在思想史上的意义。①

宋永毅对地下阅读史的研究成果在某种意义上来说是萧萧、朱学勤等人的研究的延伸。宋永毅在 2007 年提出地下阅读运动是促成年轻一代的精神觉醒中一个长期被忽视的主题。他指出：1960 年代末到 1970 年代中期，有相当数量的读书小组在中国各地出现；革命的灾难性后果使得年轻人试图从各类书籍、尤其是来自革命对立方的书写中寻求真理；上山下乡运动进一步促进了阅读；尽管有所局限，但是地下阅读运动代表了对当时毛式话语权威的最大的挑战。②

宋永毅的观点或可斟酌，但其记录的当时"文艺沙龙"、"读书小组"和手抄本流通的历史史料价值值得珍重。宋永毅提供了当时最流行的 10—20 本"灰皮书"的书名和最流行的 8 本"黄皮书"的书名。③而在读书的组织方面，宋认为"由于对各级党组织的冲击，'文革'在某种意义上又是中国历史上最严重的中央集权失控阶段"。他把当时的红卫兵分为老红卫兵、革命造反红卫兵和思想型红卫兵。其中，思想型红卫兵自发组织的各种"学会"成为地下阅读运动的滥觞，包括比较著名的由北京大学学生何维凌、王彦等人组成的"共产主义青年学社"，由上海青年工人何是等人组织的"东方学会"，武汉的"北斗星学会"，湖南和山东的"毛泽东主义小组"等。宋永毅认为这些"从哲学的角度倡导资产阶级个性主义"或是提倡"独立思考"的人是最早的一批"离经叛道"者，而这些公开的"学会"都被取缔，使

---

① 朱学勤：《思想史上的失踪者》，《读书》，1995 年 10 月。
② Song Yongyi, "A Glance at the Underground Reading Movement during the Cultural Revolution," *Journal of Contemporary China* (May 2007), 16 (51), pp. 325—333.
③ Song Yongyi, "A Glance at the Underground Reading Movement during the Cultural Revolution," *Journal of Contemporary China* (May 2007), 16 (51), p. 327.

第三部分
反思与自反：阅读中的反叛一代

得阅读运动转为地下。①

在关于地下阅读运动回忆的一手资料方面，"文革"后对当年的读书经历和阅读体验的回忆，呈现了被权力话语遮蔽了的阅读史，并显示出对中国当代文学形态的重要影响。从1988—1994年短短几年间，共有30多部以"知青"为主题的书出版，其中"老知青"撰写的回忆录汇编和纪实性文学作品占相当大的比重。1988年，肖复兴、肖复华首次出版了采访记叙知青故事的报告文学集，他们合编的《啊，老三届》收录了25位知青的故事。随后，有多部讲述知青遭遇的书进入人们的视野。例如《知青沉浮录》（1989）、《北大荒风云录》（1990）、《中国知青部落》（1990）、《草原启示录》（1991）、《回首黄土地》（1992）、《蹉跎与崛起》（1992）、《光荣与梦想》（1992）、《知青档案》（1992）、《红土热血》（1993）、《热血冷泪》（1993）、《悲怆青春》（1993）、《中国知青梦》（1993）、《中国知青在海外》（1993）、《中国知青悲欢录》（1993）、《命运列车》（1994）、《漠南情》（1994）、《理想与现实》（1994）、《苦难与风流》（1994）等。这些记录了跨越大江南北、中国东西，甚至海外的"知青"生活的回忆录和纪实性文学创作一时间成为社会的焦点。对于这些回忆录和纪实性文学创作，作者们在建构个人故事

---

① 1968年以后，随着红卫兵退出历史舞台，不公开的"沙龙"或"通讯会"的阅读和流通形式成为青年人阅读的主要形式。例如赵一凡的地下沙龙，传阅和讨论内部书和手抄本。徐浩渊的文艺沙龙打破派别，与造反派红卫兵的"二流社"的甘铁生等人一起读书讨论。杨健：《文化大革命中的地下文学》，北京：朝花出版社，1993年，第83—90页、第105—109页。关于红卫兵的派系研究，参见杨健：《红卫兵集团向知青集团的历史性过渡（1968年秋—1971年秋）》，《中国青年研究》1996年第2、3、4期。杨健提出，1968年9月底的《人民日报》社论宣布"全国山河一片红"，标志着"文革"夺权阶段的结束，也标志着红卫兵的"历史任务"的完结。周谷声、陈秀惠、孟金瑛等人编辑出版了《远方战友通信集》，交流读书心得。参见"胡守钧小集团"问题的批判资料，《革命大批判文选》，上海：复旦大学政宣组，1970年，第9—12页、第32—37页。本资料重印于《中共重要历史文献资料汇编第十七辑，"文革"初期红卫兵运动政治异议言论批判资料专辑》，Luoshanji [Calif.]：中文出版物服务中心，1998。金观涛和刘青峰（笔名靳凡）的中篇小说《公开的情书》则以文学的形式记述了这类读书会中的青年"对真理的苦苦探索"。这本小说于1972年左右以手抄本的形式在知青中流传。靳凡：《公开的情书》，见《1979—1980中篇小说选（第二辑）》，北京：人民文学出版社，1981年，第149, 198—200页。

· 269 ·

革命路上

翻译现代性、阅读运动与主体性重建，1949—1979

的过程中，多数以悲剧为卖点，并试图把个人的悲剧归结为时代的悲剧，其学术意义上的价值也许应该持谨慎态度。但其中也有不少散落的地下阅读的资料，丰富了本文的讨论内容。在 1996 年出版的、由史卫民主编的《知青书信选编》和《知青日记选编》中，收录了 1968—1979 年间知识青年的 100 多封信件和 400 多篇日记，提供了很多有价值的第一手资料。在近年来，有关"文革"时期的阅读的记忆重新回到人们的视线中，有两部文集在这一潮流中扮演了十分重要的角色。一部是 2000 年出版，由刘禾主编的《持灯的使者》，另一部是 2009 年出版，由北岛、李陀主编的《七十年代》。这两本文集以较为理性的角度回顾了 1960—1980 年代的历史与作者们的个人经验。其中，阅读不再是"悲剧"的时代生活的点缀，而是构成很重要的一部分。本书因此基于这两本文集对当时的翻译文学阅读情况作了一个简单的数据统计（见本书附录 1949—1979 年作为内部书出版的外国文学作品列表），以便更为直观地展现地下阅读运动中翻译文学的阅读情况。

在历史研究方面，阅读史的资料在很大程度上是知青史和口述史研究的副产品。刘小萌与人合编的《中国知青事典》和他主编的《中国知青史——大潮（1966—1980 年）》，以翔实的史料和细致的统计资料展现了发生在"文革"期间的中国知青潮起潮落的历史，其中也包括了当时的读书会、诗社等与阅读有关的知青材料，下一节将会进一步对这些材料进行讨论。顾洪章主编的《中国知识青年上山下乡始末》和《中国知识青年上山下乡大事记》（1997）在大量占有官方材料的优势上，其评述凸显权威性。在口述史方面，1993 年加籍华人学者梁丽芳（Laifong Leung）采访了 26 位中国作家（多数曾是知青），其中包括史铁生、莫言、陈村、陈建功、铁凝、王安忆、叶辛、梁晓声、竹林、孔捷生、郑义、郑万隆、张抗抗、陆天明、邓刚、胡平和老鬼等。在她的《从红卫兵到作家——觉醒一代的声音》（*Morning Sun: Interviews with Chinese Writers of the Lost Generation*）一书中，保存了这批中国当代作家宝贵的思想和情感成长经历，也有他们各自不同的读书生活。与之类似，1995

第三部分
反思与自反：阅读中的反叛一代

年出版，由刘中陆主编、臧建、田小野担任副主编的《青春方程式——五十个北京女知青的自述》也采用了个人口述史的方式，不过其关注点在于女性。在这些女性口述的知青故事中，也有不少关于阅读和写作的记忆，比如刘中陆说知识青年"常有各种思想火花闪现"，他们在插队生活中写诗写歌，战若英提及他们在藏区生活除劳动外另一个主要内容是"读书"，包括各种历史书及"世界文学名著"，卢小飞说《怎么办》、《牛虻》、《钢铁是怎样炼成的》"影响着我们许多人"，哪依记录自己在内蒙古草原上读《毛泽东选集》，山泉记录知青生活时常在书海遨游，自己的读书笔记还在附近农场、公社知青中流传等等。①

在文学分析方面，曹左雅 2003 年出版的 *Out of the Crucible: Literary Works about the Rusticated Youth* 是第一本比较系统地介绍"知青文学"的英文著作，包括"知青文学"的起源、发展，并从将 50 部描写"知青"生活的文学作品中提炼出八大主题（heroism and idealism, suffering and internal transformation, moral dilemmas and the loss of innocence, love and cultural difference, sexual and spiritual oppression, zhiqing/peasant relations, the relationship between man and nature, and the conflict between the desire to leave the countryside and the attachment to it）。不过其对文学与阅读的关系没有特别的关注，重在探讨文学作品所反映的"知青"经历的意义。

从上述的梳理分析可以看出，目前文学领域和学术领域都有不少地下阅读的资料。这些资料从阅读史或社会政治学的角度出发，关注地下阅读运动中的情感脉络和历史发展，不过对主体性和社会的个人化的问题很少触及。根据《全国内部发行读书总目 1949—1989》的统计，全国共出版"内部书籍"18301 种，在根据当事人的回忆和各类投票统计出的最常被提及的内部书中，不约而同地都出现了《在路上》、《麦田里的

---

① 刘中陆、臧建、田小野：《青春方程式——五十个北京女知青的自述》，北京：北京大学出版社，1995 年，第 20、35、69、85 页。

革命路上
翻译现代性、阅读运动与主体性重建，1949—1979

守望者》和《等待戈多》的名字。① 下文将围绕主体性这一主题，继续以《在路上》、《麦田里的守望者》和《等待戈多》为个案，试图回答三个问题：为何这三部作品能吸引当时的读者，并经久不衰？各种阅读经验的背后存在着怎样的主体性的重生？它们在文学空间的重构中扮演了怎样的角色？

（二）个人私密空间的压缩

正如鲍曼所言，"个体建构自身的存在所具备的条件，决定他们选择的范围和选择所导致的后果"。② 1960 年代开始，中国人的日常生活开始具有一种表演性的责任，也是后来上山下乡运动中进行地下阅读的青年们的成长环境。1966 年到 1971 年 9 月 13 日林彪事件之前，"早请示，晚汇报"和"斗私批修"虽然没有官方正式文件规定，但通行全社会，不论是作为社会基本单位的家庭还是作为毛泽东时代特色产物的集体（公社等）。

阎云翔认为一种不断上升的中国式的个体主义将全球进程与地方实践结合在一起，他以非常清晰的框架和具有说服力的论述论证了中国的农村家庭中是有私人生活的，并且呈现出一个私人化和私人生活的兴起的过程。③ 他认为在这一过程中，国家行为有很大的作用，瓦解了传统意义上的家庭。比如从"大集体"时期开始，年轻一代就有了相当程度的婚姻自主权，并在公开表达爱情甚至婚前性行为方面迈出了步伐。④

---

① 截至 2011 年 1 月 19 日，凤凰网内部书阅读调查（共 409 人），在受调查人群读过的内部书中，《麦田守望者》以 216 票 15% 荣登榜首，《等待戈多》和《斯大林评传》以 112 票 7.8% 并列第 2 位，《在路上》以 91 票 6.3% 列第 4 位。http：//survey.news.ifeng.com/result.php? surveyId=1114
② [英] 齐格蒙特·鲍曼：《个体化社会》(The Individualized Society)，范祥涛译，冯庆华校，上海：上海三联出版社，2002 年，第 8 页。
③ 阎云翔提出"个体在私人领域的崛起早在 20 世纪 50 年代就已经开始"。[美] 阎云翔：《中国社会的个体化》，陆洋等译，上海：上海译文出版社，2012 年，第 11 页。
④ [美] 阎云翔：《私人生活的变革：一个中国村庄里的爱情、家庭与亲密关系 (1949—1999)》，龚小夏译，上海：上海书店出版社，2006 年，第 51—97 页。然而作者并没有说明这些婚姻在多大程度上受到新的政治及意识形态的影响。

第三部分

反思与自反：阅读中的反叛一代

不过尽管他的研究囊括了 1949—1999 年①，阎云翔的视野重点乃是后毛泽东时代的中国。如其所述，他的研究主要取材于 1989—1999 年在东北下岬村的田野调查资料。虽然在 1971—1978 年，他曾作为一个农民在该村生活与工作过 7 年②，他并未深入探讨过毛泽东时代到后毛泽东时代中国的私人生活是否是一个连贯的、并且一直在上升的过程，以及毛泽东时代中的"个人空间"③是否被压缩。④ 在笔者看来，阎云翔材料中的年轻人的"浪漫"行为，恰好说明了"公"与"私"的界线的界定在毛泽东时代发生的显著变化。而毛泽东时代对家庭的不断瓦解，说明了毛泽东时代政治对个人空间的压缩和侵入，"公"的界线被推进，"私"的领域被缩小。⑤ 尤其是 1966—1971 年的"早请示，晚汇报"和"斗私批修"对人与人之间的关系、个人隐私和个人对生活意义的理解有极为重要的影响，也引发了青年人在西方现代派作品中寻找独立、自主的个人和新的精神追求与理念。

"汇报"、"请示"的基本程序是大家面对毛主席像站立，右手拿

---

① Yunxiang Yan, *Private Life under Socialism: Love, Intimacy, and Family Change in a Chinese Village, 1949—1999* (Stanford, Calif.: Stanford University Press, 2003). [美] 阎云翔：《私人生活的变革：一个中国村庄里的爱情、家庭与亲密关系（1949—1999）》，龚小夏译，上海：上海书店出版社，2006 年。
② [美] 阎云翔：《中国社会的个体化》，陆洋等译，上海：上海译文出版社，2012 年，第 1 页。
③ "个人空间"包括人与人之间的情感与关系、个人的隐私、个人的对生活意义的追求、以及个人相对于家庭、宗族的权利等。
④ 例如他指出，引ани父权衰微的源头是公社时期的集体生活，但是这是否可以看作政治对个人空间的侵入的表征之一以至影响了传统家庭生活中以父子关系为轴心呢？又是什么力量取代了传统的父权呢？
⑤ 费正清（John King Fairbank, 1907—1991）对中国解放后的社会改组的观察可以支持这一观点，他说："根据 1950 年 5 月 1 日的新婚姻法，妇女在结婚、离婚和享有财产方面获得与完全与男子平等的权利。这一摆脱家庭专制的解放，给予自古相传的家族和氏族制度以沉重的打击。在 1950 年代的各项运动中，检举父母的孩子受到表扬，这样就把自古以来强调的百善孝为先的教导完全颠倒过来了。延续的家庭关系被贬称为封建关系，谈情说爱被认为是资产阶级情调。新政府以其无所不在的分支机构力图取代父系家族制度，使一夫一妻制的简单家庭规范化，使个人失去家族的支持，而只能听任当局的安排。" [美] 费正清：《美国与中国》，张理京译，北京：世界知识出版社，2001 年，第十四章《人民共和国：建立新秩序》。

革命路上
翻译现代性、阅读运动与主体性重建，1949—1979

《毛主席语录》放在胸前，由政治上可靠、普通话标准的人"领读领唱"。全体参与者都站在毛主席像前，站成一个方阵，鞠躬行礼，手握红宝书举过头顶三呼："敬祝伟大的领袖、伟大的导师、伟大的统帅、伟大的舵手、我们心中最红最红的红太阳毛主席万寿无疆，万寿无疆，万寿无疆！敬祝毛主席的亲密战友、我们的林副统帅身体健康，永远健康，永远健康！"祝愿完，唱颂歌，一般是《东方红》或《大海航行靠舵手》，或《毛主席是我们心中的红太阳》。然后"领读"会大声说道："让我们翻到《毛主席语录》第×页，第×段。伟大领袖毛主席教导我们说——"然后大家齐声朗读。至于读几段，并没有严格规定，往往是一到三段，所读内容尽可能结合当天工作或当前形势。"晚汇报"也是类似仪式，向毛主席忏悔。很多地方、单位还增加了更为形式化的跳"忠字舞"一项。① 这一形式化的表述程序不仅深入到负责管理城市居民的街道，也适用于以生产队或自然村为单位的农村。② 雷颐认为这显示出"文革"时期"政治无时无刻的管制"，是政治侵入日常生活的表现。③

这一强制的身份认同取消了个人私密空间的所有合法性，至少在公开的领域，个人私密空间得不到认可。"政治上可靠"的人"早请示，晚汇报"，而"政治上不可靠"的人也要"早请罪，晚请罪"：在毛泽东像前低头弯着腰站着，保持着请罪的姿势，用别人给自己定的罪行、罪名大声诅咒自己。就连精神病院、医院病人也不能例外。④ 对此，葛剑雄的回忆十分生动。他在1968年冬得了急性阑尾炎，住院开刀后，只第一天早上开刀的时候被免去"早请示"，但负责此事的工宣队认为这不是大手术，而"早请示"、"晚汇报"是关系到对毛主席忠不忠的态

---

① 雷颐：《早请示，晚汇报》，见雷颐：《历史的进退：晚近旧事与集体记忆》，桂林：广西师范大学出版社，2009年，第150—151页。
② 为进行"早请示，晚汇报"，农村往往建有"请示台"，参见郑州市管城回族区南曹乡的"请示台"，建成于1966—1968年。记者周广现、实习生刘瑞朝文，记者洪波图：《老建筑：那些带有时代烙印的"名片"》，《人民网河南频道》，2011年03月11日。
③ 雷颐：《早请示，晚汇报》，见雷颐：《历史的进退：晚近旧事与集体记忆》，桂林：广西师范大学出版社，2009年，第149、153页。
④ 新华社记者：《靠毛泽东思想治好精神病》，《人民日报》1971年8月10日。

第三部分
反思与自反:阅读中的反叛一代

度问题,所以开刀当晚还是要到"忠字室"作"晚汇报"。以后每天的"请示"、"汇报"自然要进行,每次差不多要二十多分钟。他只好每次尽量张大嘴以示自己在念在唱,尽量压低声音以减轻腹部震动。但跳"忠字舞"时就无法手捂刀口,而且跳来跳去刀口自然痛得厉害,幸而医生很善良,以刀口发炎、尚未愈合为由帮他免去了跳"忠字舞"的责任。①

与"早请示,晚汇报"相结合的是"斗私批修"。1967年10月6日的《人民日报》发表社论《"斗私,批修"是无产阶级文化大革命的根本方针》,所谓"斗私批修"这一"灵魂深处爆发的革命"成为对每个人内心深处的身份认同的强制要求。

"斗私",主要指斗掉私心;"批修",则是批判修正主义,批判资产阶级路线。这对于每个人来说不仅是划清敌我界线的问题,也带来了一定程度上自我意识的混淆。在"批判大会"、"批判小会"、"游街"、"武斗"、"文攻武卫"等等形式中人们不仅是在斗争"敌人",也是在拷问自己立场是否坚定。中国社科院近代史研究所研究员雷颐给出了一个"斗私批修"的实例:

> 同学们,昨天下午我晚来了几分钟,耽误了大家几分钟时间。为什么我会迟到这几分钟呢?这里面有私心。当时我正在洗衣裳,知道时间到了,还是想再有几分钟就能把军服洗完晾出去。为什么非要先把军服晾出去呢?这里面又有私心,就是想一下午这件军服就晾干了,明天还可以穿。为什么非要尽着这一件衣服穿呢?这里面又有私心,就是想自己今年可能要复员回家,尽量尽着一件军服穿,到时候上交,带回家的那件衣服就尽量新一点。为什么想到复员回家了呢?这里面又有私心,我已经超期服役两年了,提干看来是没希望,心想那就不如早点回家,再加上母亲也想要我早点回去结婚成家。同学们,革命战士要时刻听从组织指挥,自己是走是

---

① 葛剑雄:《病室忆旧》,《文汇报》,1997年11月2日。

革命路上
翻译现代性、阅读运动与主体性重建，1949—1979

留，这是组织考虑的事，组织要走就走，要留就留，自己根本就不应该想这个问题，我却想了那么多……①

在以上"斗私批修"的例子中，私心杂念哪怕仅仅存在于内心，或者在脑海里闪过一下都必须进行公开的自我批判，实在是在形式上将革命进行到了"灵魂深处"。但是这样的公开的自我批判或者半公开的反省（比如日记），并不意味着能够反映个人的真实想法。作家崔道怡回忆自己"斗私批修"批判自己"我这正接受贫下中农再教育的知识分子买松花蛋吃是追求享乐，正说明需要改造"，同时深知"解放多年，农民还是如此穷困"的想法是绝对不能讲出来的。②

"斗私批修"是"文革"纲领性的口号，在纲领性口号之下，还有更具体的口号，诸如："生为毛主席的红卫兵，死为毛主席的红小鬼"，"爹亲娘亲不如毛主席亲"，"忠于毛主席忠于党，党是我们的亲爹娘，谁要是敢说党不好，马上叫他见阎王"，"以党/毛主席的恩情代替传统的家庭观念"，以及"宁要社会主义的草，不要资本主义的苗"，提倡彻底消灭私有制。

王绍光在提议拓展"文革"研究的视野的时候提出，"文革"研究应在检验现有的理论假设的同时，发展出新的理论假设来。其中，他认为在研究结构性变动的时候，也应关注"文革"中的个人，比如，应该像研究法国革命时期市民的日常生活那样，关注一下"文革"时期"非革命的休闲方式"。③ 在《理性与疯狂：文化大革命中的群众》一书中，王绍光挑战了韦伯（Max Weber, 1864—1920）的"超凡魅力型领袖"的理论，认为在中国的情境下，虽然毛泽东被认为是"超凡魅力型领袖"，但他的追随者却不是盲目的。相反，在王绍光看来，这些追随者

---

① 雷颐：《层层剥笋法》，见雷颐：《历史的进退：晚近旧事与集体记忆》，桂林：广西师范大学出版社，2009年，第141—144页。
② 崔道怡：《在"咸宁"五七干校的日子》，见唐筱菊、陈少铭编：《在"五七干校"的日子》，北京：中共党史出版社，2007年）。
③ 王绍光：《拓展"文革"研究的视野》，香港：《二十一世纪》，总第31期，1995年10月，第95、100页。

第三部分
反思与自反：阅读中的反叛一代

的行为基本上是理性的，他进而提出附加一定限制条件的"理性选择理论"。① 当我在分析"早请示，晚汇报"和"斗私批修"造成了当时中国个人私密空间的压缩的时候，也注意到像崔道怡那样的例子，他们的内心深处的声音反映了在被压抑的自我空间中并非没有理性思考。不过，更能彰显出这种理性的，则是地下阅读运动。

（三）地下阅读运动

有关毛泽东时代的回忆录和阅读统计资料显示，在1968—1976年间的地下阅读运动中存在着一个较为清晰的阅读的转向。地下阅读中青年人的读书的轨迹一开始往往是马列著作，因为他们试图"在马列著作中寻找毛泽东思想所无法解决的答案"。由于对所谓封建主义、资本主义和修正主义的大批判，在刻板的读物体系中熏陶出来的革命一代，其实并不真正懂得他们为之狂热的"革命"。② 如同《革命之子》(Son of the Revolution)的作者梁恒的回忆："悲剧使我更急切的想要找寻更多的知识。我读遍马克思与恩格斯的选集，以求更加了解社会主义。"③ 而在1971年之后，他们的阅读大多转向了1950年代末1960年代初开始"内部发行"的"黄皮书"，这些"十七年"中翻译的文学作品为"文革"中的青年人提供了"革命"话语体系之外的另一种选择。这一阅读转向充分显示出主体理性的一面，或者更进一步来说，1971年前后的地下阅读运动转向一种更为"自我投射"的阅读。

在1970年的"一打三反"运动和1971年的林彪坠机事件之前，青年人虽然通过阅读哲学、社科、尤其是所谓苏联修正主义的作品而有所

---

① 王绍光：《理性与疯狂：文化大革命中的群众》，香港：牛津大学出版社，1993年。王绍光：《拓展"文革"研究的视野》，香港：《二十一世纪》，总第31期，1995年10月，第95页。
② 当时公开的青年读物限于：(1) 马列著作，毛泽东选集（限于单篇和语录的死记硬背）；(2) 苏、中革命文学作品（自1960年代起不断缩小范围）；(3) 中国和西方的古典文学作品（但必须批判性地阅读）。李新华，"时代的见证：接班人与'第三代人'"，《中国青年研究》，1995年第3期，第4—16页。
③ [美] 梁恒，夏竹丽：《革命之子》，傅依萍、莫昭平译，台北：时报文化出版有限公司，1983年，第254页。

反思，但是其思维脉络依然是革命的话语体系——他们更多思考的是什么是真正的马克思主义和怎样为革命事业贡献力量。青年人关注"革命之路"究竟将中国引向何方，说明青年人认同于长久以来革命话语中建构起来的集体"大我"身份，认为自我与国家、与革命休戚相关。虽然他们直面现实而产生了怀疑，虽然"上山下乡"使他们背井离乡，他们依然满怀热情试图弄清"斗私批修"批斗的"修正主义"究竟意义为何，甚至热心地对当时国家政治、经济的大政方针提出意见。本着社会主义建设者和接班人的理想和定位，这样的讨论一开始是合理合法的。朱正琳在回忆他的读书生活的时候说，因为"个人权利已被剥夺殆尽"，所以他和他的朋友们关心的是"国家大事"，是"中国革命和世界革命的前途"。他们的理论兴趣就产生于这种时代特产的"政治关怀"。① 他认为他和友人对现实的怀疑早在1964年就已产生，不过那种独立思考倾向的蔓延，应是在知青大规模上山下乡的1968年年底。② 这种独立思考倾向除了像朱正琳那样关注马克思主义哲学、黑格尔哲学的例子之外，也包括对国家政治、经济政策的关注。张木生根据自己在1965年、1966年间在内蒙古插队的经历对中国农业的发展道路提出了自己的见解。他在1968年写成的《中国农民问题学习——关于中国体制问题的研究》一文在当时反响很大。③ 在1969年、1970年间，以张木生为代表的"不相信派"和以任公伟为代表的"扎根派"，两派间进行了激烈的争论。④ 这种对国家政治、经济大政方针的关注和

---

① 朱正琳：《让思想冲破牢笼——我的七十年代三段论》，北岛、李陀编：《七十年代》，北京：生活·读书·新知三联书店，2009年，第172、173页。
② 同上，第172、174页。
③ 钱理群认为红卫兵和知识青年特别值得注意，因为这两类人、尤其其中的高级干部子女即将执掌中国。从正面意义来说他们通过上山下乡等底层经历更加了解民心、民情，也更深刻地意识到党和国家的危机，因而有可能做一些事情，把中国的改革推进一步。从负面意义来说，需要警惕"文革"残酷的斗争中形成的为达目的可以不择手段的观念，以及由此产生的帝王气与流氓气。钱理群：《张木生令吾担忧》，http://blog.boxun.com/hero/201201/dwdl/29_1.shtml。
④ 《"张木生旋风"和他的所谓"新民主主义"主张》，全国农村改革试验区系列报道之八十九，腾讯网《深度对话》，2010年第91期，http://210.43.24.225/Html/?6054.html。

第三部分
反思与自反:阅读中的反叛一代

理论兴趣一起,构成了1968—1971年间青年人地下阅读的两个主要动力和目的。

地下阅读运动经历的由阅读马克思主义著作向阅读西方文学的转向过程①,一方面是由于在地下阅读运动前期,阅读常常以阅读小组的团体形式存在,讨论的都是革命的种种命题,使官方话语的权威受到质疑和挑战,从而受到压制。

在地下阅读运动前期,官方很快就发现了阅读对官方话语权威的挑战,所以极力控制书籍的流通和传播,甚至采用了极端方式。在1970年1月到5月间的"一打三反"②运动中,由于看书而遭殃的有名人之后,也有纯粹好奇的普通青年。比如北京"第四国际反革命集团"案、南京的"金查华马列主义小组"和"陈卓然小集团"案、上海"胡守钧小集团案"、宁夏"共产主义自修大学"案。③ 在北京"第四国际反革命集团"案中,赵一凡、徐晓等人因为搜集、传阅地下文学曾于1975年被关押进监狱。④ 上海"胡守钧小集团"案的胡守钧、周谷声、邱励安、何穆、方农等均于1970年被押回复旦,接受公审及万人大批判,胡守钧后于1975年5月被判10年有期徒刑。⑤ 而华东师范大学的王申酉(1945—1977)更为此付出了生命的代价。王申酉1968年曾因"书写反动日记、收听敌台广播和盗窃学校大量书籍"入狱一年零三个月。随后在1970年11月,王申酉被送往大丰农场五七干校监督劳动。1977年因为一封阐述个人世界观、对社会主义建设和资本主义生产方式的看

---

① 感谢王爱和教授启发并指引我注意到地下阅读运动中的这一转向,并将这一转向与"一打三反"造成的紧张气氛、以及"林彪坠机"事件后人们对革命的普遍失望感联系起来。
② 1970年1月31日,中共中央发出《关于打击反革命破坏活动的指示》。2月5日发出《关于反对铺张浪费的通知》和《关于反对贪污盗窃、投机倒把的指示》,合称"一打三反"。在这次运动中,遇罗克等人被以现行反革命罪判处死刑。
③ 刘小萌、定宜庄、史卫民等:《中国知青事典》,成都:四川人民出版社,1995年。杨健:《文化大革命中的地下文学》,北京:朝华出版社,1993年,第125—126页。
④ 杨健:《文化大革命中的地下文学》,北京:朝华出版社,1993年,第296—299页。
⑤ 复旦大学"胡守钧小集团"专案组编:《胡守钧小集团的有关材料》,上海:复旦大学"胡守钧小集团"专案组,1970年,第61页。复旦大学政宣组编:《革命大批判》,上海:复旦大学政宣组,1970年,第1—6页。这一集团成员后多成为社会学教授。

革命路上
翻译现代性、阅读运动与主体性重建，1949—1979

法的私人情书被认定为"万言黑文"而被判死刑。① 宁夏"共产主义自修大学"案最为惨烈，吴述樟、吴述森、鲁志立于 1970 年被判死刑，同案的熊曼宜自杀，陈通明被判处无期徒刑，徐兆平被判处 15 年徒刑，张维志被判处 8 年徒刑，张绍臣被判处 3 年徒刑，其余 6 人被拘留和在自己工作单位隔离关押、接受批判。② 对于青年们来说，虽然毛主席将保持革命的传统和成果的厚望寄托在青年人身上，说"世界是你们的，也是我们的，但归根结底是你们的"。③ 然而在"文革"中，"什么是真正的马克思主义"和"文化革命"究竟要解决什么问题这样的思考和追问的结果却是惨烈的。

另一方面，与"早请示，晚汇报"结束于 1971 年"林彪事件"类似，在"林彪事件"前后，在"早请示，晚汇报"中一直被称为毛主席的亲密战友的林彪转瞬间就成为了革命的叛徒，无论官方话语对此如何解释，都难以挽回在革命中逐渐塑造起来的伟大形象的崩塌，亦难以改变革命话语失去公信力的趋势。④

---

① 王申酉的观点见《王申酉文集》，香港：高文出版社，2002 年。王申酉到 1979 年平反，1981 年 4 月 3 日，上海市委召开为王申酉平反昭雪的大会。平反过程见施平：《王申酉昭雪记》，《南方周末》，2007 年 1 月 29 日。金凤回忆了自己就王申酉平反问题采访时任上海市委书记的陈国栋。在当时市委常委会议上对王申酉的评价问题主要有三种意见："一是认为王申酉是张志新式人物，在理论上造诣更高，是优秀的青年马克思主义者；二是认为判死刑过头了，但他仍有严重错误；第三种意见认为王申酉应平反，但也不宜评价过高，他是勤奋学习热爱祖国的好青年。"最后采用了第三种评价意见。金凤：《他，倒在了"两个凡是"的枪口下》，见金凤：《我们都经历过的日子》，北京十月文艺出版社，2001 年。
② 1978 年 8 月 7 日的《宁夏日报》发表了以《拨乱反正、彻底昭雪》为标题的平反文章。1978 年 9 月 29 日《人民日报》发表题为《革命青年的锐气是扼杀不了的》的评论员文章，肯定这批青年"一面在农场、社队、工厂中从事繁重的体力劳动，一面刻苦学习马列主义和毛主席著作，钻研理论探索真理的精神"。刘小萌：《"共产主义自修大学"案》，见《中国知青事典》，成都：四川人民出版社，1995 年，第 608—610 页。
③ 1957 年 11 月 17 日毛泽东在莫斯科大学接见中国留苏学生的发言。参见《历史上的今天》，http：//www.people.com.cn/GB/historic/1117/3900.html。
④ 对作为林彪主要罪状和批判材料下发的《五七一工程纪要》，却造成众说纷纭。

第三部分
反思与自反：阅读中的反叛一代

革命的"退色"①，让人们开始回归到个人的层面，开始思考人生，成为青年人阅读的新方向。周励对于自己当时的阅读的描述是一种很有代表性的代入了自我情感和经历的阅读经验，她觉得"斯大林时代和'文化大革命'简直像孪生兄弟一样，一个人的突然失踪，一个人的突然死亡，以及一个家庭未知的命运，都是和党的要求、党的事业这些永远冠冕堂皇的辞令连在一起的。我开始考虑人的价值和人在政治以外的意义"。② 在穷山恶水中已经待了两三年的青年人变得愤世嫉俗，他们发现重新回到城市、回到自己的家庭成为了一个遥不可及的梦。

革命抛弃了自己，这个巨大的失望使青年人的阅读热情转向了西方文学尤其是西方现代派作品。张戎、王希哲、王声西、王绍光等人都回忆过他们偷偷看书的经历，他们感叹：这些书使他们看到了"外面世界的最新动静"。③ "因为它们是打开通往外部世界的窗口，人人希望先读为快，书在朋友之间周转效率极高，有的书甚至异地流动。"④ 而这样的阅读经历"一点也不特殊"⑤。在 1970 年代，西方现代派作品是内部书中最热门的⑥，也是令当时的读者印象最深刻、影响最深远的一类书籍。戈小丽（戈宝权之女）当年与郭路生共同下乡插队，回忆了他们这一批"黑帮高干、臭老九高知、靠边儿站中层干部和平民百姓的孩子"的生活。"杏花村的知青都尽力带去了各自的'珍藏品'，如外国名著、《外

---

① 唐晓峰说："林彪出事，影响很大，那个指挥人生的'革命'，顿时退色。政治上层尚能坚守秩序，而社会下层，人心再难控制。"唐晓峰：《难忘的1971》，见北岛、李陀编：《七十年代》，北京：生活·读书·新知三联书店，2009年，第269页。
② 周励：《曼哈顿的中国女人》，台北：时代风云出版有限公司，1992年，第130页。
③ 王希哲：《从李一哲到王希哲》，《中国之春》（洛杉矶），1996年6月，第59页。袁浩等编：《八载秦城梦》，成都：四川人民出版社，1993年。张戎：《鸿——三代中国女人的故事》，台北：中华书局，1992年，第378—379页。
④ 王绍光：《拓展"文革"研究的视野》，香港《二十一世纪》，总第31期，1995年10月，第101页。
⑤ 同上。
⑥ 截至2011年1月19日，凤凰网"内部书"阅读调查（共409人），在受调查人群读过的内部书中，《麦田守望者》以216票15%荣登榜首，《等待戈多》和《斯大林评传》以112票7.8%并列第2位，《在路上》以91票6.3%列第4位。http://survey.news.ifeng.com/result.php?surveyId=1114。

国名歌二百首》、唱片及电唱机和手摇留声机各一部,这些东西在当时都属于被禁之列。每天下工后大家分堆儿读名著、唱苏联歌曲。农村隔三差五地有电。逢有电日我们就用电唱机听唱片,无电日就用手摇留声机听,到处飘荡着《莫斯科郊外的晚上》、《流浪者》、《洪湖水浪打浪》的歌声,把我们住的两排小农舍变成'文艺沙龙'了。"① 韩少功、张郎郎、芒克、彭刚、宋海泉、徐浩渊、林莽、杨桦、周国平等都声称读过《在路上》,更多的人在回忆录中提到《麦田里的守望者》。② 当食指被问到是否曾受"黄皮书"影响的时候,他说:"是的,十分重要。"1973年,诗人芒克还与一位画画的朋友成立了一个"先锋派",决定仿照《在路上》一同去流浪。③ 高行健则回忆说自己到大学一二年级,"几乎所有能找到译本的西方作品,都读了"。后来学习外文的好处之一,就是能直接阅读西方作品,特别是"西方现代文学"。④

(四) 地下阅读运动中的《在路上》、《麦田里的守望者》和《等待戈多》

整个 1960 年代,西方中产阶级青年人的"反文化"(counterculture)运动如火如荼,他们不仅试图通过倡导"爱"与"和平"来改变世界历史,更重要的是希望创造出属于自己的"亚文化"(subculture)。⑤ 这一种

---

① 戈小丽:《一代诗魂郭路生》,《青年文摘》(红版),1997 年第 09 期。
② 参见《七十年代》第 75、580 页,《沉沦的圣殿》第 38 页,《灰皮书 黄皮书》第 19、20 页,《持灯的使者》第 56、117、159、356、386、411 页,《我的心灵自传》第 75 页,《灰皮书 黄皮书》第 11 页,《红尘》第 66 页,《我的青春回忆录》第 65 页。
③ 马德升:《反省的时代》,廖亦武主编:《沉沦的圣殿——中国 20 世纪 70 年代地下诗歌遗照》,乌鲁木齐:新疆青少年出版社,1994 年,第 467—472 页。
④ 张文中:《在香港专访高行健》,林曼叔编:《解读高行健》,香港:明报出版社,2000 年,第 62 页。
⑤ Theodore Roszak, *The Making of a Counter Culture*: *Reflections on the Technocratic Society and Its Youthful Opposition* (London: Faber, 1971). Peter Collier, David Horowitz, *Destructive Generation*: *Second Thoughts about the Sixties* (New York: Simon & Schuster, 1996). Terry H. Anderson, *The Movement and the Sixties* (New York: Oxford University Press, 1995)。运动的情形可以参见反映伯克利学生卷入政治的开端的纪录片 Mark Kitchell, *Berkeley in the Sixties* (Beverly Hills, Calif.: PBS Home Video, c1993, c1990)。

第三部分

反思与自反：阅读中的反叛一代

以拒绝中产阶级秩序和成人世界的价值体系为特点的亚文化，其最重要的美学来源就包括本文探讨的诞生于 1950 年代的《在路上》、《麦田里的守望者》和《等待戈多》。①

如果说发生在欧美的反文化运动是"在进行第一个由父母出资补贴的革命运动"，所以使他们"看起来似乎更像一个新版的儿童十字军东征（the children's crusade），而不是一次革命运动"②，那么在某种意义上说，发生于 1960 年代后期的中国的红卫兵运动的反叛也不是一次真正的"革命运动"。在毛的鼓励和支持下，这一运动迅速席卷全国，只是将毛对中国意识形态的影响进一步"合理化"。1960 年代前期的中国，在刘少奇领导的社会主义教育运动中由官方推出的英雄，雷锋、王杰、欧阳海等，他们一大共同点是对毛泽东个人的崇拜——他们的所有事迹都是由于毛主席的教导，由于将毛的思想运用于日常生活。接受社会主义教育的年轻一代，自然对毛泽东无比崇敬。毛泽东的伟岸形象，以及毛对青年的"信任"对青年来说是极大的诱感，它激起了青年改变现有秩序的愿望。无论是出身良好的老红卫兵、保皇派，还是造反派，乃至极"左"派，毛泽东思想都曾复写入他们的灵魂深处。

然而，在毛泽东的意识形态体系中，知识分子是与人民对立的阶级。③ 在他看来，中国要面对的威胁不是个体的"小我"的异化，而是集体的"大我"的异化，而且这异化来自于精神层面。毛反复强

---

① "…opposition to, the middle-class establishment of adults." Paul Hodkinson and Wolfgang Deicke, *Youth Cultures: Scenes, Subcultures and Tribes* (New York: Routledge, 2007), p. 205. "…defining themselves against the parent culture." Dick Hebdige, *Subculture: The Meaning of Style* (New York: Routledge, 1979), p. 127.
② Alasdair MacIntyre, *Herbert Marcuse: An Exposition and a Critique* (New York: The Viking Press, 1970). [英] 阿拉斯代尔·麦金太尔：《马尔库塞》，邵一诞译，北京：中国社会科学出版社，1992 年，第 92 页。
③ 在他的一生中，毛泽东与许多著名的受过教育的革命家在思想体系和政策制定上产生分歧。这或许是在建国后毛主持的许多政策下都多多少少有反知识分子（anti-intellectual）的倾向的原因。

革命路上
翻译现代性、阅读运动与主体性重建，1949—1979

调，"千万不要忘记阶级斗争"。在毛泽东时代的中国，资本主义私有制已经被消灭了，阶级斗争要斗争的对象自然只剩下资本主义思想。中共党史研究专家陈晋在《毛泽东与文化的社会主义转变》一文中评论道：这其中关键的问题是，"经过社会主义改造，资产阶级作为一个整体不复存在之后，承载'反映旧制度的旧思想'的主体，承载'唯心论'这类今后也难免出现的错误思想的主体，应该是谁呢？当然不好说是无产阶级。在这种情况下，也就自然要从思想意识上确认一个资产阶级的长期存在，并认为它必然要对人们的文化意识不断地施加着影响。这种从阶级对立来看待思想文化差异的理路，后来不断得到强化，在相当程度上影响到毛泽东同知识分子的关系"。① 毛的这一立场不仅伤了不少老知识分子的心，最终那些响应毛的号召奔赴中国农村和偏远地区接受贫下中农"再教育"的知识青年们也开始了对官方声音的质疑。

  1960 年代的翻译的特点是进入毛泽东时代翻译视野的都是那些与社会主义意识形态冲突最大，最具争议的作品，包括《在路上》、《麦田里的守望者》和《等待戈多》。② 而 1970 年代的翻译则有更多较为轻松、较少政治包袱的文学作品。③《在路上》、《麦田里的守望者》和《等待戈多》与社会主义意识形态的激烈冲突，引起对官方声音开始质疑的知识青年们的兴趣，越是受批判的越是要看。这使得这三本内部书在地下阅读运动中占据特殊位置。

---

① 陈晋：《毛泽东与文化的社会主义转变》，《中共党史研究》，2002 年第 2 期，第 37 页。
② 中国版本图书馆编：《1949—1979 年翻译出版外国文学著作目录和提要》，南京：江苏人民出版社，江苏省新华书店，1986 年。
③ 中国译介外国文学最重要、也是发行时间最长的刊物之一《世界文学》的命运可以反映出来这一动态变化过程。1953 年 7 月，该刊物由中华全国文学工作者协会（中国作家协会前身）创办，1953—1959 年间叫做《译文》。1959—1964 年间改由中国科学院外国文学研究所（今中国社会科学院外国文学研究所）主办，并改名为《世界文学》。1960 年代中期停刊，1977 年恢复内部发行，1978 年正式复刊，直到如今。这是 1970 年前中国唯一一个介绍外国文学与理论的刊物。而这一局面到 1970 年代被打破。1973—1976 年间出版的由陈冀德主编的《摘译》，介绍了大量的国外自然科学、社会科学及文艺方面的作品。与之类似的刊物还有《朝霞》等。

第三部分
反思与自反：阅读中的反叛一代

以《在路上》、《麦田里的守望者》和《等待戈多》为代表的西方现代派作品最初吸引青年一代的目光的原因很可能是由于它们是西方世界的一面窗，并且是一扇对准当今世界的窗。1970年代中国青年得以了解最多美国地理知识和生活方式的书莫过于《在路上》。通过这本书，中国的年轻人最早了解到丹佛、内华达州、盐湖城、卡萨斯平原、佛罗里达、内布拉斯加、新泽西、艾俄华（今译爱荷华）、墨西哥等地的风土人情。而《等待戈多》与西方古典戏剧绝不相类的荒诞风格让许多人感到陌生而新奇，也令中国的青年们思考自身的"等待"困境。[①] 韩少功认为《在路上》、《麦田里的守望者》"即使放到百年以后，恐怕也堪称经典"。[②]

其次，《在路上》、《麦田里的守望者》和《等待戈多》受欢迎很可能是因为青年一代对于"文革"话语体系的抵制，使得越是批判的东西他们越想拿来读。官方原本是打算以这些书教育青年人资本主义社会的罪恶——在"文革"期间，文学批评引入的"读者"在大多数情况下是按照毛话语的要求构造出来，作为权威话语的一种延伸而存在。权威批评往往用"群众"、"工农兵读者"来囊括他们臆想中的、在思想观念和艺术趣味上完全一致的读者群。然而文本的意义是相对的，政治机制下衍生的意义不一定能够得到受众的认可，甚至可能走向反面，《在路上》、《麦田里的守望者》和《等待戈多》的阅读就是这样的例子。革命幻象破灭后的失望造成了青年一代转向对个人、自我的关注。对于身处革命的悲剧漩涡中的这一代人来说，《等待戈多》中近似无望的等待和作为道德、知识主体的人的死亡引起了他们共鸣；《麦田里的守望者》中那孤独而彷徨的反英雄对理想主义的想象激励了他们的求真；《在路上》中自反的个体的追求自我的反叛的生活态度和对现实的不满刺激了他们的神经。这一代人的个性就是这

[①] 形之于文学，有高行健的戏剧作品《车站》。关于这部作品的讨论见第十章。
[②] 韩少功：《漫长的假期》，北岛、李陀主编：《七十年代》，北京：生活·读书·新知三联书店，2010年，第580页。

革命路上
翻译现代性、阅读运动与主体性重建，1949—1979

样开始复苏，他们告别了革命话语的思维方式和斗争哲学，渴望回归自我。

《在路上》、《麦田里的守望者》和《等待戈多》更大的诱惑则在于西方现代派作品提供了与马克思主义哲学、政治、经济学著作完全不同的一套话语体系，这一革命价值体系之外的全新的"话语构成"因素促成了青年一代的反思。如丹屯（Robert Darnton, 1939— ）所说，"阅读的历史或阅读的人类学迫使我们去面对外来心灵的异己性"。① 将这一时期的阅读与马克思主义阅读小组进行对比，可以很清楚地发现青年一代已经转身离开了革命的"表述"。如前所述，在地下阅读运动前期的阅读以理论兴趣和国家命运、尤其是以思考中国的革命价值体系为旨归。而地下阅读转向后，对以《在路上》、《麦田里的守望者》和《等待戈多》为代表的西方现代派文学的阅读，更在意其中关于人与社会、人与人、人与外部物质世界和人与自我四种关系上的扭曲和异化的表述。宋永毅提出：

> 出现在"垮掉的一代"、"愤怒的一代"作品中的叛逆之子们，面对传统的道德信仰的崩坍所表现出来的怀疑，悲观，绝望和反叛和在"文革"中被利用后被放逐的一代青年的处境，心境都十分相似，"文化大革命"在中国社会中造成的上述四种关系的全面扭曲和严重异化，恐怕比西方世界有过之而无不及。同处于精神危机中的青年人产生惺惺相惜之感，异质的酵素更催发了他们的省悟。②

《在路上》、《麦田里的守望者》和《等待戈多》的阅读命运和它们

---

① [美] 罗伯·丹屯（Robert Darnton）：《猫大屠杀：法国文化史钩沉》，吕健忠译，台北：联经出版社，2005年，第299页。
② 宋永毅：《"文革"中的黄皮书和灰皮书》，《二十一世纪》，总第42期，1997年8月，第63页。

第三部分
反思与自反：阅读中的反叛一代

的翻译命运一样，与时代风云紧密相关。施咸荣在回答李景端选译《麦田里的守望者》有无压力的时候回答说，有压力，但是"这本书在美国很有影响，战后年轻人的反叛思想是股世界性潮流，中国也会受影响。翻译这本书，就是希望中国读者批判地看待这种社会现象，多少起一点警示的作用"。① 换句话说，中国的读者被期望以批判的眼光进行阅读，因为这些西方现代派文学与革命文学的话语是极端不同的。然而，中国年轻的读者们"自我投射"地从这些20世纪西方现代派的文学中反观自己的精神危机和创伤心理，进而进行反思并首先反映在文学创作中。

总之，将自我情感和经历代入到阅读过程中的"自我投射"的阅读不仅仅顺应了当时中国青年人的感性反叛，也促成了他们的"自我启蒙"。主张投射是有意识的一派，认为自我投射与自尊/自我形象（self-esteem）和社会焦虑（social anxiety）有关。② 与之相反，荣格一直主张，投射是无意识的，我们对自己的投射无须负责，要负责的是不能察觉到它们的存在，不能收回它们或不能加以分析。③ "文革"中开始并持续了差不多整个1970年代的地下阅读运动，与个人空间的极度压抑是密切相关的，反映出人们试图寻求自我尊严，消解严重的社会焦虑。在"革命"这一价值体系之外的全新的"话语构成"的因素促成了青年一代的反思。无论这种自我投射的阅读是有意识的成分更大还是无意识的成分更大，都在一定程度上推动了中国社会向摆脱"革命"价值体系的桎梏，建构包容更多阶层的主体意识迈进。

---

① 李景端：《开放的翻译家人物谱之施咸荣：眼光敏锐的翻译家》，《中华读书报》，2005年2月23日。
② Richard M. Ryan, Robert W. Plant, Rebecca J. Kuczkowski, "Relation of Self-Projection Processes to Performance, Emotion, and Memory in a Controlled Interaction Setting", *Personality and Social Psychology Bulletin*, 1991 vol. 17 no. 4, pp. 427—434. 另参见 Ryan, R. M., "The nature of the self in autonomy and relatedness", in J. Strauss &, G. R. Goethals (eds.), *Multidisciplinary Perspectives on the Self* (New York: Springer-Verlag, 1991), pp. 208—238. E. L. Deci, & R. M. Ryan, "Human Autonomy: The Basis for True Self-Esteem", in M. Kernis (ed.), *Efficacy, Agency, and Self-esteem* (New York: Plenum Publishing Co. 1995), pp. 31—49.
③ [美]莫瑞·斯坦因（Murray Stein）：《荣格心灵地图》（*Jung's Map of The Soul*），朱侃如译，台北：立绪文化，2005年，第185页。

参考文献：

（一）中文文献

北岛、李陀编：《七十年代》，三联出版社 2010 年版。

陈佑松：《主体性与中国文学现代性的缘起》，中国社会科学出版社 2010 年版。

葛剑雄：《病室忆旧》，载《文汇报》，1997 年 11 月 2 日。

顾洪章主编：《中国知识青年上山下乡始末》，中国检察出版社 1997 年版。

顾洪章：《中国知识青年上山下乡大事记》，中国检察出版社 1997 年版。

胡文辉：《知识饥馑时代的秘密书架》，载《南方周末》，2008 年 1 月 17 日。

金大陆等主编：《中国知识青年上山下乡研究文集》，上海社会科学院出版社 2009 年版。

金凤：《我们都经历过的日子》，北京十月文艺出版社 2001 年版。

雷颐：《历史的进退：晚近旧事与集体记忆》，广西师范大学出版社 2009 年版。

李新华：《时代的见证：接班人与"第三代人"》，载《中国青年研究》，1995 年第 3 期，第 4—16 页。

李景端：《开放的翻译家人物谱之施咸荣：眼光敏锐的翻译家》，载《中华读书报》，2005 年 2 月 23 日。

刘小萌、定宜庄、史卫民等：《中国知青事典》，四川人民出版社 1995 年版。

刘中陆主编，臧建、田小野副主编：《青春方程式——五十个北京女知青的自述》，北京大学出版社 1995 年版。

廖亦武主编：《沉沦的圣殿——中国 20 世纪 70 年代地下诗歌遗照》，新疆青少年出版社 1994 年版。

林曼叔编：《解读高行健》，明报出版社 2000 年版。

沈展云：《灰皮书，黄皮书》，花城出版社 2007 年版。

施平：《王申酉昭雪记》，载《南方周末》，2007 年 1 月 29 日。

宋永毅：《"文革"中的黄皮书和灰皮书》，载《二十一世纪》，1997 年 8 月，第 59—64 页。

任毅：《生死悲歌——"知青之歌"冤狱始末》，中国社会科学出版社 1998 年版。

谭国根：《主体建构政治与现代中国文学》，牛津大学出版社 2000 年版。

第三部分
反思与自反：阅读中的反叛一代

唐筱菊、陈少铭编：《在"五七干校"的日子》，中共党史出版社 2007 年版。

王增如、李向东：《上山下乡：中国 1968》，解放军出版社 1999 年版。

王申酉：《王申酉文集》，高文出版社 2002 年版。

王绍光：《拓展"文革"研究的视野》，载《二十一世纪》，1995 年 10 月，第 92—102 页。

王绍光：《理性与疯狂：文化大革命中的群众》，牛津大学出版社 1993 年版。

杨健：《文化大革命中的地下文学：墓地与摇篮》，朝华出版社 1993 年版。

杨健：《红卫兵集团向知青集团的历史性过渡（1968 年秋—1971 年秋）》，载《中国青年研究》，1996 年第 2、3、4 期。

姚新勇：《主体的塑造与变迁：中国知青文学新论（1977—1995 年）》，暨南大学出版社 2000 年版。

叶立文：《误读"的方法：新时期初西方现代主义文学的传播与接受》，中国社会科学出版社 2009 年版。

袁浩等编：《八载秦城梦》，四川人民出版社 1993 年版。

张戎：《鸿——三代中国女人的故事》，中华书局 1992 年版。

周励：《曼哈顿的中国女人》，时代风云出版有限公司 1992 年版。

朱学勤：《思想史上的失踪者》，载《读书》，1995 年 10 月。

中国版本图书馆编：《全国内部发行图书总目 1949—1989》，中华书局 1988 年版。

《革命大批判文选》，复旦大学政宣组 1970 年版。

《中共重要历史文献资料汇编第十七辑，"文革"初期红卫兵运动政治异议言论批判资料专辑》，Luoshanji［Calif.］：中文出版物服务中心 1998 年版。

宋永毅：《中国文化大革命数据库（1966—1976）》。

宋永毅：《中国反右运动数据库（1957— ）》。

凤凰网"内部书"阅读调查：http：//survey.news.ifeng.com/result.php? surveyId=1114（2012 年 9 月）。

［英］齐格蒙特·鲍曼：《个体化社会》，范祥涛译，上海三联出版社 2002 年版。

［英］伊格尔顿：《20 世纪西方文学理论》，伍晓明译，北京大学出版社 2009 年版。

［美］哈罗德·布鲁姆：《影响的焦虑》，徐文博译，三联书店 1989 年译。

[美]梁恒,夏竹丽:《革命之子》,傅依萍、莫昭平译,时报文化出版有限公司1983年版。

[美]莫瑞·斯坦因:《荣格心灵地图》,朱侃如译,立绪文化2005年版。

[美]阎云翔:《中国社会的个体化》,陆洋等译,上海译文出版社2012年版。

[美]费正清:《美国与中国》,张理京译,世界知识出版社2001年版。

[丹麦]丹·扎哈维:《主体性和自身性:对第一人称视角的探究》,蔡文菁译,上海译文出版社2008年版。

(二) 外文文献

Bauman, Zygmunt, "From Pilgrim to Tourist-or a Short History of Identity", in S. Hall and P. du Gay (ed.), *Questions of Cultural Identity*, London: Sage, 1996, pp. 18—36.

Bauman, Zygmunt, *The Individualized Society*, Cambridge: Polity Press, 2001.

Bhabha, Homi K, *The Location of Culture*, London: Routledge, 1994.

Bernstein, Thomas P., *Up to the Mountains and Down to the Villages: The Transfer of Youth from Urban to Rural China*, New Haven: Yale University Press, 1977.

Bloom, Harold, *The Anxiety of Influence: a Theory of Poetry*, New York: Oxford University Press, 1973.

Bonnefoy, Claude (ed.), Dawson, Jan (trans.), *Conversations with Eugene Ionesco*, London: Faber and Faber, 1970.

Cao, Zuoya, *Out of the Crucible: Literary Works about the Rusticated Youth*, Lanham: Lexington Books, 2003.

Grossberg, Lawrence, *We Gotta Get Out of This Place: Popular Conservatism and Postmodern Culture*, New York: Routledge, 1992.

Fairbank, John King, *The United States and China*, Cambridge: Harvard University Press, 1958.

Hall, Stuart and Gieben Bram (ed.), *Formations of Modernity*, Cambridge: Polity Press, 1992.

Ian Burkitt: "The Shifting Concept of the Self", *History of the Human Sciences*, vol. 7 No. 2 (1994), pp. 7—28.

Kernis, M. (ed.), *Efficacy, Agency, and Self-esteem*, New York: Plenum Publish-

第三部分
反思与自反：阅读中的反叛一代

ing Co., 1995.

Louie, Kam, *Inheriting Tradition: Interpretations of the Classical Philosophers in Communist China, 1949—1966*, Hong Kong; New York: Oxford University Press, 1986.

Leung, Laifong, *Morning Sun: Interviews with Chinese Writers of the Lost Generation*, Armonk, N. Y.: M E Sharpe Inc, 1994.

Ryan, Richard, M. Robert W. Plant, Rebecca J. Kuczkowski, "Relation of Self-Projection Processes to Performance, Emotion, and Memory in a Controlled Interaction Setting," *Personality and Social Psychology Bulletin*, 1991 vol. 17 no. 4, pp. 427—434.

Song, Yongyi, "A Glance at the Underground Reading Movement during the Cultural Revolution," *Journal of Contemporary China* 16 (51), (May 2007), pp. 325—333.

Pan, Yihong, *Tempered in the Revolutionary Furnace: China's Youth in the Rustication Movement*, Lanham, Md.: Lexington Books, [2003?].

Yan, Yunxiang, *Private Life under Socialism: Love, Intimacy, and Family Change in a Chinese Village, 1949—1999*, Stanford, Calif.: Stanford University Press, 2003.

Yan, Yunxiang, *The Individualization of Chinese Society*, Oxford; New York: Berg, 2009.

Zahavi, Dan, *Subjectivity and Selfhood: Investigating the First-Person Perspective*, Cambridge, Mass.: MIT Press, 2005.

十 "告别革命"的书写：从翻译语体到个人化的写作试验

如同上一章所引，"出现在'垮掉的一代'，'愤怒的一代'作品中的叛逆之子们，面对传统的道德信仰的崩坍所表现出来的怀疑，悲观，绝望和反叛，和在"文革"中被利用后被放逐的一代青年的处境，心境都十分相似"。① 这些革命事业的接班人在人生茫茫之际开始了对自我身

---

① 宋永毅：《"文革"中的黄皮书和灰皮书》，《二十一世纪》，1997年8月，总第42期，第63页。

革命路上
翻译现代性、阅读运动与主体性重建，1949—1979

份认同的反思。当青年们的政治关怀在上山下乡等一系列的运动中不断和社会现实发生碰撞，其自身的反思也推动他们在阅读中寻求答案，并最终宣告了"文革"意识形态教育的破产。

布鲁姆重点从写作的角度阐述了读者如何根据自己的知识背景和阅读心境获得特殊的阅读体验并体现为一种创新写作的策略。这也是后文讨论地下阅读最终影响了文学创作中主体性重建的基础。在《影响的焦虑》(The Anxiety of Influence: a Theory of Poetry, 1973) 和《比较文学影响论：误读图示》(A Map of Misreading, 1975) 等著作中，布鲁姆借用卢克莱修(Lucretius)的原子偏移论的"克里纳门"(Clinamen)概念，提出"误读"这一重要的读者理论。"克里纳门"指的是原子的不可预测的"偏移/转向"(swerve)，最终使宇宙起了某种变化。① 这种"偏移/转向"发生在不确定的时间和地点，但是足以宣示某种变化。但是如果它们不"偏移/转向"，那么就会像雨点一样直坠虚空，不发生碰撞，也不产生流动。卢克莱修认为这样的话，自然将不能生产出任何东西。布鲁姆在《影响的焦虑》中使用这个概念来描述作家们试图避开他们的前辈(predecessor)的影响。② 通过"误读"前辈的诗篇，诗人相对这首诗偏移，从而在诗人的诗篇中产生一种撞击的火花和意象的流动。布鲁姆认为这种"偏移/转向"是必需的：前驱的诗到达了某一点，但到了这一点之后就应该"偏移，且沿着新诗作运行的方向偏移"。③

在此基础上，布鲁姆大胆地提出"一切阅读皆误读"，指出在阅读的时候，文本和读者总是相互作用的，并影响读者和读者的理解。布

---

① Lucretius, ii. 216—224. Translation from Brad Inwood & L. P. Gerson (eds.), *The Epicurus Reader: Selected Writings and Testimonia* (Indianapolis, Indiana: Hackett Publishing Co., 1994), p. 66.
② Bloom claims that "[t]he war of American poets [and, I wish to amend, philosophers] against influence is part of our Emersonian heritage". Harold Bloom, *A Map of Misreading* (New York: Oxford University Press, 1975), p. 162.
③ [美]哈罗德·布鲁姆：《影响的焦虑》，徐文博译，北京：生活·读书·新知三联书店，1989年，第13页。

第三部分
反思与自反：阅读中的反叛一代

鲁姆认为强的误读是寻求对抗，而弱的误读是寻求确认。布鲁姆说强的误读将开启大胆地、全新的诠释（strong [philosophers] make that history by misreading one another, so as to clear imaginative space for themselves）。① 弱的误读则在文本中分辨出适合自己的意象并将其经典化（[w]eaker talents idealize; figures of capable imagination appropriate for themselves）。②

地下阅读运动中的青年们带着一种积极地向外看（active outlook）的态度热衷于阅读外国的文学作品，并在阅读中赋予作品全新的意义。例如《麦田里的守望者》（The Catcher in the Rye）的原书题名中的"catcher"一词并无"守望"之意。根据当时译者施咸荣之子的回忆，这一翻译是施几经考量、比较了"看守人"、"守望员"、"守望者"三种译法之后最后选定的，并不属于"误译"。③ 然而，这一翻译却引领了广泛而影响深远的"误读"。④ 原本小说中凸显的是对资本主义社会飞速发展带来的异化的感知，以及塑造了无奈、反叛又带着一点忧伤的少年形象。而经历了无数群众运动的中国青年们更多反思的是集体化中是否也有不光明的一面，从悬崖边的"守望者"中解读出人可以独立地站着、勇于做一个孤独的失败者（a lonely loser）的新意。

承接第九章对阅读中的主体性重建的讨论，本章将继续讨论文学中

---

① Harold Bloom, *The Anxiety of Influence: A Theory of Poetry* (New York: Oxford University Press, 1973), p. 5.
② Harold Bloom, *The Anxiety of Influence: A Theory of Poetry* (New York: Oxford University Press, 1973), p. 5.
③ 施亮：《一本畅销书的翻译历程》，《书屋》2010 年 4 月号，第 61—62 页。对此，第七章有详细的分析。
④ "一切阅读即误读"是解构主义的著名口号。布鲁姆基于弗洛伊德的"防御性"心理，提出了误读这一术语及理论。根据布鲁姆的误读理论，误读是绝对的存在，任何所谓的正读，由于无法证明自身的绝对正确性，也只不过是一种特殊的"误读"。[美]哈罗德·布鲁姆：《比较文学影响论—误读图示》（*A Map of Misreading*），朱立元、陈克明译，台北：骆驼出版社，1992 年，第 1 页。[美]哈罗德·布鲁姆：《影响的焦虑：一种诗歌理论》（*The Anxiety of Influence: A Theory of Poetry*），徐文博译，南京：江苏教育出版社，2006 年，第 31、78、96 页。

革命路上
翻译现代性、阅读运动与主体性重建，1949—1979

的主体性重建。从《在路上》、《麦田里的守望者》、《等待戈多》中的自反的个体、反英雄、存在主义、自发性写作、少年史卡兹和荒诞派戏剧背后最为关键的"主体性"观念出发，本章试图揭示翻译和阅读西方现代派文学在当代中国文学主体性重建中的作用。

（一）文献回顾

在"十七年"文学和"文革"文学中，那些被建构出来的"高、大、全"的主体是由权力影响的各种关系所塑造①，相形之下，由自我知识或良知而建立起来的个人主体性则在文学中呈现为缺失的状态。

个人的主体性问题是一项现代的产物。当齐格蒙特·鲍曼（Zygmunt Bauman）提出"非嵌入式的"（disembedded）、"无负担"（unencumbered）的社会地位的自决的时候，是因为看到了人的"身份"从与生俱来的东西变成了一种个人的责任或者说任务。② 这意味着人的主体性多多少少为其社会属性所压抑，甚至像提线木偶一样，被诸多有形或无形的线操控。或者用斯图亚特·霍尔（Stuart Hall, 1932— ）的概念系统来说就是："一种文化中对事情的表述方式，以及进行表述的'机构'与社会制度确实起到建构性的作用，而且不仅仅是反思性的作用，也不仅仅是事后起作用。"③ 劳伦斯·格劳斯伯格（Lawrence Grossberg, 1947— ）在对此进行详细分析的时候，进一步指出霍尔的概念系统中的"表述"是"一场连续的战斗"，意味着"通过重新定义关系场——语境——来重新定义生活的种种可能，正是在这种关系场中惯例得以确定"。④

---

① Ban Wang, *The Sublime Figure of History*: *Aesthetics and Politics in Twentieth—century China* (Stanford, Calif.: Stanford University Press, 1997), pp. 155—228.
② Zygmunt Bauman, "From Pilgrim to Tourist-or a Short History of Identity", in S. Hall and P. du Gay (eds.), *Questions of Cultural Identity* (London: Sage, 1996), pp. 18—19.
③ ［英］齐格蒙特·鲍曼：《个体化社会》，范祥涛译，冯庆华校，上海：上海三联出版社，2002年，第10页。另可参见 Stuart Hall & Gieben Bram (ed.), *Formations of modernity* (Cambridge: Polity Press, 1992).
④ Lawrence Grossberg, *We Gotta Get Out of This Place*: *Popular Conservatism and Postmodern Culture* (New York: Routledge, 1992), p. 54. ［英］齐格蒙特·鲍曼著：《个体化社会》，范祥涛译，冯庆华校，上海：上海三联出版社，2002年，第12页。

第三部分
反思与自反：阅读中的反叛一代

在《去政治化的政治》和《革命的终结》中，汪晖暗示"实践是检验真理的唯一标准""价值规律与商品经济""人道主义与异化问题"等被视为典型的"1980年代的论题"，其实没有一个不是来自1950年代、1960年代和1970年代的社会主义历史。而"1990年代"是以"革命世纪的终结"① 为前提展开的新的一页。② 汪晖指出，回顾历史，对1960年代开始的"文化大革命"的失望、怀疑和根本性的否定构成了1970年代至今的"去政治化"的历史进程的一个基本的前提。而对于1960年代的拒绝和遗忘，是一个持续性的和全面的"去革命"过程——表现为工农阶级主体性的取消、国家及其主权形态的转变和政党政治的衰落等——的有机部分。③

"去政治化的政治"和"去革命的过程"在汪晖看来，为中国三十年来的最重要的一些转变做了铺垫，包括：中国从计划经济体制转向市场社会的模式，从一个"世界革命"的中心转化为最为活跃的资本活动的中心，从对抗帝国主义霸权的第三世界国家转化成为它们的"战略伙伴"和对手，从一个阶级趋于消失的社会转化为"重新阶级化"的社会。④

汪晖的"去政治化的政治"和"革命的终结"的概念的核心观点是"反现代的现代性"。在从宏观的角度评估了现代性各方案和中国的现代性之后，汪不否认毛的政策与实践有许多错误，但是他认为毛是在寻找有别于西方的中国现代性方案，至少毛泽东"反资本主义""反帝国主义"的思想有道德的质素，毛泽东时代有关革命的社会主义话语与实践

---

① 汪晖自认受到意大利学者鲁索（Alessandro Russo）的影响。鲁索的基本观点是"文革"的终结产生于一个"去政治化"过程。Alessandro Russo, "How to Translate Cultural Revolution?", *Inter-Asia Cultural Studies*, vol 7 No 4. 汪晖：《去政治化的政治：短20世纪的终结与90年代》，北京：生活·读书·新知三联书店，2008年，序言，第6页。
② 汪晖：《去政治化的政治：短20世纪的终结与90年代》，北京：生活·读书·新知三联书店，2008年，序言，第1页。
③ 同上，第2页。
④ 同上，第4—5页。

革命路上
翻译现代性、阅读运动与主体性重建，1949—1979

也是一种现代性叙说，而且毛为中国巩固了"完整国家主权"。① 他对这种反西方现代性的现代化方案是比较认同的。②

"反现代的现代性"的提法值得好好评述一番，因为它不仅意味着对 20 世纪中国的"左翼文学"和"社会主义现实主义"文学的再解读，也意味着文学与政治、社会更为紧密的联系。在审视地下阅读运动中以及阅读运动之后的文学的性质和主体性之前，我们有必要先对这一概念进行简单梳理。

唐小兵和李杨在海外和国内最先提出这一命题，但是由于他们讨论的对象仅限于文学，因此他们的理论努力在当时并未受到足够的重视。唐小兵在《我们怎样想象历史（代导言）》一文中提出延安文艺所代表的大众文艺是"一场反现代的现代先锋派文化运动"。③ 几乎与之同时，在《抗争宿命之路：社会主义现实主义（1942—1976）研究》一书中，李杨更为系统地阐述了"社会主义现实主义"文学的"反现代"的"现代"意义。④

通过发表于1994年和1997年的两篇论文《韦伯与中国的现代性问题》和《当代中国的思想状况与现代性问题》，汪晖不仅发出"谁的现代性"的质问⑤，并将这一命题提升到对中国社会历史、现状、未来的判断的高度。这使得"反现代的现代性"这一命题不仅仅是单纯的文学研究的命题，也引出了学界对"中国的现代性"的讨论热情。⑥ 汪晖不

---

① Wang, Hui, *The End of the Revolution: China and the Limits of Modernity* (London: Verso, c2009), p. 78.
② 对此看法的反对意见参见丘慧芬：《没有生机的出路——论汪晖《现代中国思想的兴起》》，《季风书讯》，2010 年 6 月，第 191 期，第 23—30 页。
③ 唐小兵编：《再解读：大众文艺与意识形态》，北京：北京大学出版社，2007 年，第 6 页。
④ 李杨：《跋："反现代"的"现代"意义》，《抗争宿命之路：社会主义现实主义（1942—1976）研究》，长春：时代文艺出版社，1993 年。
⑤ 汪晖：《韦伯与中国的现代性问题》，《汪晖自选集》，桂林：广西师范大学出版社，1997 年，第 1—35 页。汪晖后来 *The End of the Revolution: China and the Limits of Modernity* 一书的理论框架很大程度上就是对这一论文的观点的拓展。
⑥ 在不同程度和以不同角度参与这一讨论的学者包括崔之元、陈燕谷、美国学者德里克、刘禾、孟悦、李陀、戴锦华、周蕾、黄子平、汪晖、李杨、韩毓海、贺桂梅等。

第三部分

反思与自反：阅读中的反叛一代

仅强调"毛泽东的社会主义思想是一种反资本主义现代性的现代性理论"，并且认为"反现代的现代性理论""并不仅仅是毛泽东思想的特征，而且也是晚清以降中国思想的主要特征之一"。①

汪通过追溯现代性一词的词源（哲学为主）和对中国现代性的建构建立起一种积极发展理论的模式，而不是中国大陆当代理论界通常的被动地应用理论的模式。不过，对"反现代的现代性"和由它推导出的"中国现代性"不应该标签化——"左"的或"右"的标签曾造成中国历史上抹不去的伤痕，今日就更不应该用它来对知识分子标签化。汪的理论建构和学界对这一问题的讨论至少为世界的现代性话语和新的全球秩序的解说提供了新的资源。

在此，"反现代的现代性"和"中国现代性"对于警惕在评价当代中国文学主体性重建的时候很容易出现的一个理论偏见颇有启发性。这一理论偏见在于，无论是评判翻译语体还是其后的文学创作，很容易将现代性直接等同于西方性。而本章聚焦1970年代至1980年代的文学中如何重构主体性，可以看出后毛时期中国现代性的复杂构成。

（二）翻译语体：以艺术试验"对抗话语"

发生地下阅读运动的1970年代以及其后的1980年代，与五四时期一样，都是中国思想大动荡的年代。对"主体性"的新的探讨和重新建构，通过翻译语体和新的文学探索对"文化大革命"以及社会主义集体主义表述范式的扬弃的基础上一波三折地展开。那么在传统文化（换言之，中国的本土文化）长期受批判，与个人主体性长期缺席的状态下，中国文化如何在迎接西方式的现代性的同时，成就新的自我主体性？

相对于中国传统的文学和西方现代性的文学，毛泽东时代的社会主义现实主义文学，最为鲜明的特征表现在对社会主义集体主义精神的弘扬中。集体主义思想在1945年已经成为了毛泽东思想中的重要组成部

---

① 汪晖：《当代中国的思想状况与现代性问题》。该文重印过多次，例如，《死火重温》，北京：人民文学出版社，2000年；和《去政治化的政治：短20世纪的终结与90年代》，北京：生活·读书·新知三联书店，2008年。本文引用一律来自2008年的最新版本。

革命路上
翻译现代性、阅读运动与主体性重建，1949—1979

分，他认为"集体主义，就是党性"——"马克思讲的独立性和个性，也是有两种，有革命的独立性和个性，有反动的独立性和个性。而一致的行动，一致的意见，集体主义，就是党性。我们要使许多自觉的个性集中起来，对一定的问题、一定的事情采取一致的行动、一致的意见，有统一的意志，这是我们的党性所要求的"。① 而"独立性、个性、人格是一个意义的东西，这是财产所有权的产物"。② 按照这一思路，在经济公有制的条件下，独立性、个性、人格随着财产所有权上的集体主义而被取消了意义。

1949 年后的个人隐身在集体的光芒中，这在对少年英雄的典型宣传中最为明显。1959 年刘文学因为"舍身保护集体财产"被树立为少年英雄的典范；1964 年草原英雄小姐妹因为"保护生产队的羊群而冻伤"被《人民日报》广泛宣传，并在毛泽东时代被改编制作成了电影、琵琶曲、京剧、话剧、木偶剧、舞剧、油画、连环画等多种艺术形式；1978 年，何运刚因为"保护集体的牛草"而牺牲，被教育部、共青团通报表彰，并号召各地继续响应《关于在中小学学生中树立革命风尚的倡议》。

毛泽东时代提倡集体主义的主体性，很大程度上取决于政治、经济关系，或者说是一个以阶级关系立足的主体。通过对马克思主义的改造，毛领导下的中国的国家的主体不再是单一的工人阶级，而至少包括工、农、兵③主体。传统④和社会主义精神的混合形成一种新的伦理观念，并对毛泽东时代文艺界对文艺表述的处理和理解其了决定性的作用。例如毛泽东时代的代表作家浩然的小说《金光大道》中，小说的主

---

① 毛泽东：《在中国共产党第七次全国代表大会上的结论》1945 年 5 月 31 日，中共中央文献研究室编：《毛泽东文集》第 3 卷，北京：人民出版社，1996 年，第 417 页。
② 中共中央文献研究室编：《毛泽东文集》第 3 卷，北京：人民出版社，1996 年，第 415 页。
③ 中华人民共和国宪法规定：中华人民共和国是工人阶级领导的、以工农联盟为基础的人民民主专政的社会主义国家。
④ 例如毛泽东时代对"性"的保守态度和传统中国对"性"的保守观念一以贯之。毛泽东时代对性的保守态度体现在政府对"流氓"行为和生活作风不正的严厉打击上，体现在文学书写和文学批评中对与"性"相关的部分的严厉批评上，也体现在集体观念中——恋爱要经过组织批准，而婚姻关系的建立更是组织说了算。

第三部分
反思与自反：阅读中的反叛一代

角高大泉对他的集体主义的身份十分满意，对谋取个人利益的思想和行为十分鄙弃，他和吕瑞芬的爱情奉献给党的事业。

从阅读中受到西方文学冲击的青年作家开始尝试打破集体主义的角色定位，书写个体，并突破工、农、兵占据绝对主流的写作范式。《在路上》《麦田里的守望者》《等待戈多》这三部西方现代派作品对"文革"后的中国作家的影响主要在于它们示范了一种新的文学表述——个人的主体性叙述。这三部资本主义内部反思和反击"异化"的代表作，被中国拿来批判异化（苏联和西方资本主义社会），然而借助译者融合了主体性和国家意识的具有主体间性的译介，读者们、尤其是青年一代的读者们反而从中反思急进的社会主义的阴影，将这三本书视为西方式的"个人"主体性的象征。在《在路上》、《麦田里的守望者》和《等待戈多》由原文向译文的腾挪转换中，最早译介这三部作品的体制内的译者们相对于原文来说既有相当的自主地位，又在一定程度上遵循了当时的文学规范，为将个体精神带入中国，从而实现主体性重构提供了一种可能。

伴随地下阅读运动而来的文学新生中，出现最早而表现突出的应该是地下诗歌运动。无论是白洋淀诗派、朦胧诗、莽汉主义，还是口语派，都多多少少受过翻译的影响。1970年代，以地下诗歌运动为代表的"新"诗歌传统已开始偏离更早的"五四"新诗体系和"十七年"诗歌体系。在这一新的"现代"风尚中，1949—1979年结合了国家意识和个人主体的翻译和地下阅读运动起了非常重要的作用。食指认为黄皮书对他的影响"十分重要"。[①] 诗人芒克则与画画的朋友一起成立"先锋派"，模仿《在路上》去流浪。[②]

以诗歌为最早突破口，中国文学中出现了新的言说方式。这一言说

[①] 在接受采访时，郭路生表示"黄皮书"使自己"大开眼界"，其中印象最深刻的是叶甫图申科的《没意义的孩子》。杨子：《食指：将痛苦变成诗篇》，《南方周末》，2001年5月24日。

[②] 马德升："反省的时代"，廖亦武主编《沉沦的圣殿——中国20世纪70年代地下诗歌遗照》，乌鲁木齐：新疆青少年出版社，1994年，第467—472页。

方式深受毛泽东时代的翻译的影响，而他们的风格总可以归为某个翻译过来的文学家的风格（例如波德莱尔式、里尔克式、蒲宁式等等），因此我将其称为翻译语体。

翻译语体在下面的诗歌中有鲜明的体现。《这是四点零八分的北京》（1968年12月20日）描写了1968年知识青年离开北京的情景。这是当时还是北京市25中67界高中毕业生郭路生（食指，1948— ）在赴山西插队的火车上捕捉到的灵光一闪的画面：

这是四点零八分的北京
一片手的海浪翻动
这是四点零八分的北京
一声尖厉的汽笛长鸣

北京车站高大的建筑
突然一阵剧烈地抖动
我吃惊地望着窗外
不知发生了什么事情

我的心骤然一阵疼痛，一定是
妈妈缀扣子的针线穿透了心胸
这时，我的心变成了一只风筝
风筝的线绳就在妈妈的手中

线绳绷得太紧了，就要扯断了
我不得不把头探出车厢的窗棂
直到这时，直到这个时候
我才明白发生了什么事情

第三部分
反思与自反：阅读中的反叛一代

——一阵阵告别的声浪
就要卷走车站
北京在我的脚下
已经缓缓地移动

我再次向北京挥动手臂
想一把抓住她的衣领
然后对她亲热地叫喊
永远记着我，妈妈啊北京

终于抓住了什么东西
管他是谁的手，不能松
因为这是我的北京
这是我的最后的北京

食指在1968年12月底离开北京之前，已经创作过一些诗。[①] 何京颉（何其芳之女）在《心中的郭路生》中记录了何其芳对食指在诗歌形式方面的指导（新格律诗）。[②] 但是这首《这是四点零八分的北京》被认为具有了个人主体性。1995年荣获诺贝尔文学奖的爱尔兰诗人希尼（Seamus Heaney, 1939— ）曾经这样评价这首诗："在我看来，那首有关列车的诗似乎一开始就依赖个人体验这一现实。它似乎像一首成为抵抗之歌的诗，但当初写的时候却不是要成为对群众的公开发言，它是要表达一种个人悲伤。而这，似乎就是一种需要。当然，政治愤怒作为创作动机绝对无错。我是说，那可以成为绝对纯粹的动机。但是那愤怒必

[①] 1965年2首，1967年3首，1968年18首。《食指诗歌创作目录》，林莽、刘福春编：《诗探索金库·食指卷》，北京：作家出版社，1998年，第178页。
[②] 何京颉：《心中的郭路生》，《新语丝电子文库》，http://www.xys.org/xys/ebooks/others/history/contemporary/culture_revolution/Guolusheng2.txt

革命路上
翻译现代性、阅读运动与主体性重建，1949—1979

须是个人所感，一定不可以成为口号式的愤怒。"①

告别四点零八分的北京，食指的诗歌开始真正具有划时代意义。他被认为代表了一个新的、"小小的传统"——柏桦将这个"小小的传统"概括为受到"用革命语体翻译过来"的文本影响的一代②。北岛也承认"1960年代末地下文学的诞生正是以这种文体（翻译文体）为基础的，我们早期的作品有其深刻的痕迹"。③ 再次证明了这个新的、"小小"的传统的建立与 1949—1979 年的翻译以及此起彼伏的地下阅读运动的关联。

这个新的传统首先重新肯定了个体经验和情感。食指为他撕心裂肺的爱情创作了当时广为流传的《相信未来》一诗："当我的紫葡萄化为深秋的泪水/当我的鲜花依偎在别人的情怀/我依然固执地用凝露的枯藤/在凄凉的大地上写下：相信未来"。④ 这里，《相信未来》、《这是四点零八分的北京》与我们读到的翻译过来的波德莱尔的诗、巴乌斯托夫斯基的《金蔷薇》甚至作为戏剧的《等待戈多》的语言和风格都没有什么特别大的不同，而且是食指的情感是个人的。

翻译语体的最主要贡献，也正是其开始承载个体的情感。在"十七年"的文学艺术创作中，由于对社会主义集体主义的过于教条式的理解和模式化的表述，一度使文学艺术作品中的艺术受到质疑。文学中究竟能不能有个人情感（小资产阶级情调）成为不少 1949 年前已成名的作家受到批判的原因。不少作家早早停笔，例如老舍、张恨水、沈从文等。而"十七年"文学、电影中充斥的政治口号式的情感表述让观众和读者感觉缺少真情实感的投入。当时的翻译虽然也会有一定

---

① ［爱尔兰］谢默斯·希尼，（中）贝岭：《面对面的注视—与谢默斯·希尼对话》，黄灿然译，载《读书》，2001 年第 4 期，第 87—95 页。
② 柏桦：《始于1979——比冰河铁更刺人心肠的欢乐》，北岛、李陀主编：《七十年代》，北京：三联出版社，2010 年，第 540 页。
③ 柏桦：《始于1979——比冰河铁更刺人心肠的欢乐》，北岛、李陀主编：《七十年代》，北京：三联出版社，2010 年，第 540—541 页。
④ 李零：《七十年代：我心中的碎片》，北岛、李陀主编：《七十年代》，北京：生活·读书·新知三联书店，2010 年，第 251 页。

第三部分
反思与自反：阅读中的反叛一代

的删改，但如前所述，这一时期的翻译有"反面教材"的保护伞。于是，翻译自苏联的作品首先获得人们的喜爱，是因为其作品中并没有完全排斥个体和个体情感。徐晓在回忆自己阅读车尔尼雪夫斯基的《怎么办——新人的故事》的时候，就说自己对"合理的利己主义"印象深刻。①

翻译语体是当时脱离毛式诗学的思想架构和语言规范的十分重要的一个步骤。无论20世纪中国的"左翼文学"和"社会主义现实主义"文学的性质是否能够用"反现代的现代性"来概括，这一命题的提出，本身就说明了毛式诗学理念在中国影响的深远。因而脱离毛式诗学的思想架构和语言规范不会是一件轻而易举的事。可以说，在很长一段时间，食指的诗都没有突破毛的革命浪漫主义加革命现实主义的诗学的樊篱。② 有人据此指责食指是红卫兵诗人，并据此否定食指之后的创作，认为有性质问题。③ 针对这一质疑，食指回答："因为我觉得必须锻炼。"④

上山下乡的知青（知识青年的简称）生活给了地下诗歌运动一个契机。在上山下乡之前，中国人生活中集体的"表演性"使得主体性缺失，这在前一节已经进行了说明。而上山下乡的知青，发现自己到农村去，本来是为了消灭"三大差别"（即工农差别、城乡差别、和体力与

---

① 徐晓：《无题往事》，刘禾主编：《持灯的使者》，桂林：广西师范大学出版社，2009年，第194—195页。
② 比如郭路生也写过赞颂上山下乡的诗"响起来了，响起来了，响起来了，车站爆发出一阵热烈的掌声。因为这是鼓励一个初步的儿童迈开步伐，走向光辉壮丽的人生。"
③ 认为郭路生是红卫兵诗人的代表是仲维光（1949— ）。反驳意见则有一平（1952— ）《未来与偏颇——读仲维光"'郭路生'现象的双重含义"》："诗人们尊重老郭，尊重他的作品，也尊重那一段历史，这和他是否是干部子弟无关。郭路生的那些歌唱可以批评，也可以清算，但是将郭路生划为党卫军，就是政治帽子了。"http://blog.boxun.com/hero/200812/yiping/2_1.shtml
④ 《食指：将痛苦变成诗篇》，《南方周末》，2001年5月25日。

革命路上
翻译现代性、阅读运动与主体性重建，1949—1979

脑力劳动差别)①，结果和当地农民的鸿沟不仅没有缩小，反而激化出更多矛盾。农民们对不懂得庄稼活、表达方式又大不相同的知青感到隔阂。而知青感到自己非但不能在贫困的农村地区"大有作为"，用自己的知识为乡村带来什么翻天覆地的变化，也被抛到了在城市中进行着的"伟大革命"的边缘。知青们对上山下乡的各种不适应，却在某种意义上使他们获得了在城市中所缺少的自我的空间。而1971年的林彪事件成为对毛的形象和对官方宣传的毛泽东思想的一个重大打击。先是对传统思想的抛弃，然后又经历林彪事件，中国的青年们猛然发现他们一无所有了。只剩下自己和虽然不能说充满敌意但至少是令人不安的环境。在这种情况下，中国的青年们在西方现代派作品中找到这种精神危机和创伤心理的知音，而具有主体间性的翻译语体成为很重要的一种艺术对抗方式。

在革命幻灭的废墟上，青年人开始怀疑，开始反叛，并寻找"真理"。这也就是那个时期，食指的诗在地下阅读中被争相传阅的重要原因之一。食指的诗代表性地反映了这种"怀疑"与"反叛"的转折的开始。金斯堡说："我看到我们时代最伟大的心灵被疯狂所毁灭。"② 与之类似，北岛（赵振开，1949— ）的《回答》痛心疾首地宣称"卑鄙是卑鄙者的通行证，高尚是高尚者的墓志铭，看吧，在那镀金的天空中，飘满了死者弯曲的倒影"。地下诗歌运动，以翻译造就的新语体，传递着与西方现代派相似的伤痛，孕育着新的革命的声音。

总之，翻译语体一方面改造了"文革"和毛话语的革命性，另一方面融入了作者在翻译成中文的西方文学，尤其是西方现代派文学中体会到的个人的主体精神。可以说，具有主体间性的翻译造就了一种新的语

---

① 《我们也有两只手，不在城里吃闲饭》，《人民日报》，1968年12月23日。邓小平在八十年代初骤然强化的计划生育政策和鼓励个体户经营的政策被认为在一定程度上是对知青返城后产生的就业压力的一种反应。

② "I saw the best minds of my generations destroy by madness." Allen Ginsberg, "Howl", in *Howl and Other Poems* (San Francisco, Calif.: City Lights Books, 1996.), pp. 9—26.

第三部分
反思与自反：阅读中的反叛一代

体：不再是纯粹的口号，仍然充满革命的激情，但是主体性变化了，个人从集体的大背景中显身。

（三）个人化写作：新的写作试验

施咸荣、黄雨石翻译的西方现代派文学对中国当代文学的发展意义重大。70年代末中国具有现代性的诗歌、小说和戏剧，都曾有其影响的印记。许多风格不同的作家的语言、构思等也都曾受其启发。马悦然（Goran Malmqvist，1924—　）在评论诺贝尔文学奖得主高行健的创作成果的时候，就谈到"70年代末现代文学的复兴和1920年代初期的文学繁荣有很多相似之处，这两个时期都受到西方文学潮流的影响。"到了20世纪八九十年代，众多的作家，"特别是年轻作家，为短篇小说和长篇小说开辟了新的道路"。[①]王朔也认为翻译而来的西方文学"显然催生了很多中国作家"。通过这些翻译的东西，"他们学习了一些方法，当然有人后来慢慢也形成了他们自己的风格"。[②] 在影响自己的10部短篇小说中，王朔开列了如下名单：属于"殇情类"的唐传奇《莺莺传》、明朝冯梦龙编辑的《警世通言》中的《白娘子永镇雷峰塔》、普希金（Alexander Sergeevich Pushkin，1799—1837）的《驿站长》、塞林格（Jerome David Salinger，1919—2010）的《献给爱斯美的故事》、三岛由纪夫（Yukio Mishima，1925—1970）的《忧国》和属于"调侃类"的毛姆（William Somerset Maugham，1874—1965）的《没有毛发的墨西哥人》、欧亨利（O. Henry，1862—1910）的《刎颈之交》、博尔赫斯（Jorge Luis Borges，1899—1986）的《关于犹大的三种说法》、鲁迅的《采薇》、美国作家卡佛（Ramond Carver，1938—1988）的《他们不是你丈夫》。王朔半调侃地说这些小说可以保护他的人性，"使我在衣食无忧一帆风顺中也有机会心情暗淡，绝望，眼泪汪汪，一想起自己就觉得比

[①] 马悦然：《诺贝尔文学奖得主高行健的创作成果——兼谈现代中文文学》，陈迈平译，林曼叔编：《解读高行健》，香港：明报出版社，2000年，第5页。
[②] 王朔、老侠：《文学语言的泛政治化死亡》，葛红兵，朱立冬编：《王朔研究资料》，天津：天津人民出版社，2005年，第115页。

革命路上
翻译现代性、阅读运动与主体性重建，1949—1979

别人善良，敏感，多情及深沉。……这就是我的阅读趣味，从小说中汲取堕落的勇气和抗拒生活的力量"。① 从这张书单来看，翻译文学、尤其是翻译而来的西方文学在对他的影响中占据最为重要的位置。

虽然施咸荣、黄雨石这些毛泽东时代的译者似乎没有得到像清末以来的译学前辈那样多的关注②，但是他们起到的作用不可小觑。如果说毛泽东时代的译介过程中官方把现代派作品作为批判西方式现代化和现代性的利器是一种强势的"误读"，这种"误读"却误打误撞地为中国当代文学的新的篇章的开启创造了条件。在以维护中国革命和现代化建设合法性为目的的体制化翻译中，译者一方面很小心地以毛泽东时代的文化建设的要求对《在路上》、《麦田里的守望者》、《等待戈多》进行了部分删改，以减少意识形态和美学的冲突。另一方面，却在作为"反面教材"的保护伞下，"忠实"地保留了原文具有个人主体性的情感和风格。

在新的书写风尚中，文学中的个人的主体性在历史和美学的层面上都逐渐确立。伤痕小说、反思小说和与"文革"有关的社会问题剧③只是短暂地流行，随后迅速被更为多元的文学样态所取代，包括倡导民族文化精神的寻根文学、先锋文学、现代派等等。④ 在这些文学样态中，我们可以看到中国当代文学具有现代性的个人化写作中的混杂性。同样是受到《在路上》《麦田里的守望者》《等待戈多》的影响，在下面将要讨论的这些作者中，有的依然以现实主义（被唐小兵、李杨、汪晖认为是社会主义现实主义的"反现代的现代性"的叙事模式）作为叙事模

---

① 王朔：《他们曾使我空虚——〈影响我的10部短篇小说〉序》，葛红兵、朱立冬编：《王朔研究资料》，天津：天津人民出版社，2005年，第68、69页。
② 拜全球化所赐，随着教育水平的提高和越来越国际化的教材的使用，越来越多的人们可以直接阅读原文而无须借助翻译的媒介，因而译者的作用在一定程度上被忽视，或许是原因之一。
③ 伤痕小说、反思小说和与"文革"有关的社会问题剧曾被认为是"揭露、思考'文革'对现代化（尤其是人的现代化）的阻涉和压抑"，在1979年—1981年达到高潮。参见陈思和：《中国当代文学史》，北京：北京大学出版社，2003年，第257—258页。
④ 陈思和：《中国当代文学史》，北京：北京大学出版社，2003年，第244页。

第三部分
反思与自反：阅读中的反叛一代

式，只是对历史时间进行了非线性的调整。有的通过戏谑和调侃对"反现代的现代性"的社会主义现实主义的美学进行了"翻新"。有的作者则渴望进行一种美学的颠覆性试验。他们所做的一些大胆的尝试，为20世纪以来在中国知识界命运多舛的主体性精神提供了一些象征范式。

首先，受到《在路上》影响的作家有马原、余华、苏童等。《在路上》里自反的主体成为困扰新时期中国知识分子的问题之一。路遥（王卫国，1949—1992）的《平凡的世界》，以现实主义的叙述模式描写了"文革"前后平凡的人的生活和个人的不屈不挠的生存意志，在一个充满挫败的世界中给人希望的力量。马原（1953— ）的《零公里处》描写13岁的男孩大元去北京参加"大串联"①的过程中个人的成长。30年后他以此为开头书写他的"文革"回忆系列之《牛鬼蛇神》，却仅仅对历史时间进行了一种非线性的调整。再次印证了吴亮在1980年代的判断，"马原自我相关的观念和自身循环的努力源出于他另一个牢固的对人类经验的基本理解，即经验时而是唯一性的，我们只可一次性地穿越和经临；时而是重复性的，我们可以不断地重现、重见和重度它们。自我相关和自身循环，都是既唯一又重复的，它们给了马原以深刻不移的影响，以至他在自己的小说叙述里，往往出现有趣的悖论，或说又是一种自我相关和自身循环——他在说经验是一次性的时候，他常常重复地说；他在说经验是重复性的时候，又恰恰是一次性的"。②

更多的《在路上》的中国实行者们打破了传统表述。他们不再聚焦客观世界的本来面目，而是描写它们在自己心中的感觉，这种新的美学诉求为他们赢得了大批读者。余华的短篇《十八岁出门远行》展现了一个在"还算真诚年龄"的年轻人梦境般荒诞的旅程，成为他的成名作。苏童的短篇《一个朋友在路上》中那个理想是"在路上"，而且真正一

---

① "文革"词汇之一，指的是1966年中央文化革命委员会支持各地学生到北京、北京学生到其他各地交流革命经验的行为，称为革命串联。毛主席在1966年8次接见各地到京红卫兵是文化大革命初期的重要事件。
② 吴亮：《马原的叙述圈套》，《当代作家评论》，1987年第3期，第51页。

革命路上
翻译现代性、阅读运动与主体性重建，1949—1979

直在路上的大学友人"力均"，与凯鲁亚克《在路上》的"狄恩"颇有精神上的类似。

其次，受到《麦田里的守望者》的中国作家也很多。《麦田里的守望者》里对童年的回味与对每一个人都必然面对现实，对必须融入这个成熟的、虚伪的成人社会的无奈，被认为"在上世纪80年代对一代中国人的影响，可能远远超过它在美国的影响"。① 而最直接受到《麦田里的守望者》影响的是王朔。与塞林格的《麦田里的守望者》出身纽约中上层资产阶级家庭的主人公对成人的主流社会价值体系的反叛有些类似的是，王朔的小说从不回避低俗的语言，他笔下的主人公，出身于北京大院，却追求一种更为个人的、不那么循规蹈矩的情感和经验。王朔在小说中以表面的玩世不恭、惊世骇俗的书写来塑造那些实际上不善言辞只是以粗口反抗环境的小人物，他们是时代变革中失落的个人，却形成了一股新的美学潮流。

在李卜曼（Benjamin L. Liebman）看来，王朔的语言、结构及情节挑战了传统的社会主义文学模式。② 如果说传统的社会主义文学模式代表了一种"反现代的现代性"③ 的话，那么这种现代性由于过于政治化而极大地局限了文学的表述。老侠将其概括为泛政治化的语言，有三大特点：一是极力张扬的"伪语言"，不传达个人的任何东西，"连爱这种最私人的词汇，都是指向大东西的"；二是充满暴力、血腥的词汇经过"文革"成为人们语言、思维、甚至生命的一部分；三是标准的、权威的、播音式的腔调，它所传达的就是"居高临下，俯视众生"。④ 在这种情况下，王朔戏谑和调侃地使用毛式革命话语的言说方式使得其有了新

---

① 朱伟：《〈麦田里的守望者〉的老版本（1）》，《有关品质》，北京：作家出版社，2005年。
② 本杰明·L. 李卜曼：《权威与王朔小说的话语》，董之林编译，葛红兵、朱立冬编：《王朔研究资料》，天津：天津人民出版社，2005年，第296—297页。
③ 李杨：《跋："反现代"的"现代"意义》，《抗争宿命之路：社会主义现实主义（1942—1976）研究》，长春：时代文艺出版社，1993年。
④ 王朔、老侠：《文学语言的泛政治化死亡》，葛红兵、朱立冬编：《王朔研究资料》，天津：天津人民出版社，2005年，第119—120页。

第三部分
反思与自反：阅读中的反叛一代

的活力。其个人化的书写，是西方式的；其词汇却大量地对"反现代的现代性"的社会主义现实主义的美学进行了"翻新"。

在一定程度上，王朔代表了1970年代末期开始写作的中国青年作家的一种文学探索，即用受到翻译而来的西方现代派文学影响的情感和风格，与社会主义现实主义文学的表述方式进行某种结合。比如戴锦华在评价根据王朔小说改编而成的电影《阳光灿烂的日子》的时候，鲜明地指出其文化意义之一在于成功地运动个人书写实现了一种对"文革"记忆的个人化书写。① 陈思和认为这一风格是"传统文化分崩离析时代的一种民心背向的表现，它与这个时代的另一种精神现象——知识分子的理性精神阴阳交合地构成了正负两面的力量，催化着时代的变化与更新"。② 有学者进而提出，王朔的小说"标志着中国现当代文学史上的一次重要转向，即从集体至上的现代文学传统向推崇个性与彰显自由的当代文学的转变"。③ 当然，学界也有另一种意见，认为王朔把物质、肉体、痞子神化并不是真正的"贫民与平等意识"。④

最后，值得说明的是《等待戈多》的译介开启了中国的实验戏剧，例如高行健的作品。⑤ 马悦然认为高行健在中国"创造了真正的现代主义戏剧"。⑥ 他特别赞赏高行健文学创作中的"主体主义"态度，并认为高行健早期剧作受到布莱希特和贝克特的影响。持类似看法的还有刘

---

① 戴锦华：《个人写作与青春故事》，葛红兵、朱立冬编：《王朔研究资料》，天津：天津人民出版社，2005年，第240页。
② 陈思和：《黑色的颓废——读王朔小说札记》，《当代作家评论》，1989年第5期，第40页。
③ Donghui Li，《"王朔现象"：一种历史与文学的关照》，葛红兵、朱立冬编：《王朔研究资料》，天津：天津人民出版社，2005年，第489—490页。
④ 陶东风：《90年代小说的热点与走势的个案分析之———王朔与所谓"痞子文学"》，葛红兵、朱立冬编：《王朔研究资料》，天津：天津人民出版社，2005年，第374页。陶东风的分析较为全面。其他的这一方面意见的代表批评家还有王彬彬、张德祥、常清华、黄式宪等。
⑤ 赵毅衡：《建立一种现代禅剧——高行健与中国实验戏剧》，台北：尔雅出版社，1999年。谷海慧：《中国式荒诞剧的精神指向分析》，《江汉论坛》，2008年第2期，第133—134页。宁殿弼：《论荒诞型探索戏剧》，《东方论坛》，2003年第5期，第28—29页。
⑥ 马悦然：《诺贝尔文学奖得主高行健的创作成果——兼谈现代中文文学》，陈迈平译，林曼叔编：《解读高行健》，香港：明报出版社，2000年，第8—9页。

以鬯和万之,刘以鬯认为"高行健受贝克特影响较大,也属现代主义派别"。① 而万之认为高行健明显有西方现代派的痕迹。②

高行健从翻译而来的西方现代派作品中汲取的最重要的方面或许就是其"充分的个人化立场"。早先的研究者已经不约而同地指出了这一点。例如刘再复认为"充分的个人化立场使高行健的创作超越种种苍白的概念、观念与模式,而让自己的写作充满实验性与原创性"。③ 杨慧仪亦指出文本主体与国家民族的关系,个人与群体的关系是高行健作品最中心的问题,其中,个人往往是"正面"形象,集体往往是"负面"形象。④

高行健的创作另外的一个重要特征,也是受到现代派影响的重要特征是其国际性,或全球性。李欧梵认为高行健是一位"彻头彻尾的现代主义作家",并且符合"流亡"这个现代欧洲文学的传统。李欧梵指出现代主义的戏剧的特点之一是其语言"较少民族色彩而更见国际性",如欧洲剧作家贝克特和尤奈斯库。针对诺奖引起的争论,他认为这反映了诺贝尔文学奖委员会的"欧洲中心"视野。不过他继而也提出应该反省多年来中国现代文学中的"涕泪交流"的文以载道传统,这一传统被夏志清定位为一种"执迷中国"(obsession with China)的"乡愿性"(provincialism)。⑤ 在他看来,高行健的作品无疑可以看做是这种反省后的转型的产物。对此,谢冕也曾指出,高行健的《现代小说技巧初探》,对"中国文坛文学的现代化起了巨大推动作用",而他的作品都"触及

---

① 王睿智、吴彦华、祝家华:《高行健与香港新马结未了缘》,林曼叔编:《解读高行健》,香港:明报出版社,2000年,第126页。
② 万之:《与传统的独特对话——也评高行健摘取诺贝尔文学奖桂冠的创作道路》,林曼叔编:《解读高行健》,香港:明报出版社,2000年,第38—39页。
③ 刘再复:《最有活力的灵魂》,林曼叔编:《解读高行健》,香港:明报出版社,2000年,第27页。
④ 杨慧仪:《高行健的"中国情意结"》,林曼叔编:《解读高行健》,香港:明报出版社,2000年,第183、185页。
⑤ 李欧梵:《如何看待诺贝尔文学奖——对于高行健得奖的一些看法》,林曼叔编:《解读高行健》,香港:明报出版社,2000年,第44、46—47页。

第三部分
反思与自反：阅读中的反叛一代

中国社会转型期中国人的情感和思考"。①

总之，1949—1979 年体制化的翻译在强势"误读"的前提下，开启了全新的诠释，也为新的写作试验开启了道路。具有主体间性的翻译为地下阅读运动及其后的文学逐渐摆脱毛式诗学理念提供了一块踏脚石。

在中国当代文学反思性的新的写作试验中，"反叛"的焦点聚集到了文学的"主体性"及其衍生的问题上。例如，在"低俗"的问题上，支持重新认识"低俗"的人认为那些所谓的低俗的东西是会推动社会的进步的："事实上，很多很经典的摇滚歌曲以及像《麦田里的守望者》或《在路上》这种看上去有些'低俗'的垮掉派小说，是具有极强的社会教化功能的。它们会提醒很多年轻人以及一些渐渐不再年轻的人，无论身处于怎样的逆境之中，都不要忘记自己最初的梦想，并且一定要拼命维护自己自由的人格和独立的思想。"② 反对者则认为反叛潮流的艺术、低俗的趣味是比政治的反叛更难、更深刻的反叛。王克平说："现在世界上和中国的艺术，你看看那些都是什么类型？我是另一类的反叛，我坚持自我，走反叛流行的、世俗的、低俗的，更难的反叛，更深刻的反叛。"③

无论是"低俗"进入文学的支持者还是反对者，双方都强调"主体性"，从另一方面来说，这说明了"个体意识"在后"文革"时期上升到了前所未有的高度。"个人主义"、"主体性"被认为是西方现代文化的一个根本特征，"在相当程度上构成了中西文化的分水岭"，并且自20世纪初以来，"对中国文化的解构与重建起了巨大的作用"。④ 方长安梳理了这一话语结构进入汉语语境后，言说者不同的阅读角度：五四时

---

① 江迅：《泛政治化决策内情》，林曼叔编：《解读高行健》，香港：明报出版社，2000年，第112页。
② 亚洲艺术文献库（Asia Arts Archive）收藏了相关的访谈和其他资料，记录中国当代艺术发展的历程。翁子健：《王克平访谈》，《亚洲艺术文献库》，香港 10 Chancery Lane 画廊，2009 年 3 月 28 日，第 16 页。
③ 翁子健：《王克平访谈》，《亚洲艺术文献库》，香港 10 Chancery Lane 画廊，2009 年 3 月 28 日，第 16 页。
④ 同上，第 1—7 页。

革命路上
翻译现代性、阅读运动与主体性重建，1949—1979

期，它作为一种个性解放的思想资源而被接纳及发挥，对中国传统道德秩序的颠覆起了重要的作用，直接促使现代"立人"、"人的文学"观的出现；在贯穿着"感时忧国"的主旋律的革命文学中，对个人主义的性质的解读被定性为"非社会主义的"，也是不革命的；1949年后，它由一个哲学术语变成"政治评判的尺度，甚或一种道德立场"。[①] 方长安在梳理了这一话语结构从热捧到冷遇的历史境遇之后，认为这一话语与社会主义话语之间有"多种可能性关系"，并且可能对社会主义话语建构具有"积极意义"。在本章中，我们可以看到，"主体性"的重生不仅在地下阅读运动中成为对抗、解构毛话语的力量，也为中国当代文学带来新的生机和力量。

回归到本书中《在路上》、《麦田里的守望者》、《等待戈多》的影响问题。西方文学在20世纪的一个新的发展，是使文学更为彻底地由社会导向（social-oriented）转为个人导向（individual-oriented），古典式的情感转为更为直接的内心表露和更为尖锐的表述方式。在新时期的中国文学中，亦可以看到一个类似的转变过程。而这种新的话语在全球化时代个人化的社会、中国传统的"深层和动态主体性"和革命年代的集体光芒的调试中，正在形成一个新的雏形。如果借用谢冕的表述，"文学新时期最具实质性的转变是使文学回到审美和艺术的立场的努力"。[②] 那么，我认为新时期文学最核心的转变则可以说是使文学重新找回主体性的立场和表述。《在路上》、《麦田里的守望者》、《等待戈多》的例子从它们言说的个人的困境在西方现代文化中的地位，到这一话语结构如何通过译介进入中国的语境，并如何配合了社会主义话语建构中的经济、社会转型，完整地展现了个人主体性的顽强生命力。社会主义中国变得更为成熟，翻译在中国社会的这一转变中多少起到了，并将继续起到催化剂的作用。

[①] 方长安：《新中国17年欧美文学翻译、解读论》，《长江学术》，2006年第3期，第7页。
[②] 谢冕、张颐武：《大转型——后新时期文化研究》，哈尔滨：黑龙江教育出版社，1995年，第34页。

第三部分
反思与自反：阅读中的反叛一代

第三部分小结

本部分关于地下阅读运动、地下诗歌运动以及其后的文学如何重构主体性的讨论首先说明，1970年代开始的主体性重构表现为从集体的主体性转变为个人的主体性。其中，翻译和阅读西方现代派作品《在路上》、《麦田里的守望者》、《等待戈多》起了非常重要的作用。

其次，这些讨论也说明，毛泽东时代的社会主义实践具有现代性。如前所述封建时代的身份认同（identify）是注定的，是现代化的推进使得人的身份由"注定"变成了一项"任务"。因此，如果把毛泽东时代的社会主义实践仍然视为一种前现代的理论和实际，那么很难解释为何地下阅读中的知识青年为何会对西方现代派作品中的现代性困境产生如此的共鸣，而更难解释前现代的社会为何可以为出身各自不同的青年作者[①]提供书写同样现代性困境的材料。

最后，由地下阅读运动开始的主体性重构不仅仅存在于阅读和文学创作，也逐渐扩展到美术、文学理论、政治、哲学等领域。在美术领域，在地下诗歌运动进行得如火如荼的同时，星星画会、无名画会的画家也开始描绘非政治化的个人体验。在文学理论领域，刘再复呼吁在文学中，人应该始终处于主体地位，起主导作用。他提出人们应该发挥能动性，"去实现人的自由自觉的本质"。[②] 在政治领域，经历了1970年代的十年，这一代人不断进行着思考，因此这才有了西单民主墙运动，有了《四五论坛》《北京之春》《人权同盟》《探索》《今天》《沃土》，青岛的《海浪花》、贵州的《启蒙》等。[③] 在哲学领域，经过1980年代李

[①] 本文中出现的作者就已经呈现出多样的出身背景：郭路生出身革命家庭，曾是根正苗红的红卫兵；马原出身辽宁平民、上山下乡过，1978年入读大学；王朔出身北京大院，参过军；高行健出身破落大家族，1957年入读北京外国语学院法语系。

[②] 刘再复：《论文学的主体性（续）》，《文学评论》，1986年第1期，第4页。

[③] 《〈今天〉的故事——北岛访谈录》，《南方都市报》。参见《今天》文学杂志网络版，http://jintian.net/fangtan/2008/nfdsb1.html。

革命路上
翻译现代性、阅读运动与主体性重建，1949—1979

泽厚、刘再复的讨论，"主体性"在中国成为一个热点问题，并且被用来批评中国当代哲学、文学和社会思想潮流。21世纪伊始，"主体性"又引起了翻译学界的兴趣，随着解构主义翻译理论、多元系统理论进入中国，译者的主体性和读者的主体性都成为翻译批评的范畴。

1970年代在阅读、文学中发生的主体性重构为中国的主体性的重建指出了方向。但是，另一个挑战则伴随着全球化经济对中国影响的深入渐渐浮现。从1970年代末的包产到户改变了农村集体经济组织结构，到1980年代的流通领域的市场化，到1990年代放弃或保留自己的工作去经营商业和创业的"下海"热潮，再到2001年中国加入世界贸易组织开放市场，在这些看似与文学无关的经济大变革中，文学受到的影响却是深远的。后毛泽东时代的中国文学虽然回归个人情感和表达，却日益受到市场化、全球化的印刷、出版和读者群体的影响。罗多弼提出：

> 世界文学已经成为一股文学潮流。但是，如果引领全球化过程的仅仅是对文化视而不见的经济实力，那么，它将导致世界上弱小民族的文化的枯竭，甚至消亡。假如引导得当，全球化过程也可能极大地丰富并激活人类文化的蓄水池。关键在于人的努力。①

李欧梵基于同样的考虑，不无疑虑地提出"如今，中国的知识分子在经历了后极权主义下的'自我反思'之后，尚迷惑于自我的历史角色，此时的他们，要如何在现代性任务还没完成的事实前，进入杂乱的西方后现代主义中去？"② 当把注目的焦点放在主体性上的时候，中国的知识分子的境遇或许并没有那么糟。正如李欧梵所说，"东西方在现代性问题上最关键的差异，是中国作家在追寻现代意识模式和现代文学形式时，并没有把（他们也觉得没有必要）历史的现代性和美学的现代性

---

① 罗多弼（Torbjorn Loden）：《高行健的〈灵山〉六义》，傅正明编译，林曼叔编：《解读高行健》，香港：明报出版社，2000年，第157页。
② 李欧梵：《李欧梵论中国现代文学》，上海：三联书店，2009年，第42页。

第三部分
反思与自反:阅读中的反叛一代

区分开来"。① 这种模糊的眼光反而让中国的知识分子快速地进入到现代性,乃至全球化的情境中,不论是历史的,还是美学的。

参考文献:

(一) 中文文献

陈思和:《黑色的颓废——读王朔小说的札记》,载《当代作家评论》,1989 年第 5 期,第 33—40 页。

陈思和:《中国当代文学史》,北京大学出版社 2003 年版。

陈晋:《毛泽东与文化的社会主义转变》,载《中共党史研究》,2002 年第 2 期,第 32—37 页。

方长安:《新中国 17 年欧美文学翻译、解读论》,载《长江学术》,2006 年第 3 期,第 1—7 页。

葛红兵、朱立冬编:《王朔研究资料》,天津人民出版社 2005 年版。

谷海慧:《中国式荒诞剧的精神指向分析》,载《江汉论坛》,2008 年第 2 期,第 133—138 页。

黄腾:《论 Z. Bauman 个人化社会及其对课程改革之启发》,载《国立台北教育大学学报》,第 19 卷第 2 期,第 27—54 页。

李欧梵:《李欧梵论中国现代文学》,三联书店 2009 年版。

李杨:《抗争宿命之路:社会主义现实主义(1942—1976)研究》,时代文艺出版社 1993 年版。

李泽厚:《批判哲学的批评:康德述评》,人民出版社 1984 年版。

梁丽芳:《从红卫兵到作家:觉醒一代的声音》,万象图书公司 1993 年版。

林莽、刘福春编:《诗探索金库·食指卷》,作家出版社 1998 年版。

林曼叔编:《解读高行健》,明报出版社 2000 年版。

刘禾主编:《持灯的使者》,广西师范大学出版社 2009 年版。

刘小萌:《中国知青口述史》,中国社会科学出版社 2003 年版。

刘仰东:《北京孩子:六七十年代的集体自传》,中国青年出版社 2009 年版。

---

① 李欧梵:《李欧梵论中国现代文学》,上海:三联书店,2009 年,第 23 页。

刘再复:《论文学的主体性》,载《文学评论》,1985年第6期,第11—26页。

刘再复:《论文学的主体性(续)》,载《文学评论》,1986年第1期,第3—20页。

宁殿弼:《论荒诞型探索戏剧》,载《东方论坛》,2003年第5期,第27—35页。

丘慧芬:《没有生机的出路——论汪晖〈现代中国思想的兴起〉》,载《季风书讯》,2010年6月,第191期,第23—30页。

尚琳萌:《李泽厚与刘再复主体性思想之讨论》,载《文学界》,2012年第6期,第265—266页。

史卫民主编:《知青书信选编》,中国社会科学出版社1996年版。

宋永毅:《"文革"中的黄皮书和灰皮书》,载《二十一世纪》,1997年8月,总第42期,第59—64页。

唐小兵编:《再解读:大众文艺与意识形态》,北京大学出版社2007年版。

汪晖:《韦伯与中国的现代性问题》,载《汪晖自选集》,桂林:广西师范大学出版社,1997年,第1—35页。

汪晖:《去政治化的政治:短20世纪的终结与90年代》,三联书店2008年版。

吴亮:《马原的叙述圈套》,载《当代作家评论》,1987年第3期,第45—51、61页。

谢冕、张颐武:《大转型——后新时期文化研究》,黑龙江教育出版社1995年版。

姚新勇:《主体的塑造与变迁:中国知青文学新论,1977—1995年》,暨南大学出版社2000年版。

杨子:《食指:将痛苦变成诗篇》,载《南方周末》,2001年5月24日。

[美]唐小兵:《抒情时代及其焦虑:试论〈年青的一代〉所展现的社会主义新中国》,张清芳译,载《海南师范大学学报(社会科学版)》,2008年第1期,第1—14页。

赵毅衡:《建立一种现代禅剧——高行健与中国实验戏剧》,尔雅出版社1999年版。

朱伟:《有关品质》,作家出版社2005年版。

中共中央文献研究室编:《毛泽东文集》第3卷,人民出版社1996年版。

第三部分
反思与自反：阅读中的反叛一代

中国版本图书馆编：《1949—1979 年翻译出版外国文学著作目录和提要》，江苏人民出版社 1986 年版。

［爱尔兰］谢默斯·希尼、贝岭：《面对面的注视——与谢默斯·希尼对话》，黄灿然译，载《读书》，2001 年第 4 期，第 87—95 页。

［英］阿拉斯代尔·麦金太尔：《马尔库塞》，邵一诞译，中国社会科学出版社 1992 年版。

（二）外文文献

Anderson, Terry H., *The Movement and the Sixties*, New York: Oxford University Press, 1995.

Bauman, Zygmunt, "From Pilgrim to Tourist-or a Short History of Identity", in S. Hall and P. du Gay (eds.), *Questions of Cultural Identity*, London: Sage, 1996, pp. 18—19.

Bernstein, Thomas P., *Up to the Mountains and Down to the Villages: The Transfer of Youth from Urban to Rural China*, New Haven: Yale University Press, 1977.

Bauman, Zygmunt, *In Search of Politics*, Cambridge U. K.: Polity Press; Oxford: Blackwell, 1999.

Bauman, Zygmunt, *The Individualized Society*, Cambridge: Polity Press, 2001.

Bauman, Zygmunt & Tester, Keith, *Conversations with Zygmunt Bauman*, Cambridge: Polity Press, 2001.

Collier, Peter & Horowitz, David, *Destructive Generation: Second Thoughts about the Sixties*, New York: Simon & Schuster, 1996.

Frosh, Stephen, *Identity Crisis: Modernity, Psychoanalysis and the Self*, Basingstoke: Macmillan, 1991.

Geertz, Clifford, *Local Knowledge: Further Essays in Interpretive Anthropology*, New York: Basic Books, c1983.

Giddens, Anthony, *Modernity and Self-Identity: Self and Society in Late Modern Age*, Lawrence, *We Gotta Get Out of This Place: Popular Conservatism and Postmodern Culture* (New York: Routledge, 1992.

Ginsberg, Allen, "Howl", in *Howl and Other Poems*, San Francisco, Calif.: City Lights Books, 1996, pp. 9—26.

Hall, Stuart & Bram, Gieben (eds.), *Formations of modernity*, Cambridge: Polity Press, 1992.

Hebdige, Dick, *Subculture: The Meaning of Style*, New York: Routledge, 1979.

Hodkinson, Paul & Deicke, Wolfgang, *Youth Cultures: Scenes, Subcultures and Tribes*, New York: Routledge, 2007.

Jiang, Yarong, & Ashley, Davis (eds.), *Mao's Children in the New China: Voices from the Red Guard Generation*, London, New York: Routledge, 2000.

Kasulis, Thomas P., Aimes, Roger T. & Dissanayake, Wlmal (eds.), *Self as Body in Asian Theory and Practice*, Albany NY: State University of New York, 1993.

Lifton, Robert Jay, *Thought Reform and the Psychology of Totalism, A Study of "Brainwashing" in China*, Berkeley: University of North California Press, 1961.

Leung, Leafing, *Morning Sun: Interviews with Chinese Writers of the Lost Generation*, Armonk, New York: M. E. Sharpe, 1994.

MacIntyre, Alasdair, *Herbert Marcuse: An Exposition and a Critique*, New York: The Viking Press, 1970.

Roszak, Theodore, *The Making of a Counter Culture: Reflections on the Technocratic Society and Its Youthful Opposition*, London: Faber, 1971.

Rosen, Stanley, *The Role of Sent—down Youth in the Chinese Cultural Revolution: The Case of Guangzhou*, Berkeley: Center for Chinese Studies, University of California, 1981.

Schwartz, Benjamin, *Communism and China: Ideology and Flux*, Cambridge: Harvard University Press, 1968.

Tang, Xiaobing, "The Lyrical Age and Its Discontents: On the Staging of Socialist New China in the Young Generation", in *Chinese Modern: The Heroic and the Quotidian*, Durham, NC: Duke University Press, 2000, pp. 163—195.

Wang, Hui, *The End of the Revolution: China and the Limits of Modernity*, London: Verso, 2009.

Wang, Ban, *History and Memory in the Shadows of Globalization*, New York: Oxford University, 2004.

结论：互动——告别革命的全球化时代

> 意识形态分离了我们，而梦想和痛苦使我们走到了一起。
> ——尤金·艾里斯柯（Eugene Ionesco, 1909—1994）

> 你回首看得越远，你向前也会看得越远。
> ——温斯顿·丘吉尔（Winston Churchill, 1874—1965）

多年的革命为中国留下了许多值得反思的问题。为何1970年代末中国可以走上改革开放之路？历史学家、社会学家、政治学家给出过许多不同的答案。① 本书从西方现代派文学中"不安的自由"开始，一步步追述这些西方世界对现代性的反思如何转化为1960年代末至1970年代末中国青年知识分子的反思。

美国作家凯鲁亚克的《在路上》，美国作家塞林格的《麦田里的守望者》，以及爱尔兰出生定居法国的作家贝克特的《等待戈多》都是西方现代派代表作，在英文世界中影响巨大；中国在1960年代翻译出版

---

① 例如马若德（麦克法夸尔）和沈迈克认为"文革"是一个契机。Roderick MacFarquhar & Michael Schoenhals, *Mao's Last Revolution* (Cambridge, Mass.; London: Belknap Press of Harvard University Press, 2006), p. 460。

革命路上

翻译现代性、阅读运动与主体性重建，1949—1979

的这三部作品的中译至今都被奉为经典，虽然初版为内部发行，每版仅900本，但在1970年代的阅读史中留下了不可磨灭的印记。借助对1949—1979年翻译和阅读西方现代派作品的全面审视，我将地下阅读中悄然萌生并深刻影响了当代中国的思想、文化、文学、艺术的种种新的期待和复杂互动视为一个"主体性重建"的过程。并认为这一过程开启了1980年代的"新启蒙"①、"告别革命"与中国社会的个人化（individualization）。

（一）禁书：打开一扇窗

首先，通过本文中的历史资料我们了解到，清末民初约有2504种翻译文学②，五四之后（1919—1949年），约有3894种翻译文学，而1949—1979年，翻译的各国文学作品有5677种之多。③ 在1949—1979年极端政治化的外部环境中，在出版和流通被严格控制的历史条件下，翻译的数量是空前的，翻译的活跃程度出人意料。

如果佐哈尔的理论正确的话，那么1949—1979年翻译出人意料的活跃，或许暗示我们当时中国文学的发展并非当时官方宣传的那样欣欣向荣，而是处于危机当中。佐哈尔勾勒的三种翻译处于主要地位的社会条件是，要么一种文学还处于"建立过程中"，要么一种文学处于"外围"或者"弱小"状态，要么一种文学正经历"危机"或"转折点"。④ 翻译出人意料的活跃程度说明了当时的文学未必跟上了革命的步伐。陈思和认

---

① 参见汪晖对中国当代"启蒙思想"和中国当代"启蒙知识分子"的定义和分析。汪晖认为，"中国启蒙主义是中国当代最有影响力的现代化的意识形态，它在一个短暂的历史时期内由一种富于激情的批判思想转化为当代中国资本主义的文化先声"。汪晖：《当代中国的思想状况与现代性问题》，《去政治化的政治：短20世纪的终结与90年代》，北京：生活·读书·新知三联书店，2008年，第75页。
② 樽本照雄：《清末民初的翻译小说》，王宏志编：《翻译与创作：中国近代翻译小说论》，北京：北京大学出版社，2000年，第151—171页。
③ 卢玉玲：《文学翻译与世界文学地图的重塑——"十七年"英美文学翻译研究》，复旦大学博士论文，2007年，第34页。
④ Itamar Even-Zohar, "Papers in Historical Poetics", in Benjamin Hrushovski and Itamar Even-Zohar (ed.), *Papers on Poetics and Semiotics* (Tel Aviv: University Publishing Projects, 1978). 廖七一编著：《当代西方翻译理论探索》，南京：译林出版社，2006年，第66页。

结 论
互动——告别革命的全球化时代

为"五六十年代的文学主流是在国家意志的笼罩下进行创作的,不能幸免为现在已被实践证明是错误的政治路线和具体政策做宣传的色彩,从今天的立场来看有许多作品是不值得保留的"。①事实上,1970年代上山下乡时代的中国青年,甚至早在1960年代红卫兵时代的中国青年,已经开始不满于毛泽东时代文学通过调遣词汇来传达政治宣传与意识形态教育的做法。于是,翻译在"文革"后期的文化转型中承担起更为重要的角色。

这种更为重要的角色是什么呢?通过本书的论述可以看出,即使五六十年代对传统思想的激烈批判没有将知识分子的保守和精英意识完全打消②,但是,对于新中国革命旗帜下成长起来的年轻一代来说,这种知识分子的主体性相对于革命的教化已然是岌岌可危。以《在路上》、《麦田里的守望者》、《等待戈多》为代表的翻译过来的西方现代派文学作品为他们对体制化的话语的抗拒提供了契机。霍米·巴巴(Homi K. Bhabha, 1949—)在《文化的地缘》(*The Location of Culture*)中指出,身份认同和主体性的建立与地缘有很大关系,而地缘却因人口的流动和民族国家的界限的变迁发生着改变。这些改变带来了文化混杂的新的身份认同。③ 在1970年代的中国,文学的跨境流动改变了文化的

---

① 陈思和主编:《中国当代文学史教程》,上海:复旦大学出版社,2002年,第9页。一个具体的例子可以参见秦林芳对丁玲的创作的个案分析。秦林芳:《政治化创作思维的延展与双重主体性的失落——论丁玲的〈欧行散记〉》,《南京师范大学文学院学报》,2012年6月第2期,第100—105页。

② 参见 Kam Louie, *Inheriting tradition: interpretations of the classical philosophers in Communist China, 1949—1966* (Hong Kong; New York: Oxford University Press, 1986)。雷金庆教授在《继承传统》一书中,提问社会主义中国什么才是一个中国人。他围绕着1949—1966年间关于道家、儒家、法家思想和毛泽东思想的论争,检视社会主义中国如何看待并定位传统,结论是上述气氛紧张的论争多半受制于政治而并非完全在学术的框架内进行。他认为毛泽东时代对工农兵英雄的大力提倡以及对马克思主义、毛泽东思想的极力宣扬对中国传统思想造成了非常大的冲击,虽然学者们仍部分保有对那些明显属于受过传统教育的精英群体的英雄的偏爱。

③ Cultural translation "forces a recognition of the more complex cultural and political boundaries that exist on the cusp of these often opposed political spheres" - the hybrid location of culture. Homi K. Bhabha, *The Location of Culture* (London: Routledge, 1994), pp. 246, 248, 249, 255—257.

革命路上
翻译现代性、阅读运动与主体性重建，1949—1979

地缘。

在现代性推演之下的人性扭曲虽然表现不同，但文学使人跨越了地缘界限，生成新的主体性。那些当年的读者挑灯夜战的种种回忆和饥饿的阅读经验说明了极端陌生化的西方现代主义话语的魔力。在有关1970年代阅读史的回忆中①，进入阅读视野的书显然超越了意识形态教育的藩篱。这些话语像楔子一样蓦然打入僵化的意识形态教育下铁板一块的中国。这些文本与铺天盖地、愈演愈烈的毛式文体的格格不入，正是本书关注这一课题的初衷之一。

值得注意的是，1960年代末至1970年代末的"自我投射"的地下阅读运动的后果不仅影响了人们的思维模式，也推动了整个社会的个人化。自我反省（self-reflection）是摆脱身份认同危机的关键，因而随着阅读而发生的主体性的反省和认同可能成为了整个中国社会个人化的先声。青年一代藉阅读之机，思考中国的命运和前途。在农业改革领域，张木生的《农民问题学习：关于体制问题的探讨》成为新时期农业经济理论先行者。在商品经济领域，四川"马列主义研究会"沙龙的一批年轻人在1972年提出应该"建立社会主义的商品生产体系"，提议"工人实行计件工资，农民实行包产到户"。在哲学和社会学研究领域，北京的知识青年开始讨论"人道主义与异化理论"的问题，李一哲率先喊出"民主与法制"的口号。他们反思与自反成为了新时期思想、文化和社会变革的先声。青年一代也痛苦地发现，在"中国向何处去"的问题的背后，是"我"向何处去的问题。人生的问题不仅仅意味着面对更多的不确定性，也意味着这种不确定性中，原本牢不可破的身份认同也日渐风雨飘摇。是毛主席的红小兵？是社会主义的接班人？是永不松劲的螺丝钉？是八九点钟的太阳？还是"废物点心"？②

---

① 附录，"1949—1979年作为内部书出版的外国文学作品列表"，包括哲学社科类翻译、文学艺术类翻译和其他（各类非翻译中文读物）。
② 李零：《七十年代：我心中的碎片》，北岛、李陀主编：《七十年代》，北京：生活·读书·新知三联书店，2009年，第239页。

结　论
互动——告别革命的全球化时代

这一切说明，翻译造成的"新词语和新意义的出现，不仅会在话语领域引起冲突和波澜，而且会经过种种中介进入社会实践，甚至成为社会变动的思想动力"。[①]"文革"中后期这种身份认同的虚妄与身份重构的悖论，正对应着历史进程中的"本体论上的安全感"（ontological security）[②] 的断裂。个人从集体的身份认同中脱出，在个人价值观、信仰、态度以及行为中越来越少地依赖于集体而越来越多地以个人为导向。这种崇尚个人奋斗，重视自我价值的文化、政治或者历史的变革，是社会个人化的体现。

（二）革命的遗产

其次，将1949—1979年中国的翻译史和阅读史研究置于这样一个更为广阔的理论以及比较的背景中，不仅有助于更为真切地了解1970年代在中国政治和文化转折中的作用方式和后果。个中的重要性，更在于联系各种理论对中国革命的遗产进行重新审视，对于今日中国的身份认

[①] 谈火生：《林中空地：翻译中生成的现代性》，《二十一世纪》网络版，总第8期（2002年11月30日）。

[②] 吉登斯（Anthony Giddens, 1938—　）在《社会的构成》一书中，提出了"结构化理论"（theory of structuration）的构想，通过对"结构"（structure）与"能动性"（又译为施为或行动，agency）的重新思考，试图解决在社会理论当中结构与能动性两者间的二元对立问题，认为个人的"能动性"在一定条件下会生产出新的结构。Anthony Giddens, *The Constitution of Society: Outline of the Theory of Structuration* (Berkeley: University of California Press, 1984)。中译见［英］安东尼·吉登斯（Anthony Giddens）：《社会的构成：结构化理论大纲》，李康、李猛译，王铭铭校，北京：生活·读书·新知三联书店，1998年）。吉登斯在分析"本体论上的安全感"的心理起源问题时，舍弃了佛洛伊德的"无意识"（unconsciousness）的思路，而借用埃瑞克森（Eric Erikson）和温尼克（D. W. Winnicott）的信任的"相互性"（mutuality）来展开。比如以一个普通的工作日为代表的现代生活，是一种典型的常规化生活，人们不需要明确地以任何话语的形式来思考，甚至表述自己的动机，这种常规化的生活符合人类的某种生存需要，由此而建立一种稳定感，也即吉登斯所说的"本体论的安全感"。在"文化大革命"时期，常规化的生活被打破，日常行为规范被重新定义，人与人之间的相互信任遭challenges，本体论上人们感受到危机和恐惧感。Anthony Giddens, *Modernity and Self-identity: Self and Society in the Late Modern Age* (Stanford, Calif.: Stanford University Press, 1991)。中译见［英］安东尼·吉登斯：《现代性与自我认同：现代晚期的自我与社会》，赵旭东、文方译，王铭铭校，北京：生活·读书·新知三联书店，1998年。

革命路上
翻译现代性、阅读运动与主体性重建，1949—1979

同而言，是一件十分急迫的工作。自孙中山受到日本的翻译著作的启发，以"革命"二字作为推翻满清政府的口号开始①，中国就一直走在现代意义上的种种革命的路上。尤其是毛泽东领导下的"文化大革命"，成为令当下中国人及关注中国发展的知识分子十分纠结却又绕不过去的革命遗产。

对于毛泽东和他领导的革命，史华慈（Benjamin I. Schwartz, 1916—1999）有一些别具慧眼的观察，有利于我们重新开启对近来中国历史中的许多关键问题的批判性思考，包括1980年代以来的中国新启蒙主义思潮对中国革命道路的富于激情的批判。② 作为国际汉学史上的杰出人物，史华慈在中国近现代史、中国近代思想史、中国先秦思想史的研究方面都有里程碑之作。

作为美国最早研究中国革命和毛泽东思想的专家之一，史华慈从共时空间的旁观者的角度展现了毛泽东的思想和毛泽东领导下的中国革命在意识形态、政治和历史各个层次的突破。从意识形态的层面来说，史华慈认为毛泽东思想构成了一个对马克思主义的意识形态诠释体系。不同于中国其他的领导人（陈独秀、李大钊等），在宣称是马克思列宁正统继承者的同时，毛泽东创造性地发展出以农民作为中国革命的社会基础的革命性策略。反对教条主义的毛泽东是一个务实者，他将马克思主义理解为一个供后人学习的理论体系，而非一个僵化的抽象模型。从政治的层面来说，史华慈对毛泽东和他领导下的中国革命的看法建立在全球视野的基础之上。在应用了大量苏联、中国和日本材料的基础上，史华慈对苏联领导世界共产运动的说法表示质疑。苏联这一令人担心的力量曾深深困扰1950年代的美国。而史华慈指出，至少毛泽东以农民为基础的革命斗争最终成功取得中国政权不是莫斯科设计和决定的。而通

---

① 参见陈建华对20世纪初"革命"与"かくめい"、"Revolution"的翻译过程的讨论。陈建华：《"革命"的现代性：中国革命话语考论》，上海：上海古籍出版社，2000年。

② 参见汪晖的《当代中国的思想状况与现代性问题》关于"以寻求和建立中国的现代性方案为基本的要务"的新启蒙主义思潮的总结。《去政治化的政治：短20世纪的终结与90年代》，北京：生活·读书·新知三联书店，2008年，第58—97页。

结　论
互动——告别革命的全球化时代

过考察中、苏两国的"政治术语",例如"新民主"(new democracy)和"人民民主"(people's democracy),史华慈细致分析了中国为维护意识形态的自治和独立与苏联发生的政治分歧。① 从历史的层面来说,史华慈将毛泽东思想和中国的革命实践放在一个中苏对话和冲突的历史框架之内。他批评西方对被自己视为红色威胁的共产主义运动在各个社会主义国家产生的不同的历史背景选择性失明,并引导人们思考由毛泽东开始的中国对共产主义"创造性地应用"(或者说本土化应用?)的历史意义。

本书认为毛泽东时期体制化的翻译是维护毛泽东领导的中国革命合法性的战场。史华慈的分析从上述意识形态、政治、历史的角度支持了这一看法。在《中国共产主义运动和毛的崛起》一书中②,史华慈提出中国的共产主义是对马克思主义的"分解"(decomposition),中国的革命既没有遵循马克思设计的革命蓝图,也没有对苏联领导的共产国际(Comintern)的总体规划亦步亦趋。在另一著作《共产主义在中国:变化中的意识形态》中③,史华慈进一步指出中国从苏联那里获得意识形态的自治权的努力转化成了一种争夺意识形态权威宝座的尝试。通过建立一套独立的共产主义意识形态诠释体系,中国的革命的理论和实践说明了通往共产主义道路的多样性的可能,也阻止了在共产主义内部形成意识形态霸权的可能。④

长期致力于中国革命史研究的美国学者德里克提出,在近年来有关

---

① Benjamin I. Schwartz, *Communism and China: Ideology in Flux* (Cambridge, Mass.: Harvard University Press, 1968), pp. 50—57.
② Benjamin I. Schwartz, *Chinese Communism and the Rise of Mao* (Cambridge: Harvard University Press, 1951).
③ Benjamin I. Schwartz, *Communism and China: Ideology in Flux* (Cambridge, Mass.: Harvard University Press, 1968).
④ 当然史华慈的论断在当时就招来一些批评,比如批评他没有深入探讨毛的极权政治("The communist power mechanism has devoured the original animating ideas of the Communist Movement and moves on to develop its own justifications, even though it continues to drape its totalitarianism in a libertarian dress"),或批评他笔下的毛泽东作为理论家是一个被过度放大的人物("a rather over-inflated figure")。Harold R. Isaacs, "Review of Benjamin I. Schwartz'Chinese Communism and the Rise of Mao'", *The Journal of Asian Studies*, Aug. 11, 1952, p. 485。

中国的研究中,出现了"以现代化的话语置换了有关革命的话语"的倾向。这表现在:一来学者们越来越忽视"革命的历史",并缺少"终极的追问"。另一方面,学者们不再关心革命的问题,只强调"商业的发展"、"上海的城市化"① 这些内容。他批评热衷研究上海的现代性的许多美国学者实际上"对何为现代性是有点糊涂的",并且在看待中国的"现代性"的视角上"只关心城市"。有鉴于此,德里克指出很多这些学者的出发点在于他们只了解资产阶级的/资本主义的现代性。言下之意是,这些学者"以为马克思主义不是真正的现代性,中国革命也不是真正的现代性"。②

德里克认为革命的历史诚然不能用来解释近代中国的一切现象,但是革命范式和现代性范式绝非对立体。德里克从而再次肯定了反思革命遗产的重要性,并确认了"革命"与"现代性"的关联。③

1990 年代以来,对中国的革命与现代性的关系的讨论从文学领域逐渐拓展到政治和文化的大讨论。关注这一关系的美国学者和中国学者们论及的关键性的问题包括:中国内部对于社会主义道路的理论论辩、对毛泽东时代文学的认识、是否存在多样的现代性等。这些论题大多延续了史华慈对毛泽东思想和中国革命的意义的追问,不过因为角度不同,而呈现出对历史进程的不同的思辨角度。在美国学界,唐小兵在《我们怎样想象历史(代导言)》一文中提出延安文艺所代表的大众文艺是"一场反现代的现代先锋派文化运动"。④ 在大陆学界,李杨研究 1942—

---

① 其实在被麦克法夸尔和沈迈克称为"毛泽东最后的革命"的"文革"期间,上海在中国的革命政治中扮演了极为重要的角色。Roderick MacFarquhar &Michael Schoenhals, *Mao's Last Revolution* (Cambridge, Mass.; London: Belknap Press of Harvard University Press, 2006)。
② [美]阿里夫·德里克:《全球化、现代性与中国》,《读书》,2007 年第 7 期,第 3—5 页。
③ Arif Dirlik, *Revolution and History: Origins of Marxist Historiography in China*, 1919—1937 (Berkeley: University of California Press, 1990). 以及 Arif Dirlik, *After the Revolution: Waking to Global Capitalism* (Hanover, NH: University Press of New England, c1994)。持类似观点的还有 Perry Anderson, "Modernity and Revolution", in Cary Nelson & Lawrence Grossberg (eds.), *Marxism and the Interpretation of Culture* (Urbana: University of Illinois Press, c1988), pp. 317—333。
④ 唐小兵编:《再解读:大众文艺与意识形态》,北京:北京大学出版社,2007 年,第 6 页。

结 论
互动——告别革命的全球化时代

1976年间的社会主义现实主义的文学，更为系统地阐述了"社会主义现实主义"文学的"反现代"的"现代"意义。① 汪晖则认为毛泽东时代有关革命的社会主义话语与实践是一种反资本主义现代性的现代性。② 他将其称之为"反现代的现代性"。他进而提出"反现代的现代性理论""并不仅仅是毛泽东思想的特征，而且也是晚清以降中国思想的主要特征之一"。③

1949—1979年对西方现代派的翻译和阅读显然也是中国革命的遗产之一。中外学者多年来在中国的革命和发展道路的研究上做了很多伟大而细密的工作④，但是对这一时期翻译和阅读史方面未有足够的重视。我想做的乃是提起人们对革命大风云中的翻译、阅读史的关注。因为没有这些来自西方的观念和风格的冲击，中国的政治、文化、文学的"转型"不可能实现。⑤

1949—1979年中国翻译和阅读西方现代派作品的"转型"意义在于：对这些书的阅读，直接催生了《今天》杂志、朦胧诗歌、星星画展、无名画会、伤痕文学、四月影会等⑥，而它们为中国1980年代的启蒙与理想铺设了某种程度的心理预期。1970年代以后，"社会主义的螺丝钉"的身份认同在被提到无以复加的高度的同时，这种以牺牲小我来完成大我，为了集体利益牺牲个人利益的价值观也随着知青青年的阅读

---

① 李杨：《跋："反现代"的"现代"意义》，《抗争宿命之路：社会主义现实主义（1942—1976）研究》，长春：时代文艺出版社，1993年。
② Hui Wang, *The End of the Revolution: China and the Limits of Modernity* (London: Verso, c2009), p. 78.
③ 汪晖：《韦伯与中国的现代性问题》，《汪晖自选集》，桂林：广西师范大学出版社，1997年，第1—35页。汪晖后来 *The End of the Revolution: China and the Limits of Modernity* 的理论框架很大程度上就是对这一论文的观点的拓展。
④ 著名学者如沈迈克（Michael Schoenhals）、麦克法夸尔（Roderick MacFarquhar）、周杰荣（Jeremy Brown）、费正清（John K. Fairbank）、古德曼（Merle Goldman）、魏斐德（Andrew G. Walder）、齐慕实（Timothy Cheek）、范维德（Hans van de Veen）、印红标、王年一等。
⑤ 这种转型的性质，可以参考 Anthony Giddens, *Beyond Left and Right: The Future of Radical Politics* (Cambridge, UK: Polity Press, 1994).
⑥ 古春陵：《70年代的诗歌火种》，《南风窗》，2006年8月上，第32页。

的拓展开始受到挑战。翻译过来的西方作品，尤其是西方文学中的"个人"的形象使他们逐渐对"文化大革命"产生了怀疑，也对革命提倡的种种集体精神产生了幻灭。大量的回忆录显示上山下乡接受再教育的知青在农村的广阔天地反而有了更多的机会进行大量的阅读，同时进行反思。比如许成刚回忆自己在1975年年底读了英文版的《资本论》后，发现"来势汹汹的批判资产阶级法权运动依赖的竟然是文字翻译中的基本误解，或者是有意利用翻译中出现的误解"。① 而唐晓峰认为，"继续革命让大家忘我、自斗，或者他辱或者自辱，在这种软刀子的折磨下，人们感到自由的、率真的、勇敢的人性具有无尚价值……革命幻象在觉醒的人性面前，越来越暗淡"。②

本书因而以1949—1979年中国翻译和阅读西方现代派作品这一现象为核心展开讨论。西方现代派话语作为文化"他者"，对于彼时的中国，既有陌生的新鲜感，也有陌生的刺痛感，1980年代的"新启蒙"、告别革命和中国社会的个人化等与"主体性"重建相关的讨论由此悄然萌芽。

（三）像一个悖论：全球化时代的"主体性"焦虑

不少学者评论现代中国文学时，都提出现代主体性（subjectivity）作为中国现代文学与古典文学的分野的特征之一。③ 谭国根认为要理解这一论断，借鉴吉登斯和弗洛殊的"反思"的主体的社会学观点是其关键。自我主体意识并非"固有之客体，也不基于个人行为的连续性，而是不断自我塑造与反思的论述主体"④，换言之，现代社会"不安的自由"，恰是现代性中之不稳定"主体性"的表现。随着"传统社会的那种地域的、经济的、政治的、文化的等等壁垒日益消解"，人的主体性

---

① 北岛、李陀主编：《七十年代》，北京：三联出版社，2009年，第438页。
② 同上，第273页。
③ 谭国根：《主体建构政治与现代中国文学》（*The Politics of Subject Construction in Modern Chinese Literature*），香港：牛津大学出版社，2000年，第38页。
④ Stephen Frosh, *Identity Crisis: Modernity, Psychoanalysis and the Self* (Basingstoke: Macmillan, 1991), p. 187.

结 论
互动——告别革命的全球化时代

问题被认为"在我们生活的时代（现代社会）显得尤其突出"。① 哈贝马斯就曾尖锐地指出，古典自由主义的个体自我本身就是一个抽象的主观构造，它难以在当前的现实社会中找到有效的结构载体，从而实现自我的主体性。②

西方现代派文学中凸显的"不安的自由"呼唤着翻译和阅读。中国1950年代至1970年代的翻译逐步被纳入体制，具有主体间性的译者通过翻译现代性的文本为中国的年轻人带来了一场头脑的风暴。这些为了批判而翻译过来的西方现代派作品是地下阅读运动及其后的阅读和文学中主体性重建的重要来源。

吉登斯在说明结构具有限制性（constrain）和使能性（enable）两种特性的基础上，进而指出，"在商品化的消费过程中，自我并不是完全被动的"。③ 相反的，自我的反思必然会和商品化的过程产生抗争，用自己的方式来应用这些被传递的经验，而非无条件地接受。21世纪初，《等待戈多》进入了通行的人教版高中第五册语文课本；《麦田里的守望者》是中小学推荐课外阅读的好书之一；《在路上》在中国的畅销，则使这本西方现代派小说成为中国年轻人中所谓"小资"、"背包族"以及"驴友"的文化消费的最爱。告别革命之后的一代青年人的精神时尚，经历了一个由"他们"到"我们"的转换。吉林省松原市的一个普通高中学生在读了《麦田里的守望者》的译本之后写道："读完这个故事后我深有感触，这个故事何不反映了我们当今的这个社会——物质之风极度盛行，经济虽然发展得很快，但是人们的精神境界却停留在很低的境界。这不是我们这个社会发展上的一个很大的缺失吗？主人公虽然粗话

---

① 李为善等：《主体性和哲学基本问题》，北京：中央文献出版社，2002年，第1、2页。[丹麦] 丹·扎哈维：《主体性和自身性：对第一人称视角的探究》，蔡文菁译，上海：上海译文出版社，2008年。Dan Zahavi, *Subjectivity and Selfhood: Investigating the First-Person Perspective* (Cambridge, Mass.: MIT Press, 2005).
② [德] 于尔根·哈贝马斯：《后形而上学思想》，曹卫东、付德根译，上海：译林出版社，2001年，第207页。
③ Anthony Giddens, *Modernity and Self-Identity: Self and Society in Late Modern Age* (Stanford, Calif.: Stanford University Press, 1991), p. 200.

连篇，但是他却拥有一个纯洁无瑕的心灵。"①

在贬抑社会的同时赞赏个人，这些在毛泽东时代的中国是不可想象的事。而这与世界潮流呼应。当这些发生的时候，我们见证了中国社会个人化的发生。然而，向西方借鉴中重建的个人主体性在全球化时代是否又隐藏危机？

现代社会的"不安的自由"，随着全球化的推进，渐渐演变成一种全球性的"不安"。鲍曼（Bauman）在他的专著《个人化社会》中指出，"今时今日的不确定性是推动个人化的强劲动力"。② 但是个人化社会对我们的存在方式、思维方式和行为方式可能产生一些后果，而这些后果以负面居多。③ 包括：一、无保障社会。在现今的全球化社会有太多不稳定因素，例如经济危机、同业竞争、供过于求、精简裁员，使得每个人可能突然地顿失根基。而这每一次攻击都向那些暂时幸免于难的人发出这样一个讯息：人人都是潜在多余或者可以替代的，因此人人都可能随时成为受害者。④ 二、新贫阶级（new poor）或底层阶层（underclass）的出现与被漠视。在全球化社会中，由于资本不受限于劳力，因此在经济体系中，他们也就成了"最廉价、最可替代和最好处理的部分"。⑤ 同时，在这个市场逻辑中，人们又被视为是自由选择的个体，因此这些新贫阶级或底层阶层的问题也被视为是个人的问题。社会大众倾向于认为这些问题是穷人们自己造成的。甚至连穷人自己也这样看待自己，也认同他们的困境的确是自找的。⑥ 三、传统的生活方式和道德的

---

① 高嘉峰：读《麦田里的守望者》有感，指导教师王英兰，松原市实验高级中学，2012 年 2 月 5 日。http://dushu.jledu.gov.cn/show.php?contentid=4479。
② Zygmunt Bauman, *The Individualized Society* (Cambridge: Polity Press, 2001), p. 24.
③ 参见黄腾的总结。黄腾：《论 Z. Bauman 个人化社会及其对课程改革之启发》，《台北教育大学学报》，第 19 卷第 2 期，第 36—38 页。
④ Zygmunt Bauman, Keith Tester, *Conversations with Zygmunt Bauman* (Cambridge: Polity Press, 2001), p. 52.
⑤ Zygmunt Bauman, *The Individualized Society* (Cambridge: Polity Press, 2001), p. 152.
⑥ Zygmunt Bauman, Keith Tester, *Conversations with Zygmunt Bauman* (Cambridge: Polity Press, 2001), p. 117.

结 论
互动——告别革命的全球化时代

打破。在鲍曼的观察中,全球化使社会结构不再稳定,越来越多来自外地的各式成员组成现在的社会。就算在工作场所中,人与人的关系也因越来越快的工作流动而变得难以建立。就算人们偶然建立起了什么关系,那也是一种破碎的不连续关系。就像"消费者"一样,只要不符合自己当下的欲望与需求,人们就马上中断这些关系。① 也因此在这样的社会中,"只有死亡才能把我们分开"这样忠诚的爱情和婚姻变得难能可贵,人们不再期待能够有对方长久的陪伴。②

以上这些问题都正在走下革命之路、试着构建新秩序的中国上演。在全球化时代的市场化背景下,国家难以提供稳定的职业保障和社会保障,而她的人民需要以个体去面对这资本主义全球化所带来的不稳定情境。③ 过去,个人的自由是在社会秩序和稳定的前提下所定义的,如今这个前提被打破了。人们变得缺乏方向或目标,缺乏判断对错的依据和踏实的满足。此外,在全球自由贸易发展的所到之处,过去的国家、民族共同体在提供心理寄托意义上的功能也随之消失。④ 在仅仅为消费欲望而存在的对象中,过去所强调的稳定和和谐无法符合人们内在的种种需求和欲望。这样的需求和欲望,正好又在现代性所发展出来的资本主义下被不断地刺激。胃口越来越大的人们通过不断的消费满足的只是欲望的瞬间快感,并不能解决存在的焦虑感,也不能带来内心的幸福。自由变得令人不安,就像一个"失败的浪漫故事"(story of a failed romance)。⑤ 鲍曼认为就现今的情况来看,毫不夸张地说,"全球化"这个词本身代表了在传统国家管辖的协调有序的领域之上正在发生的进程的无序本质。⑥ 他提议的解决方式是,我们需要个人,但也需要社会。

---

① Zygmunt Bauman, *The Individualized Society* (Cambridge: Polity Press, 2001), p. 89.
② Zygmunt Bauman, *The Individualized Society* (Cambridge: Polity Press, 2001), p. 23.
③ Zygmunt Bauman, *The Individualized Society* (Cambridge: Polity Press, 2001), p. 34.
④ Zygmunt Bauman, *In Search of Politics* (Cambridge, U.K.: Polity Press; Oxford: Blackwell, 1999), p. 40.
⑤ Zygmunt Bauman, Keith Tester, *Conversations with Zygmunt Bauman* (Cambridge: Polity Press, 2001), p. 57.
⑥ Zygmunt Bauman, *The Individualized Society* (Cambridge: Polity Press, 2001), p. 34.

革命路上

翻译现代性、阅读运动与主体性重建，1949—1979

王斑在考察全球化下的文学的时候也提出，"无论全球化是新事物还是老牌资本主义新扩张，这个话语的兴起，加剧了由来已久的传统与现代的对立"。在他看来，这一过程付出的伦理代价和其他精神代价令人难以忍受。①

现代性显然有其内在的、难以解决的矛盾，但是是否全球化时代如此负面而且令人悲观呢？贝克（Beck and Beck-Gernsheim）以美国为例，指出有超过75%的美国人皆有帮助他人的意愿，并且除了自我实现、职业工作和个人自由之外，也对公共事务有同样程度的关心。② 因此贝克总结道：（此研究）令人感到惊讶的是，其实享受自我和对他人的关怀之间，并不是相互排斥的。③ 就这点来看，个人化社会至少对公共领域的威胁并没有鲍曼所说的那么大。个人化社会的结果不一定意味着个人对他者尤其底层阶层的漠视，或者代表对道德的摧毁。这是一个令人欣慰的结果。而对于中国当代文学来说，谢冕和张颐武在评价贾平凹和陈忠实为代表的"陕军东征"现象时，认为伴随全球化而来的商品化打破了旧的雅/俗界限。④ 但是因为充分彰显了主体性，贾平凹和陈忠实的小说既是大众的流行读物，也被指认为高雅的艺术创作。文学，或者说文化与"商品化"的冲突并非必然的。

主体性重建不仅仅是文学的，也是文化的、政治的、历史的。如同哈维·弗格森（Harvie Ferguson）所说，现代性通过主体性来定义自我。⑤ 资本主义是中国当下的现代性的精神来源的一个方面。但是中

---

① Ban Wang, *History and Memory in the Shadows of Globalization* (New York: Oxford University, 2004), p. 17.
② U. Beck & Beck-Gernsheim (eds.), *Individualization: Institutionalized Individualism and Its Social and Political Consequences* (London: Sage, 2002), p. 159.
③ U. Beck & Beck-Gernsheim (ed.), *Individualization: Institutionalized Individualism and Its Social and Political Consequences* (London: Sage, 2002), p. 160.
④ 谢冕、张颐武：《大转型——后新时期文化研究》，哈尔滨：黑龙江教育出版社，1995年，第149页。
⑤ Harvie Ferguson, *Modernity and Subjectivity: Body, Soul, Spirit* (Charlottesville; London: University Press of Virginia, 2000).

结　论
互动——告别革命的全球化时代

国当下的现代性，我认为还有另外两个精神来源。那就是中国的传统文化和毛泽东时代以来中国化的社会主义理论及实践①，尤其是本书中革命的遗产。这三个方面彼此间似乎处于矛盾之中，但公平地说对于中国的发展来说却都起了推动作用。而它们之间充满矛盾的互动，也形成中国在全球化时代的困惑。那就是，在一个个标签贴着欧洲、美国、日本的产品，却是中国制造的模式背后，中国的个体如何找到自我？中国文学走向世界的脚步是否为西方市场和读者的品位所牵绊？源自西方的现代化进程和现代性观念究竟是否能与中国传统的"深层和动态主体性"和革命时代的集体光芒找到契合？在当下，这三方面是否能够形成新的本土文化②，成为国家行使道德维护职责的文化基础？

这些问题需要时间的回答。晚清以来直至毛泽东时代的中国，多数时间都在追逐并迷恋"现代"的旖旎风光。保守主义者的阵线在现代的拥趸者面前溃不成军。通过本书，我们看到的是西方思想的冲击通过种种看似"巧合"的机缘开启了1970年代末中国的政治和文化转型的进程。通过《在路上》、《麦田里的守望者》、《等待戈多》这三部西方现代派代表作品的个案研究，揭示了"开放"的阅读不断吸引人们去了解他者，而人们又通过"限定"的阅读来实现自我身份的认同。在翻译西方话语的背后，是调和（reconcilation）中西方话语的尝试；而在东方"阅读"西方的背后，是"自反性"（reflexivity）③的诱惑。从作者、译者到读者的话语传递的政治，在跨文化交流中是有普遍意义的。这个普遍意义在于，作为世界之一分子，每个公民（apolitēs）属于一个特定的政治共同体（polis），他/她对于自己的国家、民族负有忠诚的使命，但是作为世界的一分子又意味着更为开放的道德观念。无论如何，正如恩

---

① 汪晖等认为毛的实践具有反现代的现代性。参见第十章。
② 文化人类学家吉尔茨（Clifford Geertz）在他的《本土知识》一书中对文化的本土性的概念有较为全面的阐述。Clifford Geertz, *Local Knowledge: Further Essays in Interpretive Anthropology* (New York: Basic Books, c1983).
③ 肖瑛：《从"理性 VS 非（反）理性"到"反思 VS 自反"——社会理论中现代性诊断范式的流变》，《社会》，2005年第2期，总第240期，第1—24页。

格斯在《反杜林论》中写到的,"文化上的每一个进步,都是迈向自由的一步"。①

参考文献:

(一) 中文文献

北岛、李陀主编:《七十年代》,三联书店 2009 年版。

陈建华:《"革命"的现代性:中国革命话语考论》,上海古籍出版社 2000 年版。

古春陵:《70 年代的诗歌火种》,载《南风窗》,2006 年 8 月上,第 30—33 页。

廖七一编著:《当代西方翻译理论探索》译林出版社 2006 年版。

李杨:《抗争宿命之路:社会主义现实主义(1942—1976)研究》时代文艺出版社 1993 年版。

李为善等:《主体性和哲学基本问题》,中央文献出版社 2002 年版。

秦林芳:《政治化创作思维的延展与双重主体性的失落——论丁玲的〈欧行散记〉》,载《南京师范大学文学院学报》,2012 年 6 月第 2 期,第 100—105 页。

唐小兵编:《再解读:大众文艺与意识形态》,北京大学出版社 2007 年版。

谭国根:《主体建构政治与现代中国文学》,牛津大学出版社 2000 年版。

汪晖:《去政治化的政治:短 20 世纪的终结与 90 年代》,三联书店 2008 年版。

汪晖:《韦伯与中国的现代性问题》,见《汪晖自选集》,广西师范大学出版社 1997 年版,第 1—35 页。

中共中央马克思恩格斯列宁斯大林著作编译局编译:《马克思恩格斯选集》第 3 卷,人民出版社 1995 年版。

[英] 安东尼·吉登斯:《社会的构成:结构化理论大纲》,李康、李猛译,三联书店 1998 年版。

[英] 安东尼·吉登斯:《现代性与自我认同:现代晚期的自我与社会》,赵旭东、文方译,三联书店 1998 年版。

[美] 阿里夫·德里克:《全球化、现代性与中国》,载《读书》,2007 年第 7

---

① 《马克思恩格斯选集》第 3 卷,北京:人民出版社,1995 年,第 456 页。

结 论
互动——告别革命的全球化时代

期,第 3—12 页。

[德] 于尔根·哈贝马斯:《后形而上学思想》,曹卫东、付德根译,译林出版社 2001 年版。

[日] 樽本照雄:《清末民初的翻译小说》,见王宏志编:《翻译与创作——中国近代翻译小说论》,北京大学出版社 2000 年版,第 151—171 页。

[丹麦] 丹·扎哈维:《主体性和自身性:对第一人称视角的探究》,蔡文菁译,上海译文出版社 2008 年版。

(二) 外文文献

Anderson, Perry, "Modernity and Revolution", in Cary Nelson & Lawrence Grossberg (eds.), *Marxism and the Interpretation of Culture*, Urbana: University of Illinois Press, 1988, pp. 317—333.

Bauman, Zygmunt, *The Individualized Society*, Cambridge: Polity Press, 2001.

Bauman, Zygmunt & Tester, Keith, *Conversations with Zygmunt Bauman*, Cambridge: Polity Press, 2001.

Bauman, Zygmunt, *In Search of Politics*, Cambridge, U. K. : Polity Press; Oxford: Blackwell, 1999.

Beck, U. & Beck-Gernsheim (eds.), *Individualization: Institutionalized Individualism and Its Social and Political Consequences*, London: Sage, 2002.

Bell, Daniel, *The Cultural Contradictions of Capitalism*, New York: Basic Books, 1976.

Bell, Daniel, *The End of Ideology: On the Exhaustion of Political Ideas in the Fifties*, Glencoe, Ill. : Free Press, 1964.

Bhabha, Homi K. , *The Location of Culture*, London: Routledge, 1994.

Dirlik, Arif, *After the Revolution: Waking to Global Capitalism*, Hanover, NH: University Press of New England, 1994.

Dirlik, Arif, *Revolution and History: Origins of Marxist Historiography in China, 1919—1937*, Berkeley: University of California Press, 1990.

Even-Zohar, Itamar, "Papers in Historical Poetics", in Benjamin Hrushovski and Itamar Even-Zohar (eds.), *Papers on Poetics and Semiotics* 8, Tel Aviv: University Publishing Projects, 1978.

Ferguson, Harvie, *Modernity and Subjectivity: Body, Soul, Spirit*, Charlottesville; London: University Press of Virginia, 2000.

Frosh, Stephen, *Identity Crisis: Modernity, Psychoanalysis and the Self*, Basingstoke: Macmillan, 1991.

Geertz, Clifford, *Local Knowledge: Further Essays in Interpretive Anthropology*, New York: Basic Books, 1983.

Giddens, Anthony, *Beyond Left and Right: The Future of Radical Politics*, Cambridge, UK: Polity Press, 1994.

Giddens, Anthony, *Modernity and Self-identity: Self and Society in the Late Modern Age*, Stanford, Calif.: Stanford University Press, 1991.

Giddens, Anthony, *The Constitution of Society: Outline of the Theory of Structuration*, Berkeley: University of California Press, 1984.

Isaacs, Harold R., "Review of Benjamin I. Schwartz 'Chinese Communism and the Rise of Mao'", *The Journal of Asian Studies*, Aug. 11, 1952, p. 485.

Louie, Kam, *Inheriting tradition: interpretations of the classical philosophers in Communist China*, 1949—1966, Hong Kong; New York: Oxford University Press, 1986.

MacFarquhar, Roderick & Schoenhals, Michael, *Mao's Last Revolution*, Cambridge, Mass.; London: Belknap Press of Harvard University Press, 2006.

Nelson, Cary, & Grossberg, Lawrence (eds.), *Marxism and the Interpretation of Culture*, Urbana: University of Illinois Press, 1988.

Schwartz, Benjamin I., *Communism and China: Ideology in Flux*, Cambridge: Harvard University Press, 1968.

Schwartz, Benjamin I., *Chinese Communism and the Rise of Mao*, Cambridge: Harvard University Press, 1951.

Wang, Ban, *History and Memory in the Shadows of Globalization*, New York: Oxford University, 2004.

Wang, Hui, *The End of the Revolution: China and the Limits of Modernity*, London: Verso, 2009.

附录:1949—1979年作为内部书出版的外国文学作品列表*

亚洲

[日] 松木清张:《日本改造法案》,吉林师大日本研究室文学组译,人民文学出版社 1975 年版。

[日] 松木清张:《日本的黑雾》,文洁若译,作家出版社 1965 年版。

[日] 松木清张:《点与线》,晏洲译,群众出版社 1979 年版。

[日] 三岛由纪夫:《天人五衰》,译者缺,人民文学出版社 1971 年版。

[日] 三岛由纪夫:《奔马》,译者缺,人民文学出版社 1973 年版。

[日] 三岛由纪夫:《春雪》,译者缺,人民文学出版社 1973 年版。

[日] 三岛由纪夫:《晓寺》,译者缺,人民文学出版社 1972 年版。

[日] 小松左京:《日本沉没》,李德纯译,人民文学出版社 1975 年版。

[日] 中田润一郎:《从序幕开始》,共工译,人民文学出版社 1977 年版。

[日] 城山三郎:《官僚们的夏天》,共工译,人民文学出版社 1977

---

* 文学评论、电影剧本及作品合集除外。

年版。

［日］夏堀正元：《北方的葛标》，南京大学外文系欧美文化研究室译，江苏人民出版社 1977 年版。

［日］户川猪佐武：《党人山脉》，译者缺，上海人民出版社 1976 年版。

［日］户川猪佐武：《角福火山》，译者缺，上海人民出版社 1977 年版。

［日］堺屋太一：《油断》，渭文、慧梅译，人民文学出版社 1976 年版。

［日］有吉佐和子：《恍惚的人》，秀丰、渭慧译，人民出版社 1975 年版。

［日］五味川纯平：《虚构的大义——一个关东军士兵的日记》，人民文学出版社翻译组译，人民出版社 1976 年版。

［菲律宾］何塞·黎萨尔：《不许犯我》，陈尧光、柏群译，人民文学出版社 1977 年版。

［菲律宾］何塞·黎萨尔：《起义者》，柏群译，人民文学出版社 1977 年版。

非洲

［埃及］法耶斯·哈拉瓦：《代表团万岁》，北京外国语学院亚非语系阿拉伯语专业译，人民文学出版社 1975 年版。

［坦桑尼亚］基因比拉：《帝国主义必败》，思闻译，人民文学出版社 1976 年版。

欧洲

［苏］高尔基：《文学书简》，曹葆华、渠建明译，人民文学出版社 1965 年版。

［苏］B.梅热拉伊斯：《人》，孙玮译，作家出版社 1964 年版。

附 录
1949—1979 年作为内部书出版的外国文学作品列表

[苏] 特瓦尔朵夫斯基：《山外青山天外天》，飞白、罗昕译，作家出版社 1961 年版。

[苏] 特瓦尔朵夫斯基：《焦尔金游地府》，丘琴等译，作家出版社 1964 年版。

[苏] 叶夫杜申科等：《娘子谷》及其他，苏杭等译，作家出版社 1963 年版。

[苏] 萨·丹古洛夫等：《不受审判的哥尔查科夫》，北京外国语学院俄语系三年级八、九班工农学员等译，上海人民出版社 1975 年版。

[苏] 维·罗佐夫：《四滴水》，北京师范大学外国问题研究所苏联文学研究室译，人民文学出版社 1976 年版。

[苏] 维·罗佐夫：《晚餐之前》，王金陵译，中国戏剧出版社 1964 年版。

[苏] K.伊克拉莫夫、B.田德里亚科夫：《白旗》，沈立中译，中国戏剧出版社 1963 年版。

[苏] 阿尔布卓夫：《伊尔库茨克故事》，裴末如译，中国戏剧出版社 1963 年版。

[苏] H.包戈廷：《忠诚》，群力译，中国戏剧出版社 1965 年版。

[苏] 阿·索弗罗诺夫：《保护活着的儿子》，徐文译，中国戏剧出版社 1963 年版。

[苏] 阿·索弗罗诺夫：《厨娘》，孙维善译，中国戏剧出版社 1963 年版。

[苏] 谢尔盖·米哈尔科夫：《泡沫》，栗周熊译，人民文学出版社 1976 年版。

[苏] 谢·阿辽申：《病房》，蔡时济译，中国戏剧出版社 1964 年版。

[苏] 阿·史泰因：《海洋》，孙维善译，中国戏剧出版社 1963 年版。

[苏] 西蒙诺夫：《第四名》，张原译，中国戏剧出版社 1962 年版。

［苏］列·列昂诺夫：《暴风雪》，吴钧燮译，中国戏剧出版社 1963 年版。

［苏］柯涅楚克：《德聂伯河上》，苏虹译，中国戏剧出版社 1962 年版。

［苏］亚历山大·佩特拉什凯维奇：《警报》，北京外国语学院俄语系研究室译，人民文学出版社 1976 年版。

［苏］谢苗·巴巴耶夫斯基：《人世间》，上海新闻出版系统"五·七"干校翻译组译，上海人民出版社 1972 年版。

［苏］伊里亚·爱伦堡：《人、岁月、生活》（第一部），王金陵、冯南江译，作家出版社 1962 年版。

［苏］伊里亚·爱伦堡：《人、岁月、生活》（第二部），冯南江、秦顺新译，作家出版社 1963 年版。

［苏］伊里亚·爱伦堡：《人、岁月、生活》（第三部），秦顺新、冯南江译，作家出版社 1963 年版。

［苏］伊里亚·爱伦堡：《人、岁月、生活》（第四部），冯南江、秦顺新译，作家出版社 1964 年版。

［苏］伊里亚·爱伦堡：《人、岁月、生活》（第五部），秦顺新、冯南江译，人民文学出版社 1979 年版。

［苏］萨方诺夫：《大地花开》，秦顺新、陈燕孙译，湖北人民出版社 1959 年版。

［苏］格奥尔基·符拉基莫夫：《大量的矿石》，孙广英译，作家出版社 1964 年版。

［苏］奥·冈察尔：《小铃铛》，王平译，作家出版社 1965 年版。

［苏］杜金采夫：《不是单靠面包》，白祖云等译，作家出版社 1957 年版。

［苏］谢尔盖·沃罗宁：《木戈比》，栗周熊、高昶译，人民文学出版社 1976 年版。

［苏］卡姆布洛夫：《火箭轰鸣》，上海人民出版社编译室译，上海

附 录
1949—1979 年作为内部书出版的外国文学作品列表

人民出版社 1977 年版。

［苏］西蒙诺夫：《生者与死者》，谢素台等译，作家出版社 1962 年版。

［苏］西蒙诺夫：《军人不是天生的》，车一吟等译，作家出版社 1965 年版。

［苏］肖洛霍夫：《他们为祖国而战》，史刃译，上海人民出版社 1973 年版。

［苏］特罗耶波尔斯基：《白比姆黑耳朵》，苏玲等译，人民文学出版社 1978 年版。

［苏］艾特玛托夫：《白轮船》，雷延中译，上海人民出版社 1973 年版。

［苏］阿克肖诺夫：《同窗》，周朴之译，作家出版社 1965 年版。

［苏］索尔仁尼津：《伊凡·杰尼索维奇的一天》，斯人译，作家出版社 1963 年版。

［苏］沙米亚金：《多雪的冬天》，上海新闻出版系统"五·七"干校翻译组译，上海人民出版社 1972 年版。

［苏］穆吉耶夫：《护身符》，朱源宏译，群众出版社 1961 年版。

［苏］恰科夫斯基：《围困》（一至四卷），叶雯译，上海译文出版社 1978 年版。

［苏］恰科夫斯基：《围困》（第五卷），叶雯、江峨译，上海译文出版社 1979 年版。

［苏］沃伊诺维奇：《我们生活在这儿》，程代熙译，作家出版社 1965 年版。

［苏］库兹涅佐夫：《传说的继续：一个年轻人的笔记》，白祖芸译，作家出版社 1964 年版。

［苏］柯切托夫：《你到底要什么》，上海新闻出版系统"五·七"干校翻译组译，上海人民出版社 1972 年版。

［苏］瓦西里耶夫：《这里的黎明静悄悄》，施钟译，辽宁人民出版

社 1978 年版。

［苏］柯热夫尼科夫:《这位是巴鲁耶夫》，苍松译，作家出版社 1964 年版。

［苏］纳沃洛奇金:《阿穆尔河的里程》，江峨译，人民文学出版社 1975 年版。

［苏］邦达列夫:《岸》，南京大学外文系欧美文化研究室译，人民文学出版社 1978 年版。

［苏］巴巴耶夫斯基:《现代人》，上海人民出版社编译室译，上海人民出版社 1975 年版。

［苏］阿克肖诺夫:《带星星的火车票》，王平译，作家出版社 1963 年版。

［苏］卡里宁:《战争的回声》，家骧、晓宁译，作家出版社 1964 年版。

［苏］柯切托夫:《是这样开始的：战时札记》，斯人译，作家出版社 1964 年版。

［苏］沃斯托克夫、施美列夫:《追踪记》，金今译，群众出版社 1979 年版。

［苏］拉斯普金:《活下去，并且要记住》，丰一吟译，上海译文出版社 1979 年版。

［苏］谢苗尼欣:《逆风起飞》，闻学实译，上海译文出版社 1978 年版。

［苏］谢苗·拉什金:《绝对辨音力》，上海外国语学院俄语系三年级师生译，上海人民出版社 1975 年版。

［苏］叶先别林:《绝望》，潘同珑、曹中德译，人民文学出版社 1978 年版。

［苏］巴巴耶夫斯基:《哥萨克镇》（第一部），上海人民出版社编译室译，上海人民出版社 1977 年版。

［苏］巴巴耶夫斯基:《哥萨克镇》（第二部），闻学实译，上海译

附 录
1949—1979 年作为内部书出版的外国文学作品列表

文出版社 1978 年版。

[苏] 邦达列夫：《热的雪》，上海外国语学院《热的雪》翻译组译，上海人民出版社 1977 年版。

[苏] 柯热夫尼柯夫：《特别分队》，上海师范大学外语系俄语组译，上海人民出版社 1974 年版。

[苏] 肖洛霍夫：《被开垦的处女地》，草婴译，作家出版社 1961 年版。

[苏] 西蒙诺夫：《最后一个夏天》，上海外国语学院俄语系译，上海人民出版社 1975 年版。

[苏] 柯热夫尼柯夫：《特别分队》，上海师范大学外语系俄语组译，上海人民出版社 1974 年版。

[苏] 柯切托夫：《落角》，上海人民出版社编译室译，上海人民出版社 1973 年版。

[苏] 贝柯夫：《第三颗信号弹》，李俍民译，作家出版社 1965 年版。

[苏] 李巴托夫：《普隆恰托夫经理的故事》，上海外国语学院俄语系译，上海人民出版社 1973 年版。

[苏] 扎多尔诺夫：《淘金狂》，何立译，上海人民出版社 1976 年版。

[苏] 库列绍夫：《蓝色的闪电》，伍桐译，人民文学出版社 1976 年版。

[苏] 卡扎凯维奇：《蓝笔记本》，南生等译，作家出版社 1966 年版。

[苏] 潘诺娃：《感伤的罗曼史》，苏群译，世界文学出版社 1961 年版。

[苏] 爱伦堡：《解冻》（第一部），沈江、钱诚译，作家出版社 1963 年版。

[苏] 爱伦堡：《解冻》（第二部），钱诚译，作家出版社 1963

年版。

［苏］季亚科夫：《亲身经历的故事》，南生译，作家出版社1965年版。

［苏］特里丰诺夫：《滨河街公寓》，联翼、范岩译，人民文学出版社1978年版。

［英］勃莱恩：《往上爬》，贝山译，作家出版社1967年版。

［英］福赛斯：《敖德萨档案》，静海译，群众出版社1979年版。

［英］里德：《教授的女儿》，上海外国语学院英语系翻译组等译，上海译文出版社1979年版。

［英］奥尔布里：《雪球》，上海外国语学院英语系翻译组译，上海译文出版社1978年版。

［英］贝克特：《等待戈多》，施咸荣译，中国戏剧出版社1965年版。

［英］柯南道尔：《福尔摩斯探案选》，丁钟华、袁棣华等译，群众出版社1978年版。

［英］奥斯本：《愤怒的回顾》，黄雨石译，中国戏剧出版社1962年版。

［法］萨特：《厌恶及其他》，郑永慧译，作家出版社，1965年版。

［法］加缪：《局外人》，孟安译，上海文艺出版社，1961年版。

［法］约纳斯戈：《椅子——一出悲剧性的笑剧》，黄雨石译，中国戏剧出版社1957年版。

［法］格里耶：《窥视者》，郑永慧译，上海译文出版社1979年版。

［意］卜伽丘：《十日谈》，方平、王科一译，上海文艺出版社1959年版。

［意］菲力普：《费鲁米娜·马尔土拉诺》，木禾译，中国戏剧出版社1964年版。

［德］拉萨尔：《弗兰茨·冯·济金根》，叶逢植译，人民文学出版社1976年版。

附　录
1949—1979 年作为内部书出版的外国文学作品列表

[联邦德国] 伯尔：《丧失了名誉的卡塔琳娜·布鲁姆》，孙凤城、孙坤荣译，人民文学出版社 1977 年版。

[瑞士] 杜伦马特：《老妇还乡》，黄雨石译，中国戏剧出版社 1965 年版。

[波兰] 密茨凯维支：《先人祭》，韩逸译，人民文学出版社 1976 年版。

[芬兰] 乌奥丽约基：《约斯蒂娜》，苏杭译，中国戏剧出版社 1964 年版。

[挪威] 波尔斯达德：《奸商》，叶逢植、李清华译，作家出版社 1965 年版。

[罗马尼亚] 普列达：《呓语》，罗友译，人民文学出版社 1978 年版。

[奥] 卡夫卡：《审判及其他》，李文俊、曹庸译，作家出版社 1966 年版。

[希腊] 巴尔尼斯：《爱与美之岛》，蔡时济译，中国戏剧出版社 1963 年版。

[南斯拉夫] 奥里亚查：《娜嘉》，杨元恪等译，作家出版社 1964 年版。

[保] 戈诺夫、潘戴利耶夫：《暴风雨过后的痕迹》，叶明珍译，中国戏剧出版社 1965 年版。

美洲

[美] 伯迪克：《不体面的美国人》，黄邦杰、陈少衡译，世界知识出版社 1960 年版。

[美] 韦尔蒂：《乐观者的女儿》，叶亮译，上海人民出版社 1974 年版。

[美] 米切纳：《百年》，庞渤译，上海人民出版社 1976 年版。

[美] 克茹亚克：《在路上》，石荣、文慧如译，作家出版社 1962

年版。

[美]塞林格:《麦田里的守望者》,施咸荣译,作家出版社1963年版。

[美]基勃森:《两个打秋千的人》,馥芝译,中国戏剧出版社1964年版。

[美]卡尔默:《阿维马事件》,钟卫译,上海人民出版社1975年版。

[美]海雷:《金融浊流》,曼罗译,江苏人民出版社1978年版。

[美]沃克:《战争风云》(卷一至卷三),石韧译,人民文学出版社1975年版。

[美]德鲁里:《前车之鉴》,复旦大学外语系外国文学教研组译,人民文学出版社1977年版。

[美]格尔柏:《接头人》,石馥译,中国戏剧出版社1962年版。

[加拿大]赫利:《车轮》,上海师范大学中文系《车轮》翻译组译,上海人民出版社1977年版。

[秘鲁]蒙托罗:《金鱼》,上海外国语学院西班牙语专业七六届工农兵学员及部分教员集体译,人民文学出版社1977年版。

[玻利维亚]奥鲁佩萨:《点燃朝霞的人们》,苏龄译,人民文学出版社1974年版。

澳洲

[澳大利亚]波西埃:《甜酒与可口可乐》,施咸荣译,作家出版社1964年版。

中文文献:

中国版本图书馆编:《全国内部发行读书总目1949—1986》,中华书局1988年版。